U0137617

茅盾文学的当代价值

中国茅盾研究会 编

华东师范大学出版社

上海

图书在版编目(CIP)数据

茅盾文学的当代价值《茅盾研究》第 20 辑/中国茅盾研究
会编. —上海:华东师范大学出版社,2023
ISBN 978 - 7 - 5760 - 4253 - 5

Ⅰ.①茅… Ⅱ.①中… Ⅲ.①茅盾(1896 - 1981)—文学
研究—文集②茅盾(1896 - 1981)—人物研究—文集 Ⅳ.
①I206.7 - 53②K825.6 - 53

中国国家版本馆 CIP 数据核字(2023)第 209907 号

茅盾文学的当代价值
《茅盾研究》第 20 辑

编　　者　中国茅盾研究会
责任编辑　曾　睿
特约审读　李　鑫
责任校对　刘伟敏
装帧设计　刘怡霖

出版发行　华东师范大学出版社
社　　址　上海市中山北路 3663 号　邮编 200062
网　　址　www.ecnupress.com.cn
电　　话　021 - 60821666　行政传真 021 - 62572105
客服电话　021 - 62865537　门市(邮购)电话 021 - 62869887
地　　址　上海市中山北路 3663 号华东师范大学校内先锋路口
网　　店　http://hdsdcbs.tmall.com

印 刷 者　常熟高专印刷有限公司
开　　本　787 毫米×1092 毫米　1/16
印　　张　15.5
字　　数　336 千字
版　　次　2023 年 12 月第 1 版
印　　次　2023 年 12 月第 1 次
书　　号　ISBN 978 - 7 - 5760 - 4253 - 5
定　　价　68.00 元

出 版 人　王　焰

(如发现本版图书有印订质量问题,请寄回本社客服中心调换或电话 021 - 62865537 联系)

目　录

茅盾作品和思想研究

茅盾史料考证

茅盾同时代人研究

青年学者论坛

茅盾作品和思想研究

"使文学成为社会化"

——重识茅盾的现代文学观(1919—1925)

雷 超①

摘 要:"使文学成为社会化"是茅盾现代文学观的核心特质,也是茅盾一生文学行止的总特征。茅盾在青年时期就非常强调用科学的头脑、精细的观察、缜密的分析剖解社会现象——尤其是现实人生中关乎大多数人的普遍苦痛和迫切需要,以及攸关民族国家存立和人类社会进步的核心问题,再经由现代文学特有的描写时代社会状貌的分析和综合技艺加以形象化呈现,达到基于社会整体视域恰切地"反映社会""指导社会"的目的。这既是茅盾评介"伟大的文学者"面对时代社会人生难题、践履历史使命的价值标尺,也是他自身在文学方面内在的精神追求。

关键词:茅盾;现代文学观;使文学成为社会化;伟大的文学者

在 1919 年底参与《小说月报》革新之前,青年茅盾(原名沈雁冰,1927 年发表小说《幻灭》时起用笔名茅盾。为便于叙述,本文均用茅盾)协助朱元善编辑《学生杂志》期间就已开始倾心于文学的译介与评介。这一时期,他撰写的文学评论《托尔斯泰与今日之俄罗斯》、评介文章《近代戏剧家传》均刊载在 1919 年的《学生杂志》上。除此之外,《时事新报·学灯》在 1919 年 8 月增设"新文艺"栏目后,茅盾也开始向该栏目投稿,发表了多篇文学类的著译文章,如文学译作有契诃夫的《在家里》《卖诽谤的》《万卡》、斯特林堡的《他的仆》、莫泊桑的《一段弦线》、高尔基的《情人》等,文学评论有《萧伯纳的〈华伦夫人之职业〉》《文学家的托尔斯泰》等。与此同时,茅盾受《解放与改造》(1919 年 9 月创刊)杂志主编张东荪邀约而译介的政论文章也陆续在该刊发表。总体而言,茅盾这一时期发表的文学类著译文章更多属于他在日常工作间隙的"业余爱好"。

值得注意的是,茅盾在介绍托尔斯泰的文学评论时就已显露出从文学的社会意义角度高度肯定托尔斯泰文学价值的思想倾向——将托翁富有时代关切和感染人心的作品视为促进俄国革命运动的"远因"。茅盾此时有选择地译介契诃夫、斯特林堡、莫泊桑等人的短篇小说背后也带有鲜明的回应社会现象的问题意识。诸如契诃夫《在家里》攸关俄国知识青年"到民间去"的问题,此时的中国经五四运动后也有"到民间去"的时代召唤;斯特林堡《他的仆》则关乎新式婚恋观背后具体

---

① 作者简介:雷超,中国人民大学 2019 届文学博士。

的妇女解放问题,与之对应的妇女如何解放也是中国五四时代的重要社会议题之一。不仅如此,青年茅盾还将他所服膺的新文化理念进一步付诸社会实践,他依凭乡邻友朋自发组织的民间社团——桐乡青年社及其社刊《新乡人》积极推动着桐乡社会的改造与进步。茅盾当时在编辑事务、资金筹措等方面积极支持《新乡人》面向当地民众开展文教启蒙活动,可以说,他此时就已有"为人生的"文学意识及社会实践。当茅盾在1919年底受命主持《小说月报》"小说新潮"栏目时,便以此为契机开始系统地研究并探讨中国新文学如何建设方能满足时代社会需要的问题。

一、文学新观念:研究"现代人生"的"一种科学"

五四时期是文学观念锐意革新的时代。关于新文学如何建设的问题,在当时引发了新旧文学之间的争论。与林纾等传统读书人力争古文正统不同,以《新青年》为思想文化阵地、受新思潮感发的进步知识人力主改革从前的文学形态,旨在以更俗白的语言形式和富有现代精神的内容表达从思想观念层面培育民主共和政体所需的名副其实的真国民。至于如何改革以及如何区分新旧文学的标准在当时则存在不同倾向。有的主张在语言形式上采用相较艰深的文言更为通俗易懂、明白晓畅的白话文,使用相较传统句读更为明晰的新式句读符号;有的在注重语言形式的变化之外,还尤其看重语言所承载的新思想与新观念。在这个问题上,胡适、陈独秀、鲁迅、周作人、刘半农、郑振铎等人都有相关的论述和具体的探讨。

关于新文学如何建设的问题,茅盾受《新青年》思潮启发与影响,在参与《小说月报》革新后,首先从文学观念上正本清源,在对新旧文学的评议、新旧文学家的对比中进一步明确新文学观念的基本内涵、确立新文学家的社会责任以及新文学研究者的研究对象及其方法论。秉承历史主义态度的茅盾直陈"我以为新文学就是进化的文学",具体而言,"进化的文学有三件要素:一是普遍的性质;二是有体现人生、指导人生的能力;三是为平民的非为一般特殊阶级的人的。"[1]在茅盾论议和研讨关于新文学观的文章中,他所强调的"文学社会化"/"德谟克拉西的文学"/"社会化的文学",其中有一个对茅盾而言十分具体的参照互比的对象——传统的文学观。他论议文学的核心思想,从国内而言主要受陈独秀、周氏兄弟等新文化思想大家的感发与启示,从国际而言主要以西方、俄国乃至弱小民族国家的近代文学进程及其共通特质为参照。茅盾的新文学观/现代文学观正是在与之对话、比较的过程中逐渐完成理论化的表述与系统化的总结。简言之,茅盾的新文学观/现代文学观既是针对传统社会旧文学观的有感而发,也是基于社会现实需求的积极建设。

那么,何谓新文学?换言之,新文学"新"在哪里?周作人在《人的文学》中强调:"这区别就只在著作的态度不同:一个严肃,一个游戏。"[2]茅盾在梳理和总结传统社会的"旧文学"特质时,也特别关注"旧文学家"的创作动机/写作意图/著作态

---

① 冰(茅盾):《新旧文学平议之评议》,《小说月报》1920年第11卷第1号,第3页。
② 周作人:《人的文学》,《新青年》1918年第5卷第6号,第579页。

度问题。值得注意的是,茅盾在此基础上又形成了带有个人特色的具体理解。在茅盾看来,"旧文学家"的创作特点主要表现在这五个方面:"是一个人'寄慨写意'的","是出于作者一时的'感想'的","是主观的,是为己的,是限于一阶级的","也许是为名的,是追附古人的","还有旧文学家是有了文学上的研究就可以动动笔的"。① 此语境中潜在的对比是,"一个人'寄慨写意'的"更多指向文学表达的个性化与私人化趣味,缺乏自觉面向社会群体、公共空间写作的思想意识与普遍内涵;"出于作者一时的'感想'的"指向文学创作者的自主性及随意性,缺乏理性沉淀与进一步的检验;"主观的""为己的""限于一阶级的"指向受限于个体所处的生活环境与社会阶层的有限感知与有限经验,致使其写作范围是局部的体验、片面的深刻;"为名的""追附古人的"指向写作动机旨在追求个人名闻利养,缺少直面当下现实的深切关怀;"有了文学上的研究就可以动动笔的"指向创作准备只看重文学方面的研究,缺少对文学在整个社会结构中与其他行业潜在关联的把握和认识。换言之,在很大程度上,茅盾评析的"旧文学"大多属于供传统士大夫式的文人雅士、贵族阶级"御用""自遣""赏玩""慕古""消闲"乃至"游戏"的文艺。这样的文艺多属于这些贵族阶层的生活雅事,既缺乏文艺的独立性,又少有文艺所处时代具有普遍性的现实感。然而,针对20世纪的人类社会,既往属于作者一己的、一时的、偶然的传统文学既不能满足人类各族群在新世纪进行交流与沟通的现实需要;对中华民国而言,也不能满足巩固民主共和政体的社会需要。在此意义上,以世界各国文学演变的进化历程为参照,茅盾总结出"文学进化已见的阶段是:(太古)个人的——(中世)帝王贵阀的——(现代)民众的"②。茅盾进一步指出,对中国而言,现正处于从第二阶段向第三阶段过渡与迈进的时期,意即如何将中国文学从传统的"帝王贵阀"时代进化至"(现代)民众的"时代是中国新文学家的历史使命。

如何才能从"帝王贵阀"的文学进化至"(现代)民众的"文学?关于"(现代)民众的"文学,周作人在《平民文学》中更为强调"平民文学应以普通的文体,写普遍的思想与事实"③,"平民文学应以真挚的文字,记真挚的思想与事实"④,其核心内涵在于用"普通的文体"和"真挚的文字"写"普遍的思想与事实"。与之相较,茅盾主张的"(现代)民众的"文学除此之外还特别指向著作者自觉超越所在社会阶层及其人生阅历与社会经验,以直接或间接的方式在全社会、全民族、全人类的全局视野中分析显著的社会现象、探究社会问题症结,进而找到从本质上改善或解决问题的角度与方案。茅盾在《文学和人的关系及中国古来对于文学者身分的误认》中对新文学进行了基于时代社会发展及其需求的新定义。茅盾以人类文化进化的历史进程为视点与参照,不仅赋予新文学独立的人文价值内涵——"人是属于文学的了",文学的目的在于"综合地表现人生";还从社会分工的专业角度将文

① 佩韦(茅盾):《现在文学家的责任是什么?》,《东方杂志》1920年第17卷第1号,第95页。

② 沈雁冰:《文学和人的关系及中国古来对于文学者身分的误认》,《小说月报》1921年第12卷第1号,第9页。

③ 仲密(周作人):《平民文学》,《每周评论》1919年第5号,第2版。

④ 仲密(周作人):《平民文学》,《每周评论》1919年第5号,第3版。

学视为"一种科学"，其研究对象是"现代的人生"，研究的工具是诗歌、小说、戏剧等现代文学类型，研究的范围是"全人类的生活"；还赋予新文学家属于"文化进程中的一个重要分子"——富有历史感的身份定位以及"沟通人类感情代全人类呼吁"的现实使命。其中，茅盾笔下"人类"的具体内涵尤为倾向占人类最大多数的"全世界的民众"①。对茅盾来说，这才是他所认同的"人"的文学和"真"的文学。其思想要旨与《文学研究会宣言》中将文学视为"一种工作""终身的事业""正同劳农一样"的严肃态度一脉相承。在 1945 年回顾个人的写作之路时，茅盾重申"写作之事，是一种劳作"②，足见严肃的写作态度在茅盾心中的分量和意义。

结合新文学所处时代的生产载体与传播媒介来说，恰如有学者所言，"近现代文学与中国传统文学之间最大的区别之一，就是近现代文学是在机器印刷时代所产生的一种文学表达和传播方式。"③这种由新时代技术支持带来的社会结构变化及其产生的社会分工为新文学从传统文学生态中独立出来创造了基本的社会条件和文学写作职业化的可能。与之相应的，废科举后的传统士人从庙堂走向民间，在新的社会分工中将文学写作与社会职业乃至个体谋生更为紧密地联系在一起。在此情势下，茅盾主编的《小说月报》在作家（文学研究会作家群）、社团（文学研究会）、刊物（《小说月报》作为文学研究会的代用会刊）、文化机构（民国时期实力最为雄厚的商务印书馆）、文化市场（因社会分工带来的新兴城市人群多层次文化阅读需要而新兴的文化市场）的合力下开始了声势不凡的全面革新之路。

就中国新文学的建设而言，在 20 世纪人类社会的大视野下，借用茅盾的话来说，既要在"现时种界国界以及语言差别尚未完全消灭以前"④积极发展包括本国在内的带有民族色彩的国民文学，同时又要协同他国他民族一起联合促进世界文学共同体的融合与发展。具体来说，从"破"的角度而言，要有意识"辟邪去伪"，校正一般社会对文学观念⑤、文学者身份的误解；从"立"的角度而言，要自觉树立正确的新文学观念，用严肃认真的态度积极创造眼中有"人类"、心中有"时代"的国民文学/民族文学。对此，茅盾在《新文学研究者的责任与努力》一文中详陈中国新文学运动的开展路径。一者，就"怎样译介"而言，茅盾主张既要注意系统地译介西洋的文学艺术，同时还要注意介绍西洋社会的现代思想。在此基础上，茅盾还对新文化运动过程中浮泛的、无系统的、不经济的译介现象进行针砭，对新文化运动的实践态势适时引导。再者，就"怎样创作"而言，茅盾对文学作品的思想性与艺术性都十分看重，在文学的艺术表达方面尤其强调"观察与想象""分析与综合""个性与国民性"并重的现代文学艺术所需的创作技艺与文学素养。

---

① 茅盾：《革新〈小说月报〉的前后》，《我走过的道路》上，北京：人民文学出版社 1997 年版，第 183 页。
② 茅盾：《回顾》，《中学生》1945 年第 90 期，第 5 页。
③ 杨扬：《商务印书馆：民间出版业的兴衰　后记》，上海：上海教育出版社 2000 版，第 175 页。
④ 郎损（茅盾）：《新文学研究者的责任与努力》，《小说月报》1921 年第 12 卷第 2 号，第 2 页。
⑤ "将文艺当作高兴时的游戏或失意时的消遣"（《文学研究会宣言》，《小说月报》1921 年第 12 卷第 1 号）。"娱乐派的文学观，是使文学堕落，使文学失其天真，使文学陷溺于金钱之阱的重要原因；传道派的文学观，则是使文学干枯失泽，使文学陷于教训的桎梏中，使文学之树不能充分长成的重要原因。"（郑振铎：《新文学观的建立》，《文学旬刊》1922 年第 37 期。）

　　具体来说，在译介选择上，一方面本着历史的态度注重文学常识的普及、域外文学经验的总结，诸如西洋文学的派别源流、主要文学家的生平及其著作特色。这从茅盾主编《小说月报》期间撰写的"海外文坛消息"中可见一斑。另一方面还要从经济和务实的角度注意"是否合于我们社会与否的问题"①，"我们现在应选最要紧最切用的先译"②。对茅盾而言，在西洋现代文学的小说、诗歌、戏剧、评论等文学范式中，茅盾尤看重小说的艺术与价值。值得注意的是，茅盾在此语境中提及的小说文体概念比较宽泛，这从茅盾将尼采的哲学论著《查拉图斯特拉如是说》视为小说可见一斑。茅盾之所以如此看重小说，与其对西洋文学进化历史的系统认识与历史把握有关。茅盾在《现在文学家的责任是什么？》《对于系统的经济的介绍西洋文学底意见》等时论中都谈到他对新思想与新文艺关系的认识。在茅盾看来，敏锐的文学家是新思想传布的"先锋队"。从中可见，茅盾是从他对西洋近代文学发展的历史脉络的理解中总结出文学对新思潮萌芽的先锋意义的。在此意义上，针对后进中国明显滞后于世界新潮的现实情状，茅盾明确指出中国文学家不仅要有"正确的人生观"，还要有"传播新思潮的志愿"和与时俱进的表达技能。为此，中国文学家们"应该晓得什么是文学？什么是文学的哲理？什么是文学的艺术？什么叫做社会化的文学？什么叫做德谟克拉西的文学？"③

　　相较而言，中国新思潮的勃发以及新文学的发生又与西洋文学从古典——浪漫——自然——新表象——新浪漫的文学进化历程存在明显的差异。一者，存在明显的时间差。西洋文学从古典主义进化到新表象主义有一个漫长的历史进程，其中，后者的孕育与发展建立在对前者独尊及其流弊的反拨与修正的基础上。中国新文学的发生是辛亥共和有名无实的现实处境下的时代要求，即从晚清民初偏于政治改革的政治改造转向注重面向社会个体思想启蒙的社会改造诉求，进而从思想启蒙角度要求中国传统古典文学应时革新以承担起新社会改造与建设的时代命题。再者，中国新文学在确立与建设过程中，既要处理与传统文学之间的关系，也要处理与世界文学进化潮流之间的关系。譬如，对中国新文学而言，用"分析"的方法客观揭示社会现实的自然主义文学在"对治"中国传统文学描写的"想当然""不求实地考察"等文病大有助益；但从世界文学进化潮流观之，又不得不警惕和有意识地修正自然主义文学对社会人心的消极影响，为此，不得不同时注意援引新浪漫派文学进行预备与平衡。从这个角度来说，也就不难理解茅盾为何说"我主张先要大力地介绍写实主义自然主义，但又坚决地反对提倡它们"④。对于茅盾这样既"主张先要大力地介绍"又"坚决地反对提倡它们"的看似自相矛盾的观点，有的研究者很容易借用茅盾笔名背后的"矛盾"心态来理解和解释茅盾的文

---

① 茅盾：《对于系统的经济的介绍西洋文学底意见》，《茅盾文艺杂论集》上册，上海：上海文艺出版社1981年版，第16页。

② 茅盾：《对于系统的经济的介绍西洋文学底意见》，《茅盾文艺杂论集》上册，上海：上海文艺出版社1981年版，第15页。

③ 佩韦（茅盾）：《现在文学家的责任是什么？》，《东方杂志》1920年第17卷第1号，第95页。

④ 茅盾：《我走过的道路》上，北京：人民文学出版社1997年版，第151页。

学译介观念。事实上，这正鲜明地反映了茅盾文学主张的层次性及其分寸感，既注重探本寻源的系统研究，从研究批评的角度而言，尽可能全面；又非常务实地结合中国社会现实需求、新文学发展现状进行因地制宜的取舍。由此可见，中国新文学建设面临着比西洋文学更为复杂的社会生态与文学环境。表现在文学译介方面，茅盾既有学理层面的充分考虑，表现为不仅主张还身体力行，系统地研究与历史地把握域外文学流派、史著、思潮等；与此同时，又有基于国内现实层面的务实择取，表现为在前者的基础上结合中国社会普遍的现实情状进行轻重缓急的恰切取舍。比如在翻译萧伯纳剧作的选择上，茅盾就坦率地指出《新潮》社与其翻译《华伦夫人之职业》不如翻译《陋巷》，茅盾给出的具体理由是"因为中国母亲开妓院，女儿进大学的事尚少，竟可说是没有，而盖造低贱市房以剥削穷人的实在很多"①。在此意义上，萧氏的《陋巷》译介到中国社会自然更容易引起读者的同感与共鸣。

　　与茅盾新文学观念一脉相承的是他的新文学批评观。对茅盾而言，俄国著名社会改造思想家彼得·克鲁泡特金（1842—1921）的思想学说是透视茅盾在五四时期基本思想形态不可或缺的重要参考。这不仅体现在茅盾在时文中自陈对克氏超越国族、种族的世界主义社会理想（即茅盾所言的"大同"观）的向往与认同；也表现在茅盾对克氏"互助进化史观"的接受与应用——这从茅盾在妇女解放议题上强调先觉妇女跨越社会阶层壁障主动帮扶后觉下层妇女的互助主张中可见一斑；还特别体现在茅盾对克氏所推崇的文学批评观念的主动内化与积极实践——将兼具社会现实观照与历史纵深的"文艺批评家"视为影响时代社会智识界的精神领袖。尤其在追溯茅盾文学批评观之思想渊源过程中，除已为学界所揭示的圣伯甫、泰纳、勃兰兑斯②等西方现代文学批评家的理论与实践带给茅盾的参照与启示外，其中，来自俄国的克氏文艺批评观带给茅盾的启发与教益同样是值得进一步发掘与重视的思想资源。茅盾在《文学批评的效力》③一文中开篇就提到，"克鲁泡特金说：'在没有言论自由的俄国，文学批评是一条吐纳一般人政治思想的运河……'；又说，'……要看某时代的智识界状况，只须举出一二各在当时有重大影响的艺术批评家来做代表，就很够很够的了。'"④值得注意的是，在此所援引的文字与沈泽民所译《俄国的批评文学》⑤中的译文完全一致，该文发表在茅盾主编的《小说月报》号外"俄国文学"卷。茅盾紧接着评论说："看了这两句话，无论如何没有思考的人总也觉得文学批评的责任不但对于'被批评者'要负责任，而且也要对于全社会负责任了。"⑥（参阅克氏的著作来看，沈泽民选译的《俄国的批评

---

① 茅盾：《对于系统的经济的介绍西洋文学底意见》，《茅盾文艺杂论集》上册，上海：上海文艺出版社 1981 年版，第 16 页。

② 康建清：《勃兰兑斯和茅盾的文学批评》，智量主编：《比较文学三百篇》，上海：上海文艺出版社 1990 年版，第 239 页。

③ 冰（茅盾）：《文学批评的效力》，《民国日报·觉悟》1921 年 7 月 11 日。

④ 冰（茅盾）：《文学批评的效力》，《民国日报·觉悟》1921 年 7 月 11 日。

⑤ 克鲁泡特金著，沈泽民译：《俄国的批评文学》，《小说月报》1921 年第 12 卷号外。

⑥ 冰（茅盾）：《文学批评的效力》，《民国日报·觉悟》1921 年 7 月 11 日。

文学》则又选自克氏在《俄国文学史》①中论述俄国19世纪三四十年代以迄19世纪末对俄国智识界产生重要且深远影响的文艺批评家篇目。此篇在1930年代郭安仁的译本《俄国文学史》中译为《文艺批评》)。从中可见,茅盾既看重新文学批评家在文学范畴中的文学艺术修养及其赏鉴能力,同时还非常注重新文学批评家在整个社会历史范畴中把握时代的思想洞察力。

由此可见,对茅盾而言,围绕文学的一切活动诸如文学创作、文学译介、文学批评、文学史研究等,在现代社会中直接或间接地具有关切现实人生、培育人性上达、促进社会进步的独特价值及其时代使命。在此意义上,富有现代精神的文学艺术工作——作为一种严肃的攸关人生向善向上的社会科学门类和特殊学问,不仅是值得肯认的"劳作",还可作为人生志业的"终身的事业"。

二、文学作为社会公器:茅盾在论争中的文学立场

在五四新文化运动的时代语境中,茅盾以"研究现代人生"为对象的文学新观念随着他从1921年第12卷起独自主持《小说月报》全面革新而得到更为切实的推进与实践。在主编《小说月报》期间,茅盾不仅增设新栏目,从评论、长短篇小说、诗歌、戏剧、研究、介绍、文学常识等多个方面携文学研究会同人一起积极推动文学的革新与建设,他还以文学研究的学理方式积极回应关涉新文学的社会论争。

首先是茅盾参与了同南京学衡派知识群之间的论争。以吴宓、梅光迪、胡先骕为骨干的《学衡》杂志1922年1月在南京创刊,在文化理念方面以"昌明国粹,融化新知"为宗旨。恰如有研究者所言,"《学衡》杂志的创立在一定程度上是对导师国际人文主义运动的回应。在白璧德开阔的人文主义国际视野下,学衡派诸公并非囿于一时一地的思想,而是希望以永恒普世的价值标准来重审传统文化,吸纳西方人文主义精神重新激活传统文化。"②从这个角度来说,学衡派在文化立意上显然与当时国内拒斥新文化革新的"国粹派""卫道士"们有本质的区别。然而,在五四新文化运动方兴未艾的时潮中,学衡派的跨文化实践在客观上却很容易成为国内"复古派"间接的"帮闲"。加之,处于初创期的《学衡》杂志,在刊用的文章中还存在一些明显的学理错漏问题,这从鲁迅在《估〈学衡〉》③中详陈其失可见一斑。茅盾此时也主要从学理角度对之进行据理力争的回应,批评其在文化实践上"见一隅而不见全体"④。

其次是茅盾这一时期与创造社之间的文学论争。在日本留学的郭沫若、郁达夫、成仿吾、张资平、田汉等1921年6月在东京发起创造社文艺社团,其社刊《创造季刊》1922年3月15日在上海面世,社团骨干郁达夫在《艺文私见》中力倡"文艺

---

① (俄)克鲁泡特金著,郭安仁译:《俄国文学史》,郑州:河南人民出版社2016年版(据民国本影印)。
② 李欢:《"国际人文主义"的双重跨文化构想与实践——重估学衡派研究》,《文学评论》2015年第1期,第118页。
③ 风声(鲁迅):《估〈学衡〉》,《晨报副刊》1922年2月19日。
④ 郎损(茅盾):《评梅光迪之所评》,《时事新报·文学旬刊》1922年第29期第1版。

是天才的创造物,不可以规矩来测量的"①;郭沫若在《海外归鸿》第二信中则从译品角度对国内新文化运动实践中存在译制粗糙的翻译现象进行了直言不讳的批评,并顺势臆测这样的翻译能被刊用是国内文艺刊物党同伐异的象征②。历史地看,郭沫若对国内文坛的观感有其合理性,比如在翻译品质方面,新文学发展初期的确存在如其所言译品质量参差不齐的情况;与此同时,郭沫若的论断中也存在因对文学研究会不够了解而过度解读的偏颇之处。此时身在日本的郭沫若显然因时空的距离和所处社会环境的差异尚未准确理解文学研究会力主"为人生"的文学观背后忧怀现实问题的社会关切。再结合茅盾与郭沫若这一时期关于译介选择的论争来看,二者争论的本质区别在于郭沫若主要从文学艺术本身的角度来讨论翻译问题,茅盾则侧重从时代社会最急需的文学艺术角度讨论译介在选择方面的轻重缓急问题(即在人力物力财力及其社会功用方面看此举是否经济的问题)。

具体而言,郭沫若主要从个体的文学优长和主体创造性出发,认为只要翻译家对所译经典在思想内涵和艺术表达方面都有能力较为完美地呈现,就应该积极译介,言外之意就是从刊用的角度也应该积极鼓励和支持这类翻译。在郭沫若看来,这样的文学翻译不存在是否经济的问题。换言之,郭沫若所理解的是另一个层面上的经济——即优质译者的译品间接为不谙外文的读者节省了品读外国佳著的阅读成本。并且,在郭沫若看来,译者用其"精深的研究""正确的理解"以及"创作的精神"③即可自然而然地以文学作品特有的方式实现对读者的感发与影响。茅盾在肯定"个人研究固能惟真理是求"的同时还特别有意识地兼顾"介绍给群众"这种关乎社会上最大多数人群的现实需求,进而呼吁译者在选择译品的时候应该"审度事势,分个缓急"④,这既是茅盾在与读者万良濬商榷时的基本意见,也是茅盾与郭沫若展开论争时的文学立场。茅盾在回应郭沫若的时文《介绍外国文学作品的目的》中谈到,"一个人翻译一篇外国文学作品,于主观的爱好心而外,再加上一个'足救时弊'的观念,亦未始竟是不可能,不合理的事。"⑤在茅盾看来,对当时的中国而言,受到中高等教育的还只是极少数的知识青年,社会上绝大多数人都处于所受教育非常有限甚至贫困无识的阶段。正是在此意义上,茅盾从文学作为"社会公器"的角度期望译者在注重研究文学艺术研究的同时有意识地在思想和题材方面择取更契合中国社会语境、关涉社会问题的译作。

事实上,从翻译本身而言,郭沫若的主张和茅盾对翻译的理解在学理上并无二致,郭沫若所倡扬的"诸君须知,我们要介绍近代人的作品,纵则要对于古代思

---

① 郁达夫:《艺文私见》,《创造季刊》1922 年第 1 卷第 1 期,第 1 页。

② 郭沫若:《海外归鸿》,《创造季刊》1922 年第 1 卷第 1 期,第 11 页:"是自家人的做作译品,或出版物,总是极力捧场,简直视文艺批评为广告用具;团体外的作品或与他们偏颇的先人见不相契合的作品,便一概加以冷遇而不理。他们爱以死板的主义规范活体的人心,什么自然主义啦,什么人道主义啦,要拿一种主义来整齐天下的作家,简直可以说是狂妄了。"

③ 郭沫若:《论文学的研究与介绍》,《时事新报·学灯》1922 年 7 月 27 日。

④ 雁冰:《答万良濬》,《小说月报》1922 年第 13 卷第 7 号,第 3 页。

⑤ 雁冰:《介绍外国文学作品的目的》,《时事新报·文学旬刊》1922 年 8 月 1 日第 2 版。

想的渊流，文潮代涨的波迹，横则要对于作者的人生，作者的性格，作者的环境，作品的思想，加以彻底的研究，然后才能无所咎负"①，与茅盾最初关于介绍西洋文学的基本方法和意见多有共通之处。造成他们分歧的主要原因在于茅盾此时身处国内的在地经验和感受，与之相应的，郭沫若此时尤为看重天才的创作观也与他身处的日本国内流行的唯美—颓废主义思潮息息相关。从中显见茅盾文艺观的独特之处，他既有基于学理层面的理性认识，同时又有切实地结合社会现实需求进行轻重缓急的考虑。在后者意义上，他尤其反对"空想的诗人"和"过富于超乎现实的精神"②，非常自觉地将文学艺术放置在时代社会语境中，他认同并期待"一时代的文学是一时代缺陷与腐败的抗议与纠正"③。

除与学衡派、创造社之间的文学论争之外，茅盾此时还参与到与"礼拜六"派之间的文学论争中。事实上，在茅盾接编《小说月报》之前，《新青年》杂志同人就已对这派文人尤其在黑幕和艳情小说方面的创作格调和写作精神提出过直言不讳的批评。茅盾与其发生论争导源于其在主编《小说月报》时直接弃置前任主编王蕴章已购为刊用的"礼拜六"派文稿。需注意，在此之前，商务印书馆旗下的《小说月报》一直是这批文人的常驻阵地。极可能正是由于茅盾此时旗帜分明的革新之举触及这批文人的既得利益，在茅盾主持《小说月报》全面革新之际，为应对茅盾大刀阔斧的改革，已停刊近 5 年的小说周刊《礼拜六》杂志在 1921 年 3 月 19 日匆忙复刊。④ 在此背景下"忽促付印"，不免给人感觉此时的《礼拜六》周刊颇有另起炉灶、进而与《小说月报》一较高低的意味。复刊后的《礼拜六》频繁刊登《欢迎投稿》启示（第 102 期、103 期、105 期），既有征文有酬的营销策略——"阅本周刊者多文学大家，如其不弃简陋肯以佳著惠寄，无论撰著译述长篇短篇本馆皆所欢迎，一经揭载，即以酬劳金奉上：甲每千字五元，乙四元，丙三元，丁二元，戊一元"⑤，还自爆"小说周刊《礼拜六》第一百零一期，出版甫三日，已售去八千余册"⑥，颇有成竹在胸的自得。

正是在此环境下，茅盾和文学研究会同人郑振铎、叶圣陶等从不同角度撰文参与到这次文坛论争中，为新文学的建设与发展谋求社会容受的空间。茅盾最初只是在私人交往的书信中表露对社会上笑骂《小说月报》革新的担忧，他真正意义上的正面回应则以《自然主义与中国现代小说》一文为标志。茅盾在此文中自陈是"以广博的作者界及读者界为对象，并非拿几个已有成就的新派作者做对象"⑦。对此，有感于"中国现在'青黄未发'，市面上最多的是自由盲动的不研究文学而专

---

① 郭沫若：《论文学的研究与介绍》，《时事新报·学灯》1922 年 7 月 27 日。
② 雁冰：《介绍外国文学作品的目的》，《时事新报·文学旬刊》1922 年 8 月 1 日第 2 版。
③ 雁冰：《介绍外国文学作品的目的》，《时事新报·文学旬刊》1922 年 8 月 1 日第 2 版。
④ 记者：《编辑室》，编辑者周瘦鹃、理事编辑钝根，《礼拜六》1921 年第 103 期，第 60 页："第一百另一期本刊，因忽促付印，编辑者未暇亲校，错字至多，几同恒河沙数。偶一翻阅，为之汗颜。"
⑤ 编辑者周瘦鹃、理事编辑钝根：《欢迎投稿》，《礼拜六》1921 年第 102 期。
⑥ 编辑者周瘦鹃、理事编辑钝根：《欢迎投稿》，《礼拜六》1921 年第 103 期。
⑦ 沈雁冰：《自然主义与中国现代小说》，《小说月报》1922 年第 13 卷第 7 号，第 12 页。

以做小说为业的作者,和那些'逐臭'的专以看小说为消遣的读者"①,茅盾从文学研究的学理角度指出这些"专以做小说为业的作者"在思想观念、写作艺术方面与现代社会人生的龃龉之处。在茅盾看来,一者,这类作者在思想观念上多表现为"文以载道"或"游戏"的文学观念,"文以载道"者"附会"大道、"游戏"者则"吟风弄月",这两种文学创作态度都未严肃地正视现代社会人生的真实情状和全貌。再者,在文学艺术的描写手法方面,与之相应的"'记帐'式的叙述"使人物欠丰满和立体。探究其因,茅盾认为"不能客观的描写"②是写作技术上普遍存在的共性问题。并且,受此种文学格调熏染的读者群除了从中获得浅疏的感官娱乐与消遣之外,也无益于健全人格与现代共和国民素质的养成。针对这种普遍又典型的社会现象和文坛上不免"空呼'自由创造'"(茅盾此说极可能针对的是创造社诸君)的新文学论调,茅盾为"赶快医治作者读者共有的毛病"③进而提出学习自然主义的"客观描写与实地观察"④,主张"我们应该学自然派作家,把科学上发见的原理应用到小说里,并该研究社会问题,男女问题,进化论种种学说"⑤以克服主观和直觉方面想写反映社会问题的小说,客观上却又因缺乏事先研究而致使"内容单薄与用意浅显两个毛病"⑥。

值得注意的是,其实茅盾此时从学理方面对自然主义派文学在思想、技艺及其社会影响方面的优长与不足都已有比较全面的认识,他在此之前已撰文多篇参与关于自然主义的论战⑦,但其依然坚持提倡自然主义的主要原因在于他看到自然主义文学对中国社会的实际问题而言可以"补救我们的弱点"⑧。从中显见,茅盾无论是批评"礼拜六"派的文学格调,还是对治中国现代小说的共同弊病,均是以回应关乎中国社会最大多数人的现实需求以及促进社会进步为基点与旨归。对茅盾来说,他认为中国社会目前最急需解决的问题是如何从社会层面务实地涵养和培育思想健全的、富有现代国民精神的人,在这个意义上,新文学在促进社会改造与进步方面责无旁贷。

正是在此意义上,茅盾不仅特别强调"新文学作品重在读者所受的影响,对于社会的影响,不将个人意见显出自己文才"⑨,还热诚呼告"尤其在我们这时代,我们希望文学能够担当唤醒民众而给他们力量的重大责任,我们希望国内的文艺青

---

① 沈雁冰:《自然主义与中国现代小说》,《小说月报》1922 年第 13 卷第 7 号,第 11 页。

② 沈雁冰:《自然主义与中国现代小说》,《小说月报》1922 年第 13 卷第 7 号,第 6 页。

③ 沈雁冰:《自然主义与中国现代小说》,《小说月报》1922 年第 13 卷第 7 号,第 11 页。

④ 沈雁冰:《自然主义与中国现代小说》,《小说月报》1922 年第 13 卷第 7 号,第 12 页。

⑤ 沈雁冰:《自然主义与中国现代小说》,《小说月报》1922 年第 13 卷第 7 号,第 9 页。

⑥ 沈雁冰:《自然主义与中国现代小说》,《小说月报》1922 年第 13 卷第 7 号,第 9 页。

⑦ 诸如在《小说月报》1922 年第 13 卷第 5 号发表的评论文章《自然主义的论战——复周赞襄》《自然主义的论战——复史子芬》,在《小说月报》1922 年第 13 卷第 6 号发表的评论《自然主义的怀疑与解答——复周志伊》《自然主义的怀疑与解答——复吕芾南》等。

⑧ 沈雁冰:《自然主义与中国现代小说》,《小说月报》1922 年第 13 卷第 7 号,第 11 页。

⑨ 茅盾:《什么是文学——我对于现文坛的感想》,武汉师范学院中文系现代文学组编:《中国现代文艺思想斗争史学习参考资料第一辑》,武汉:武汉师范学院中文系 1973 年 11 月出版发行,第 131 页。

年,再不要闭了眼睛冥想他们梦中的七宝楼台,而忘记了自身实在是住在猪圈里"①。质言之,茅盾热诚期待新文学家将个人的文才与对社会现实的关切有机结合起来,尽己所长去发掘和表现文学作为社会公器的文学价值与社会意义。

三、文学者新使命:负荷基于现实人生的社会理想

茅盾在时论中多次强调综合地表现现代人生是新文学的基本旨归。值得进一步思考和探究的是,对茅盾而言,"现代人生"的具体含义是什么? 应该如何表现现代人生? 与之相应的,何谓理想的现代人生?

从茅盾多次论议文学创作的文章中可以看到,茅盾尤为强调科学性,尤其对社会科学知识特别看重。历史地看,"社会科学作为一个独立的学科体系产生于19世纪,是近现代社会结构化的产物,是适应大工业生产、城市等大规模社会结构的管理需要而产生的。它把近代以来产生的结构化的或大规模的社会组织、社会群体、社会关系作为研究对象。社会科学的主要学科,如经济学、社会学和政治学的研究对象都是近代以来才得以形成和发展的社会现象。这些学科的产生本质上是近现代社会变化的结果。"②在五四时代,进步知识人的知识结构中十分突出的特质是他们对社会科学知识及其研究社会问题方法的采择与推崇,他们正是在世界视野中来思考民族国家与人类社会在政治、经济、军事、外交、文化等方面的深层关联与有机关系。

茅盾也不例外。茅盾早在《现在文学家的责任是什么?》(1920 年 1 月 10 日《东方杂志》第 17 卷第 1 号)一文中就强调研究西洋伦理学、心理学、思想史、文艺史、社会学、人生哲学等社会科学知识的重要性,非如此不能全方位理解西洋近代社会结构演进的历史进程,不能恰切认识西洋近代文学在西洋近代社会变迁过程中的形态、位置及其价值意义。具体到新文学创作方面,茅盾秉承社会科学思维及其社会分析方法,特别主张:"(一)是观察,(二)是艺术,(三)是哲理。换句话说,(一)就是用科学眼光去体察人生的各方面,寻出一个确是存在而大家不觉得的罅漏;(二)就是用科学方法整理、布局和描写;(三)是根据科学(广义)的原理,做这篇文字的背景。"③

其中,关于文学创作方法方面,茅盾又特别看重观察与想象、分析与综合地处理题材的能力。茅盾指出,"创作文学时必不可缺的,是观察的能力与想象的能力;两者偏一不可。表现的两个手段,是分析与综合。世间万象,人类生活,莫不有善的一面与恶的一面;徒尚分析的表现法,不是偏在善的一面,一定偏在恶的一面。"④正是在此意义上,茅盾认为,"西洋写实派后新浪漫派作品便都是能兼观察

---

① 雁冰:《"大转变时期"何时来呢》,《时事新报·文学旬刊》1923 年第 103 期第 1 版。

② 朱红文主编、高宁副主编:《人文社会科学导论 现代性、社会科学与社会科学文化》,北京:教育科学出版社 2011 年版,第 190—191 页。

③ 茅盾:《对于系统的经济的介绍西洋文学底意见》,《茅盾文艺杂论集》上册,上海:上海文艺出版社 1981 年版,第 16—17 页。

④ 郎损(茅盾):《新文学研究者的责任与努力》,《小说月报》1921 年第 12 卷第 2 号,第 5 页。

与想象,而综合地表现人生的。"①这也是茅盾在五四时期对新浪漫派不免倾心的根本原因。由此可见,茅盾非常富有辩证思维、全局视野的新文学观念。如果说这是茅盾在1920年代初文学观的核心要义,那么茅盾加入中国共产党后,随着茅盾对国际时局和国内政局的进一步了解,他的文学观尤以《论无产阶级艺术》为代表。此文萌发于1925年5月2日茅盾应艺术师范学校之邀就无产阶级艺术一题的讲演。茅盾在此文中叙述了从最初服膺罗曼·罗兰式"温和性的'民众艺术'"②到此时力主更为"头角峥嵘,须眉毕露"的"无产阶级艺术"③的思想演化过程。在此意义上,茅盾1925年写就的《论无产阶级艺术》向来多被视为1920年代革命文学理论的高峰。值得注意的是,受历史虚无主义思潮影响,也有研究者因"文化大革命"创伤从偏狭的国共之间政党政治斗争的党派视角读解和评议,甚至认为这是茅盾出于政治立场需要而作的文艺理论文章。事实上,这样的解读不仅有将茅盾的文艺思想简单化之嫌,还进而将茅盾视为出于谋求政治利益而执行政治文艺要求的政治投机文人,进而对茅盾个体的主观能动性及其内在的思想肌理把握不足、认识不清。并且,这种解读范式在客观上也消解了茅盾等早期无产阶级革命家寄寓在文艺理论思考背后的社会关怀及赤诚的家国情怀。

细读此文不难发现,茅盾特别辨析了无产阶级艺术与其他艺术(诸如旧有的农民艺术、单纯破坏的革命艺术)之间的本质区别。它们之间的区别不在题材,而在作者对题材的把握和认识是否具有无产阶级精神的眼界与追求,意即"无产阶级艺术决非仅仅描写无产阶级生活即算了事,应以无产阶级精神为中心而创造一种适应于新世界(就是无产阶级居于治者地位的世界)的艺术。无产阶级的精神是集体主义的,反家族主义的,非宗教的"④。其中,"无产阶级精神"可视为茅盾《论无产阶级艺术》的关键词和核心概念。在茅盾笔下,"无产阶级艺术"最本质的特质在于是否具有"无产阶级精神"。何谓"无产阶级精神",对此,茅盾又有明确的阐释——"无产阶级的艺术意识须是纯粹自己的"⑤,这意味着这是属己的认知及一种自主选择。尤其值得注意的是,茅盾不仅对不同社会阶层(农民、士兵、知识阶级)的社会心理特征有分门别类的理性认识,身为知识人的他还对容易被知识阶级认同和追求的"个人自由主义"也怀有十分自觉的警惕意识。

在此意义上,从"破"的角度而言,茅盾所认同的阶级斗争学说有其特别的内涵,"无产阶级所要努力铲除的,是资产阶级的社会制度,及其相关连的并且出死力拥护的集体"⑥。对此,从"立"的角度而言,"无产阶级必须力战而后能达到他们

---

① 郎损(茅盾):《新文学研究者的责任与努力》,《小说月报》1921年第12卷第2号,第5页。

② 沈雁冰:《论无产阶级艺术》,《文学周报》1925年第172期,第3页。

③ 沈雁冰:《论无产阶级艺术》,《文学周报》1925年第172期,第3页。

④ 沈雁冰:《论无产阶级艺术》,《文学周报》1925年第173期,第11页。

⑤ 沈雁冰:《论无产阶级艺术》,《文学周报》1925年第173期,第12页:"无产阶级艺术至少须是:(一)没有农民所有的家族主义与宗教思想;(二)没有兵士所有的憎恨资产阶级个人的心理;(三)没有智识阶级所有的个人自由主义。"

⑥ 沈雁冰:《论无产阶级艺术》,《文学周报》1925年第175期,第29页。

的理想,但这理想并不是破坏,却是建设——要建设全新的人类生活。"①虽然具体如何构建这种既复杂又和谐的人类新世界言人人殊,但对茅盾而言,这种无产阶级精神内涵不仅指向作品内在的根本精神,同时也指向作者内在价值体系中最核心的思想观念;不仅指向社会现实批判的具体对象——资产阶级构建的社会制度和社会结构体系,同时也指向人类世界理想社会的建设目标与真诚期待。对茅盾来说,这种最核心的思想观念并非出于对狭隘的政党政治意识形态的立场需要与简单认同,背后还内含着对"历史信念"的肯认以及对内在"刚毅意志"主体的自觉与认同。换言之,无数早期中国共产党人正是基于中国内政外交的社会现实选择投身政治,他们以济世安民、匡正天下为志向,这也是中国共产党成立的时代背景、核心共识和逻辑起点。如此,方能恰切理解茅盾所言,"由于历史的信念与刚毅的意志而发生的革命精神与作战的勇气,方是可宝贵的,可靠的;……无产阶级的战争精神是从认识了自己的历史的使命而生长的,是受了艰苦的现实的压迫而迸发的,不是为了一时刺激与鼓动,所以能够打死仗,只有进,没有退!"②从中可见,茅盾反复论析并尤为强调的"无产阶级精神"并非理论先行的政治口号抑或基于意识形态需要在文化方面的策略,而是觉醒的进步个人基于对人类社会进化历程的整体把握与理性认识,进而据此确立了坚定的历史信念以及自觉践履的历史使命意识。在这里明显可以感觉到茅盾此时就已对充满革命浪漫主义激情式的"刺激与鼓动"不以为然,这种激情的熏染多诱发群体性的盲从与妄作,不一定具备内在的自觉与自为。

据此逻辑,什么是现代人类社会迫在眉睫的难题与苦忧呢?茅盾在《文学者的新使命》中进一步指出:"现代人类的痛苦是什么呢?简单的说,就是世界上有被压迫的民族和被压迫的阶级陷于悲惨的境地并且一天一天的往下沉溺。这个事实,一方面使被压迫民族和阶级不能发挥他们伟大的创造力以补救现代文明的缺陷,别方面便造成了世界的永久扰乱。所以被压迫民族与被压迫阶级的解放就是现代人类的需要。"③从中可见,对现代人类社会而言,依靠直接或间接掠夺性的资本原始积累走向资本主义强国的西方列强对弱小民族国家的欺凌和压抑是当时国际社会局势显见的现象以及国际社会问题的核心。西方列强以军事武力为支撑、以经济殖民为推手、以文化传教为掩护,对弱国进行全方位或显或隐的欺压甚至殖民驯化。正是在此意义上,再结合中国身为被压迫民族所在社会的现实情状,敏锐的茅盾进而呼吁:"文学者目前的使命就是要抓住了被压迫民族与阶级的革命运动的精神,用深刻伟大的文学表现出来,使这种精神普遍到民间,深印入被压迫者的脑筋,因以保持他们的自求解放运动的高潮,并且感召起更伟大更热烈的革命运动来!"④而这正是茅盾对自觉描写社会、反映时代运命的文学家的殷切希冀。在茅盾看来,伟大文学者敏锐的神经与时代社会的运命是交融共振的,"这

---

① 沈雁冰:《论无产阶级艺术》,《文学周报》1925 年第 175 期,第 28 页。
② 沈雁冰:《论无产阶级艺术》,《文学周报》1925 年第 175 期,第 29 页。
③ 沈雁冰:《文学者的新使命》,《文学周报》1925 年第 190 期,第 150 页。
④ 沈雁冰:《文学者的新使命》,《文学周报》1925 年第 190 期,第 150 页。

样的文学,方足称为能于如实地表现现实人生而外,更指示人生向美善的将来;这便是文学者的新使命。"①至于何谓"更美善的将来",茅盾其实也有十分清醒的认识,从理论上讲,"所谓更美善的将来究竟是一个何等的世界? ……这个答案是极难定的;并且彻底说来,这答案是不能定的,因为人人自有他自己合意的理想世界,难得二人相同。"②然而,结合社会现实情状来说,茅盾同时感到,若"任凭各人宣传赞扬他自己合意的理想世界罢。这原是最公平并且最合乎思想自由言论自由的原则的办法。然而如此则那理想世界便只好讴歌在口头,建设在纸上,决不能涌现于地上了"③。有感于此,为使"纸上的建设"能够有"涌现于地上"的可能,切实促进社会现实问题改善乃至解决,茅盾从基于现实需要的角度认同"不能不使大多数人都奉一个理想",进而具体要求个人"牺牲了小我,成就了大我"④。有的研究者对此主张的解读比较政治化,觉得茅盾是出于政治立场的表态和选择,或认为茅盾在某种程度上背离了五四时代倡扬个性的民主自由精神。事实上,这不只是茅盾个人的思想观念与人生选择,而是那个时代诸多有识之士在此情境下的共同选择,并且,他们并非背离而是进一步承继和发扬了五四时代精神。茅盾申言:"在这一点上,我们承认文学是负荷了指示人生向更美善的将来,并且愿意信奉力行此主张的,便亦不妨起而要求文学者行动的一致了。虽然这件事极难办到,或许竟是一个梦想,然而这个要求未始无理,我却是确信着。"⑤从中明显可以感到茅盾在呼求文学者的新使命时的现实针对性及历史使命感。正是在此意义上,五四时代精神所倡扬的偏于个体的"自由"和"自我"在民族国家危难之际自发自觉走向了"大我"。

与此同时,在文学如何处理和平衡现实人生同理想世界之间交互辩证的关系时,茅盾又十分严谨审慎地提醒,"文学者决不能离开了现实的人生,专去讴歌去描写将来的理想世界。我们心中不可不有一个将来社会的理想,而我们的题材却离不了现实人生。我们不能抛开现代人的痛苦与需要,不为呼号,而只夸缥缈的空中楼阁,成了空想的浪漫主义者。"⑥据此可见茅盾在把握现实人生与理想社会关系时十分辩证、实事求是的历史态度。相比空想的浪漫主义者而言,茅盾所期待的更像是务实的理想主义者。现实人生中关乎大多数人的普遍苦痛、切迫需要、攸关全局的核心问题是"伟大的文学者"及时反映时代、承担社会责任的写作重心;与之相应的,作者对此从人类社会全局进行研判和透视进而探索现实人生改善及其上达的可能路径则是"伟大的文学者"面对时代难题时践履历史使命的直接体现。

据此而言,茅盾主张的"观察一特定生活,必须从社会的总的联带关系上作全

---

① 沈雁冰:《文学者的新使命》,《文学周报》1925 年第 190 期,第 151 页。
② 沈雁冰:《文学者的新使命》,《文学周报》1925 年第 190 期,第 150 页。
③ 沈雁冰:《文学者的新使命》,《文学周报》1925 年第 190 期,第 150 页。
④ 沈雁冰:《文学者的新使命》,《文学周报》1925 年第 190 期,第 150 页。
⑤ 沈雁冰:《文学者的新使命》,《文学周报》1925 年第 190 期,第 150 页。
⑥ 沈雁冰:《文学者的新使命》,《文学周报》1925 年第 190 期,第 150 页。

面的考察"①以及"时时要注意的,是社会生活的各部门都是有机的关系"②,这既是茅盾评议不同社会历史时期文坛现状的核心标准,同时也是他非常自觉地通过文学创作试图实现的文学目标。再结合茅盾后来的文学创作来看,这也是茅盾一生文学行止的总特征。从这个意义上可以说,茅盾所追求的"文学社会化"——需用科学的头脑、精细的观察、缜密的分析剖解社会现象,再经由现代文学特有的描写技艺形象地加以呈现,进而达到基于社会整体视域恰切"反映社会"以及"指导社会"的目的。

---

① 茅盾:《创作的准备》,《茅盾论创作》,上海:上海文艺出版社 1981 年版(上海生活书店 1936 年 11 月初版),第 462 页。

② 茅盾:《创作的准备》,《茅盾论创作》,上海:上海文艺出版社 1981 年版(上海生活书店 1936 年 11 月初版),第 464 页。

茅盾的"牯岭情结"及文学呈现

李湘湘　　赵思运①

摘　要:"牯岭"不仅是地理或文化意义上的名称,却同时也逐渐成为从早年到晚年,由低谷到平地,如涓涓细流般贯穿茅盾大半生的重要情结。通过追溯茅盾"牯岭时刻"的前因后果以及挖掘其滞留牯岭时期的诗文创作,"剖"其人生经历来"解"其内心之细枝末节,大致可以揣摩其创作过程中的态度、精神和思想。不论是《幻灭》中的静女士,还是《子夜》里的吴荪甫形象,他们身上都凝聚了不同时期作家压抑在心灵深处的情感无意识,因而透过《幻灭》和《子夜》可以发现,茅盾的"牯岭情结"是愈合过后的再生长,它既意味着人在受到现实重创后,可以选择暂时地退守或陷入一时的沉沦与崩溃,也蕴含了要修葺自己的精神世界,重新回归现实人间,继续探寻出路的现实观。

关键词:茅盾;牯岭情结;《幻灭》;《子夜》

茅盾作为中国现代文化史上的一座高峰,可谓"横看成岭侧成峰",海内外的茅盾研究成果层出不穷,而对于茅盾作品所显现出来的"牯岭情结"的研究,尚不充分。通过对茅盾"牯岭情结"的研究,结合其文学创作,呈现茅盾的个人生活状况及思想情感变化,再现历史现场,还原鲜活、真实的茅盾,将会成为研究茅盾的重要途径。情结是"一种无意识的心理纠葛,是被意识压抑在心灵深处日积月累形成的具有本能冲动与情绪倾向的某种意念群"②。本文将聚焦于茅盾的"牯岭情结",以茅盾从《幻灭》《子夜》的小说创作为引,回顾其创作历程,"剖"其人生经历来"解"其内心之细枝末节,发掘其创作过程中的态度、精神和思想。

一、茅盾"牯岭时刻"之探疑

牯岭位于江西省九江市,是庐山的重要部分。曾有学者将庐山分为"古代庐山"和"现代庐山",二者的区别是由19世纪下半叶西方列强入侵中国后,庐山被西方文化浸染所引起的,"其分界以1895年12月九江道台与英国驻九江领事签订《牯牛岭案十二条》、英人李德立正式取得庐山牯岭开发权为标志"③,此前的庐山

---

① 作者简介:李湘湘,浙江传媒学院文学院汉语言文学专业2019级本科生。赵思运,文学博士,浙江传媒学院茅盾研究中心教授。

② 钱谷融、鲁枢元:《文学心理学》,上海:华东师范大学出版社2003年版,第326页。

③ 罗龙炎、唐红梅:《"牯岭范式"——牯岭文化的当代价值》,《九江学院学报(社会科学版)》2016年第3期,第15—17页。

为"古代庐山",此后则为"现代庐山",本文中所提到的牯岭属于现代庐山。当李德立得到牯岭开发权后,庐山文化的质态发生了巨大变化,这种变化就集中体现在牯岭上。19世纪后期,李德立等人以现代城市理念为指导开发牯岭,使之成为一座具有较完备的现代城市功能、通过社会自治组织实行民主管理的公园式山林城市和具有相当规模、多种文化共处的"世界村"。在这种现代化的趋势中,庐山文化的中心转移到了山顶牯岭,牯岭由此显现出独特的现代文化价值。茅盾上牯岭之时,正值牯岭历经重重矛盾与艰辛蜕变后的拔节时期。

1927年5月,北伐前线捷报频传,然而后方的武汉却是困难重重、险象迭生。在反动势力的煽动下,"工农运动过火"的议论甚嚣尘上。进入7月,国民大革命的怒潮让武汉变得十分危险,为应付突然事变,茅盾转入"地下"。而后,他接到党的命令去九江找某个人,与董必武、谭平山接头后,决定从牯岭翻山下去赶往目的地南昌。但是,直到八月中旬,茅盾才托范志超预购一张船票,坐上了一艘开往上海的日本轮船。根据茅盾晚年的自述,他之所以滞留牯岭,未能前去南昌参加起义,是因为铁路被断后火车不通,再加上因突患腹泻而卧病在床、无法行动。然而,对茅盾的庐山行迹及其"脱党"性质,一些学者经深入考证后认为,虽然事出有因,但事实上茅盾是有机会去南昌的,只是没有坚定奔赴南昌的意向和意志,而是选择了暂停跟随其他共产主义友人的步伐。①

通过查阅有关南昌起义的资料,余连祥摘录了1927年7月九江革命力量集结南昌的情况,发现董必武根本没有到九江参与南昌起义前的组织工作,并且九江办事处的负责人是吴玉章,而非董必武或谭平山。② 针对茅盾在回忆录里把没有奉命赴南昌参加起义的原因归结为火车客车不通和突患腹泻这两个不可抗因素,根据赵相禄在《抢修下山渡大桥》中的回忆,"涂家埠山下的大铁桥被反动派破坏了,不能通行""我当时听到是叶挺、贺龙部队,立即召集了一百多名铁路工人,告诉他们说:叶挺、贺龙部队要开往南昌去,需赶紧将桥修好""(工人们)争先恐后地去修桥面,从晚上九点钟到第二天七点钟左右就将桥面全部修好了"。③ 这表明即使茅盾去买火车票时有火车不通的可能性,但也不是不可抗拒的,因为如果一定要去,他还可以选择改日再去。④ 在所有回忆南昌起义的文章中,只有章伯钧提到自己在牯岭上遇见了茅盾,并表示7月29日他和林伯渠、吴玉章、黄日葵和恽代英五人雇了五乘轿子下山,在沙河站上车到了南昌。作为与茅盾共事多年的战友,按理说,恽代英也会约茅盾下山共赴南昌,然而最后茅盾并没有同行,这似乎透露了一个信息,即茅盾以某种理由拒绝了。

至于突发腹泻这一因素,余连祥通过茅盾1928年7月写于东京的《从牯岭到东京》与晚年回忆录中的关于"牯岭养病"这两段文字的对照发现,1928年7月《从

① 苏心:《"牯岭时刻"与作家"茅盾"的诞生》,《中国现代文学研究丛刊》2021年第3期,第169页。
② 余连祥:《逃墨馆主:茅盾传》,杭州:浙江人民出版社2006年版,第104—105页。
③ 中国社会科学院现代革命史研究院:《南昌起义资料》,人民出版社1979年版,第132页。转引自余连祥:《逃墨馆主:茅盾传》,杭州:浙江人民出版社2006年版,第106页。
④ 余连祥:《逃墨馆主:茅盾传》,杭州:浙江人民出版社2006年版,第107页。

牯岭到东京》这段文字描述的病只是"失眠症",而非晚年所描述的"腹泻"。① 茅盾在《几句旧话》中也写道:"虽然是养病,幸而我的病,不过是神经衰弱和失眠"②,这前后回忆的不一致令人怀疑其真实性。除此以外,梳理茅盾在牯岭的著译情况后,我们发现,他在 7 月 26 日写了《牯岭的臭虫》一文,以玄珠为名发表在 8 月 1 日《中央日报》副刊,可按照茅盾晚年的回忆,这天他先去找夏曦打听去南昌的办法,回旅店后就突患腹泻病倒了,倘若是真,他怎么还能写出《牯岭的臭虫》一文呢?③ 余连祥进一步推断,茅盾不是因"腹泻"而不能去南昌参加起义,反而因不打算去南昌参加起义而"神经衰弱和失眠"了。④

回望作家一生,不论是从哪一方面来说,茅盾滞留牯岭的这段时光都占据了十分重要的地位。1973 年"文化大革命"期间,茅盾被人"检举"在 1928 年去日本途中自首叛变,因"叛党"说而蒙受了不白之冤,因而晚年在撰写回忆录时仍心有余悸,有意虚构了两个不可抗拒因素为自己的脱党小心开脱。由于写作的具体情境不同,许多地方都存在疑点,尤其是其中暗置了一个对其"自动掉队"行为自辩的主题,反复强调如何由于一系列客观原因没能赶上参加南昌起义,以及如何在发现交通不通后仍不忘打探路,可惜终因腹泻卧床——大概因如此写作动机,导致其回忆中不免出现失实之处。⑤ 即便如此,也能从文字中看出他对牯岭生活的由衷热爱。尽管牯岭经历致使茅盾在行动和思想上脱离政治并在此后很长一段时间里丢失党员身份,但我们也发现,正是在牯岭,作家"茅盾"得以成功着床,而后成功孕育出诸多作品,创造了新的生命。单从文艺创作来看,"牯岭"不但是其文本中反复书写的独特素材,还成为了茅盾小说世界中的特殊意象。

二、"牯岭情结"与"茅盾"的诞生

"牯岭写作"忠实记录了茅盾深刻的幻灭经验,同时也唤起了作家对幻灭体验的坚定抵抗。对于 1927 年夏的茅盾来说,他所不懈投入奋斗的国民革命理想与矛盾的现实之间的难以磨合,令其陷入幻灭的灰色漩涡之中,但更大的悲哀是幻灭之后的极度空虚,更为可憎的事实是先前震天铄地的理想之火如今看来只是一点星火。如果被时代挟持着向前飞奔,既无从呼救,又不肯放弃挣扎,唯有忍耐与迎战才能不至于湮没于洪荒中,安逸与隐匿只会腐蚀人的心力。此时文人生存的制度环境已不同于古时,既没有山林可做归隐之地,也不可能退回书斋,"不可能像过去那样放任自由,随意逍遥,故意采取与社会不合作的姿态,像纵情乡野的竹林七贤等人那样"⑥。因此,离开牯岭后,在现实与追求的苦闷中,"茅盾"诞生了。

---

① 余连祥:《逃墨馆主:茅盾传》,杭州:浙江人民出版社 2006 年版,第 109 页。
② 茅盾:《几句旧话》,《茅盾全集》第 19 卷,北京:人民文学出版社 1991 年版,第 441 页。
③ 余连祥:《逃墨馆主:茅盾传》,杭州:浙江人民出版社 2006 年版,第 110—111 页。
④ 余连祥:《逃墨馆主:茅盾传》,杭州:浙江人民出版社 2006 年版,第 111 页。
⑤ 张广海:《茅盾与革命文学派的"现实"观之争》,《中国现代文学研究丛刊》2012 年第 1 期,第 17 页。
⑥ 程光炜:《文化的转轨——"鲁郭茅巴老曹"在中国(1949—1981)》,北京:北京大学出版社 2015 年版,第 193 页。

"茅盾"者,"矛盾"也,作家本人对此的解释是:"一九二七年上半年我在武汉又经历了较前更深更广的生活,不但看到了更多的革命与反革命的矛盾,也看到了革命阵营内部的矛盾……自然也不会不看到我自己生活上、思想中也有很大的矛盾……又看到有不少人们思想上实在有矛盾,甚至言行也有矛盾,却又总自以为自己没有矛盾……大概是带点讽刺别人也嘲笑自己的文人积习罢。"①取"茅盾"二字为笔名,不难窥见其对政治生活之矛盾犹豫的态度。不过,这种矛盾并不意味着茅盾就此远离政治。恰恰是由于政治性的苦闷的存在,茅盾的文学创作才能走向极致。可以说,茅盾作品中牯岭情结的萌芽和最终生成也与茅盾的政治生涯密不可分,是处于不同阶段的某种情绪深化的结果。1927 年 8 月,从牯岭回到上海后,他开始使用笔名"茅盾"发表了处女作长篇小说《幻灭》,此中已可窥见其牯岭情结,但在此之前,一些"蛛丝马迹"其实早有迹可循。

关于茅盾滞留牯岭期间的文艺创作,已有研究指出,包括《云少爷与草帽》《牯岭的臭虫》、白话诗《我们在月光底下缓步》《留别》和佚文《上牯岭去》在内的诗文是其大革命时期文学活动的开始。② 这些作品是茅盾对处于牯岭时刻的自我进行发微抉隐与潜心酝酿的结果,其中蕴含着大革命失败后其内心纷繁芜杂的思绪。

茅盾(署名玄珠)在发表于《中央日报》副刊上的《云少爷与草帽》和《牯岭的臭虫》中,传递出了欲蛰居牯岭而隐于世的意图。从庐山山麓到牯岭的十八里山路途中,一行人顺着石阶缓步前进,在牯岭的旅馆里,茅盾自嘲"是最不懂'怀旧'的",过去的一切,纵使是欢乐的纪念,也被忘记得一干二净,他只想要享乐现在。在三千六百尺的高地,在峰峦怀抱的中间,无论是襄阳丸统舱里的臭汗气、九江市上不平的马路,还是麻烦的钞票问题、铜子问题,都被他抛在了脑后。牯岭安逸的日子看似使茅盾免于世俗的炮火,得了"清闲",可当真闲却了,身体虽轻快下来,心中却不免产生一种孤寂、幻灭之感,时不时念起亲友与他所想见而未见的"我们的冰莹"。

对于大革命失败后的茅盾,牯岭是"与外人间隔"的桃花源,文中多次提及的"我们的冰莹"代指恋爱,在他的笔下,"恋爱"不再只是一种能带来诸如甜蜜、欢愉、酸楚等一系列复杂情感的刺激体验,而更多地被赋予了愉悦、自由、理性等内涵,特别是在茅盾面对革命失败感到失意颓败时,成为缓释疲倦、抚慰心灵的精神麻醉剂,如泉水般汩汩注满这一小段牯岭时光。

在茅盾平白的叙述中,我们发现,即使他受到"牯岭的臭虫"的骚扰而无法安睡,即使面对只能与"云少爷"同挤帆布行军床的窘状,可他仍沉醉于这山中世界,不想离去:"我相信游泳不是一件难事,如果我在此一个月,天天去学习,总能学会了罢?"③这种留恋的情绪在同期作品中也能找寻到痕迹。

《上牯岭去》中,茅盾抽取自我中的一缕意识化作陈君,借他之口讲述山居生

① 茅盾:《写在〈蚀〉的新版的后面》,《茅盾全集》第 1 卷,北京:人民文学出版社 1984 年版,第 425 页。

② 苏心:《"牯岭时刻"与作家"茅盾"的诞生》,《中国现代文学研究丛刊》2021 年第 3 期,第 172 页。

③ 茅盾:《牯岭的臭虫——致武汉的朋友们(二)》,《茅盾全集》第 11 卷,北京:人民文学出版社 1986 年版,第 52 页。

活:幽静的山谷中处处可见闲情逸致,旅馆的三面都是山峰,凭窗外望群山,仿佛陷身在白云中,"清晨傍晚到山上去闲步,白日就在旅馆中译小说"①,牯岭的闲居生活与山下的革命形势形成了强烈的对比。当然,小说并不充斥避世之意,倘若细读,又可闻茅盾内心的挣扎。面对作别前陈君"山上还有一位冰莹,何妨也做一次云少爷"的邀请,茅盾又撷取一瓣自我客体化为文中的"我"坚定拒绝:"时间迫促,怎容我有许多闲情逸致?"②

可面对牯岭的闲适与胜景,他连半分犹豫和心动都没有吗?恰恰相反,茅盾静自寻味,梦寐系之。《牯岭之秋》中那个感到"太疲倦了",拉住云少爷想要躲在牯岭旅馆享几天清福的老明便是一处例证。只是牯岭之上,山中之人几乎与世隔绝,不去自扰,只贪眼下愉快,"长久不见报纸",浑然不知山下时势境况,"倘不是旅馆的茶房,怕日子也忘怀了",如此一来,时日一长,心中不免平添几分沉闷与躁郁。由是观之,茅盾的幻灭体验既包括革命理想与现实断裂而带来的痛苦与颓唐,又包含了入山避世后无所适从的低迷和苦闷,以及渴望找寻出路的心灵纠葛。

国共合作失败后无端流淌的鲜血,让茅盾看清楚了政治的真面目。在坐卧不宁、草木皆兵的逃亡生涯中,写小说成为他重新理解政治的特殊方式,也是他宣泄内心压抑与恐惧情绪的手段。③ 正是由于茅盾目睹了太多的灾难与丑恶,一种创伤性体验随着见证了更多的死亡而深化,与之相对应,对牯岭的情愫也在一天一天慢慢定型,以致成为一种情结。人对自己的亲身经历总是记忆犹新,会对疾病和死亡耿耿于怀,自然也会对自由和安逸念念不忘,牯岭就这样成为了茅盾创作的潜在因素。"牯岭情结"的发生便缘起于难以抑制的幻灭情绪,在强烈的社会责任感驱动下,茅盾开始了思考自我的位置和历史的前景,这种对现实生存的思虑从小说《幻灭》中可见端倪。

三、《幻灭》中的"牯岭"意象

《幻灭》的发表标志着作家"茅盾"的诞生,小说描写了两位年轻女性静女士和慧女士的幻灭经历。在最后两章,静女士与送到第六病院疗伤的强连长共同宣告了"恋爱结合",并决定游庐山度蜜月,然而就在二人狂欢的一星期过去后,强连长接到命令要上前线,静女士又重新陷入幻灭的愁闷中。在牯岭唯一生病的人是茅盾自己,因而茅盾对静女士的塑造成为我们需要关注的焦点。④ 细读文本,我们从静与强的对话中能感受到当时茅盾对于革命复杂、抵牾的心态,革命理想,抑或是政治,实际上是刺激、冒险、快乐和未来等的复合词,它只有一个结局,便是永远追

---

① 云儿(茅盾):《上牯岭去》,武汉《中央副刊》1927 年第 145 期。转引自苏心:《"牯岭时刻"与作家"茅盾"的诞生》,《中国现代文学研究丛刊》2021 年第 3 期,第 181 页。

② 云儿(茅盾):《上牯岭去》,武汉《中央副刊》1927 年第 145 期。转引自苏心:《"牯岭时刻"与作家"茅盾"的诞生》,《中国现代文学研究丛刊》2021 年第 3 期,第 181 页。

③ 程光炜:《文化的转轨——"鲁郭茅巴老曹"在中国(1949—1981)》,北京:北京大学出版社 2015 年版,第197 页。

④ David Hull. *Narrative in Mao Dun's Eclipse Trilogy: A Conflicted Mao Dun*, Los Angeles: UNIVERSITY OF CALIFORNIA, 2012, p.72.

求,一旦上了路就不能回头。

那时描写政治的很多作品往往会用虚假的厚布,如通过描写战火纷飞中男女至死不渝的爱情来掩盖政治世俗功利、残酷无情和深谋远虑的一面,未曾体验过这种极为复杂的人生面貌的人们则会下意识忽视掉其不讲人情规则又视利害为生命的真相。茅盾"真实地去生活,经验了动乱中国的最复杂的人生的一幕,终于感到了幻灭的悲哀,人生的矛盾"①,在消沉的心情与孤寂的生活中,他还尚受生活执着的支配,想要以"生命力的余烬从别方面在这迷乱灰色的人生内发一星微光"②,于是开始创作。因为经验了人生,他才要做小说。尽管茅盾的作品中也不乏恋爱、性的情节,但这些都次于革命与政治,达到了更为深刻地揭开政治的真实面目的效果。当然,这并非茅盾创作《幻灭》的本意,他不是提倡"文艺为政治服务"的"功利性"作家,相反,他有些厌弃政治的文化生涯,因此在剖析《幻灭》时,我们最好从作家创作的角度来切入。

政治血淋淋的面孔、屠杀无辜的血腥现实让茅盾与当时的知识分子之间产生了心灵的共振:在大时代的动荡中,找不到自己的位置与归宿,是"无家可归"的精神流浪者,尽管没有放弃自己的追求,却时时感受着不能掌握命运的悲哀与被抛弃的孤独无助。③ 在大革命中,他看到了敌人的杀戮和自己阵营内的形形色色,始终不愿像其他狂热的革命者那样一股脑呼号叫喊着"出路"横冲直撞。左翼分子因此指责这是茅盾思想动摇的表现,但茅盾本人却并不如此认为,因为"凡是真心热望着革命的人们都曾在那时候有过这样一度的幻灭……只有尚执着于那事物而不能将它看个彻底的,然后会动摇"④,他真心渴望革命成功,只是不能有所预见并自信地为大家指引出一条路来,再加上无休止的争论使他感到了深深的疲倦,故当时内心的失落感极其强烈。

所谓"幻灭",大抵是无法摆脱被逼迫、被围困的心情,是始终感到自己居于即将灭亡的阴影中,满心挣扎却无从着力,是怀着一种悲哀感和落泪感,明明可以即时地痛苦呼喊宣泄却还是将难以言说的情感理智地压入言语里。茅盾在《从牯岭到东京》一文中写道:"从《幻灭》至《追求》这一段时间正是中国多事之秋,作者当然有许多新感触,没有法子不流露出来……但是我素来不善于痛哭流涕剑拔弩张的那一套志士气概,并且想到自己只能躲在房里做文章,已经是可鄙的懦怯,何必再不自惭的偏要嘴硬呢? ……所以我只能说老实话:我有点幻灭,我悲观,我消沉……"⑤我们一般会认为"幻灭"是一种悲观、消沉的心理,但它也可以是茅盾的"不妥协",因为与代表彻底的、完全的悲观的"绝望"一词相比,"幻灭"的情感色彩显得更积极些。在亲历了动荡中国社会最复杂的一幕后,面对突变的形势,茅盾选择停下来思考,"在以前我自以为已经清楚了,然而,在 1927 年的夏季,我发现

---

① 茅盾:《从牯岭到东京》,《茅盾全集》第 19 卷,北京:人民文学出版社 1991 年版,第 176—177 页。

② 茅盾:《从牯岭到东京》,《茅盾全集》第 19 卷,北京:人民文学出版社 1991 年版,第 177 页。

③ 钱理群:《丰富的痛苦:堂吉诃德与哈姆雷特的东移》,北京:北京大学出版社 2007 年版,第 217 页。

④ 茅盾:《从牯岭到东京》,《茅盾全集》第 19 卷,北京:人民文学出版社 1991 年版,第 183 页。

⑤ 茅盾:《从牯岭到东京》,《茅盾全集》第 19 卷,北京:人民文学出版社 1991 年版,第 180—181 页。

自己并没有弄清楚"①,当"一切理想中的幸福都成了废票,而新的痛苦却一点一点加上来"②,"牯岭"也就成了茅盾选择留下的疗养地。

对静女士来说,牯岭具有很特别的意义,茅盾在小说中对牯岭一地进行了反复酝酿和构思。静女士一直在不断地追求、不断地幻灭中反复横跳,不管是革命事业,还是其他,结果总是幻灭:中学时代热心社会活动,幻灭后以专心读书为遁逃薮;与抱素恋爱上床,幻灭后进入第六病院;再次走进恋爱,依旧幻灭。而在一系列的经历中,与强连长的恋爱略显不同。过去的一年里,她本就脆弱疲累的灵魂已不堪重负,而在牯岭,她第一次享受到了梦想中的甜蜜生活,紧张的神经终于放松下来。在寄给王女士的一封信中,她是这样形容:"我们在此没遇见过熟人,也不知道山下的事;我们也不欲知道。这里是一个恋爱的环境,寻欢的环境。我以为这一点享乐,对于我也有益处。我希望从此改变了我的性格,不再消极,不再多愁。此地至多再住一月,就不适宜了,那时我们打算一同到我家里去。"③由此可见,牯岭之行的确在一定程度上改变了历经多重幻灭后颓丧消极的静女士,使其豁然开朗,重新享受到生活的愉悦。静女士信中所言亦是滞留牯岭的茅盾心中所想,这在《牯岭之秋》等文中都能找寻到证据。

在惆怅的云雾逐渐消弭之时,静女士并不打算久留,这就向我们抛出了几个问题:为什么牯岭最多只能再住一个月? 为什么说牯岭不适宜? 明明认为牯岭是一个恋爱的、寻欢的环境,为什么还是打算一同回家呢? 回家意味着什么? 这些问题的答案要从作家身上去挖掘。

除茅盾在《牯岭的臭虫》中所提及的旅馆环境这一原因之外,问题的答案实际指向幻灭后是选择从此不问世事还是另寻出路。茅盾直言:"幻灭以后,也许消极,也许更积极……幻灭的人对于当前的骗人的事物是看清了的,他把它一脚踢开;踢开以后怎样呢? 或者从此不管这些事;或者是另寻一条路来干。"④显然,茅盾是后者,强连长奔赴战场的决定就暗示了其选择的偏向。1930 年,他在《蚀》的题词中写道:"生命之火尚在我胸中燃炽,青春之力尚在我血管中奔流……营营之声,不能扰我心,我惟以此自勉而自励。"⑤尽管幻灭的倦怠一度使他逃避世事,从政治中抽离开,不愿再去关注现实、现世,但这并不是对过往理想的彻底舍弃,而是因为实现理想的道路注定曲折艰险,革命者中途因疲惫而搁浅片刻乃常情,最后必然还是要回到山下,回归现实,投身激越的社会革命,继续投入炙热的社会生活。这也是本文重点讲述的"牯岭情结"的深层内涵。"牯岭情结"不能简单外化为牯岭对作家茅盾诞生的价值与意义所在,还包含了茅盾在经历幻灭、动摇后守住自我、依然执着追求的现世态度。对此,笔者将在下一部分通过对《子夜》中吴荪甫的结局展开分析论述。

---

① 茅盾:《创作生涯的开始》,《茅盾全集》第 35 卷,北京:人民文学出版社 1997 年版,第 426 页。
② 茅盾:《从牯岭到东京》,《茅盾全集》第 19 卷,北京:人民文学出版社 1991 年版,第 182 页。
③ 茅盾:《蚀》,《茅盾全集》第 1 卷,北京:人民文学出版社 1984 年版,第 93 页。
④ 茅盾:《从牯岭到东京》,《茅盾全集》第 19 卷,北京:人民文学出版社 1991 年版,第 183 页。
⑤ 茅盾:《题词》,《茅盾全集》第 1 卷,北京:人民文学出版社 1984 年版,第 423 页。

四、《子夜》:"到牯岭之后……"

1930年,中国民族工业在外资压迫、农村动乱、经济破产的影响下,面临严峻的处境。资本家加紧对工人的剥削以转嫁危机,工人阶级斗争如火如荼。经济不振、市场萧条、工厂倒闭、工人罢工,以及苏维埃红色政权的蓬勃发展,为茅盾积累了材料,促使其产生创作一部"白色的都市和赤色的农村的交响曲的小说"①的想法。《子夜》的结局里吴荪甫因破产准备举家迁往牯岭"避暑"以躲债,这是一个饶有深意的安排。

与《蚀》三部曲相比,《子夜》将视角投向整个动荡不安的中国社会和国民广泛关注的民族命运,以20世纪30年代中国民族工业危机为背景,写吴荪甫与赵伯韬多次在公债投机市场上斗法,描绘了"民族资产阶级的典型形象"②。在试图推测文本以外的、人为无法干预的开放结局时,把握吴荪甫这一人物的性格,才更利于揣摩留白结局的发展。

吴荪甫是个很有野心的企业家,追求绝对权力,掌控欲极强。这是一个人身上的多面性,他并不是理想中坚不可摧的英雄,那种等待判决前的紧张、焦灼情绪,那种对失败的惶恐和第六感,那种面对噩耗时心灵难以承担重负的暂时的虚弱、颓靡感,那种努力使自己振作起来的自我说服,并不是属于20世纪30年代民族资本家的特有经历,而是时刻为具体生活而伤神费力并被现实打压过的平凡群体能共同体验到的情感经历。从这个角度来看,吴荪甫的身份也会发生转变,从一个有宏大目标的坚定强大的企业家,变成了一个自命不凡却又被时势拨弄的、内心脆弱不安的普通男人。但是,在这两种身份中,显然,精明有手段、沉着有耐性的企业家身份更占上风。

小说最后,杜竹斋的叛变猝不及防给了吴荪甫致命一击,知晓自己被背叛后,吴荪甫"蓦地一声狞笑,跳起来抢到书桌边,一手拉开了抽屉,抓出一枝手枪,就把枪口对准了自己胸口""脸色黑里透紫","眼珠就像要爆出来似的"③,但这种"失态"转瞬即逝,当李贵引着丁医生进来时,他手中的枪掉在了地上,整个人已恢复平静。在打电话给厂里吩咐第二天全厂停工后,与丁医生聊起自己想吹海风,到哪里避暑好些,在丁医生给出"青岛罢!再不然,远一些,就是秦皇岛也行"④的回答后,他却主动提问牯岭如何——这使人误以为他是在大起大落后终于萎靡、丧失了斗志,想要偏安一隅,然而下面的对话却表明吴荪甫还是如过去那般不可打败:

"牯岭也是好的,可没有海风,况且这几天听说红军打吉安,长沙被围,南昌,

① 茅盾:《〈子夜〉写作的前前后后》,《茅盾全集》第35卷,北京:人民文学出版社1997年版,第536页。
② 唐弢:《中国现代文学史》(第二册),北京:人民文学出版社1979年版,第173页。转引自妥佳宁:《〈子夜〉对国民革命的"留别"》,《文学评论》2019年第5期,第126页。
③ 茅盾:《子夜》,《茅盾全集》第3卷,北京:人民文学出版社1984年版,第550页。
④ 茅盾:《子夜》,《茅盾全集》第3卷,北京:人民文学出版社1984年版,第551页。

九江都很吃紧! ——"

"哈哈,这不要紧!我正想去看看那红军是怎样的三头六臂了不起!光景也不过是匪!一向是大家不注意,纵容了出来的……"①

吴荪甫是带一点傲气的,他的自信力让他每一次遇到风波时总能很快调整好自己,保持冷静和理智,思考斟酌当下应对难题的办法,因而即使是在破产、负债累累的情况下,他也没有陷于忿恨消极的情绪中,而是借"避暑"之名外出躲债。当听到牯岭所在的九江战事吃紧时,他生出了恼火、不屑,这是他的自信的独特之处——遇到与自己对立的事物时,往往带着不可一世的眼光对它们做出脆弱易折、不值一提的判断——一定意义上来说,这有点像自负之人。但这自信又不尽是自负,因为吴荪甫依然保持了一定的清醒。总而言之,通过这些分析,我们足以意识到吴荪甫绝不是一个失败后会轻言放弃的人,作为一个吞并弱小企业来壮大自己的资本家,他之所以没有如绝大多数企业家一样在当时的市场洪流中沉没溺毙,很大程度上是因为他够残酷和强硬,所以才能在偌大的圈里划下自己的立身之地。他见过甚至是亲身参与过不少尔虞我诈,一步一步打拼、壮大自己的企业,试问这样的人会因为一次失败破产而一蹶不振吗?答案在这里必然是否定的。那么,"牯岭"于他而言又具有何种意义?

吴荪甫准备前往牯岭的选择,实际上与茅盾本人有紧密的关联。茅盾曾表示自己是"经验了人生才来做小说的,而不是为了说明什么才来做小说的"②。1927年大革命失败的阵痛迫使茅盾独自停下来思考、观察和分析,而与外界几乎完全隔绝音讯的牯岭成了他纾解疲惫与苦闷的慰藉与休憩地,也是动摇、幻灭后灵魂得以安放的中转点。"牯岭"意味着"自救",令他得以暂时远离政治的狂风巨浪。但当我们纵观茅盾的人生经历,"牯岭"同样也意味着现实中茅盾对准自己的政治生命后用力插下的利刃——他因滞留牯岭而与党失去联系,并直接导致到去世也始终未能恢复党籍。遗憾的阴影始终映在茅盾的心上久久不能消散,那么,茅盾后悔吗?

1931 年 12 月,他向瞿秋白提过恢复组织生活的问题,未果。"自从我到了日本以后,就与党组织失掉了联系,而且以后党组织也没有再来同我联系。我猜想,大概我写了《从牯岭到东京》之后,有些人认为我是投降资产阶级了,所以不再来找我。"③他自知与党组织失去联系的原因其实不只是滞留牯岭而未去参加南昌革命,而是因为他"既不愿意昧着良心说自己以为不然的话,而又不是大天才发见一条自信得过的出路来指引给大家"④。于是,在其他同志磕磕绊绊不停往前跑的时候他选择停下脚步,也因此掉出了大队伍。一些学者考证后发现,茅盾宣称自己因突发腹泻而无法前往南昌的说法其实是一种托辞,实际上没去成南昌起义是因

---

① 茅盾:《子夜》,《茅盾全集》第 3 卷,北京:人民文学出版社 1984 年版,第 551 页。
② 茅盾:《创作生涯的开始》,《茅盾全集》第 35 卷,北京:人民文学出版社 1997 年版,第 428 页。
③ 茅盾:《创作生涯的开始》,《茅盾全集》第 35 卷,北京:人民文学出版社 1997 年版,第 443 页。
④ 茅盾:《从牯岭到东京》,《茅盾全集》第 19 卷,北京:人民文学出版社 1991 年版,第 181 页。

为他主观上不想去。联系当时背景,那时已进入而立之年的茅盾对于革命带来的血腥屠杀,党内阵营无休止的争论,以及如何摸索中国革命的正确道路而感到迷惘、悲观,这种状态让他无法继续参加国内的革命,试想一个渴望在黑暗里创造出光明的人,又怎么能在心中期许光的情况下接受用制造另一种黑暗的方式来捏出太阳呢?

革命的红旗是鲜血染成的,而且它既经发动,就会一发而不可收,它的前进是任何力量都阻拦不住的,深知这一点的茅盾大概是因内心依然无法坦然面对这条由无数尸骨铺就而成的道路,便只好以腹泻为由留在牯岭吧?而牯岭将茅盾暂时拉离了政治风暴,他由此开始从事文学创作,并在文学中尝试探寻出路。牯岭之后,才有了作家茅盾,可以说,牯岭是孕育茅盾的母体,是作家茅盾文学之旅的起点,是帮助茅盾保持清醒、坚强意志、找回自我、重新振作的潺潺清泉,故茅盾虽然为自己留在牯岭寻了个理由,但他不后悔,还对牯岭一地有着特殊的情感,这一点在《幻灭》和《子夜》中都能感受到。吴荪甫明明可以选择去青岛或者是更远一些的秦皇岛,但他偏偏提出去在江西的牯岭,这种选择的背后未尝没有作家茅盾的"私心"在作祟。

在《子夜》最后一章中,吴荪甫破产后举家迁至牯岭,这向读者暗示了未来吴荪甫一家将会到牯岭生活,既为躲避债务、隐匿行踪,也是休养生息、重整旗鼓,等待重回跌倒之地的契机。这里要注意,吴荪甫的结局是开放、未定的,茅盾并未明确他未来会做什么,读者看不到作者没有写出的故事后续会怎样展开,不知道事情的发展是否还有转机。因此,吴荪甫携家眷迁往牯岭是小说的结局,而非他人生的定局、全局。鲁迅曾在《娜拉走后怎样》这篇文章中回答了"娜拉走后怎样"这个重大的社会问题,从特定角度来看,吴荪甫和娜拉一样,他们都不是作者在创作中主观设计捏造的虚拟角色,而是能在现实中找到各自的原型,且皆可反映出特定历史背景下某些群体的典型特征,因此,对于"吴荪甫到达牯岭后会怎样"这一问题的思考需要得到关注。离开上海移居牯岭后,他有两条路可以走:不是堕落,就是回来。对于吴荪甫而言,后者是唯一的坚定选择。

目睹甚至经历过大城市的血雨腥风的人,在来到人烟寥寥的牯岭后会感到心中凄凉与疲乏的情绪愈发沉重,而在逐渐适应这山上清闲舒适的生活之后,心里不免厌恶城里人的勾心斗角,厌恶每日活得战战兢兢、心神不定,于是更加贪恋山里的平淡安宁,更想要留在避世的牯岭,远离是非人间,就此"沉沦""堕落"。倘若让吴荪甫来评价这一选择,他定会感到愤怒和唾弃,因为他向来瞧不起没见识、没手段、没胆量的庸才,他相信"这一切,都是经过了艰苦的斗争方始取得",而"风浪是意料中事"[①],他曾带领益中公司躲过一个又一个狠狠扑来的险恶的浪头后依然扬帆迈进,才打造出了空前的宏大规模,他是身经百战的宿将,并不愿止步于一次"失误"。可见,曾经潜伏在这个成功的企业家内心的欲望多么强烈,他渴望回归城市、回归事业、回归市场的欲望会与日俱增,又怎么会甘于蜗居在牯岭这一方?

---

① 茅盾:《子夜》,《茅盾全集》第3卷,北京:人民文学出版社1984年版,第300页。

厄运的确会使人黯然神伤,它会随着某个时刻的失败更纠缠不休,但是人在拥有战栗感受的同时还被赋予了蔑视黑暗、直面磨难、重新振作的勇气与魄力。当牯岭促使陷入一时失意的人摆脱了最初的苦闷,随着失望的潮水退去,激情的海浪会再次打来,他的信心与底气逐渐增强,这样想来,牯岭在一定程度上变成了吴荪甫韬光养晦,准备来日东山再起的疗养地。

当分析牯岭结局后续吴荪甫最终会选择回归之时,我们发现前文其实已有铺垫。四小姐因内心的拘束而无法完全适应上海的生活时,她受不了这种情感上的矛盾冲突的折磨,于是想要逃离这里,认为只有到乡下去才能解决自己当前的困境。面对她的逃避,吴荪甫问了四小姐一个问题"那么,你永远躲在乡下了么?"①吴荪甫的答案自然会是否定的,身为企业家的他不懂四小姐逃避上海生活的原因,认为她是憎恨现代文明和都市生活,才抛出这个问题想找到可以反攻四小姐顽固的堡寨的一个根据点。对照吴荪甫事业的发展之路,他其实与四小姐有过相似的艰难处境,从一开始进入资本市场,到后来益中公司破产期间,吴荪甫也面临过四面楚歌的境地,他也会苦闷烦躁、无端暴怒,清楚地知道自己"当真没有多大把握能够冲得出去"②,但脚步不停。当一个人明知不对却依然闷着头往前赶的时候,最通常的原因就是他别无选择,哪怕这位野心极大、敢于冒险的资本家心中已隐约察觉到某种可能,心中也从没升起过放弃或是躲避的念头,并且认为除了"向前冲",没有什么更好的办法了。后来当失败已成定局,他依然没想过放弃,指出"能进能退,不失为英雄"③,退居牯岭从一定意义上来看,不就是他的"进"?茅盾在《写在〈野蔷薇〉的前面》中说:"不要感伤于既往,也不要空夸着未来,应该凝视现实,分析现实,揭破现实。"④他笔下的吴荪甫所争者从来就是"现在","现在"是"一切",是"真实",比起在过去的泥淖中苦苦挣扎,不如着眼当下,解决债务危机带来的窘境,给自己孵化的时间,待牯岭之行后风波平息,他才好收拾旧山河、再出发!

五、结语

与当时很多知识分子一样,茅盾曾一度满心热血积极投身于革命政治活动,但在目睹了自己曾经灌注了希望与信仰的革命失败后,他体会到了难以消弭的失落、悲观和颓靡,而后来到庐山牯岭并在此地小住了一段时间,这是其作家身份诞生的缘起。可以说,正是革命理想遭遇了惨淡现实后的幻灭与虚无感,使得茅盾开始停下脚步,决定在牯岭重新思考革命与人生,同时也让这个颇有天赋的青年人从纷争不断的政治高地上走下来到文学的庭院,真诚、恳切地将自己的人生经验和情感体验熔铸进小说里,以宣泄释放。在茅盾的小说中,"'牯岭'构成了一个相对于武汉、上海等城市独立存在的空间,以其特殊的地理位置与现实生活拉开

---

① 茅盾:《子夜》,《茅盾全集》第 3 卷,北京:人民文学出版社 1984 年版,第 505 页。
② 茅盾:《子夜》,《茅盾全集》第 3 卷,北京:人民文学出版社 1984 年版,第 340 页。
③ 茅盾:《子夜》,《茅盾全集》第 3 卷,北京:人民文学出版社 1984 年版,第 509 页。
④ 茅盾:《写在〈野蔷薇〉的前面》,《茅盾全集》第 9 卷,北京:人民文学出版社 1985 年版,第 623 页。

了距离"①,在这里,被城市的炮火轰炸得满心疲惫的人能享受到从未有过的幸福,为理想感到苦闷的人会重新找到与现实搏斗的动力,因幻灭而无所归依、无所适从的人将找到心灵的慰藉,振作精神、回到为实现革命理想而奋斗的队伍中去。

由此可见,茅盾的"牯岭"情结是愈合过后的再生长,它既蕴含了人在现实的无奈中暂时退守内心、远离城市中心、寻一方净土,让内心深处的灵魂的挣扎与混乱得到安宁——但这不是思想倦怠与散漫的表现,而是梦被现实的怒吼惊醒后的人难免会经历的一段迷惑与怅惘;它也意味着理想受到重创后,暂时的沉沦与崩溃是可以的,但是要及时对自己此前因失败而致使希望和信念轰然坍塌的精神世界进行修葺乃至重建,实现精神的突围,从狂热的革命与冷酷的现实的喧嚷声中脱身,不要淹没在十字街头的影响中去,而要保持难得的冷静与清醒,凝视、分析现实,重新回归现实人间,纵使可能不得不在时代的夹缝里长久徘徊,也要重返生活、继续探寻出路,抑或一行人径自冲出一条路来。

---

① 苏心:《"牯岭时刻"与作家"茅盾"的诞生》,《中国现代文学研究丛刊》2021 年第 3 期,第 170 页。

一位作家的两种解读

——论胡风、茅盾对萧红作品的评论

朱燕颐①

摘　要:胡风为《生死场》作的读后记与茅盾为《呼兰河传》写的评论都是萧红研究领域的经典之作。胡风将《生死场》定性为具有抗战和反封建意识的典型文学,除了帮萧红在上海文坛立足之外,也与胡风本身强调文学的主观战斗精神和作品能否体现出阶级性有关。茅盾认为《呼兰河传》体现出了启蒙意识和批判思想,赞赏作品对东北小城的现实状况和民众生活状态的摹写,同时认为作者因个人境遇导致作品思想性稍弱。这种评价与茅盾重视文学的民族化、看重作品的文学性和作家思想性的文学主张有关。两位批评家对萧红作品的评价因文学主张的不同存在差异,但也有诸多相通之处。

关键词:《生死场》;主观战斗精神;阶级性;大众化;民族化;"两个口号"论争

在萧红研究领域,胡风为萧红的首部中篇小说《生死场》②所写的读后记,是一篇重要的评论。它与鲁迅的序言一起,奠定了萧红在中国现代文坛的重要地位。1946 年,茅盾的《论萧红的〈呼兰河传〉》③,系统评价了萧红生前的最后一部长篇小说,这篇评论为此后研究萧红晚期创作奠定了坚实的基础。胡风和茅盾同为左翼文坛的著名评论家,他们评论的对象又都是萧红的代表作,他们对萧红作品的评论意见中,除了都高度肯定萧红的创作成就之外,各自侧重点以及相互之间的个性差异,其实是非常明显的,但这种差异性在漫长的文学史过程中,常常被人忽略,可见我们的文学史研究中还存在某种被遮蔽的内容。

一

讨论胡风的《生死场》读后记,首先要了解胡风选择萧红和《生死场》作为评论对象的原因。《生死场》最初的出版并不顺利。1934 年 5 月 25 日设立的国民党中央图书杂志审查处加大了对图书杂志的出版审查。鲁迅 1935 年 1 月 29 日给二萧

---

① 作者简介:朱燕颐,华东师范大学中国现当代文学博士,上海师范大学中国现当代文学博士后。
② 因《生死场》的出版屡次遭遇挫败,鲁迅创办"奴隶社",成员有萧红、萧军、叶紫,将《生死场》与萧军的《八月的乡村》、叶紫的《丰收》三本书结为"奴隶丛书"出版。鲁迅为《生死场》作《序》,胡风作《读后记》。
③ 本文为茅盾在 1946 年 8 月为《呼兰河传》所作的评论,初刊于 1946 年 12 月桂林的《文艺生活》光复版。《东北民报》1946 年 12 月 6 日以《萧红的小说·呼兰河传》为题刊发后,于 1947 年 6 月被当作序言收录于上海寰星书店重版的《呼兰河传》中。

(萧军、萧红)的信中提及萧红的小说出版情况:"送检察处后,亦尚无回信,我看这是和原稿的不容易看相关的,因为用复写纸写,看起来较为费力,他们便搁下了。"①对于鲁迅这样的重点审查对象送来的稿子,审查处自然要仔细审查,又因稿子不容易审读,所以迟迟未通过出版审查。另外萧红初到上海,不为文坛所知,而上海很多出版商眼中只有那些知名作家的作品,一些无名作家的作品根本不予接受。此种情形下,鲁迅为《生死场》撰写序言,胡风也写了读后记,这是在为萧红的作品做广告,希望给这部作品镀上一层名家光环,引起大家的关注。正因有鲁迅与胡风的热情推介,这部作品很快在上海文坛引起了巨大反响。

与此同时,中共临时中央局1933年撤出上海,1934年国民政府开始实施更为严厉的图书审查制度,鲁迅感到这一时期"到了反动更厉害的时候,就连讽刺也很困难。……作家不能写作,生活也就困难起来。……坏的出版家很多,专门剥削作者"②。鲁迅对这一时期的左翼文坛困境有诸多感慨,认为除了审查制度破坏作家的创作之外,"坏的出版家"等也造成了左翼文学的危机。伴随着《译文》的停刊,鲁迅与生活书店、《文学》社诸人决裂,左翼阵营内部矛盾重重。在与"国防文学"一派的论争中,鲁迅真切感到需要在左翼文坛中注入更多的新鲜血液。胡风受鲁迅影响,认为那些来自生活底层的青年作家"他们的感觉力也还没有被文坛的气流所侵蚀,所以他们的作品有时能使读者感到一种健康的气息"③。胡风追随鲁迅,大力推介萧红的作品,不仅出于对青年作家的扶持,也与萧红的底层生活经验有关。

萧红出身于东北的一个地主家庭,为了求学而逃离家族;为了生存,妥协过家族安排的婚姻。她怀着身孕时被未婚夫抛弃,后又被家族彻底除名。被困东兴顺旅店的萧红,不甘沦落,积极自救,求助于当时的《大同报》文艺副刊编辑部。在哈尔滨左翼文化圈的帮助下,她摆脱了生存困境,拿起了笔,书写自己的不幸遭遇和东北农民的生活处境。萧红身上集合了女性、出走者、底层无产者多重身份,具有娜拉出走的反叛性格,勇于挑战封建家族和传统父权制。这种文学气质和个性特征,正是鲁迅与胡风迫切需要的青年作家新鲜血液,给沉寂中的上海文坛注入一股来自东北乡村的女性活力。胡风在萧红去世后回忆:《生死场》为民族解放斗争增加了力量,也为我们'左翼'文艺工作带来了新的气息。"④

萧红最初带着《生死场》登陆上海,在上海文坛刮起了一阵对东北生活好奇且向往之风。读者、革命者和热血青年都希望在这部小说中看见真实的东北,了解对上海来说较为遥远的"战场"与农民的真实样貌。胡风评价道:"使人兴奋的是,这本不但写出了愚夫愚妇底悲欢苦恼,而且写出了蓝空下的血迹模糊的大地和流在那模糊的血土上的铁一样重的战斗意志的书,却是出自一个青年女性的手笔。

---

① 鲁迅:《鲁迅全集》(第十三卷),北京:人民文学出版社2005年版,第366页。
② 鹿地亘:《鲁迅访问记》,中国社会科学文学研究所鲁迅研究室编:《1913—1983鲁迅研究学术论著资料汇编》(第一卷),北京:中国文联出版公司1985年版,第1380页。
③ 胡风:《胡风评论集(上)》,北京:人民文学出版社1984年版,第409页。
④ 胡风:《悼萧红》,见王观泉:《怀念萧红》,上海:东方出版社2011年版,第62页。

在这里我们看到了女性的纤细的感觉也看到了非女性的雄迈的胸境。"①胡风的评论强调萧红小说的女性视角,也强调萧红在小说中非常独特的东北乡土书写。萧红小说中诸多人物形象,是上海读者所从未见过的,这种陌生感正如本雅明所说的,是"浪迹天涯者从远方带回的域外传闻与本乡人最熟稔的掌故传闻融为一体"②的东西。远方已经开始但尚未波及上海的战斗需要这样的一手叙述,也需要一些区别于之前左翼文艺作品的带有独特视角的作品。萧红小说的女性视角、农民视角充分满足了这一文学需要,胡风为此贴上了"抗战文学"的标签,《生死场》便成了上海左翼文坛的新典型和文学符号。虽然周扬当时与胡风、鲁迅等人的文学主张有诸多不同,但他也认可萧红的作品对左翼文学的价值。他在 1936 年发表的《现阶段的文学》中提到:"国防文学的号召,在今天有着特殊的意义,就是革命文学中已经有了不少优秀的反帝作品。……以描写东北失地和民族革命战争而在最近文坛上卷起了很大注意的《八月的乡村》《生死场》以及旁的同类性质的题材的短篇,都是国防文学的提出之作为现实的基础和根据。"③

《生死场》出版不久,左翼阵营内部展开"两个口号"之争。胡风在这场论争中秉持要创作"民族革命战争的大众文学"观点,与周扬所提出的"国防文学"相抗衡。他在 1936 年《文学丛报》上发表《人民大众向文学要求什么》,提出"在一切救亡运动解放运动里面,抗敌战争——民族革命战争底运动是一个共同的最高的要求";"'民族革命战争的大众文学'是统一了一切社会纠纷底主题"④。提出这一观点的主要原因是鲁迅和胡风一致认为"国防文学"这一口号没有体现阶级立场,没有表明文学应当承担的反封建责任。胡风在对《生死场》的评价中也更着重强调"民族革命战争的大众文学"的内容,在文章开篇就提到《生死场》中农民们"对于家畜(羊、牛、马)的爱着,真实而又质朴,在我们已有底农民文学里面似乎还没有见过这样动人的诗片",并提出与苏联文学中的农民不同,"蚊子似的生活着,糊糊涂涂的生殖,乱七八糟的死亡,用自己底血汗自己底生命肥沃了大地,种出食粮,养出畜类,勤勤苦苦地蠕动在自然的暴君和两只脚的暴君底威力下面"⑤。胡风有意将《生死场》中的农民描写与他所推崇的苏联现实主义文学中描写农民生活的部分进行对比,指出萧红笔下的东北农民与满洲政府对抗、与恶劣的自然生态对抗,呈现出独特且鲜明的乡村战斗图景。胡风认为鲁迅作品中最宝贵的是"他所开示的人民生活底深沉的真实和他底自我搏斗的伟大经验"⑥,萧红的作品中也具有这种真实场景和生活经验,这也是胡风当时竭力宣扬的文学创作方式。他认为文艺不应当像镜子或者照相机一样机械地反映现实,而应该是主观能动地反映现

---

① 胡风:《〈生死场〉读后记》,萧红:《萧红全集》小说卷Ⅰ,北京:燕山出版社 2013 年版,第 232 页。

② 汉娜·阿伦特编,张旭东、王斑译:《启迪:本雅明文选》,北京:生活·读书·新知三联书店 2008 年版,第 97 页。

③ 周扬:《现阶段的文学》,《光明》1936 年 1 卷 2 期,第 100 页。

④ 胡风:《人民大众向文学要求什么》,中国社会科学院文学研究所现代文学研究室编:《"两个口号"论争资料选编 上》,北京:人民文学出版社 1982 年版,第 215 页。

⑤ 胡风:《〈生死场〉读后记》,萧红:《萧红全集》小说卷Ⅰ,北京:燕山出版社 2013 年版,第 231 页。

⑥ 胡风:《〈文艺笔谈〉序》,《胡风全集》第 2 卷,武汉:湖北人民出版社 1999 年版,第 274 页。

实，"从对于客观对象的感受出发，作家得凭着他的战斗要求突进客观对象，和客观对象经过相生相克的搏斗，体验到客观对象底活的本质的内容，这样才能把客观对象变成自己的东西而表现出来"①。在胡风看来，作家的思想分为两种：正确的革命思想或者错误的反动思想。唯有秉承正确的革命思想，"正确地认识历史的力量，才能够深入客观对象，真正把握客观对象，从客观对象创造出更强烈地反映出了历史内容的(甚至是比现实更高的)艺术形象"②。他在《生死场》的评论中，着重指出"肥沃大地的人民"是被"日本人"和"中国的统治阶级"二者共同奴役着，这意味着《生死场》不仅是一部抗日文学作品，还具有鲜明的阶级意识，是区别于当时的部分"资产阶级无病呻吟"的文学创作的。胡风将《生死场》定义为一部抗日文学作品，他指出"中国的统治阶级"之所以让日本人抢去东北四省，是为了将东北人民"做成压榨得更容易更直接的奴隶"。与这种统治阶级希望将人民当作奴隶的做法相对抗，胡风强调萧红笔下不甘受奴役的农民们的反抗意识。胡风在文章中不断强调萧红小说中农民的反抗意识，是为了让萧红的这部作品与当时很多流行的概念化的作品形成对照，突显萧红作品的价值，这不仅为《生死场》在上海左翼文坛建立地位，也用萧红的创作来支持他提出的一套抗战文学观念。胡风在对《生死场》所作出的评价中，提出了对左翼作家的文学要求。他提倡现实主义文学创作，强调文艺的社会功能，认为文学创作应具有"主观战斗精神"，作家必须要为人生、"改良人生"，关切不幸的人们，用主观战斗精神去描写现实生活。主观战斗精神能让作家深入地再现现实生活，并让作品充满革命激情。以这样的尺度要求萧红的创作，胡风认为《生死场》具备这些特点，而且也正是这些特点构成了《生死场》艺术表现上最好的地方：萧红在作品中反映出她裁剪和提炼生活的能力，呈现出了被入侵者和东北政府压迫下的农民们从蒙昧到觉醒的过程。即便萧红在创作《生死场》时并非刻意凸显东北农民身上的这种主观战斗精神，主要还是写战争背景下东北农民的生活处境，但她所带来的东北农民不屈不挠的反抗经验和反抗意识，很多地方是与胡风宣扬的"民族革命战争的大众文学"口号以及主观战斗精神十分契合的。

　　与胡风具有鲜明目的性的评论不同，茅盾为《呼兰河传》所作的评论文章意在缅怀，开篇便以沉痛的口吻惋惜萧红这位有远大理想的青年作家的早亡。在《论萧红的〈呼兰河传〉》中他指出《呼兰河传》表现出沉静、具有很强的抒情性的特点，评论中主要强调了几个方面：首先是作家的心境，萧红立志成为对民族和社会有用的人却早早逝去，茅盾结合自己的丧女之痛，将这份心境总结为寂寞。其次，童年的寂寞情怀与呼兰城的刻板单调相呼应，表现出萧红在生命最后时刻依然牵挂着故土人民的传统与封闭的无奈。同时，茅盾高度重视写作技巧，曾在《杂谈文艺现象》《谈人物的描写》等文章中探讨文艺创作中作品的思想、人物塑造和写作技巧的关系，这在他对萧红的评价中也有所体现。萧红笔下的呼兰人的塑造既有着残忍的一面：对小团圆媳妇的虐杀，对女性的压迫，对冯歪嘴子一家的嘲讽与戏

---

① 胡风：《论现实主义的路》，《胡风全集》第 2 卷，武汉：湖北人民出版社 1999 年版，第 73—75 页。
② 胡风：《论现实主义的路》，《胡风全集》第 2 卷，武汉：湖北人民出版社 1999 年版，第 76 页。

弄；也有着人性善的一面，有认真生活的一面。她以批判和悲悯的眼光回忆着呼兰城，与那些无意识地顺从的人不同，她在"悲壮的斗争的大时代"中有意识地表达对封建与传统的反抗。最后，茅盾也肯定了这部作品的美学价值，它不再是纯粹的自传体，所以"更好，更有意义"；"有讽刺，也有幽默，开始读时有轻松之感，然而愈读下去心头就会一点一点沉重起来。可是，仍然有美，即使这美有点病态，也仍然不能不使你炫惑。"①按照茅盾惯常使用的作家评论方式，这篇文章从评价作家的角度肯定了萧红的使命感，为她的早逝而遗憾；又从小说中人物的思想性和审美意义方面予以肯定。这些观点都源于茅盾要求文学反映社会生活的时代特色，要求作家具有批判意识，将文学的审美情感与社会现实相结合的文学主张。

茅盾在评论中肯定了萧红的启蒙意识与批判意识，他认为萧红在描绘呼兰人生活切片中表现出他们麻木遵循传统而导致了一系列残忍和不幸的事情发生。启蒙立场是茅盾始终坚持的文学的基本理念。五四以后茅盾反对个人主义的反封建文学创作，认为启蒙应当是一种大众化的普遍觉醒，只有启蒙大众化才能真正颠覆封建专制制度，而启蒙需要通过文学的大众化才能实现。同时他也指出萧红在这部小说创作中的不足，他更希望作家能积极投身于农工之中，为此时民族解放战争的主力摇旗呐喊，表现他们参与战斗的情形。萧红是具备启蒙意识的，也以批判的眼光描写呼兰城里民众一贯的生活状态。但茅盾认为此时的萧红由于个人处境和情感的关系远离了农工大众的斗争，她沉浸在自我的回忆与远离故土的情绪中，没有表现出当下民众的斗争与反抗，造成了一定的隔膜。茅盾作出这样的判断，与他在这一时期坚持和强调的作家参与民族解放战争的主动性和使命感有关。这一时期萧红与胡风等曾经的左翼作家好友们在文学观念上产生分歧，又因为端木蕻良的结合没有得到昔日好友们的理解。数次失败的感情经历令萧红身心遭受重创，身处异乡疾病缠身。后期萧红的创作更多表现出人道主义和反思战争的倾向，与她的个人际遇和鲁迅人道主义思想的影响都有关联。

作为一位成熟的批评家和理论家，茅盾并未误解《呼兰河传》的本质和内核，他提出的寂寞论，正是充分理解了萧红的处境和心境之后作出的判断。萧红在《呼兰河传》中表达出的寂寞不仅是在漂泊一生的末尾回望童年的寂寞，还包含着期待寂寞许久的故乡呼兰乃至整个中国能有一次彻底的变革，希望本性善良的中国民众能够真正启蒙，从思想观念上得到彻底的更新，然而这份期盼在萧红生命的末尾仍未实现，《呼兰河传》才有了寂寞的基调。茅盾基于自身的文学观念，肯定了萧红进行文学创作的使命感，并对她在作品中表现出的启蒙意识和批判视角表达了赞赏。他所指出的不足之处源于这一特殊时期他所肩负的使命和自身文学主张，身处抗战紧要关头的中国需要文学更坚决地贯彻和强调让作家投身于大众，积极参与到民族解放战争中去的思想。

对萧红后期的精神状态，胡风也曾在回忆录中提到："我去看了一次萧红。无论她的生活情况还是精神状态，都给了我一种了无生气的苍白印象。只在谈到将

---

① 茅盾：《论萧红的〈呼兰河传〉》，《文艺生活》光复版1946年第10期，第23页。

来到桂林或别的什么地方租个大房子,把萧军也接出来住在一起,共同办一个大刊物时,她的脸上才露出一丝生气。我不得不在心里叹息,某种陈腐势力的代表者把写出过'北方人民的对于生的坚强,对于死的挣扎','会给你们以坚强和挣扎的气力'的这个作者毁坏到了这个地步,使她精神气质的'健全'——'明丽和新鲜'都暗淡了和发霉了。"①这与茅盾在《论萧红的〈呼兰河传〉》对萧红的评价对应,虽然其中掺杂了许多胡风的个人情绪,但也佐证了萧红后期精神的落寞,以及依旧对工作存有热情和期待。

身为一位优秀的小说家,十分看重文学为政治服务的茅盾同时也对作品的文学性有执着的追求,并试图以"文学的方法"和"小说的形象"来纠正左翼文坛出现的公式化和形式主义倾向。左翼内部的多次论争,中心都在于文学之前的限定语,而不在文学本身。茅盾认为,作家的经验是有限的,如果按照原样把现实照搬到文学作品中,文学只是一面镜子。而文学要有指导现实的作用,所以作家在创作之前首先"应该有计划的;特别是选择小说题材的时候,应该'有计划'地选择";"用什么标准来抉择呢?当然不能凭你个人的好恶。应当凭那题材的社会意义来抉择"。②这种文艺不应像一面镜子一样仅仅只是反映现实生活的观点,胡风也表达过,区别在于胡风更为激进地强调作家的战斗意识,茅盾提倡以冷静客观的态度摹写社会现实,他认为作家应当拥有一定的"叙述自由",不必深究作家的主观意识,否则会陷入唯心主义。他在1936年便提出,批评创作者不重在指出文章的好坏,而是"应当从作家的作品中指出一些实际问题来阐明此一作家或此一作品所已经达到的以及尚未达到的境地"③。他从文学性角度出发,认为文学作品确实要为了政治服务,但作品如果显示出强烈的政治性,反而会削弱作品本身的"政治潜能"。所以,作家需要一定的创作自由,也需要跳出自己的小圈子,在有限的经验中发掘潜在的艺术美质,去认识全新的生活领域。④这种观念不仅维护了作家的创作自由,一定程度上保护文学不被意识形态破坏,作品的文学性依然被放在创作的首要位置,也鼓励作家去开拓更多样的题材,让创作不要陷入千篇一律的境地。在《论萧红的〈呼兰河传〉》中,茅盾也着重强调了作品的文学性和审美价值,在第三、第四部分对这部作品的体裁、叙述方式、人物刻画和讽刺手法一一点评,令这部偏离了当时主流创作主题的作品得以进入大众视野。茅盾为萧红的《呼兰河传》作论,和他为五四之后占有重要地位的作家如叶圣陶、臧克家、王统照、吴组缃、周作人、夏衍、老舍、丁玲等作论的目的一样,都是为了肯定他们在文学史上的地位和作品的分量,以及进行文学史"沉淀"。他对一部分五四时期作家的创作进行总结,以此反对将五四以来的文学作品看成资产阶级与小资产阶级文艺作品的观点,并在继承与反思五四新文学传统基础上寻求中国新文学发展的道路。另一方面也肯定了抗战时期的作家们的抗战与启蒙意识,构建全新的文学史

---

① 胡风:《胡风回忆录》,北京:人民文学出版社1997年版,第246页。
② 茅盾:《创作与题材》,《中学生》1933年第32期,第5—6页。
③ 茅盾:《需要脚踏实地的批评家》,《生活星期刊》1936年第1卷第14期,第3页。
④ 崔瑛祜:《左翼文学论争中的茅盾(1928—1937)》,北京:北京大学博士论文,2011年,第125—133页。

脉络。在茅盾发表这篇评论之前,《呼兰河传》当时在文艺界并未引发如《生死场》那样的反响,反而遭遇了冷遇和批评,在一段时间内都没有得到重视。萧红此时在文坛和普通读者中已经具有相当的名气,和端木蕻良在重庆北碚时复旦大学还曾邀请过她担任教员。可萧红与端木蕻良的结合不被她当时的朋友认可,创作观念也与抗日文学主流产生分歧。1941 年《呼兰河传》刚刚发表时就有一名叫谷虹的读者发表评论称其是"离开了抗战的一部作品",另一位叫麦青的读者也认为这部作品不能给人思想启示,也未能烘托出时代背景。从这些评价中可以看出,当时的文坛对萧红这种温和的、带有人道主义倾向,充满抒情性的创作风格是不太接受的。茅盾的评论不是专门为萧红作序,从文中依然可以感受到他对萧红的认可,这在当时还是起到了一定的维护萧红的作用的。

二

两篇评论虽然写于不同时期,萧红在两部作品中表现出的创作观念也有了很大的变化,但两位评论者的观点依然有共通之处,甚至在对萧红创作的评价上,这些共同点要更多一些。首先在对萧红的整体评价上,他们都认同萧红是一位有着启蒙意识、坚持现实主义创作的作家,在描写东北民众生存处境时有启蒙意识和批判眼光。胡风的读后记中称赞萧红"用钢戟向晴空一挥似的笔触,发着颤响,飘着光带"[1],认为萧红具有主观战斗精神,从客观现实出发,表现出了东北农民从蒙昧中积极反抗日本侵略者和腐朽的封建统治的情形;茅盾则认为她是"有意识地反抗着几千年传下来的习惯而思索而生活","以含泪的微笑回忆这寂寞的小城"。即便 1940 年代的文学主流已经呈现出更统一和更激进的特征,萧红在其中显得有些过于温和,作品中没有表现出民众的战斗意识,个人主义色彩较为强烈,但茅盾整体上依然认同萧红是有使命感的,也是希望为民族和社会作出贡献的作家,只是为个人情绪所困,没有写出呼兰人参与民族解放战争的场景,没有参与到"农工劳苦大众的群中"。[2] 他的"为人生,为社会服务"的文学主张与胡风"为人生,积极改良人生"的观点在本质上是一致的。

胡风与茅盾在文学主张上的分歧主要体现在"两个口号"的论争中。1934 年 10 月 2 日周扬在《"国防文学"》[3]一文中提出"国防文学"的口号,但鲁迅和胡风认为这一口号不够明确,容易被国民党带偏,左翼坚持的无产阶级的领导权在统一战线中有可能被夺走,于是胡风在 1936 年提出"民族革命战争的大众文学"口号,强调作家创作时应当具有鲜明的斗争意识。茅盾同年发表《迎一九三六年》[4],以"诗人的态度"表达了要从现实中挖掘出未来的种子的观点。这是在提醒当下的文艺不可空套理论,要从现实出发才能更好地服务于社会。他并非完全赞同周扬提出的"国防文学"口号,更注重文学为抗战服务的同时仍保有一定的创作自

---

① 胡风:《〈生死场〉读后记》,萧红:《萧红全集》小说卷 I,北京:燕山出版社 2013 年版,第 301 页。

② 茅盾:《论萧红的〈呼兰河传〉》,《文艺生活》光复版 1946 年第 10 期,第 23 页。

③ 企(周扬):《"国防文学"》,《大晚报·火炬》1934 年 12 月 27 日。

④ 茅盾:《迎一九三六年》,《文学》1936 年第 6 卷第 1 号,第 1—2 页。

由,但他还是提出在作出正确的解释后可以使用这一口号,主要目的是避免左翼文学内部因口号之争而分裂。他认为"国防文学"能够将全国的抗战作家联结为同一阵线,这是至关重要的。两人观点的分歧也体现在对萧红作品的评论中,胡风在对《生死场》的评论中以赵三这一人物切入,以无产阶级农民作为反抗日军入侵和当时腐朽的政府统治的代表人物进行论述,以强调作品的阶级性和作家的主观意识。茅盾则不赞同对作家进行唯心主义式的审视,他认为作品的文学性同样重要,作家在对现实进行观察时自然会流露爱国意识和斗争意识。《论萧红的〈呼兰河传〉》一文中茅盾肯定了萧红的叙述方式具有讽刺和幽默的特征,也有美的存在,在轻松中让读者感到心头沉重,这正是萧红在观察呼兰城人生活状态时自然流露的情感,十分富有感染力。但茅盾并非对作家的思想性没有要求,他所争取的创作自由是不被意识形态过度束缚探索艺术的真谛,同时又能满足当下社会形势的需要,因此他指出《呼兰河传》的不足在于思想性稍弱,与农工群众有隔膜。

两人对萧红创作的评价的不同之处还在于,虽然都提倡文学需要建立"民族形式",胡风更强调借鉴与我国相同或相近的社会环境下的国际革命文艺经验,所以在《〈生死场〉读后记》的开头,胡风就将萧红描写的东北农村与苏联文学中的农民生活进行对比。而茅盾认为苏俄革命文学"因为观念的偏狭和经验的缺乏,而弄成无产阶级艺术内容的浅狭",他反对过度推翻传统文化成果,"一味地反对旧物"①的思想。茅盾致力于利用传统文学形式,回归民族文化传统,以此拉近与大众文化心态的距离。这一问题早在1930年代初茅盾便与瞿秋白、郑伯奇、郭沫若等人展开讨论,又在1938年的《文艺大众化问题》《利用旧形式的意义》等文章中提出,新文学作品从外国文艺名著上学习而来,但大众喜爱读半文半白的旧体小说,所以要采用大众熟悉的语言习惯才能实现大众化。除此之外,要让读者感动,必须使用"民间人人熟悉的形式而使之普遍",形式与内容上可以借用大众所熟悉的传统形式和内容。② 同时,茅盾认为要先学习文学的民族形式再进行创造,他列举了民间通俗文学中存在的诸多封建性,在向传统形式进行学习的同时也要警惕复古倾向,文艺的技艺应当忠于现实,建立现实主义的民族化文学观。③ 因此,茅盾在《呼兰河传》的评论中指出作品出现的跳大神、唱秧歌、放河灯、野台子戏、娘娘庙大会等民俗内容表现了呼兰城的封建与传统。在这种几千年延续下来并从未反思过的生活习惯和思维方式之下,呼兰人变得麻木而愚昧。作品中也有许多因落后的观念导致残忍行为的情节,比如对小团圆媳妇的虐杀。这桩惨剧并非呼兰人有意为之。他们以自认为理所应当的方式来解决问题,这种看似温良无害却又真实造成了惨剧的行为模式,正体现出封建传统思想对人心灵的异化与荼毒。萧红正因有意识地反抗才记录下这些真实的恶行,又在叙述技巧上巧妙运用了讽刺的方式,轻松之余也令读者感受到封闭与落后的乡土文化的残忍之处。

① 沈雁冰:《论无产阶级艺术》,《文学周报》第172期,第7—9页。
② 茅盾:《文艺大众化问题》,广州《救亡日报》第154、155号,1938年3月9日、10日。
③ 肖庆国:《大众化·民族化·现代化——论茅盾在"文学的民族形式"论争中的理论贡献》,《辽宁工业大学学报(社会科学版)》2017年第19卷第2期,第72—73页。

三

鲁迅邀请胡风为《生死场》作序,是希望通过这种方式帮助萧红打开上海文坛的大门,萧红的创作为鲁迅与胡风这一时期提倡的文艺观念提供了有力的支持。而胡风在这一时期正积极倡导民族革命战争的大众文学,强调文艺要为革命和为民族解放战争服务,作家要有主观战斗精神,所以,在评论萧红小说的文章中侧重点自然是向这方面偏移,比较突显民族抗战文学主题和小说作者的斗争意识。相较于胡风这篇被奉为萧红研究界最经典的评论文章之一,茅盾的评论在 1940 年代被奉为经典,又在 21 世纪之初被推翻,一些学者认为茅盾的解读是一种误读。赞同茅盾者大多认为,萧红此时面临第二次失败的婚姻,与端木蕻良的关系并不十分和睦,且身体健康恶化,作品中充斥着对童年生活的怀念和精神的苦闷。反对者则认为,茅盾的解读夹杂了太多私人情绪,萧红在香港文化界是活跃的,这篇评论并未挖掘出《呼兰河传》更深层的内蕴。他们的主要依据除了茅盾在开篇所提及的丧女之痛外,还包括茅盾文中的这句"在这里,我们看不见封建的剥削和压迫,也看不见日本帝国主义那种血腥的侵略。而这两重的枷锁,在呼兰河人民生活的比重上,该也不会轻于他们自身的愚昧保守罢?"因《呼兰河传》诞生的年代是文坛普遍认为文学需要担负起民族救亡使命的特殊时期,茅盾又秉持着文学需要"为人生,为社会服务"的文学主张,所以认为他这篇评论实际在否定《呼兰河传》的战斗和批判意识。但果真如此吗? 茅盾在文章中认为萧红像"一颗未出膛的枪弹",认为她"为了追求真理而牺牲了童年的欢乐,为了要把自己造成一个对民族对社会有用的人而甘愿苦苦地学习"[1]。从这些评价可以看出,茅盾认可萧红是一位关心民族与国家命运,且有远大抱负的作家,她的创作观念与茅盾"为人生,为社会服务"的观念是一致的。

茅盾的文学主张除了注重文学在民族解放战争中的功能,还注重作家的启蒙意识,也注重文学审美情感对社会现实生活体验的表现。他并不认可将新文学当作宣传新文化思想的传播工具,而是要求文学反映现实生活,并对旧现实社会表达抗议和否定,希望作家把新的意识形态需要化作文学作品中人物思想探索的一种具体出路来展示。[2] 茅盾对《呼兰河传》的评论,实际是肯定了萧红在作品中表现出了对东北民众现实生活的态度,萧红的寂寞心境正是源于对童年生活环境的反思和批判。同时茅盾也认为这部作品的不足之处在于没有能够表现出呼兰小城里的人们进行思想探索,也没有寻找出改变愚昧和盲从于封建传统的具体方式。这也正是萧红后期进行文学创作的困难和疑问所在。她希望为中国民众寻求一条启蒙和思想解放的出路,但在《呼兰河传》中,这种尝试还未有结果。

《生死场》写作时的萧红处于刚刚开始创作的阶段,希望以文学为武器,描写当时东北黑暗现实和农民的生活处境,以此为民族解放战争助力。而创作《呼兰河传》时的萧红因历经磨难和目睹战争对人的摧残,在作品中更强调启蒙意识和

---

[1] 茅盾:《论萧红的〈呼兰河传〉》,《文艺生活》光复版 1946 年第 10 期,第 21—22 页。
[2] 杨扬:《陌生的同路人——论五四时期茅盾的文学观》,《文学评论》1993 年第 3 期,第 127—137 页。

对国民性的批判。在对作品的评价上,胡风更倾向于强调作家的主观战斗精神,要求作品具有启蒙性和强烈的阶级性。他为萧红打开上海左翼文坛大门的开山之作撰写读后记,源于对新生底层文艺力量的重视,也看重其作品中体现出的东北农民从蒙昧到觉醒并自发抗争的意识。茅盾更看重作品中体现出的对东北小城现实状况的观察,对东北传统民俗和思想的挖掘,以及作品中的审美特征。他在文学性和批判意识方面肯定了《呼兰河传》,也指出作品思想性的不足。在对这两部作品的评论上体现出胡风与茅盾文学主张的差异与本质上的相通之处。

教科书传播与建国后茅盾作品的经典化历程①

陈志华②

摘　要:学术界对茅盾作品的评价一直畸轻畸重,强调小说而相对弱化其他文体,但是,爬梳中学语文教科书资料可发现另一种茅盾传播图景:教材所选的茅盾作品多是作家中后期创作,极少涉及早期成名作;小说体裁明显被边缘化,译作、时评、文评、书评占所有选文的绝大多数;一些散文名篇(如《白杨礼赞》)在教科书中出现较晚,且在能否入选方面多有争议。可以看出,语文教育用独特方式完成了茅盾作品的经典化改造,同时以全新思路诠释着茅盾中后期作品风格。追踪语文教科书的历史记忆,可以更好地认知新中国文学教育体制塑造革命作家和革命文化的大体过程。

关键词:建国后;茅盾作品;经典化;语文教科书;文学教育

对于茅盾研究来说,研究者要面对的难题之一,是茅盾前、后期创作反差巨大,我们不得不用两套话语进行解读:他在民国时期的作品尽管受到批评或争议,但总体上能用情绪色彩强烈、构思宏伟和理性思维等概括出"茅盾特征";中华人民共和国成立后,茅盾的创作更多呈现无序性和非典型化特征,不单对早先长篇小说的续写乏善可陈,即便他所擅长的散文、杂感、时评也大多点到即止,很难说有经得起推敲的"经典"问世。这种现象的产生,多数人归因于茅盾在新中国身居要职、创作上"政治大于文学",就连近亲属也认为他是忙于"临时杂差"导致写作荒废。③ 但这无法解释身处类似环境的老舍、巴金、曹禺、郭沫若何以在当时都拿出了相当有影响力的作品。

更为棘手的是,我们对"晚期茅盾"的认知似乎陷入悖论,在高度称赞他对当代文学文化界有巨大影响的同时,却不得不承认与悲叹作家的纯文学创作在某种程度上陷入"衰歇"。"没有产生经典"真是因为作家才思已经"枯竭"了吗? 撇开那种将《劫后拾遗》《苏联见闻录》称为"没有什么文学价值的旅游杂感"④的极深偏

① 本文系山西省高等学校教学改革创新项目《〈中学语文课程标准与教材研究〉课程思政体系建构与实践路径研究》(J20230611),山西师范大学校级研究生课程思政研究项目"语文学科核心素养专题"(2023YJSKCSZSFK - 04)的阶段性成果。
② 作者简介:陈志华,文学博士,硕士生导师,山西师范大学教师教育学院副教授。主要研究方向为中小学教科书史。
③ 韦韬,陈小曼:《父亲茅盾的晚年》,北京:文化艺术出版社 2006 年版,第 129 页。
④ 夏志清:《中国现代小说史》,上海:复旦大学出版社 2005 年版,第 233 页。

见不谈，我们对如此巨量的公开发表文字印象模糊，甚至处于"失语"状态，究竟是什么原因造成的？那些具有"经典潜质"的作品被哪些因素以及如何遮蔽了，又该以怎样的方式完成对它们的发掘与祛魅？

一、为何引入"教科书视角"

近几十年来，教科书研究逐渐发展成为一门显学，它的最大优势是资料保存完整且自成体系，尤其是中小学语文教科书，在市场助推下一度出现"收藏热"，很多几近绝迹的珍稀版本重新由民间进入研究者视野。由于教科书研究传统上属于教育学领域，一些跨学科学者对教科书版本考证作出了大量卓越的贡献，如首都师范大学的石鸥教授及其团队，对一百多年来的教科书发展史有着系统而深入的研究。① 一些国家级、省级图书馆和出版机构（如人民教育出版社、上海辞书出版社、台湾"国立编译馆"等）的图书馆都设有教科书收藏室，而北京师范大学、华东师范大学、上海师范大学、西北师范大学、广西师范大学等高校也保存着大量中小学教科书实物。再加上以《国文百八课》为代表的大量民国时期流行的语文教材不断影印再版，在中国现代文学史学、文献学框架内重审这些教科书史料，实际具备了充分、坚实的基础。

文学（语文）教育史隶属于广义的文学发展史，而教科书传播是现代文学作品产生广泛社会影响的重要一环，这早已成为学界共识。前者主要有陈平原教授的大学文学教育研究、李宗刚教授有关民国时期及新中国教育体制与文学互动关系的研究，后者则有陈漱渝、李斌、管贤强、顾之川、温立三等人对中小学教科书选文的整理与研究。尤其值得关注的是日本学者藤井省三对鲁迅《故乡》阅读史的研究，实际是以教科书选编、教育领域关于《故乡》教学问题的论争，串联起百年来中国政治思想文化和"文学空间"的发展史，他对围绕在小说阅读周边的教育教学史料搜集可谓系统而深入。但总的来说，文学教育及语文教科书研究中以"鲁迅板块"最为突出，其他作家作品研究相对薄弱，很难像鲁迅研究那样形成体系。

从教科书角度考量文学传播自有其方便与合理之处，因为，人们的文学记忆很大程度是由中小学教科书塑造而成的，除了学有专攻的研究专家，普通民众对中国现代作家作品的认知基本还停留在基础教育阶段形成的印象上。例如，提起茅盾，人们首先想到《子夜》《林家铺子》《春蚕》，以及《白杨礼赞》《风景谈》等教材中反复出现的课文；它们都创作于中华人民共和国成立之前，似乎验证了前文所谓"晚期茅盾无经典"的结论。然而，爬梳那些尘封的教科书史料可以发现，"记忆"会经常"欺骗"我们：一、语文教科书更为青睐茅盾中后期作品，特别是1959年2月16日初刊于《中国青年》第四期的《怎样评价〈青春之歌〉》，从发表到进入教材

---

① 这方面的代表作有石鸥编著《百年中国教科书论》《百年中国教科书图说(1897—2009)》《简明中国教科书史》《教科书的记忆(1978—2018)》《新中国中小学教科书图文史》，石玉著《中国革命根据地教科书研究》，段发明著《新中国红色课本研究》，李新著《百年中国乡土教材研究》等。

仅有几个月时间①,相反,以《蚀》为代表的茅盾早期成名作极少被教材提及;二、从文类、文体看,小说仅占所有茅盾选文的四分之一,而散文、时评、文学批评和翻译等占了绝大多数,教科书实际将茅盾塑造成了"杂家"而非"小说家";三、最早最优先进入教材的也不是他的小说和散文,著名的《白杨礼赞》直到 1957 年才在初中《文学》课本第五册出现。这说明,至少在茅盾作品筛选方面,教科书传播早就超出我们借助文学史建构起来的阅读经验与文学想象,而以另一种面目保留在普通国民的集体无意识中。

以教科书为研究对象的另一个好处,是可能对突破原有略显固化与僵化的茅盾研究理论框架有所帮助。茅盾民国时期创作的中长篇小说最为读者熟知,现有文学史论述也基本是以此为中心构筑与展开的。但翻阅当时的语文教科书可以发现,受到教材容量限制,选进来的茅盾作品基本都是中短篇小说、散文、译作,例如,编入中学国文教科书的有《大泽乡》(商务印书馆 1932 年版《初中基本教科书·国文》第 4 册)、《卖豆腐的哨子》(上海中学生书局 1934 年版《初中当代国文》第 1 册)、《"孤岛"见闻》(广州救亡出版部 1938 年版《战时初中国文》)、《"拉拉车"》《白杨树》〔开明书局 1946 年版《开明新编国文读本(甲种本)》第 2、3 册〕、译作《育蚕一夕谈》(商务印书馆 1932 年版《基本教科书——国文》第 2 册;中华书局 1933 年版《初中国文读本》第 1 册)、《撤退》〔开明书局 1946 年版《开明新编国文读本(甲种本)》第 1 册〕、《金字塔》〔1946 年版《开明新编国文读本(乙种本)》第 2 册〕等。少数的长篇小说节选经历了很大变动,如《子夜》编入某种国文教科书时只选取开头描写上海苏州河周围景色的部分,实际改编成了写景散文片段。这样一来,许多处在边缘位置的茅盾作品开始进入研究者视野,不仅容易形成对不同时期各种文本的"散点透视",且能促进习惯上以社会历史分析为主导的茅盾研究范式转型,以往过分关注作品与社会环境的互生互动关系,读者出于自身兴趣或教育体制要求的接受过程往往被忽略掉了。

再比如,中华人民共和国成立后研究界不断放大"政治茅盾"形象,有人甚至将他所有创作都归结为在"尴尬"政治环境中"被动地""撰写大量应景的颂歌和批判文章"②,表面的"理解之同情"掩盖着更多批评与指责。事实上,茅盾作品(集)的写作、编辑、出版、修订是由各种复杂原因促成的,作家主观意愿只是一方面,很多情况下是其他因素起到决定作用。仅举一例,《梯俾利司的地下印刷所》(后改名《第比利斯的地下印刷所》,以下简称《梯俾利司》)被编进 1950 年、1952 年、1956 年、1978 年、1980 年、1986 年和 1990 年人教版初中语文教材,其他时段之所以不收,既和当时我国对苏联、美国等的外交政策存在变数有关,也可能是这种饱含感情而兼有记叙与说明的文体不适合语文教学。任何人都不可能独立于所处时代,

---

① 笔者所藏山西人民出版社重印的 1960 年第 1 版《高级中学课本·语文》第 3 册,印刷时间是"1962 年 7 月",第 21 课《怎样评价〈青春之歌〉》,前面一课《在狱中》是杨沫《青春之歌》节选,二者排在一起大概是想锻炼学生阅读和评价当代小说的能力。

② 商昌宝:《茅盾先生晚年》,石家庄:河北人民出版社 2013 年版,第 260 页。

茅盾更是如此,他既会在日记中表达对某些历史剧以"划阶级成分"塑造人物的不满①,也会在公私各种场合对历史人物、时事政治发表符合政策要求却也不乏真情流露的观点。把它们视为研究作家文学观念、政治思想意识转变的文献资料则可,如果一味从中寻求所谓的"超越性"内容,就难免失于胶柱鼓瑟。

据笔者统计,中华人民共和国成立以来的中学语文教科书至少编有茅盾作品(包括译作)17篇次,数量仅次于毛泽东和鲁迅,而远高于其他的同时代作家。可见,教科书一直有意地多选茅盾课文,中间或许有所波动、推行效果不尽如人意,个中原因需要在文学教育的细部考察中才能解释清楚。至少从延安时期开始,中学语文教育的主要功能不是"普及"而是"提高",教材编写明显受社会政治思潮、文学运动以及教育政策调整影响,因此,某些局部变动可能隐藏着作家作品价值定位的微妙变化,深入挖掘才能发现其背后的文学生产与传播的深层含义。

资料显示,作为著名作家和文化教育界的领导,茅盾参加了1954年4月由人民教育出版社组织的《中学文学教材的编辑计划(草案)》讨论会②,与会者还有严文井、肖三、钟敬文、吕叔湘、高名凯、俞平伯、臧克家、冯至、艾芜、蔡仪、洪深、王瑶、周立波、陈翔鹤、吕荧等,他们所讨论的,就是选入《春蚕》《林家铺子(节选)》,1956—1958年短期使用的《文学》教科书,即"百花版"语文教材的编写框架。茅盾除了参与中学语文课文篇目的确定过程,还收到大量来自教科书编者、中小学师生的来信,其中大多询问相关课文的思想内容解读、艺术手法分析、注释编写和所涉背景材料等,由于多是个人化问题,茅盾一般都会亲自回信答复。总之,语文教科书提供了一个观察文学文本在教育领域传播的绝佳窗口,正是在作者、编者、读者(教材使用者)的不断互动中,包括茅盾在内的中国现代作家作品最终形成它们对中学生群体广泛而深刻的影响。

二、语文教材如何塑造茅盾经典

在建国"十七年"时期,全国使用最广的中学语文教科书是人民教育出版社(以下简称"人教社")版本。人教社成立于1950年12月1日,由原出版总署编审局一处和二处、华北联合出版社、上海联合出版社组建而成,叶圣陶先生出任第一任社长;此前,出版总署实际编了一整套的中学语文教科书,即1950年"新闻总署版"。其中,《初级中学语文课本》由宋云彬、朱文叔、蒋仲仁、杜子劲、马祖武、王泗原、蔡超尘、张中行主编,《高级中学语文课本》由周祖谟、游国恩、杨晦、赵西陆、刘禹昌、魏建功主编,它们各有两个略有改动的版本,分别标注为"1950年6月/11月原版"和"1950年12月/1951年1月第1次修订原版、北京初版","1950年9月原版"和"1950年11月/1951年1月第1次修订原版、北京初版"。教材初、高中各

---

① 茅盾评论郭沫若《武则天》剧本,"至于捧武则天是否太高,贬骆宾王是否过当,则是可供讨论的问题了;剧中强调武(则天)之出身寒微,颇有划阶级成分之味,大可不必"。参见查国华等编:《茅盾日记》,太原:山西教育出版社1997年版,第210页。

② 课程教材研究所编:《新中国中小学教材建设史(1949—2000)研究丛书·中学语文卷》,北京:人民教育出版社2010年版,第38页。

6 册,收录的茅盾作品有:[1]《梯俾利司的地下印刷所》,[2]《团的儿子》(卡泰耶夫作,茅盾译,叶至美缩写),[3]《蜡烛》(西蒙诺夫作,茅盾译),[4]《辽尼亚和他的祖母》(格洛斯曼作,茅盾译),[5]《读〈新事新办〉等三篇小说》,[6]《谈〈水浒〉的人物和结构》,[7]《林家铺子(节选)》,[8]《俄罗斯问题》(西蒙诺夫作,茅盾译),[9]《剥落"蒙面强盗"的面具》等。这是新中国第一套真正意义上的全国通用教材,在很多方面是开风气之先的。

第一,所选茅盾作品仅次于鲁迅(14 篇),而远高于老舍、郭沫若、冯至、丁玲、叶绍钧(叶圣陶)等人的 1~4 篇。它淘汰了绝大部分民国教材使用的茅盾篇目,连解放区语文教材中的《大地山河》《白杨树》等都被舍弃了。选文具有极强的时效性,很多是从刚出版的报刊上摘录的,如[5]选自 1950 年 3 月 26 日的《人民日报》,[6]选自 1950 年 4 月 10 日的《文艺报》2 卷 2 期等,它们多是切合了当时政治、经济、文化、文学领域的现实问题,有着建构新中国意识形态、形成与旧社会形式断然切割的深层考虑。

第二,突出描写苏联、东欧社会主义国家历史和现状的作品,既有各国小说、散文、戏剧甚至民间故事翻译,也有中国作家写的访问记。[1]写在中华人民共和国成立之前,涉及作为苏联革命遗迹的"地下印刷所"来龙去脉的访谈、说明;[2]是对苏联长篇小说《团的儿子》的缩写,依据的就是茅盾译本,有意思的是,目录标注的作者是"叶至美",文末"注解"仅说明这是"苏联卡泰耶夫写的小说","我国有茅盾的译本"。[1] 大概是茅盾无暇顾及改编事宜,作为主持教材编订工作的叶圣陶只好请爱女代劳;1955 年教材再版时"叶至美"的名字被删掉了。

第三,译作在茅盾选篇中约占一半,且大部分经过了改编、节选或缩写,除《蜡烛》之外,其他三篇都有较大幅度改动。既然教材倾向使用短小的作品,那为何还要把如此多的"大部头"选进来呢?原因只有一个,它们的主题或题材刚好应和了新中国政治话语建构的需要,而名家翻译具有更强的号召力和影响力。例如《俄罗斯问题》是西蒙诺夫创作的一部多幕剧,教材节选"第三幕第三景",意在说明战后美国"独占资本家手中的反动报纸,并不反映美国广大人民的意见",反而执行"反苏"政策,"一心一意要推行帝国主义侵略,妄想奴役世界上所有的自由民主的人民"。[2] 这反映出,茅盾中后期的翻译重心实际转向东欧社会主义国家的"反帝"斗争,而这一直没有受到研究界的足够重视。

第四,以更严格的标准进行筛选,早期茅盾形象不断受到消解,"小说家"形象逐渐转向以散文、时评创作为主的"杂家"。为减弱"小资产阶级革命者"色彩,"出版总署版"教材有意剔除茅盾早期作品。一般认为这套书的雏形是华北联合出版社的中学语文教材,但实际二者的篇目有根本性变动:王食三主编《初中国文》和《中等国文》收有 3 篇茅盾作品,除《梯俾利司》外,作于 1925 年 5 月 30 日夜而叙述"五卅惨案"的《五月三十日下午》和描写西北高原风光的《大地山河》都被删掉了;

---

① 宋云彬等编:《初级中学语文课本》第 4 册,北京:人民教育出版社 1950 年版,第 44 页。

② 周祖谟,游国恩,杨晦等编:《高级中学语文课本》第 4 册,北京:人民教育出版社 1951 年版,第 115—116 页。

周静主编《高中国文》有《白杨树》(即《白杨礼赞》节选),新教材也未再使用。这些包括西北边区游记在内的散文都要替换掉的确有点不可思议,只能解释为,它们要么是在写"资产阶级革命",要么对解放区革命精神的颂赞过于隐晦,不适用于新中国政治话语建构需要。

第五,极度减少茅盾原创小说,考虑到《林家铺子》到1956年"百花版"教材后不再选用,此时段茅盾小说的影响可谓微乎其微。这绝非技术原因导致的,因为译作中既有短篇小说也有长篇小说节选或缩写,如果要选,不可能在众多茅盾小说中再没有一篇合适的。值得思考的是,1952年人教社修订版以[10]《春蚕》代替《林家铺子》,同时把[8]《俄罗斯问题》替换为[11]《我们落手越来越重了》(潘菲洛夫作,茅盾译),大概是新选篇目"斗争性"更为明显一些。

之后的整个"十七年"时期,教科书中的茅盾选篇出现较大调整,总体倾向是少选译作而多选原创作品,且数量不断递减。为了更加直观简洁地呈现,此处仅标示教科书版本和选文篇目(重复篇目以带"[]"的数字代替),Ⅰ.1952—1955年"大修订版":[1],[2],[3],[4],[5],[6],[9],[10],[11];Ⅱ.1955—1957年《文学》(即"百花版"语文教材):[7],[10],[12]《当铺前》,[13]《白杨礼赞》;Ⅲ.1958—1960年"大跃进版":[10],[13],[14]《怎样评价〈青春之歌〉》,[15]《风景谈》;Ⅳ.1961—1963年修订版:[13],[15];Ⅴ.1963—1965年"文化大革命"前最后一版(仅有初中教材的数据):[1],[13]等。这基本构成了中华人民共和国成立后教科书茅盾选编的大体轮廓。改革开放后还有个别新增篇目,如人教社1980年版初中语文第六册的[16]《雷雨前》,1991年版高中语文第一册的[17]《吴荪甫的失败(节选自〈子夜〉)》等,但都是一闪而过,对整体选编格局未形成太大影响。

这些篇目能够贯穿"文化大革命"前后的不多,计有《梯俾利司》《蜡烛》《谈〈水浒〉的人物和结构》《春蚕》《白杨礼赞》《风景谈》等。其中,尤以《白杨礼赞》和《梯俾利司》入选次数最多,后者从1950年建国后第一版直到1990年代初期都有入选,前者则是教科书选文中的"常青树",从1956年《文学》教材开始,人教版几乎每次修订必选此篇。值得一提的是,《白杨礼赞》在21世纪之初启用的"新课标"语文教材中一度消失,现行"统编版"教科书(2017年初版)把它重新拿进来,这也是目前初、高中语文课本仅存的茅盾作品。

此外,还有一些不在教科书中出现,却能和学生阅读产生直接或间接关系,我们姑且称之为语文教育的"潜文本"①,这又大致分为两种情况。一是具有规范作用的教育文件会提供某些必读或选读书目列表,考虑到教师落实课程精神、强化教学效果的实际情况,学生一般是会按要求读这些书的,例如,1956年《初级中学文学教学大纲(草案)》规定人民文学出版社的《茅盾短篇小说选集》为"初中三年级课外阅读参考书目"②,《子夜》被2000年《全日制普通高级中学语文教学大纲(试验修订版)》和2020年教育部颁布的《中小学生阅读指导目录》列为高中课外

① 陈志华,王彩霞:《百年〈阿Q正传〉的语文教科书传播史论》,《鲁迅研究月刊》2022年第11期,第69页。
② 课程教材研究所编:《20世纪中国中小学课程标准·教学大纲汇编:语文卷》,北京:人民教育出版社1999年版,第367页。

阅读书目。二是选修教材中的作品,迫于升学压力教师不一定在课堂上教读,学生却可能出于兴趣有所涉及,如 2006 年版《普通高中课程标准实验教科书·语文》选修教材编有茅盾描写中国民俗文化的《冥屋》、以北美森林中的豪猪"隐含了某种深意"①的《森林中的绅士》,以及由《子夜》开头部分改写的《吴老太爷进城》等。

总的来说,新中国语文教科书选文更像反映国家政治、经济、文化领域重大变化的"晴雨表",每一次社会转型都在课文选编上有不同程度的反映。与其他作家不同,茅盾选文对这些变化的感知更为灵敏,"触角"伸向各个领域:《林家铺子》因涉及是否"同情"小资产阶级的问题而陷入尴尬境地;《春蚕》不仅仅塑造了栩栩如生的人物群像,更能让学生认识到江南地区养蚕卖茧的生产场景与民间风俗,从中深刻体认经济社会发展的真实状况;《白杨礼赞》之经久不衰,主要还是因为切合了中华人民共和国成立后革命文化建构的需要。就某些作品来说,教科书的这种定位与评判实际起到"去经典化"或曰"逆经典化"的效果,尽管它们已广为人知,但有感于国家政策变动或社会舆论转向,语文教材很快做出删除、修改反应,使它们一下子从台前转到幕后,而渐渐在沉积的教科书地质层中湮没。这在每个作家身上都有所体现,只不过茅盾要明显一些。那么,这些茅盾课文是以怎样的标准甄选出来的? 它们又是如何经由教科书不断增删修订完成"再经典化"过程的?

三、错位互动与茅盾"晚期风格"形成

换个角度即可发现,晚期茅盾其实写过不少在当时有重大影响的文章,初刊于 1950 年 12 月 3 日《人民日报》、收入 1951 年 3 月重庆初版的《高级中学语文课本》第六册的《剥落"蒙面强盗"的面具》②乃是其中之一。这是一篇政治论文,当时很多人借助访问记或时事评论表明对社会主义和资本主义国家两大阵营的态度,严格来说这是一种国家行为,需要和"个人化写作"区别开来,同样选进教科书的冯至的《莫斯科》、丁玲的《西蒙诺夫给我的印象》、戈宝权的《我见到了高尔基》也可作如是观。在中华人民共和国刚刚成立的百废待举之时,此举容易理解也十分必要。茅盾此文主要针对马克·吐温作品遭美国政府封禁一事,认为他们"神经衰弱确已到了极严重的程度"③,而且用辛辣笔锋从文学、电影直谈到当下发生的朝鲜战争,说明美国是用各种手段向全世界倾销"毁灭人们精神的东西"。全篇语言犀利、纵横捭阖,极尽嬉笑怒骂之能事,是一篇相当不错的杂文。当时,中学语文很大程度上承担着意识形态建构与传递功能,也就是说,它需要在政治、经济、文化、文学等各方面和国家政策接轨,甚至要成为传达国家话语的喉舌,从紧跟在

---

① 袁行霈主编:《普通高中课程标准实验教科书语文(选修)·中国现代诗歌散文欣赏》,北京:人民教育出版社 2007 年版,第 101 页。

② 笔者所藏版本注明"1950 年 9 月新华书店原版,1950 年 11 月第一次修订原版,1951 年 3 月重庆初版",从发表时间推断,这应是地方出版部门从人教社购买铜锌版型后新编入的课文。

③ 周祖谟等编:《高级中学语文课本》第 6 册,北京:人民教育出版社 1950 年版,第 133—140 页。

此篇后的《各民主党派联合宣言》《在伟大爱国主义旗帜下巩固我们的伟大祖国》《人民日报》1951年元旦社论）等选文中就能看出来。这是新中国第一套语文教科书非常独特的一面，随着语文教育功能的不断明晰化，语文课程很大程度回到"文学教育"的根本任务上来，其偏重国家政策硬性解读的倾向开始有所减弱。

以政治观念和政治标准解读茅盾作品的做法由来已久，其影响到新中国成立后愈加明显：早在1960年代电影《林家铺子》受到批判之前，文学批评界和语文教育界已显露出追究原著之阶级意识的苗头，不过大部分还是非公开化"探讨"。吴奔星1953年3月3日在致茅盾的信中提出四个问题：一、作为店员的寿生是否属于工人阶级；二、林大娘将女儿许配给寿生，能否看作"小资产阶级与工人阶级结合"；三、林老板最后的出走可否算作一种反抗；四、如何看待出身小资产阶级家庭的林小姐。茅盾回信重点答复了前两个问题：第一，寿生属于工人阶级无疑，但将他的劝林老板出走解释为"工人阶级的远见"，"那未免有点牵强附会"，因为这只是微弱的反抗，而没有长远计划；第二，林大娘不把女儿送给卜局长做三姨太，是要"免目前的灾祸"，这是旧社会妇女"宁愿粗食布衣为人妻，不愿锦衣玉食做人妾"的"高贵的"传统心理，只能表示她刚强、有决断，而与两个阶级结合无关。这些意见对教科书编写、修订产生了明显而深远的影响。如前所述，茅盾参与了"百花版"中学《文学》课本篇目的确定工作，其中当然包括他自己的作品；新课本在1951年教材基础上多收了"寿生收账归来"一节，不但增加了工人阶级的"戏份"，且课后练习题与茅盾复信内容非常接近："1. 林家铺子遭遇到些什么困难？林老板用什么办法挽救快要破产的局面？从这里可以看出当时怎样的社会现实？可以看出林老板是个怎样的人？2. 抵制东洋货的爱国运动引起林小姐的什么烦恼？这里表现出林小姐的什么性格？"①

根据《茅盾全集》书信卷，从1950年到"文化大革命"前的1965年，茅盾回复有关其教科书选文问题的信函至少26通，几乎事无巨细、有问必答。这足可看出作家对语文教育如何理解、阐释其作品的重视。来信者既有大学教师、研究生和本科生，也有语文教材编写者、使用者，即中学教学一线师生。概括起来，茅盾的意见主要集中在以下几个方面：

首先，对译作的理解应注意中外语言、文化差异以及当时社会环境的复杂性，不能用固定视角"硬解"外国作品。茅盾认为，每个国家都有自己的特殊情况，"如果完全以我们国家的眼光来衡量别国人民的生活习惯，是不适当的"（《致胡光岭》）；《蜡烛》中的老妇人所披的黑色围巾仅代表西方国家"表示悲哀"的风俗（《致王奉瑜》），此外不该再硬找什么象征意义。

其次，纠正不当的文本解读方式，特别是过度阐释和以"阶级性"强求原作。从通信中可以看出，生硬解读在中学生之间已然形成风气，如将作为儿童玩具的手枪和钓钩解释为"消灭德寇""诱敌深入"（《致吴光祥》），过分拘泥于第比利斯地下印刷所的地下室构造细节而忽视它的思想教育意义（《致张宗范》《致周谦身》），

---

① 张毕来等编：《高级中学课本·文学》第4册，北京：人民教育出版社1957年版，第73页。

甚至有的学生和教师争论，《当铺前》穿插的鱼贩子情节有特殊"阶级性、思想性"（《致高金明》）。对此，茅盾一般持否定态度，从他的语气中也能体会到些许不解与无奈。

再次，关于某些作品写作、翻译若干史实的澄清。茅盾中后期翻译集中于苏联作品，实际大部分是由英文转译的，这就可以解释为何他多次表示"不能替原作者解答"，不仅仅是用语谨慎，更与不熟悉原作有关。有中专语文教材把《雷雨前》注释为"写于一九二四年"，茅盾结合它的入集情况，最终确定写于"一九三四年夏秋之交"（《致芜湖卫生学校语文教师》），事实证明其回忆无误，该文发表于一九三四年九月二十日《漫画生活》第一期。

最后，对于原作改编与解读、课文注释等问题的意见。《白杨礼赞》进入教材后，不少人对其表意隐晦有疑问，茅盾解释说本文在国统区发表，不能公开赞美解放区，"所以只好用这种隐蔽的、象征的笔法来表示我的感情"（《致朱身荣》）；文中的"纵横决荡"有版本作"纵横泱荡"，后者虽然也有来历，但应该以前者更为恰当（《致陶希瀚》《致北京市教育局教材编审处中学语文组》）。茅盾还应人教社《中学语文》编辑室之请，为《春蚕》的"塘路""官河"等词条做了非常详细的解释。

这些通信实际都是"错位"互动，即交流双方虽在谈论同一件事情，却是从不同角度、不同层面表达各自的认知与立场，二者缺乏平等交流、互相交换观点以达成一致的基本前提，因而不可能获得真正的"理解"。笔者认为，这极大地影响了晚期茅盾写作的内容及方式，从某个角度看，甚至对作家的自我评价和写作策略调整起到决定作用。茅盾在 1951 年前后曾完成过一个表现公安战线"肃反"斗争的剧本初稿①，看过的人基本表示满意，认为压缩后可以拍成电影。但作者最终以"不成功"为由将其销毁，不仅因为艺术上不够成熟（《清明前后》也有类似的"小说化"痕迹），更可能担心发表后会迎来社会各界褒贬不一的批评。就茅盾而言，之前那种构思宏伟的社会历史"全景式"宏大书写只能存在于"计划"之中，他有关国家、社会、人生的思考已全部转移到散文、时政评论、文评书评、通信、日记、回忆录等碎片式文本中，借用阿多诺形容贝多芬的话说，这些"晚期作品被放逐到艺术边缘而更接近文献纪录②"了。我们无法用"幸运"或"不幸"对此加以评论，这是存在于所有艺术家身上的普遍现象，是从早期突出主体性的圆熟走向晚年冷静客观、与时代保持相当距离的基本状态，进入新中国的国统区老作家或多或少都有所体现，只不过茅盾表现得更极端也更为典型。那些欲言又止恰恰代表一种态度，是在不完满中弥缝由日志式文献组合起来的"沟纹处处甚至充满裂隙"的个人化思想史。与其说晚期茅盾包含大量毫无表现力的空疏之作，不如说他在信手拈来地用各种文章体式构建一种全新的、具有复调色彩而又客观的"自我陈述"，其中既有对早期经典作品的解释，更有当下对公共的、私人的各种事件的忠实记录，表现为自由出入于公共话语与个人操守之间的从容与淡定。

---

① 丁尔纲：《茅盾评传》，重庆：重庆出版社 1998 年版，第 638 页。

② 阿多诺著，彭淮栋译：《贝多芬：阿多诺的音乐哲学》，台北：联经出版事业股份有限公司 2009 年版，第 226 页。

这不是说他已习惯于用"假、大、空"的外交辞令掩饰真实自我,而是一改早年的狂躁凌厉,使那些无处不在的"矛盾"融化、消隐在各种互文性话语之中;我们当然能感受到不时闪现的焦虑,但这已和他中前期作品弥漫着的整体不和谐与焦灼感有了本质区别。举例来说,茅盾有三篇文学评论被分别编入 1950 年和 1958 年中学语文课本,由于写作《新事新办》的谷峪是解放区成长起来的作家,在肯定他成功表现土改后农村生活"兴旺和愉快"的同时,更从技巧方面称赞小说"结构紧凑,形象生动,文字洗练";而谈论古典白话小说《水浒》主要着眼人物和结构,而"暂时不谈它的思想内容"①。1950 年代末期整个政治舆论环境收紧,有关杨沫《青春之歌》的评价存在两种截然相反的声音,茅盾的评价策略与之前相反,先判定"《青春之歌》是有一定教育意义的优秀作品",它在"思想内容上没有原则性的错误",然后才避重就轻地批评人物描写、结构、文学语言的不足。思想价值和教育意义评价很容易"上纲上线",我们看到,茅盾在不违背原则的前提下总能做到恰到好处,这不是年老之后的世故和圆滑,而是他一直标举的"外圆内方"人格在写作上的真实体现。

教科书提供了一个绝佳视角,我们借此能从茅盾那繁芜庞杂、接近于编年史的文本资料中找寻到一条出路,最终抵近晚年茅盾那伟大而又孤独的灵魂。或许,萨义德所谈论的"晚期风格"之优势同样适用于茅盾:"它有能力去表现觉醒和愉快,而不必化解它们之间的矛盾。使它们保持着张力的,如同在相反方向变了形的相同力量一样,在于艺术家成熟的主体性,它祛除了傲慢和夸耀,既不为它的不可靠而羞愧,也不为谨慎的保证而羞愧,它获得那种保证是由于年老和放逐的结果。"②

四、语文教育对"老作家"的同质化改造

与生活在解放区的作家相比,像茅盾这样来自国统区的"老作家"适应新中国的政治文化环境要困难得多。虽然早年由于特殊原因"脱党",但他一直以"革命作家"闻名,1940 年前后由香港辗转到新疆再到短暂访问革命圣地延安,更是有过长期居留解放区的打算③,只不过党中央高层领导经过慎重考虑仍派他回到作为战时"陪都"的重庆。国统区作家虽然"在种种不利条件下,我们打了胜仗",却没有经历过延安"整风运动"系统改造,特别是对解放区文学创作影响巨大的《在延安文艺座谈会上的讲话》,他们普遍重视不够,"尤其缺乏根据'文艺讲话'中的精神进行具体的反省与检讨"④。因此,每一位进入新中国的"老作家"都面临同样的

---

① 周祖谟等编:《高级中学语文课本》第 3 册,北京:人民教育出版社 1950 年版,第 133—140 页。

② 萨义德著,阎嘉译:《论晚期风格:反本质的音乐与文学》,北京:生活·读书·新知三联书店 2009 年版,第 148 页。

③ 翟德耀:《茅盾:走在时代前面的文学巨擘(代自序)》,《走近茅盾》,新北:花木兰文化出版社 2014 年版,第 12 页。茅盾 1938 年从香港远赴新疆的主要原因是盛世才推行"亲苏亲共"政策,从携全家同行来看,他是有长期打算的。

④ 茅盾:《在反动派压迫下斗争和发展的革命文艺——十年来国统区革命文艺运动报告提纲》,《茅盾全集》(第 24 卷),北京:人民文学出版社 1996 年版,第 59 页。

难题,即如何根据新政权需要清理自己留存下来的"历史遗产",对其进行甄选、剪裁、拼接或重新解释,最终成为可资借鉴或直接转化为新传统之构成要素的文化资源。这恰和教科书编写形成相互关联而又互逆的过程:前者是从自我体系中进行挑选、重组以形成新的结构(如作家编订各种自选集),后者则是先设定一个有意义的结构框架,然后再从若干作家中拣选、编辑合用的作品,最终完成一个庞大的同质化体系。

茅盾建国初期为自己的短篇小说结集时,仅从 54 篇旧作中挑选出 8 篇,用作家的话讲,它们"题材又都是小市民的灰色生活,即使有点暴露或批判的意义,但在今天这样的新时代,这些实在只能算是历史的灰尘"①,要从这些并非正面反映工人群众斗争生活的作品中寻出思想教育意义,的确是有些牵强。同样,它们要进入当时的中学语文教材也面临重重困难。上述《林家铺子》遭到的质疑仅是冰山一角,在整个故事中,无论是店员寿生还是存钱在铺子里的穷苦人朱三阿太、张寡妇、陈老七,都处在被欺压、被践踏的最底层,很难让人看到阶级反抗的觉醒意识,这对中学教学来说非常难以处理。1956 年前后的"百花版"初中《文学》收录了《当铺前》,由于整个故事围绕穷人靠典当换取维生之资和当铺趁机压低价格的激烈冲突展开,小说在表现"生活的横断面"方面是相当成功的。为了让读者深刻认识小说的思想主题,教材编者特意编写了一些简单、直观地思考人物所处社会环境的课后习题,如"从哪些地方可以看出王阿大一家人的贫苦生活""当铺门前为什么那样拥挤""哪些地方写出当铺对穷人的残酷剥削"等,而不是向学生灌输生硬的政治概念。

相对来说,《春蚕》在所有课文中的"经典"地位更为稳固,是政治性和艺术性结合得较为完美的一篇。从思想内容看,小说创作主题类似叶圣陶《多收了三五斗》的"谷贱伤农",在老通宝带领全家养蚕卖茧的简单故事线中,作者加入了江南水乡的养蚕风俗,祖孙几代的"家族史",及多多头和六宝、荷花间的隐秘情感纠葛等多种元素,容量非常丰富。课后练习题除了分析老通宝的人物性格,还提请学生注意"作品里怎样描写官河两岸的景色和小轮船在官河里驶过的情形?"②,其教学意图是将景物描写与故事主题相联系,引导学生思考资本主义工业经济与中国传统的农耕社会形成的剧烈冲突。与《当铺前》开头所写的农民不满于"官河"中的小火轮一样,这样的景物描写不仅仅是故事发展的背景,而且具有象征意义,需要作社会经济制度转变和现实阶级冲突的隐喻来看待。

茅盾另外一些小说,表面看是以"革命"为主要描写对象,实际上小资产阶级意识浓厚或思想内容的旧民主主义革命印记明显,不能直接进入国家意识形态结构之中,这些都是新中国语文教科书所不能容许的。例如,《大泽乡》曾被选入傅东华主编的初级中学《国文》(商务印书馆,1932 年版)第 5 册,将它和同样表现农民革命战争的《陈涉世家(节选)》编排在一起,最主要的还是让学生学习类似艺术

---

① 茅盾:《茅盾短篇小说选集》,北京:人民文学出版社 1955 年版,第 313 页。
② 人民教育出版社编:《高级中学课本·语文》第 3 册,北京:人民教育出版社 1958 年版,第 76 页。

渲染或扩写的"艺增"手法。① 但是,小说对负责押解戍卒的二军官寄予了过多同情,不但明确其"富农的子弟"身份,而且一再渲染他们"祖若父"当年征战沙场的骁勇,必然会掩盖陈胜、吴广等九百戍卒作为"闾左贫民"的正面形象。如曹聚仁所言,《大泽乡》的农民革命包含两种意识,一是贫民对于贵族的反抗,二是楚民族对于秦民族的反抗②,茅盾将笔墨集中于前者,以政治经济地位简单划分阶级,反而使农民战争中的民族意识变得不那么真实了。比较 1956 年初中《文学》课本中的郭沫若《我想起了陈涉吴广》,《大泽乡》并未喊出"在工人阶级领导之下的农民暴动""是改造全世界的希望"之类的口号,茅盾早期小说中因大革命失败而产生的幻灭、苦闷情绪仍随处可见,因此,尽管它也明示"被压迫的贫农要翻身"的主题,却因浓郁的心理小说色彩和思想政治内容的多义与含混,最终无法纳入中学语文教科书的结构体系中。

茅盾曾借评价《青春之歌》重申他早年"结合当时历史情况看待作品思想内容"的著名观点,这也可看作是他为自己作品做出的辩护。针对有人指责《青春之歌》"所写的知识分子特别是林道静自始至终没有认真实行与工农大众相结合",茅盾认为,"评论一部反映特定历史事件的文学作品的时候,也不能光靠工人阶级的立场和马列主义的观点,还必须熟悉作为作品基础的历史情况",因为每个人物都是他所处特殊历史时期的产物,如果从今天的观点提出不切实际的要求,就可能犯"反历史主义"的错误。对杨沫而言,她不回避林道静身上的"小资产阶级意识",就是要将之放置在解剖台上,至于无法产生应有的教育效果,那是"作家的主观意图和他的作品的客观效果不能一致"导致的,不能算是小说的原则性问题。事实上,除了《当铺前》等极少数作品,茅盾小说都不同程度地存在"主观意图"和"客观效果"矛盾无法调和的问题。这不禁让人联想到毛泽东《在延安文艺座谈会上的讲话》里的著名论断:"检验一个作家的主观愿望即其动机是否正确,是否善良,不是看他的宣言,而是看他的行为(主要是作品)在社会大众中产生的效果"③,二者的龃龉之处相当明显,或许,这正是从 20 世纪 50 年代中后期开始,茅盾小说在中学语文教材中进进出出而最终消失不见的真实原因。

相对而言,茅盾散文面对的情况要简单许多,由于多是写景、状物、记事或记录游踪,教学中不需要做过多拓展延伸,故此涉及的都是一些琐细的问题。如《第比利斯的地下印刷所》,此篇为茅盾 1947 年前后受邀访问苏联的系列游记散文之一,和其他文章的介绍工厂、博物馆等一样,其目的主要是介绍苏联人民历史与当下的真实生活,最终结集为《苏联见闻录》,是要让国人"窥见苏联人民生活的剪影",由此"知道苏联人民保卫世界和平民主的奋勇与坚决"④。文章主体部分写"地下印刷所"的结构,以及建造、使用和被沙皇宪兵发现的过程,以此和格鲁吉亚共和国(苏联加盟国之一,文中称"乔治亚共和国")首都第比利斯的革命史相结

① 傅东华等编:初级中学《国文》第 5 册,上海:商务印书馆 1932 年版,第 156 页。
② 曹聚仁:《笔端》,北京:生活·读书·新知三联书店 2010 年版,第 75 页。
③ 人民教育出版社编:《高级中学课本·语文》第 4 册,北京:人民教育出版社 1958 年版,第 2 页。
④ 茅盾:《〈苏联见闻录〉序》,《茅盾全集》第 13 卷,北京:人民文学出版社 1986 年版,第 5 页。

合,赞扬"斯大林及其同志们"机智勇敢的革命斗争历史。此课文之所以深受中学生喜爱,主要是介绍了陌生的社会主义国家的历史与现实,以及它略带小说笔法的类似"地道战"的敌我斗争故事带来了新奇感。学生给茅盾写信询问课文信息,以此篇为最多,从他们所提的"斯大林是否参与了印刷所的修建"、"何以不填上第一口井再开第二口"、"腊却兹·蒲萧列兹是否被捕"等问题来看,实际是当作历史小说或者纪实性文学作品来读了。

《白杨礼赞》被教科书选编修订的过程更有象征意义。一方面,相比于同期创作的《大地山河》《风景谈》《"拉拉车"》等,它明确提到"北方的农民"和中国"民族解放战争",政治立场更为坚定;另一方面,这些抗战中发表于香港《华商报》副刊《灯塔》的文章处在相对复杂的环境中,又不可能直接点明是在描写延安等解放区,这使得"托物言志""借景抒情"等艺术手法变得更加隐晦。这也是有解放区教材编入此文时改名《白杨树》的原因,如此一来,"礼赞"的情绪色彩减弱,读者更多注意到对"白杨树"物象的描写;删除最后一段,为的是不再以"贵族化"的楠木作对比,所有情感都落在民族解放战争上,从而弱化对"看不起民众、贱视民众、顽固的倒退的人们"的批判。《白杨礼赞》之成为语文教材中经典之作,不仅是它在写景、状物、记事、抒情等方面皆可称为上乘,更因为其思想表达含蓄蕴藉,符合中国传统的审美规范。茅盾曾明确表示"楠木"象征国民党反动派,拿它和白杨树并提,实际是有在国统区和解放区两种政权优劣比较的目的。这种比较是在"隐喻"层面进行的,这就让不少读者不明就里,甚至有人给茅盾写信说"楠木也是有用之材,可制高级木器,出口赚外汇"①,责备作者不该贬低它。

1958 年 1 月 5 日,从外地返京不久的茅盾写信给朱身荣,和以往反对读者从个别字句推断作品深意不同,他特别说明为什么自己在国统区常用隐晦手法创作:"《白杨礼赞》是我在一九三九年——一九四〇年走过西北各地回到重庆后写的,当时国民党虽然还统治着大部分的中国,但是解放区的光明景象已给我深深的印象。由于在国民党统治区发表这篇文章,不可能公开的表示我对解放区的赞美,所以只好用这种隐蔽的、象征的笔法来表示我的情感。"②这正可看作是对所有国统区进步作家作的注脚。他们不能直接观察或参与解放区工农兵群众的生活,更没有合适环境抒发对它的赞美之情,因而只能以一种特殊方式来"和无产阶级站在一起"。这种尴尬与无奈是解放区作家难以体会的。作为国统区革命作家代表的茅盾,其作品经历的经典化之旅实际就是被新中国文学体制改造的过程,同时,这也是一代知识分子在融入新体制中努力"改造"与艰难"坚守"③的形象化表征。

---

① 茅盾:《致彭守恭》,《茅盾全集》第 38 卷,第 266 页。
② 茅盾:《致朱身荣》,《茅盾全集》第 36 卷,第 419 页。
③ 钱理群提到,1949 年后知识分子思想史的两大关键词是新体制对他们的"改造",和后者在艰难环境中的"坚守"。参见钱理群:《岁月沧桑》,上海:东方出版中心 2018 年版,第 374 页。

茅盾史料考证

从相携到罅隙到垂念

——茅盾与徐蔚南关系始末

北　塔①

摘　要:李标晶和王嘉良所编《简明茅盾词典》(甘肃教育出版社,1993年)列举了大量与茅盾有过交往的人,却没有将徐蔚南囊括在内。几部茅盾传记中也鲜有提到徐蔚南者。从流行的茅盾研究资料来看,两人似乎没有什么交往。然而,事实正好相反,两人都曾是上海滩上的文化名流,在20世纪二三十年代曾过从颇密。茅盾比徐大4岁,出道稍早,因此,他曾提携徐,如在他主编的《小说月报》上发表徐的习作。徐知恩图报,当茅盾的小说《幻灭》受到简单粗暴的攻击时,徐挺笔而出,专门著文进行辩护。徐在自己任职的世界书局出版过多部茅盾的著作,其稿酬实质性地帮助茅盾解决在上海蛰居期间和在日本流亡时期的生活问题。徐甚至因出版茅盾等人的进步书籍而被国民党上海市党部以"通共"嫌疑拘押,并被开除党籍。20世纪30年代初,徐和民族主义文学派代表发起成立上海文艺界救国会,因其貌似右倾姿态和不切实际的抗战言行而受到茅盾和鲁迅等左翼阵营的连带批评,他与茅盾的关系一度出现罅隙。不过,徐很快就幡然醒悟,并迅速与茅盾修复关系。1937年全面抗战爆发后不久,两人相继离开沦陷区,抵达国统区,投入到抗战文化第一线,两人的友谊关系随之全面恢复。无论是在战时陪都重庆还是在战后的大上海,两人一起参加过多个重要活动。茅盾继续在文学事业上支持徐。全国解放前夕,茅盾还与郭沫若、胡朴安一起为徐编的《蒻画选胜》题词。徐于1952年在上海劳累猝死。过了27年,83岁高龄的茅盾居然还向诗人郭风打听徐的下落,还说要和徐通信。

关键词:茅盾;徐蔚南;世界书局;上海文艺界救国会

一、茅盾提携徐蔚南

1. 在自己主编的《小说月报》上多次发表徐的作品

1922年,徐蔚南开始在茅盾主编的《小说月报》上发表作品。如《小说月报》第13卷第1期发表了徐的诗《狱中的人》,第13卷第2期发表了徐的诗《微笑》和《勃来克》,第13卷第4期又发表了徐的诗《荒港风雪》。这样的发表频率不可谓不高,这一方面表明茅盾对徐的厚爱和栽培,另一方面表明徐在文学生涯初期曾勤于

---

① 作者简介:北塔,原名徐伟锋,中国现代文学馆研究员。

写诗。

茅盾卸任《小说月报》主编后,继任主编郑振铎和叶圣陶是茅盾挚友,萧规曹随,他们继续刊发徐的作品。如在 1924 年 4 月发行的第 15 卷《小说月报》"法国文学研究"专号上发表徐的翻译作品,即法国作家包尔都的《生命是为别人的》。再如在 1925 年 10 月 10 日发行的第 16 卷第 10 号上发表了徐改编的民间故事《蛇郎》。

2. 很可能介绍徐加入自己参与创立的文学研究会

赵景深所著《文坛忆旧》里列有一份文学研究会会员名单,其中说徐蔚南于民国十四年即 1925 年加入文学研究会,入会编号是 144。① 据郑振铎说,至少在 1922 年 11 月 11 日之后,新会员入会要"四个会员介绍"②。从 1924 年开始,徐蔚南与茅盾同在上海大学兼课,从而熟识茅盾这位文研会创会会员,因此,笔者推断,茅盾是徐入会的四位介绍人之一。1925 年 11 月 22 日,文学研究会同人为祝贺会刊《文学周报》二百期寿诞,举行聚餐会,徐与陈醉云、丰子恺、黎锦晖、樊仲云、郑振铎等二十余人到场,颇极一时之盛。③ 由此可推知,徐入会时间是在 1925 年 11 月 22 日之前。具体日期还有待考证。

3. 为徐蔚南译作写了长达 41 页的序

早在 1926 年 1 月,徐蔚南翻译的莫泊桑长篇小说《一生》就由上海商务印书馆出版,书首有"沈雁冰序"。茅盾自己标注序言的写作时间是 1925 年 7 月 15 日,徐完成此书翻译的时间应该更早。从 7 月到第二年 1 月,才半年时间,可见当年出版速度之快。

关于茅盾为《一生》作序一事,贾植芳等所编的《中国文学史资料全编现代卷·文学研究会资料》上册曾提及(仅仅一句话):"《一生》序(沈雁冰作于 1925 年 7 月 15 日上海)"。④ 人文社和黄山书社两个版本的《茅盾全集》都没有收录此序。⑤

后来,徐蔚南把书名改为《她的一生》,1931 年 12 月由上海世界书局再版。在这个再版本问世之前,《世界杂志》做了些宣传,而且引用的是茅盾的话。1931 年 8 月 1 日出版的《世界杂志》第 2 卷第 2 期第 322 页有"关于她的一生"条,谓:"茅盾说:'《她的一生》百读不厌,今又阅读一过,觉得非常受用。此书成功之点,是在

---

① 赵景深:《现代作家生平籍贯秘录——文学研究会会员录》,《文坛忆旧》,上海:上海书店 1983 年版,第 204 页。

② 舒乙:《文学研究会和它的会员——纪念文学研究会成立七十周年》,《中国现代文学研究丛刊》1992 年第 2 期,第 60 页。

③ 参见朱刚:《陈醉云:留下诸多美文的嵊籍名作家》,嵊州新闻网,http://sznews.zjol.com.cn,2019 年 05 月 30 日。

④ 贾植芳等编:《中国文学史资料全编现代卷·文学研究会资料》上册,上海:知识产权出版社 2010 年版,第 1132 页。

⑤ 笔者曾撰文专门论述此序,即《茅盾一篇重要稀见文解读——兼谈〈一生〉对〈幻灭〉的影响》,《中华读书报》2023 年 5 月 3 日第 5 版。

把原作风韵之成功的移译出来。'"①茅盾既推崇莫泊桑的经典佳构,又赞扬徐蔚南的成功移译。

茅盾这句话似乎来自某篇文章。因此,有人说他曾为《她的一生》再版本写过评论文章。如果真有这样的评论文章,也是逸文,因为《茅盾全集》未收。笔者判断,茅盾没有写过专门的评文。《世界杂志》本就是世界书局办的杂志,有为本社出版的书做广告的义务。这一条内容就相当于广告,其文最后甚至赤裸裸地说"世界书局出版,价一元四角",引用业内名人表示赞赏的片言只语是书业广告的常用套路,至今如此。不过,由此也折射出两人之间的深厚友谊。

二、同人同事同讲学

1. 同入新南社

1923 年 10 月 14 日,新南社在上海举行成立大会,共 38 人出席。据殷安如《南社资料辑录》记载,徐蔚南为新南社社员,入社时间是 1923 年 10 月,是由社长柳亚子介绍加入的,因为柳跟他不仅是吴江同乡,而且还是他的表姐夫(徐和柳夫人郑佩宜都是苏州盛泽人,而且郑是徐的表姐)。

茅盾也是新南社最早的成员之一,两人可谓是社中同人。

2. 同掌上海大学讲席

徐蔚南结识茅盾,是在上海大学兼课期间。

邵力子与徐两家在盛泽镇住斜对门,可谓发小。跟柳一样,邵对徐也是提携有加。1923 年,他任上海大学代理校长。次年,他就邀徐到上大讲授法国文学,徐从而结识同在上大任教的茅盾,从此两人成为这所"弄堂大学"的同事。

3. 同到古镇黎里讲课

1925 年 7 月 14 日,中国国民党吴江县党部第二次代表大会在柳亚子的故乡黎里古镇举行,会后举办了 5 天的讲学会,柳亚子、徐蔚南不仅自己讲课,还邀请茅盾等来讲学。7 月 18 日晚,茅盾、杨贤江、邵季昂从上海来到毗邻的黎里。

7 月 19 日,柳、徐与毛啸岑三人担任主持,茅盾讲"甘地主义与中国",杨贤江讲"青年问题",邵季昂讲"中国国民历史的使命",三人讲课的丰富内容把讲学会气氛推向了高潮。②

三、徐蔚南投桃报李

徐邀请自己文学生涯初始阶段的恩人茅盾到家乡讲学,可算是他报恩行为的开始。之后他更是尽己所能,涌泉相报。

1. 茅盾受到偏见攻击时,徐出笔打抱不平

1928 年初,太阳社和创造社成员对茅盾的小说《蚀》三部曲,尤其是其中的《幻灭》开始发难。他们简单化地将茅盾定性为小资产阶级作家,重点批评他在作品中流露出的大革命失败后产生的幻灭悲观情绪。太阳社和创造社都是革命文学

---

① 朱联保:《上海世界书局历年大事记(四)》,《出版发行研究》1988 年第 5 期。
② 参见吴江市地方志编纂委员会编:《吴江县志》第 15 卷第 2 章,南京:江苏科学技术出版社 1994 年版。

团体,这场来自革命文学阵营内部的责难使茅盾陷入苦闷。

为了替茅盾辩护,徐写了《介绍批评和讨论〈幻灭〉》一文,最初发表在《狮吼》杂志 1928 年第 8 期上,后被伏志英收入 1931 年 12 月出版的《茅盾评传》一书(上海现代书局),题目简化为《幻灭》。

徐蔚南强调茅盾小说的时代性和时代合理性。他认为,中国大革命和法国大革命有惊人的相似之处:"中西大变动的时代,竟有这么多不谋而合的地方"。他还认为,大革命产生或呼唤大作品,而茅盾的《幻灭》就是这样的大时代的产物,因此符合他的期待:"我期待着描写当前大变动时代情态以及大变动时代里的人物的思想心理行动的小说的出现,茅盾先生的幻灭却就在我期待中涌现在我的眼前了,这在我是觉得异常满意的。"徐之所以对《幻灭》异常满意,是因为茅盾强有力地表现了从五四运动到国民革命这两个时代潮流里"颠荡的青年的生涯"。

2. 徐蔚南不仅声援茅盾,还援助茅盾卖文为生

1927 年,蒋介石集团发动"四·一二反革命政变"之后,实行白色恐怖的"清共"政策。茅盾作为最早的曾经非常活跃的共产党员之一,被国民党当局通缉。茅盾晚年回忆说,他于 8 月中回上海蛰居。10 月 10 日,鲁迅悄悄去探望他,问他今后怎么办,他表示"也许要长期蛰居地下,靠卖文维持生活了"[1]。为了保全性命于此乱世,茅盾隐姓埋名,在家里译写书稿,以各种笔名发表,以微薄的稿酬勉强维持生计。后来他更是避走日本,也是以著译为业。而他卖文的东家主要是世界书局。

关于此事,朱联保深知其情。他后来回忆说:"世界书局收受其著的《西洋文学通论》《小说研究 ABC》《中国神话 ABC》《神话杂论》等十种,用玄珠、方璧等笔名发表,他住在日本东京神田町,化名方保宗,稿费是我经手汇往日本。这事很少有人知道。"[2]

朱联保只提到世界书局,而没有说具体的编辑人员。

世界书局曾推出风行全国的"ABC 丛书",主其事者就是徐蔚南。从 1928 年开张到 1933 年结束,5 年间该丛书一共出版发行 154 种计 164 册(一说 155 种165 册)。

从1927 年秋至 1928 年 7 月,茅盾在日本蛰居期间,先后为"ABC 丛书"著译 5种共 7 册,即《小说研究 ABC》(署名"玄珠",1928 年 8 月初版)、《中国神话研究ABC》(上下)(署名"玄珠",1929 年 1 月初版)、《骑士文学 ABC》(署名"玄珠",1929 年 4 月初版)、《希腊文学 ABC》(署名"方璧",1930 年 9 月初版)和《北欧神话ABC》(上下)(署名"方璧",1930 年 10 月初版)。茅盾是整套丛书中数量最多的作者之一。他在回忆录《我走过的道路》中说:"《中国神话研究 ABC》和《小说研究ABC》是早在国内就写好的,徐蔚南为当时的世界书局编 ABC 丛书,向我约稿,即以此付之。"[3]可以说,徐是茅盾这些著作出世的"接生婆"。这些著作的出版,有效

① 茅盾:《创作生涯的开始——回忆录(十)》,《新文学史料》1981 年第 2 期。
② 朱联保著,桐乡市档案馆编:《联保文忆》,嘉兴:嘉兴吴越电子音像出版有限公司 2018 年版,第 88 页。
③ 茅盾著,钟桂松编:《茅盾全集》第 35 卷,合肥:黄山书社 2014 年版,第 456 页。

解决了茅盾及其同居女友秦德君当时侨居日本的生活费问题。

非常值得一提的是其中《北欧神话 ABC》的出版。

徐蔚南在帮茅盾出版此书之三年前（1927 年），自己就做过北欧神话研究，而且已经在《申报·艺术界》发表了相当多的成果。这些文章加起来，已经达到了半部书的规模，如果徐继续研究，则完全可以自己出一部有关专著。但是，他中断了自己的研究，没有出版自己的专著，而是帮助比他晚开始进行北欧神话研究的茅盾出版专著。笔者揣摩，其间的原因可能是徐主动让贤。他因为忙于出版业务，缺乏继续研究的时间，而当时茅盾专事著译，他觉得茅盾编写的质量会更佳。事实上，《北欧神话 ABC》也确实非常整饬、有条理，每一个神的形象都很丰满，每一个故事都很完整。徐这种甘为他人做嫁衣裳的高贵的职业精神、这种为了推出好书而牺牲自己名利的奉献精神，值得我们敬佩。

在国民党反共高潮时期，徐蔚南如此大规模出版茅盾等共产党人的书，表现出大无畏的勇气，后来也付出了很大的代价。1929 年 12 月，因出版茅盾和杨贤江等共产党人的进步书籍，他被国民党上海市党部以"通共"嫌疑拘押。蔡元培、褚民谊、刘大白等联名书面担保后，他才被解除拘押。然而，国民党上海市党部执委会第 37 次会议决议，永久开除徐蔚南党籍。

值得注意的是，徐蔚南不仅没有共产党员的政治身份，而且没有亲共的思想倾向。在他所执笔的《诗与散文》同人杂志创刊号之"编辑室杂谈"中，他声称"既不想宣传什么，也不要主张什么，所以印刷的部数特别少，定价方面也比努力建设什么文艺、宣传什么主义的杂志贵一点了"。这几句话可能是受到了胡适"多研究些问题、少谈些主义"的思想的影响，其精神姿态基本上是自由派的。他之所以冒险出版茅盾等人的书，可能更多的是出于急公好义和文人相亲尤其是对茅盾个人的感恩心理。

徐蔚南当时冒险发表茅盾作品，还有一例。尽管徐不想宣传什么主义，但茅盾作为共产主义信徒是有独立、尖锐甚至反抗的政治主张的。发表其作品的后果可想而知。徐曾与柳亚子、刘大白、曾朴等人合办《诗与散文》同人杂志，主要由他在世界书局负责编辑出版发行。这个刊名可能来自茅盾，因为茅盾于 1928 年写下的同名短篇小说迅速在文学界产生很大影响。可能也因此徐在创刊前就向侨居日本的茅盾约稿。1929 年 9 月 10 日，世界书局推出第一期《诗与散文》，即被查禁，第二期不得不改名为《当代诗文》，然后就夭折了。施蛰存主编的《新文艺》曾公开披露《诗与散文》被查禁的原因。《新文艺》是与《诗与散文》同一个时期创办的杂志，其第一卷第三号（十一月号）的《国内文坛小消息》栏中，有一则消息说：茅盾的《幻灭》等三部著作商务印书馆忽然停止发行，《小说月报》连载多日的《虹》也忽然停止登载。记者四处打听，才知道"市党部因世界书局出版《诗与散文》杂志，里面有茅盾的散文，说茅盾即某某底化名，某某为共产党徒，所以茅盾底文章不无宣传共党的嫌疑，即一面审查该杂志，一面通令各报及各杂志，说在审查期内，不准登载该杂志底广告"。"某某"指的是茅盾的原名"沈雁冰"。国民党当局认定茅盾为共产党徒，他的文章有宣传共党的嫌疑，所以要查禁。

那么，惹此大祸的到底是茅盾的什么文章呢？是茅盾写于日本的两篇借外讽中的杂文。1929 年 8 月 1 日,他看了日本报纸的报道,一天之内写了《风化》和《自杀》两篇短文。关于这两篇文章的写作,茅盾晚年在回忆录《亡命生活——回忆录(十一)》中写道:"'风化警察'这件事,引起了我这样的感想:把一个人的职业派定为专门查问男女间的'秽亵',事实上是引诱这个人去做有伤风化的事,但却美化此职业的名称曰'维持风化',这真是对于人的本能的嘲弄,怎能怨得他不'失态'。这也是只有文明社会的统治者们才会想出来的'法律'。"而全家自杀"这件事充分暴露了资本主义社会阴暗的一角"。"在封建社会里,这位患病的丈夫大概不会下决心全家自杀,因为宗法关系可能使其妻及子女不至于投靠无门。但在个人主义为特质之一的资本主义社会,却只有全家自杀这一条路了。"不过,真正让国民党大感不爽的,是两篇短文各有一条"老虎尾巴"。前者是:"我更觉得什么贪赃枉法之类在我们贵国的新贵人中间出现,照例是一点也不足奇。"后者是:"在猪猡一般过着泥泞生活的民族内这才只有被杀,而连自杀也不会!"[1]"我们贵国的新贵人"明指的就是刚刚夺得政权的国民党当局,"猪猡一般过着泥泞生活的民族"暗指中国的老百姓。当局会认为,茅盾这样说是在抹黑、诬蔑、丑化伟大光荣正确的国民党统治。

四、徐蔚南参与发起"上海文艺界救国会",两人关系出现罅隙

1931 年 10 月 6 日,徐蔚南和谢六逸、朱应鹏、傅彦长、张若谷、邵洵美等 27 名作家聚会,发起成立上海文艺界救国会。徐最为积极,第一个到会场,第一个签名。

不久,上海的《草野》周刊(六卷七号)报道了这个消息:"上海文艺界同人,平时很少联络,在严重时期,除各个参加其他团体的工作外,复由谢六逸,朱应鹏,徐蔚南三人发起,……集会讨论。在十月六日下午三点钟,已陆续到了东亚食堂,……略进茶点,即开始讨论,颇多发挥,……最后定名为上海文艺界救国会。"还登载了上海文艺界救国会打算做的几项主要工作:"(一)发表对日宣言。(二)团结全国文艺界,唤起全国民众一致抗日。(三)反对非战思想即定命论思想,培植奋斗的民族性。(四)举行各种救国抗日之演讲展览及表演。(五)供给各种救国抗日之文艺材料于各学校,各表演场所及出版机关或制作机关等。"

从这些工作计划来看,这算是一个主张救国抗日的文艺组织,思想倾向上与其他主战的进步团体与个人(包括鲁迅和茅盾)并无本质不同。但是,茅盾在看到这个报道后,立即就写了批判文章——《评所谓"文艺救国"的新现象》,仅仅一个月之后,就以"石萌"为笔名发表。

茅盾此文发表仅 6 天之后,即 10 月 29 日,鲁迅写了《沉滓的泛起》一文,对上海文艺界救国会进行了辛辣讽刺的评析,以"它音"为笔名发表。

茅盾讥讽道:"这就是所谓'上海文艺界大团结'!"[2]鲁迅讥嘲道:"然而终于

---

① 茅盾:《亡命生活——回忆录(十一)》,《新文学史料》1981 年第 2 期。
② 茅盾:《评所谓"文艺救国"的新现象》,上海《文学导报》第一卷第六、七期合刊,1931 年 10 月 23 日。

'上海文艺界大团结了'。"①其调子何其相似乃尔！

那么，这个抗日救国文艺团体的成立为何让茅盾和鲁迅如此大动肝火、大动干戈呢？

原因在于这个名单中的朱应鹏和傅彦长等人，这些人的政治背景和文学主张与鲁迅和茅盾格格不入，水火不容。同一期《文学导报》上有一篇题为《"民族主义文学"的任务和运命》的长文，作者署名为"晏敖"。说"运命"而不说"命运"，这样的措辞几乎是鲁迅的专利和特色。"晏敖"的确是鲁迅的笔名。此文与《评所谓"文艺救国"的新现象》放在同一期。笔者以为两人很可能是交换过意见之后分头写的。这象征着鲁迅和茅盾并肩作战，杀伐同一批敌人。此处的敌人指的是民族主义文学派。民族主义文学是 1930 年 6 月由国民党当局策划的文学运动，发起人是潘公展、范争波、朱应鹏、傅彦长、王平陵等。参加上海文艺界救国会的多数是"民族主义文学"派人物，也有少数中间派人士。救国会借以刊发成立消息的媒体《草野》从 1930 年起就跟着鼓吹"民族主义文学"。

鲁迅和茅盾的这两篇文章不仅调子相似，主题也类似，都把矛头指向民族主义文学派：帝国主义是国民党当局的主子，国民党当局又是"民族主义文学"派的主子；反过来说也成立，国民党当局是帝国主义的走狗，"民族主义文学"派是国民党当局的走狗。三者实质上是沆瀣一气，践踏人民。因此，民族主义文学派只是打着"抗日"的幌子，而上海文艺界救国会则连"抗日"的旗号都不敢亮出，只敢说"救国"而已。

这是茅盾平生写得最激烈甚至暴烈的文章。如果说鲁迅的口气是努嘴嘲讽，那么茅盾就是破口大骂。他指名道姓地骂蒋介石和张学良这两个最高领袖为日本帝国主义的走狗，而且是鲁迅所发明的"乏走狗"。他从国际共产主义运动及其面临的来自帝国主义的危险的角度出发，把"九一八事变"的本质解读为国际帝国主义对国际共产主义的一次宣战和迫害的开始："日本帝国已经深恨这两条走狗的太乏，在国际帝国主义面前宣告日本帝国主义已经不能再信任这样不中用的走狗来抵挡全中国泛滥着的赤潮，他——日本帝国主义要亲自动手了。"②茅盾把"九一八事变"置入这样的国际革命形势，得出的结论是：（日本）"帝国主义要直接压迫中国革命运动，屠杀中国革命工农，并且建立对苏联进攻的第一线"。他进而指出，国民党当局及其所豢养的文化爪牙所谓的抗日救国无非是欺瞒："我们曾经屡次揭破了国民党在文化战线上的欺骗麻醉政策。"最后他大声呼吁："消灭民族主义文学派的欺骗麻醉的作用！"③茅盾此处表面在指民族主义文学派，实际在骂上海文艺界救国会。

鲁迅没有点蒋介石和张学良的名，也没有点"苏联"和"赤潮"的名（他毕竟不

---

① 鲁迅：《沉滓的泛起》，上海《十字街头》第一期，1931 年 12 月 11 日。

② 茅盾：《评所谓"文艺救国"的新现象》，上海《文学导报》第一卷第六、七期合刊，1931 年 10 月 23 日。转引自钟桂松编：《茅盾全集》第 39 卷，合肥：黄山书社 2014 年版，第 333 页。

③ 茅盾：《评所谓"文艺救国"的新现象》，上海《文学导报》第一卷第六、七期合刊，1931 年 10 月 23 日。转引自钟桂松编：《茅盾全集》第 39 卷，合肥：黄山书社 2014 年版，第 334、338 页。

是党员,没有这个身份意识和党派义务);但他的文章开头跟茅盾的文章思路相同,都从宏观层面揭示中国作为半封建半殖民地的社会本质:"殖民政策是一定保护,养育流氓的。从帝国主义的眼睛看来,惟有他们是最要紧的奴才,有用的鹰犬,能尽殖民地人民非尽不可的任务:一面靠着帝国主义的暴力,一面利用本国的传统之力,以除去'害群之马',不安本分的'莠民'。所以,这流氓,是殖民地上的洋大人的宠儿,——不,宠犬,其地位虽在主人之下,但总在别的被统治者之上的。"①鲁迅认为,民族主义文学派就是这样的奴才和鹰犬。最后他用诅咒的口吻概括说:民族主义文学派的任务"是在送死人埋入土中,用热闹来掩过了这'死'",接着就得到"忘却",而其运命是"沉滞猥劣和腐烂"。

鲁迅在发表《"民族主义文学"的任务和运命》一文后觉得还不过瘾,因为此文针对的是民族主义文学派,而非上海文艺界救国会。他决定专门刺一刺这个有名无实的救国会,于是又写了《沉滓的泛起》。鲁迅所指责的是文艺界救国会对救国重任的幼稚、轻率、儿戏甚至贪婪的态度——他们把救国当作发国难财的大好机会。鲁迅在文中说:"在爱国文艺家的指导之下,真是大可乐观,要'灭此朝食'了。只可惜不必是文学青年,就是文学小囡囡,也会觉得逐段看去,即使不称为'广告'的,也都不过是出卖旧货的新广告,要趁'国难声中'或'和平声中'将利益更多的榨到自己的手里的。"②"文学小囡囡"云云极尽讽刺之能事,后来徐蔚南之流顶着这个绰号,很不轻松。

此番鲁迅与茅盾联手攻击民族主义文学派和上海文艺界救国会,实际上是左、右之争,国、共之争,亲政府与反政府之争。

民族主义文学派发表《民族主义文艺运动宣言》,鼓吹"民族主义文艺",在参与或者说主导成立上海文艺界救国会之前,早就形成与左翼文艺界的对垒架势。1930 年 3 月左翼作家联盟成立,令国民政府开始关注推行自身的文化统治术。"左联"成立三个月之后,朱应鹏、范争波、王平陵、傅彦长等人就在上海成立"前锋社",鼓吹"民族主义文艺"、批评左翼"普罗文学"理念。而"左联"一直受共产党的领导,茅盾本身就是资深党员,一度担任"左联"执行书记。鲁迅则是"左联"的精神领袖和共产党的同路人。他们这两篇文章之所以发表在《文学导报》和《十字街头》上,是因为它们都是"左联"的机关刊物。鲁迅和茅盾属于反对党或反政府人士,与当局几乎势不两立。而民族主义文艺派的政治倾向或政治本质是与当权派或者说反动政府合谋。这个救国会声称:"上海文艺界大团结:自暴日入寇,形势一天天地严重,大有鲸吞中国之势!国人际此存亡关头,咸都奋起组织抗日救国会,且实行义勇军的训练,以全民众的力量,来做政府后盾。"③笔者以为,可能正是"来做政府后盾"这个向政府献媚的号召惹怒了鲁迅和茅盾。

然而鲁迅和茅盾对"民族主义文艺运动"和上海文艺界救国会的态度中也不

---

① 鲁迅:《"民族主义文学"的任务和运命》,上海《文学导报》第一卷第六、七期合刊,1931 年 10 月 23 日。

② 鲁迅:《沉滓的泛起》,上海《十字街头》第一期,1931 年 12 月 11 日。

③ 茅盾:《评所谓"文艺救国"的新现象》,上海《文学导报》第一卷第六、七期合刊,1931 年 10 月 23 日。转引自钟桂松编:《茅盾全集》第 39 卷,合肥:黄山书社 2014 年版,第 339 页。

乏粗暴、苛刻和意气用事。"民族主义文艺运动"强调民族意识，是有一定道理的；而文艺界救国会宣言的基本用意亦是抗日救国。鲁迅和茅盾只是因为痛恨当局而要痛打与当局保持基本一致的所有人和团体，是把阶级矛盾放在了民族矛盾之上。鲁迅和茅盾骂"民族主义文艺运动"和上海文艺界救国会是在帮助帝国主义和统治阶级欺瞒被殖民、被压迫的人民，把帝国主义等同于统治者，也是在把民族矛盾让位于阶级矛盾。这与他们所反对的蒋介石"攘外必先安内"的思维方向并不悖反。

更何况，徐蔚南并没有实质性参与民族主义文艺运动，参与文艺界救国会的活动也只是一时糊涂的短暂举动。因为他在日常生活中与右翼文人尤其是后来沦为汉奸的傅彦长走得太近，近墨者黑，受到牵连，其政治姿态似乎略微右倾。鲁迅和茅盾，尤其是茅盾应该知道这一点，所以并没有单独点名批判徐蔚南，而是顺带着进行嘲讽，算是旁敲侧击地对他给予了警告和规劝。

五、徐蔚南转向真正的抗战立场从而与茅盾修复关系

徐蔚南之所以与民族主义派文人走得很近，不仅是因为他是一个政治立场不太坚定甚至不太明确的人，还因为他是一个十分看重情谊的人。他心肠软，交友泛，难免因交友不慎而趟入政治浑水。还好，可能是在茅盾和鲁迅等人的断喝之下，他幡然醒悟，很快就脱离了民族主义派的围猎，看清了他们的本质，渐渐地疏远了他们，而与茅盾的朋友关系得以渐渐恢复。

这时发生的一个政治事件或者说政治惨剧激发了徐蔚南的大义意识，从而给了他修复与茅盾关系的机会。

1931 年 4 月 5 日清晨，济南西郊纬八路刑场上，中共山东省委四任书记邓恩铭、刘谦初、吴丽石和雷晋笙等 22 位共产党人被国民党反动派集体杀害。雷晋笙和徐蔚南是震旦公学的同学，两人都热爱阅读并翻译法国文学作品。早在 1924 年 1 月，上海新文化书社就出版了两人合译的《莫泊桑小说集》。雷晋笙牺牲后，徐蔚南决定以再版这部译著来纪念他的同学挚友，并且请茅盾、郑振铎出任特邀编辑，于 1932 年由中国新文化书店出版发行。[①] 茅盾从这件事看到以前那个左倾的徐蔚南经过短暂右倾之后又回来了，于是不计前嫌，又认可了徐。

两人关系之修复，还有一个更加重大的原因：随着西安事变的和平解决，国共开始合作。在此政治大背景下，茅盾不仅与老友徐蔚南冰释前嫌，而且与"民族主义文学"派的真正代表人物张道藩、王平陵等也能同席开会。

两人关系开始修复的标志性事件是两个人的名字和文字再次同处一书。1934 年 10 月，世界书局出版《文艺讲座》，其书上编系总论，下编为分论。全书被称为"七种文艺理论著作合编"，包含 7 个部分：夏丏尊的《文艺论》、赵景深的《文学概论》、傅东华的《文艺批评》、徐蔚南的《艺术哲学》、傅东华的《诗歌原理》、茅盾的《小说研究》、蔡慕晖的《独幕剧研究》。

---

① 参见叶介甫：《雷晋笙："要杀快杀，无话可讲！"》，《世纪风采》2019 年第 3 期。

南京沦陷后,徐蔚南于 1937 年 11 月 26 日前去武汉,不久又被政府秘密派回上海,在"孤岛"——租界,主持"正论社",从事抗日宣传活动,代表政府资助爱国文化人士。上海全面沦陷后,徐蔚南于 1942 年 12 月 10 日及时逃离虎穴,历经各种艰险,辗转多地,约莫 20 天后才抵达重庆,抗战胜利后他又返回上海。这个人生方向与茅盾是比较一致的。因此,从全面抗战开始,到全国解放,徐蔚南与茅盾的交往和交集是相当多的。他们在武汉和重庆一起参加过多个活动,尤其是抗日救国活动。

1938 年 3 月 27 日,他俩一同受邀参加在汉口总商会大礼堂举行的中华全国文艺界抗敌协会的成立大会,而且同时被推举为理事。3 月 28 日《新华日报》刊出题为《全国文艺界空前大团结》的报道:"全中国的文艺作家,于昨天上午九时半,群聚在汉口总商会大礼堂,举行中华全国文艺界抗敌协会的成立大会。……餐后通过简章,并推举老舍、郭沫若、茅盾……徐蔚南"等四十五人为理事。

1943 年 12 月 25 日,他俩一同受邀参加在重庆举行的中国著作人协会发起人会议,并被推举为筹备委员。①

1944 年 12 月 5 日下午,中国著作人协会在重庆广播大厦召开成立大会。两人同时被选为协会理事,而且在新闻报道中,他们的名字挨在一起:"潘公展、张道藩、老舍、印维廉、巴金、洪深、徐蔚南、茅盾……"②

1945 年 6 月,徐蔚南参加了重庆隆重举行的茅盾五十寿辰暨文艺工作廿五周年纪念活动。

1946 年 6 月 2 日下午,徐蔚南与茅盾一同受邀参加在上海槟榔路玉佛寺举行的夏丏尊先生追悼会,并与马叙伦、许广平、大顺法师、叶圣陶等分别发表演说。③

在艰苦卓绝的抗战时期,两人都坚持文学创作,文字上也多有交流。茅盾一如既往地在自己主持的刊物上编发徐的作品,在自己写的文章里表彰徐的成绩。

1938 年 4 月,徐蔚南从武汉写信给身处香港的茅盾,介绍武汉当地印花土布,并向茅盾投稿,在茅盾所编的《立报》上发表《武汉剪影》,向外界传达武汉抗击敌伪的气氛。

徐蔚南在重庆时坚持翻译文学作品,并且得到茅盾的公开表彰。1945 年 5 月,在《文哨》第 1 卷第 1 期上,茅盾发表了长文《近年来介绍的外国文学》,列举了数十种译著,其中说:"大仲马的……《基督山恩仇记》(徐蔚南译,五十年代社)。"

茅盾这句话有几个关键信息可能有问题。

1. 徐蔚南是根据大仲马的小说原著翻译的吗?

2. 徐蔚南译本是五十年代社出版的吗?

3. 徐蔚南译本最初面世是在 1945 年 5 月之前吗?

---

① 重庆《大公报》1943 年 12 月 26 日第 3 版《著作人协会昨举行发起人会议》。转引自熊飞宇:《徐蔚南在渝期间的活动与著译条述》,《蜀学》2019 年第 1 期。

② 见《出版界》第二卷第一期《中国著作人协会理事名单》。徐蔚南时任《出版界》杂志社社长。转引自熊飞宇:《徐蔚南在渝期间的活动与著译条述》,《蜀学》2019 年第 1 期。

③ 季炎:《记夏丏尊先生追悼会》,《时事新报》1946 年 6 月 3 日。

茅盾这句话给人的印象是：徐蔚南译自大仲马的小说原著。徐早就是翻译法国文学的名家，很多人在真正阅读徐译本之前，恐怕都会这么想。

熊飞宇在《徐蔚南在渝期间的活动与著译条述》一文中比较详尽地列举了自1943年2月26日至1945年9月18日徐蔚南寓居重庆两年半时间里的活动和著译信息，其中最后一条说："1945年11月，《基督山恩仇记》出版。大仲马原著，徐蔚南译。出版者：重庆独立出版社。电影小说。据美国拍摄的影片故事情节编写。卷末有译者跋。'独立文艺丛书'之一。1946年7月南京再版。"[①]"电影小说"云云大概指的是"据美国拍摄的影片故事情节编写"。小说在被拍成电影之前先要被改编成所谓的电影脚本。

无论是"电影小说"还是"电影文学剧本"，都不是小说原著。那么，徐蔚南译本真的是根据电影脚本改编的吗？

李波在《The Count of Monte Cristo 早期中文译本考释》一文中明确说："其实，徐蔚南的这个译本跟翟伊文的译文一样，所依据的正是 Michael West 的节译改写本。"关于这个英译简写本，李波在文章里也有介绍，即"Michael West 简写的大仲马作品，题目是 Monte Cristo，由 Longmans, Green and Co. 出版。根据网路和图书馆资料显示，这个英译简写本，最早出现在1930/1931年间，是学生补充读物，词汇简单。"[②]笔者上初中刚刚开始学英文时，就因启蒙老师推荐而读过这个英译简写本，词汇量的确相当小。

因此，徐蔚南译本所根据的既不是大仲马的法文小说原著，也不是好莱坞的电影文学剧本，而是简化了的英文译本。

熊飞宇等人之所以误认为是电影剧本乃至电影小说，其根由还在于徐自己留下来的文字。

徐蔚南在译者跋中模棱两可地说："《基督山恩仇记》是法国大仲马所著，由美人翻译 Monte-Cristo 且摄制为电影片后的中文译名。""美国电影公司将 Monte-Cristo 摄制为电影后，于是更普及全界，现在中国青年男女无有不知《基督山恩仇记》者。只是大仲马原著很长，而电影则撷取其精彩之处，而有所节缩。"从这几句话中我们确实可以推断：中文译名来自影片，译文不是大仲马原著，而是节缩了的电影脚本。徐蔚南的译本是只有区区九万字的小册子，而原著是有着九十多万字的煌煌巨著。

那么徐为何只说电影之节缩，却避而不谈 West 之简译？

笔者以为他是羞于启齿。

徐蔚南的专业是法文，他是翻译法国文学的好手，之前他已经从法文原著翻译过许多重要作品。他不应该从英文转译——他的英文程度不如法文，更不应该拿一个小儿科的简译本来转译。

根据李波的钩沉，在徐蔚南翻译之前，West 之英文简译已经有人转译为中文

---

① 熊飞宇：《徐蔚南在渝期间的活动与著译条述》，《蜀学》2019年第1期。

② 李波：《The Count of Monte Cristo 早期中文译本考释》，见香港中国语文学会编《文学论衡》2014年总第24期。

并且正式发表,而且还有两个人的两个不同译本,其中一个还入选了大名鼎鼎的丛书。第一个是翟伊文翻译的《炼狱》,原著者署名"杜马",实际上就是大仲马,这部译作收入"世界少年文学丛书"系列,1939 年 8 月由上海中华书局有限公司发行。李波推断说:"从故事情节、语言和插图等各个方面来判断,翟伊文依据的就是 Michael West 的改/简写英文本。"第二个是张仲荣的译本。上海的《破浪》杂志曾经连载过《炼狱》,署名是"Alexandre Dumas 原著、张仲荣译"。李波考证说,"该刊创刊选译的第一部文学作品,正是大仲马的这部作品。第 2 期刊载的是第一章「抵家」后半部分和第二章「邓蒂与他的父亲」前半部分,仔细对比内容,该译文也是根据 Michael West 的改/简英译本翻译。"①

因此,徐蔚南的这次翻译行为是炒冷饭,而且炒的还是已经变成了稀饭的冷饭。以徐这样的行家里手按理不该这么做,他哪好意思明说他的译文根据的是 Michael West 的简译本呢?

那么,他为何要从事这样没有什么意义甚至让他自降身价的翻译呢? 笔者以为主要是为稻粱谋。徐蔚南在战前上海过惯了比较舒适的生活,而在战时重庆条件艰苦。他需要挣点快钱,以保持一定的生活水准。翻译算是一个小小的赚钱门道。但他没有时间翻译《基督山伯爵》足本,所以选了简本。电影的市场号召力远远大于文学,读小说(哪怕是简写本)的人大大少于看根据小说改编的电影者,在广大老百姓温饱都有难度的陪都可能尤其如此,所以他宁愿强调电影之节缩,而不提小说之缩写。

如果茅盾所说是事实,那么,徐蔚南译本最初面世是在 1945 年 5 月之前,而且是"五十年代社"出版的;但目前各大图书馆所见、学界所公认的译本是独立出版社初版的,时间是 1945 年 11 月。茅盾所说的徐蔚南译本绝不可能是独立版。

徐蔚南所写译者跋的落款时间是 1943 年 10 月,也就是说那时他已经完成了翻译;到 1945 年 11 月独立出版社推出此书,中间有两年多时间。当时的出版设备虽然简陋,技术虽然落后,但出版的速度还是比较快的,两年里推出一个版本在时间上完全是可能的。在这两年里,茅盾和徐蔚南多次见面,应该谈到过有关出版事宜。茅盾所说的五十年代社是 1940 年代就存在的出版社,1941 年 3 月 1 日由民主人士金长佑和梁纯夫合作创办于重庆,金为社长,梁为总编辑。他们出版过不少世界文学名著译本。比如,1942 年出版的《战争与和平》(托尔斯泰著,郭沫若、高地译),再如 1943 年出版的《安娜·卡列尼娜》(不是托翁小说原著,而是沃滋尼生斯基改编的五幕剧,译者为陈北鸥),还如 1944 年初版的《劫后英雄记(上册)》(司各脱作,陈原译)。那么,他们是否出版过徐蔚南译《基督山恩仇记》呢? 他们是否一开始答应出版,后来没有出? 从逻辑上说,转抄本之前有抄本。笔者推测,徐蔚南译本曾经有过一个抄本,而且上面有"五十年代社"的字样。茅盾可能见过这个抄本而有"五十年代社"之记录。抑或只是茅盾误记? 这些问题还有待于进一步考证。

---

① 李波:《The Count of Monte Cristo 早期中文译本考释》,见香港中国语文学会编《文学论衡》2014 年总第 24 期。

六、尾声:徐蔚南去世 27 年后,茅盾还在打听他的下落

1979 年,徐蔚南已经去世 27 年,不知道是因为茅盾本来就不知道徐蔚南已于 1952 年去世的消息,还是时间久了他忘了,这一年,他居然在信中向福建诗人郭风追问徐的下落。1979 年 8 月 14 日他给郭风写信,主要内容是"记得您上次来信中说过,徐蔚南现在厦门大学教书,确否? 他现在用的什么名字? 我想和他通信,如何之处,便中请示知为感"[1]。那时,茅盾已经 83 岁高龄,他急切地想要跟老友重新取得联系。这颇可告慰九泉之下的徐蔚南,也令人不胜唏嘘。

注:樊东伟、吴跃进和姚明三位先生对本文写作帮助颇大,特此致谢。

---

[1] 茅盾著,钟桂松编:《茅盾全集》第 38 卷,合肥:黄山书社 2014 年版,第 365—366 页。

1920 年沈雁冰代理研究系《时事新报》主笔相关史实考释①

陈 捷②

内容提要: 沈雁冰在 1920 年前后与研究系党人、《时事新报》主笔张东荪、郭虞裳等人过从甚密,不但在学术文化方面于《时事新报·学灯》上发表了大量的文学翻译作品,而且在政治方面,其在张东荪的授意下在《解放与改造》上发表研究基尔特社会主义的文章,一定程度上参与了张东荪等人发起的社会主义研究活动。双方交往之深、友谊之笃可以从 1920 年 10 月张东荪陪同罗素赴湘讲学期间张东荪邀请沈雁冰代理《时事新报》主笔一职看出些许端倪。从 10 月 22 日至 11 月 5 日接替张东荪代理主笔期间,沈雁冰在《时事新报》"时评"栏发表了多篇文章。随着社会主义论战的爆发,在思想上、组织上,沈雁冰与当时信奉马克思主义的革命先行者越来越接近,而他在对张东荪的批判中也显示了自身思想转变过程中特有的暧昧与含混。

关键词: 沈雁冰;张东荪;《时事新报·学灯》;研究系

在沈雁冰早期文化活动、社交生涯中,他与张东荪为首的时事新报馆交往甚密,甚至在张东荪外出讲学期间曾短暂代理过《时事新报》主笔一职,而这段历史因为牵涉到研究系这个民国初年声名狼藉的政治团体与沈雁冰本人早年社交关系及自身思想的变迁过程,沈雁冰本人言之不详,学界既有的研究粗疏错漏之处亦较多。本文尝试从沈雁冰与时事新报馆交往历程入手,通过史料还原历史情境,坐实沈雁冰担任《时事新报》主笔的具体时间和相关史实,展示其在政治信仰转变时期思想上特有的暧昧与含混。

一、沈雁冰与时事新报馆张东荪等人的交好

根据沈雁冰回忆,受到 1919 年五四运动影响,原本在商务印书馆编辑《学生杂志》的他开始专注于文学,译介了大量的外国文学作品,"《学生杂志》不适合刊登的,我就投稿给上海《时事新报》的副刊《学灯》。契诃夫的短篇小说《在家里》就是我那时翻译的第一篇小说,也是我第一次用白话翻译小说,而且尽可能忠实于原作——应该说是对英文译本的尽可能的忠实。在这之后半年多的时间内,我接

① 本文为 2023 年国家社科基金一般项目"民国时期文艺审查与左翼文化界反审查抗争档案整理与研究"(批准号 23BZW110)阶段性成果之一。
② 作者简介:陈捷,南京大学中文系博士、复旦大学中文系博士后,哈佛大学费正清中国研究中心访问学者,主要从事五四新文化运动研究。现为南京理工大学艺文部教授。

连翻译了契诃夫的《卖诽谤者》、《万卡》,高尔基的《情人》,法国莫泊桑的《一段弦线》,英国高尔斯华绥的《夜》等十多篇短篇小说,写了介绍托尔斯泰和萧伯纳的文章,都登在《学灯》上。"①沈雁冰在这里的回忆基本上是正确的,我们来看一下沈雁冰在 1919 年发表在《学灯》有关文艺方面的文章②:

表 1　1919 年沈雁冰在《学灯》上发表的相关文章

发表时间	作 品 名 目
1919 年 8 月 20—22 日	翻译契诃夫短篇小说《在家里》
1919 年 8 月 28 日	翻译奥地利阿尔图尔·施尼茨勒的作品《界石》
1919 年 9 月 18 日	翻译斯特林伯格的作品《他的仆》
1919 年 9 月 30 日	翻译伊丽莎白·J.库茨沃斯的作品《夜》以及伊万林的作品《日落》
1919 年 10 月 7—11 日	翻译法国莫泊桑的作品《一段弦线》
1919 年 10 月 11—14 日	翻译契诃夫的作品《卖诽谤的》
1919 年 10 月 25—28 日	翻译高尔基的作品《情人》(同时,又在《解放与改造》上发表比利时梅特林克的《丁泰琪的死》,笔者注)
1919 年 11 月 24 日	文艺评论《萧伯纳的〈华伦夫人之职业〉》
1919 年 12 月 8 日	评论《文学家的托尔斯泰》
1919 年 12 月 18 日	翻译波兰斯特凡·泽罗姆斯基小说《诱惑》
1919 年 12 月 24—25 日	翻译契诃夫《万卡》(当时作"方卡",即 Vanka 的译音,笔者注)
1919 年 12 月 27—29 日	翻译俄国 M. Y. 萨尔特科夫作品《一个农夫养两个官》

正是因为文学译作和评论在《学灯》上大量发表,沈雁冰受到研究系党人、时事新报馆主笔张东荪、《学灯》主编郭虞裳等人的赏识与青睐。1919 年 8 月 25 日,就在沈雁冰的译作《在家里》刚刚发表两三天之后,郭虞裳立刻在《学灯》上刊登出"本栏启事":"沈雁冰君鉴,得暇请于旁(傍)晚来馆一谭为感,此启　虞。"③9 月 26 日《学灯》又刊登张东荪致沈雁冰的一封信:"雁冰君鉴　二次来书已悉,何妨常常来馆以便接谭,藉请教益,以尊处太远不便走诣也　东荪白。"④延揽之心,显而易

---

① 茅盾:《商务印书馆编译所生活之二》,唐金海,孔海珠等编:《茅盾专集》,福州:福建人民出版社 1983 年版,第 417 页。
② 在沈雁冰回忆中,还有一篇翻译爱尔兰作家葛雷鼓夫人的剧本《月下生》也发表在《学灯》,其实是发表在 1919 年双十节文艺增刊上,是其记忆之误。沈雁冰在 1919 年 7 月前并没有在《学灯》上发表过文章,他第一篇发表在《学灯》上的文章是 1919 年 7 月 25 日发表的《对于黄蔼女士讨论小组织问题一文的意见》。
③ "本栏启事",《时事新报·学灯》1919 年 8 月 25 日。
④ "通讯",《时事新报·学灯》1919 年 9 月 25 日。

见。这是张东荪、郭虞裳等研究系党人直接向沈雁冰伸出了结交的"橄榄枝",双方密切交往当始于此时。此后,张东荪、郭虞裳等人主持的《学灯》《解放与改造》就开始向沈雁冰约稿,双方建立起一定程度的亲密合作关系,这是我们解读沈雁冰这一系列翻译作品和评论的人际交往背景。

在学术、文学翻译上,时事新报馆张东荪、郭虞裳等人对初入文坛的沈雁冰的帮助应该是很大的,在一些译书的具体事务上对沈雁冰的帮助甚至可以说是无微不至的。1919 年 10 月 14 日,关注哲学的张东荪在《学灯》上有致沈雁冰的信,其中说,"雁冰君鉴 译稿都收到了,尼采的书我也想介绍一二,只恨没有工夫,今天先生译了实在是好得很。如能全部译完,尚志学会大约可以收稿,我因为太长载在日报似乎不相宜,已经转交俞君,将来在杂志上发表。东荪白。"①在 1919 年 10 月 23 日的《学灯》上有郭虞裳致沈雁冰的两封信,第一封信说:"承示海凯尔死耗,谢谢。高尔该事候查明补注也。尊译《情人》一稿之末段有'这已和群山月其老了'句,颇费解,不知有脱误否,敬祈见示。……教育制度一文已介绍于解放与改造杂志矣,此复(虞裳)。"第二封信说:"通讯排好,忽又想起前借狄庚生等三书现已带在馆中,如需用,可着人来取,因尊处门牌已忘却,未能送上也。(虞裳又启)。"②1919 年 11 月,郭虞裳又和沈雁冰在《学灯》上讨论婚姻家庭、《学灯》改革等问题,在郭虞裳写给沈雁冰的信中表示,"你对于学灯文艺方面的意见,我很是佩服。宗白华先生见你这信,也以为很是。你便中来馆的时候,可和宗先生商量一下。我们总要想法实现我们的理想。"③不难想见,自从 8、9 月间约见之后,张东荪、郭虞裳与沈雁冰之间围绕着哲学翻译、文学译作、社会改革等主题交流日渐频繁,而这样的切磋琢磨无疑加深了双方关系,更可见双方学术、志趣、思想之接近。

而在政治上,沈雁冰回忆自己和张东荪的交往并分析自己早期思想状况时说,"由于我常在《学灯》上投稿,《时事新报》主编张东荪办《解放与改造》时就约我写文章。……《解放与改造》上有一栏叫'读书录'。读书录是把某一外文原著以提要形式介绍其内容,而不是全文翻译。我在这上面介绍的第一篇是张东荪给我的材料,叫《罗塞尔〈到自由的几条拟径〉》(《解放与改造》一卷七号)。小题目是无政府主义,社会主义,工团主义。罗塞尔主张基尔特社会主义,反对社会主义,也反对无政府主义和工团主义。那时已是一九一九年尾,我已开始接触马克思主义,我觉得看看这些书也好,知道社会主义还有些什么学派。那个时候是一个学术思想非常活跃的时代,受新思潮影响的知识分子如饥似渴地吞咽外国传来的各种新东西,纷纷介绍外国的各种主义、思想和学说。"④沈雁冰表示当时的社会风气就是向西方学习,因此"拿来主义"盛行。虽然沈雁冰用这样的社会潮流来撇清自己和研究系知识分子的关系,但是张东荪等人在 1919 年下半年已经明显流露出

---

① "通讯",《时事新报·学灯》1919 年 10 月 14 日。后来《尼采的学说》刊登在 1920 年初的《学生杂志》上。
② "通讯",《时事新报·学灯》1919 年 10 月 23 日。
③ "通讯",《时事新报·学灯》1919 年 11 月 20 日。
④ 茅盾:《商务印书馆编译所生活之二》,唐金海,孔海珠等编:《茅盾专集》,福州:福建人民出版社 1983 年版,第 417 页。

了对基尔特社会主义的青睐和重视,比如 1919 年 9 月 1 日在《解放与改造》发刊号《第三种文明》中就提出,"我以为改造世界的方法,以罗塞尔的主张为最好。"9 月 30 日《时事新报》发表以"记者"署名的《改造与人力》一文中也明确提出基尔特社会主义是支配社会的宏伟思想,并号召人们朝着这个方向努力。在这样的情况下,沈雁冰与时事新报馆合作的复杂性显然就值得我们深思了。

创刊于 1919 年 9 月 1 日的《解放与改造》是成立于同年 6 月 12 日的新学会发起创办的学术、政论性刊物,一切收发经营事宜都委托时事新报馆代理,由张东荪、俞颂华主持,想要在学术思想上谋根本的改造以作为将来新中国的基础。张东荪曾在《解放与改造》第一卷第一期发表的《第三种文明》中谈到了人类文明的三阶段,第一种文明是宗教文明,第二种文明是个人主义和国家主义文明,第三种文明是社会主义和世界主义文明。他认为第一次世界大战中欧洲资本主义文明的衰落就是第二种文明失败的证明,而第三种文明才是战后世界发展的大势。但是他认为在中国实行第三种文明尚不成熟,因为中国大多数人的思想尚停留在第一种文明与第二种文明交界之处,没有第二种文明的熏陶就很难有第三种文明的资格。为了应对中国当下"青黄不接"的局面,张东荪指出"文化运动尤当是启发下级社会的知识和道德",因此要以文化运动为首要环节,而且这种文化运动的方针要以第三种文明为标准去建设。我们可以从张东荪"第三种文明"的角度来解读其 1919 年底从事新文化运动建设之因由及努力之方向。当然,我们也可以说,《解放与改造》投身社会主义研究就是研究系以"第三种文明"为目标而进行的文化建设和学术探索的具体实践。对当时的沈雁冰来说,张东荪的思想理路显然是有一定历史合理性的,这也是双方当时友谊和合作的基础。从 1919 年 10 月 15 日《解放与改造》第一卷第四期开始,沈雁冰也经常在《解放与改造》上发表社会主义思潮研究文章和文学翻译作品。

实际上,1920 年前后沈雁冰与张东荪等人交往相当密切,在一定程度上参与了时事新报馆的事务。至于有多密切呢? 1920 年 1 月 16 日,季志仁在《学灯》发表了《戏剧与文学》一文,其中提到,"新文学发展以后,学者渐渐注意到戏剧了。……现在本报雁冰先生等,正在积极进行下去,实在可佩得很。"[1]1920 年 1 月 23 日,傅东华在《学灯》上发表了致沈雁冰的信,其中表示赞成沈雁冰之前发表的《我对于介绍西洋文学的意见》中的观点,并且表示自己要翻译屠格涅夫的《猎人笔记》,"请先在学灯栏里提一提,免得别人再译。"[2]并询问译文发表的途径。三天后沈雁冰在《学灯》通讯栏内回复傅东华,译文可以联系《学灯》主编宗白华发表。从"本报雁冰先生"到"请先在学灯栏里提一提"等语言,再到在"通讯"栏和张东荪、宗白华等编辑一起回复读者来信,从读者的角度显然都可以看出沈雁冰当时与张东荪、郭虞裳等时事新报馆人合作程度之深。

如果说沈雁冰曾在时事新报馆"工作",也不令人意外。因为张东荪、郭虞裳等人非常注重从读者中选拔才俊一起共事,就在他们 1919 年 8、9 月间邀请沈雁冰

---

① 季志仁:《戏剧与文学》,《时事新报·学灯》1920 年 1 月 17 日。
② "通讯",《时事新报·学灯》1920 年 1 月 23 日。

"来馆一谭"的同时,他们也常邀请其他读者来馆会谈,比如柯一岑、宗白华都是在同一时期"来馆一谭"并最终进入时事新报馆担任编辑工作的。考虑到沈雁冰当时在商务印书馆既有职业的限制及其谨慎小心的个人行事作风,再加上报馆工作的特殊性质,以及沈雁冰当时革新《小说月报》需要建立更完善、多元、敏感的文化交际网络的现实需要,他确实以一种"有其实而无其名"的方式参与了时事新报馆的某些编辑事务,毕竟,"我们总要想法实现我们的理想"。

二、沈雁冰代理《时事新报》主笔相关史实辨析

沈雁冰与时事新报社张东荪等人当时交往之深、友谊之笃可以从张东荪因公外出期间其请沈雁冰代替自己担任《时事新报》临时主笔一事看出些许端倪。

根据沈雁冰本人回忆,"那是在 1920 年,商务印书馆当局还没有约我主编《小说月报》的时候,《时事新报》主编张东荪见我经常在《时事新报》的副刊《学灯》上投稿,认为发现了一个人才,就有意要拉我到《时事新报》工作。大约是七八月份,他因事离开上海,把我请去代理了二三个星期《时事新报》的主笔。也就是在那一段时间,我在《时事新报》上写了一些短文。"[1]沈雁冰对具体时间的回忆显然有误,1920 年 7、8 月间《时事新报》上张东荪频频露面,他和陶乐勤、张君劢以及很多读者就译书问题、德国革命问题、基尔特主义问题、组织争自由同盟等诸多问题展开讨论,并且经常在"时评"栏中就社会热点问题发表观点,显然其根本就没有离开过上海,更不要说离开两三个星期了,整个《时事新报》也没有沈雁冰代理主笔的任何迹象。有研究者根据一批沈雁冰佚文指出其代理《时事新报》主笔的具体时间是从 1920 年 11 月 1 日至 1920 年 11 月 20 日[2],综合沈雁冰的回忆和其在《时事新报》"时评"栏发表的系列文章来看,此说有误。

根据沈雁冰的回忆,他之所以代理主笔是因为张东荪因事离开上海需要有人接替其工作,而符合这一点的就是 1920 年 10 月下旬张东荪陪同来华讲学的罗素赴湖南长沙讲学,而在这个阶段里沈雁冰作为代理主笔在《时事新报》上发表了大量的社论,并且也以主笔的角色在《时事新报》上留下了编辑痕迹。

要搞清楚沈雁冰接替张东荪代理《时事新报》主笔的具体时间,最重要的就是确定张东荪陪同罗素赴湖南讲学到其返回上海、重掌馆务的具体日期。

我们知道罗素访华讲学是研究系讲学社前期筹划操办的,梁启超、徐新六等人在 1920 年 8 月间一边四处筹措邀请罗素讲学的费用,一边也在做罗素访华期间讲学的安排。1920 年 8 月 8 日,徐新六在写给梁启超的信中就表示,"闻罗素氏已约定来华,六意大学一部分人必邀其帮忙,不特在京有益,即罗氏往各省讲演时,亦可借得其地教育界人之招呼也。"[3]在罗素即将来华之时,湖南省教育会就筹划罗素、杜威、陈独秀、胡适、张东荪等赴湘讲学,"省教育会陈君夙荒孔君竞存等因

---

[1] 茅盾:《文学与政治的交错》,《我走过的道路(上)》,北京:人民文学出版社 1997 年版,第 273 页。

[2] 参见雷超:《茅盾代理〈时事新报〉主笔史实及新发现的佚文考证》,《中国现代文学研究丛刊》2017 年第四期,第 80 页。

[3] 丁文江、赵丰田编:《梁启超年谱长编》,上海:上海人民出版社 1983 年版,第 917 页。

教育会改选,各县选人皆来省,拟趁此时机,开一讲演大会,邀请中外名人来会演讲。适杜威尚在北京,罗素将到上海,乃函商在北京之熊知白,在上海之李石岑,熊李等均甚赞成,各方交涉,均已得有圆满结果。除杜威罗素外,北京之蔡子民胡适之,上海之陈独秀张东荪,南京之陶行知刘伯明,均拟分途同来。"①受湖南省教育会委托在沪联络罗素赴湘讲学事宜的李石岑当时就担任《时事新报·学灯》主编,他在邀请张东荪方面起到了重要作用,"岑因东荪兄此刻馆务尚不甚忙,请其一同赴湘,担任讲演,东荪亦乐从之。"②特别值得注意的是,李石岑与张东荪邀请陈独秀同去讲学,"又得陈独秀兄特别允许。"③但陈独秀后来并未赴湘。④

1920 年 10 月 12 日,罗素一行抵沪,在上海游览并多次演讲后又去杭州游玩,按照原本赴湘行程安排,10 月 23 日罗素一行将在孔竞存等人的陪同下启程,24 日抵达汉口,25 日前后可抵达长沙。⑤ 后来行程提前,罗素、勃拉克女士、陶行知和赵元任四人在 10 月 20 日晚乘车离沪,张东荪、李石岑二人在 10 月 21 日晚乘车,定于 22 日晨在南京下关会合,搭江永轮船赴汉。10 月 20 日,李石岑离沪前在《学灯》刊登启事,"李石岑启事:不佞现因偕罗素赴湘讲演,所有本栏编辑事务,暂请一岑先生代理,以后外间函件,请照原寄交本馆为祷。"⑥但同期《时事新报》上并没有张东荪请别人代理主笔的相关启事。显然,沈雁冰应该就是从 10 月 22 日开始接替张东荪代理《时事新报》主笔职务的。

在沈雁冰代理主笔期间,社论"时评一"栏中 10 月 22 日、23 日、26 日相继发表的是柯一岑的《资本家的功德》《时机未至》《废督自治运动的两个意见》等文,接着代理主笔职务的沈雁冰就出场了,10 月 28、30、31 日,"冰"在"时评一"栏相继发表《库伦独立消息》《环境的罪恶》《迎合社会程度》三篇文章。从 1920 年 11 月 1 日开始,沈雁冰又以"冰"等署名相继在《时事新报》"时评一""时评二"等栏目发表了大量的社论,显然这就是沈雁冰在回忆里说到的自己曾短暂代理《时事新报》时"在《时事新报》上写了一些短文"。

那么沈雁冰是什么时候结束代理《时事新报》主笔的呢? 鉴于沈雁冰是因张东荪赴湘讲学才接替其主笔职务的,只需搞清楚张东荪回沪复职的时间即可。实际上,1920 年湖南名人学术讲演会预定的时间就是从 10 月 27 日至 11 月 2 日,按照讲演筹备会 10 月 26 日公布的场次安排,张东荪的讲演从 10 月 28 日开始至 11 月 2 日天天都有安排(10 月 31 日全体游山),最后一场演讲是在 11 月 2 日上午 11 时至 12 时,但实际上张东荪只是在 27 日、29 日两天进行了 3 场讲演,在内地短暂

---

① 《英美两大哲学家定期来湘详志》,长沙《大公报》1920 年 10 月 15 日。

② 《关于杜罗演讲之要闻》,长沙《大公报》1920 年 10 月 24 日。

③ 同上。

④ 陈独秀之所以食言,一方面是因为上海革命形势的迅猛发展让他难以抽身,另一方面是因为 10 月份他刚刚给毛泽东寄去了社会主义青年团章程,委托他在湖南建党,显然罗素赴湘演讲会影响革命发展态势,因此陈独秀不愿意与罗素为伍。

⑤ 《英美哲学家定期赴湘》,《时事新报》1920 年 10 月 20 日。实际上,罗素一行和张东荪等人是在 10 月 26 日上午 11 时抵达长沙的。

⑥ 《李石岑启事》,《时事新报·学灯》1920 年 10 月 20 日。

考察后,随即返沪。代理《学灯》主编的柯一岑在 10 月 30 日写给投稿者金侣琴的信中表示,"东荪先生大约一星期内可还沪",果然,11 月 5 日,张东荪就在《学灯》通讯栏用与读者通讯的方式宣告了自己的回归:"H·W 君鉴 新自湘归。得邮片。……似可托伊文思函定。此复。(东荪)。"①毫无疑问,随着张东荪回馆视事,沈雁冰代理《时事新报》主笔的工作结束了。

因此,沈雁冰代理《时事新报》主笔的时间是从 1920 年 10 月 22 日开始至 11 月 5 日止,这也正是张东荪赴湘讲学离沪的时期,前后共计 15 天,这也符合沈雁冰在回忆录中所说代理《时事新报》主笔"两三个星期"的时长。在此期间,沈雁冰以"冰"署名在《时事新报》"时评"栏发表的文章包括:《库伦独立消息》(10 月 28 日)、《环境的罪恶》(10 月 30 日)、《迎合社会程度》(10 月 31 日)、《吊爱尔兰的柯克市尹》(11 月 1 日)、《统一的第一步》(11 月 2 日)、《中国社会之阶级制》(11 月 3 日)、《训全国教育会的浙江代表》(11 月 4 日)、《两性问题与艺术熏陶》(11 月 5 日)。随着张东荪的回归,沈雁冰在《时事新报》"时评"栏密集发文戛然而止。

沈雁冰并没有就此退出时事新报馆的日常编辑事务。《时事新报·学灯》主编李石岑在赴湘讲学后并没有像张东荪那样立刻返回上海,他在 11 月 2 日最后一天演讲后陪同蔡元培、章太炎、张溥泉等人乘车前往醴陵考察瓷业,一直到 12 月初才返回上海。在此期间,柯一岑作为时事新报馆内《工商之友》和《余载》栏的编辑暂时代理《学灯》主编,谁知在 11 月中旬柯一岑突然生病,沈雁冰不得不再次出马代理《学灯》主编,这才有了 11 月 12 日《学灯》"通讯"栏中沈雁冰以"冰"署名回复"投稿诸君"和黎锦熙的两封信,第二封即是沈雁冰以"冰"署名代复黎锦熙的信件(已收《沈雁冰全集》),告知柯一岑生病未到馆,因此《国语研究》第五辑未能立刻发排,"俟柯先生到后再接洽。此复。(冰代复)"。显然第一封回复"投稿诸君"的信也应是沈雁冰的佚文。沈雁冰这次代理《学灯》主笔的时间很短,1920 年 11 月 15 日《学灯》上就刊出《国语研究》第五辑,显然柯一岑已经痊愈并回馆主编《学灯》了。随后,沈雁冰再一次在《时事新报》"时评"栏连续两天发文,分别是《分工与合力》(11 月 16 日)和《罗素的话莫误会了》(11 月 17 日),这也成了沈雁冰在该栏的"绝唱"。

张东荪不但让沈雁冰在自己离开期间担任主笔,而且让他代替柯一岑担任《学灯》主编,显然此时他对沈雁冰非常信任。但是,我们不得不指出的是,在这个历史节点上双方思想的裂痕已经逐渐出现并越来越大。在中国马克思主义思潮和共产主义运动一日千里的发展态势之下,知识分子共同体内分裂和聚合同时并进着,张东荪很快就体会到了"沈郎从此是路人"。

1920 年 2 月陈独秀来到上海,4 月份即会见了共产国际代表维金斯基,5 月份即开始发起共产主义小组。也就是在这期间,一方面陈独秀在跟北大新青年同人商议《新青年》继续出版问题,另一方面,他在积极筹备发起建党大业,他多次邀请李达、李汉俊、陈望道、沈玄庐、邵力子、张东荪、沈雁冰、戴季陶等人与维金斯基会

---

① "通讯",《时事新报·学灯》1920 年 11 月 5 日。

面,研究建党问题。据《陈独秀年谱》记载,维金斯基本打算由主编《新青年》的陈独秀、主编《星期评论》的戴季陶和主编《时事新报》的张东荪等人联合起来组织中国共产党,但在酝酿过程中,戴、张二人拒绝参加。茅盾在回忆中表示:"一九二〇年七月上海共产主义小组成立了。发起人是陈独秀、李汉俊、李达、陈望道、沈玄庐、俞秀松。本来还有张东荪和戴季陶,可是刚开了一次会,张东荪和戴季陶就不干了。据说张东荪所持的理由是:他原以为这个组织是学术研究性质,现在说这就是共产党,那他不能参见,因为他是研究系,他还不打算脱离研究系。"①茅盾特意强调这是他 1920 年 10 月加入共产主义小组后才知道的。

而在这个大分裂、大聚合的历史阶段中,沈雁冰与陈独秀、李达等人越走越近。当时革命形势一日千里,10 月份上海共产主义小组正在筹划创办机关刊物《共产党》,主编李达邀请沈雁冰为刊物写文章,茅盾后来回忆道,"它专门宣传和介绍共产党的理论和实践,以及第三国际、苏联和各国工人运动的消息。……我在该刊第二号(一九二〇年十二月七日出版)翻译了《共产主义是什么意思》(副题为《美国共产党中央执行委员会宣布》)、《美国共产党党纲》、《共产党国际联盟对美国 IWW(世界工业劳动者同盟)的恳请》、《美国共产党宣言》,共四篇译文。通过这些翻译活动,我算是初步懂得了共产主义是什么,工厂的那个的党纲和内部组织是怎样的;尤其《美国共产党宣言》是一篇马克思主义理论及其应用于无产阶级革命实践的简要的论文,它论述了资本主义的破裂、帝国主义、战争与革命、阶级斗争、选举竞争、群众工作、无产阶级专政、共产主义社会的改造等等。"②就如同张东荪邀请沈雁冰在《解放与改造》上发表研究基尔特社会主义论文一样,李达邀请沈雁冰为《共产党》翻译共产主义的文章对沈雁冰来说影响极大,这是他思想上自我斗争、组织上改辙易途并最终涅槃重生的关键一步。

如果从这个角度再来看张东荪赴湘讲学时请沈雁冰代理主笔就显得非常吊诡。1920 年 10 月底,因陪同罗素讲学的需要,笃信基尔特社会主义理论、5 月退出上海共产主义小组的张东荪明显是想让"自己人"来短暂接替《时事新报》主笔的工作,他显然不知道沈雁冰思想在这个节点上正在发生天翻地覆的大变化。等他 11 月初回到上海的时候,迎接他的已经是初步用共产主义思想武装起来、正在与陈独秀等人筹备秘密建党的沈雁冰了。受罗素在华言论的影响,张东荪在回馆之后随即发表了《由内地旅行而得之又一教训》等文章,提出解决中国问题首要在通过发展资本主义来开发实业、增加富力,而不是走社会主义道路。张东荪的言论实质是否认革命和无产阶级政党的必要性,因此李达、陈独秀、蔡和森等马克思主义者在《新青年》《共产党》等刊物上对其进行系统、坚决的批判,社会主义论战就此展开。沈雁冰在这个阶段一方面对张东荪表达了一定的批判,在 11 月 16 日于《时事新报》发表的《分工与合力》中他表示,"……我以为提高民智开发民财可以不一定用赍(资)本主义。而且办实业不是拥护赍(资)本主义。我们以理性来

---

① 茅盾:《文学与政治的交错》,《我走过的道路(上)》,北京:人民文学出版社 1997 年版,第 195—196 页。
② 茅盾:《文学与政治的交错》,《我走过的道路(上)》,北京:人民文学出版社 1997 年版,第 196—197 页。

推断。应该没有这种的话。"①他强调罗素并没有否定社会主义的价值;在 17 日
《时事新报》发表的《罗素的话莫误会了》一文中他又说,"社会主义是将来人类生
活的一种形式。欲达到这形式,应该取何种手段,应该作何种预备。实业与教育
可说是手段是预备,也可说是必要的条件,不先着力在这手段。预备,必要条件,
而用直接方法,这是抄近路的办法,亦有理由可信这办法是可能的。"但另一方面,
沈雁冰显然还没有要与张东荪完全决裂的意思,"一面想法抄近路。一面有人来
做预备功夫。必要条件。总是有益无害。而且也有充分的理由可信是好的。所
以。从这一点看来。取直接方法改造社会的。和取间接方法改造社会的。反正
是志同道合。非但不相害。而且相成。"②与陈独秀、李达等人对张东荪的尖锐批
判不同的是,沈雁冰的言论显示出他在思想转换时期特有的暧昧与含混,暗含着
对往日一丝丝未能割舍的温情。

对于双方的分歧,张东荪其实比沈雁冰看得更清。张于 1920 年 11 月 21 日发
表《再答颂华兄》,再次重申自己的观点,强调在中国现实状况下资本主义发展阶
段不可跨越,他特意指出,"雁冰君谓抄近路或许可能。弟则以为抄近路绝不可
能。"③12 月 6 日,张东荪在《答陈独秀》一文中针对陈独秀急进革命的主张表示,
"先生主张创造文明矣。夫不言创造则已。既曰创造。绝无能急进者。"④在这里,
我们不但看到了旧日的分裂,也看到了未来的聚合。

1920 年 12 月沈雁冰加入《新青年》编辑部,1921 年 1 月他正式担任《小说月
报》主编,在政治上、文化上都有了新的伙伴。此后虽然沈雁冰和张东荪仍然在文
化事业上有所合作,但沈雁冰再也没有在《时事新报》"时评"栏发表过文章。茅盾
后来在回忆这段历史时说,"研究系在政治上属于右翼,但在'五四'运动后,也伪
装进步。张东荪甚至还与陈独秀共同发起上海的马克思主义研究小组。……但
当梁启超(研究系首脑)从海外归来,态度即变。张东荪在《时事新报》上发表社论
《由内地旅行而得之又一教训》,即为自己重复'右倾'找'理论根据',以后就不谈
社会主义了,且反对社会主义了。"⑤这显然是茅盾后来基于自身政治立场、意识形
态考量的官方表述,隐去了其在当时历史语境中与张东荪等人复杂的交往过程以
及曲折的自身思想转变的心路历程。

---

① 沈雁冰:《分工与合力》,《时事新报》1920 年 11 月 16 日。
② 沈雁冰:《罗素的话莫误会了》,《时事新报》1920 年 11 月 17 日。
③ 张东荪:《再答颂华兄》,《时事新报》1920 年 11 月 21 日。
④ 张东荪:《答陈独秀》,《时事新报》1920 年 12 月 6 日。
⑤ 茅盾:《商务印书馆编译所生活之二》,唐金海,孔海珠等编:《茅盾专集》,福州:福建人民出版社 1983 年
　 版,第 417 页。

故纸堆里觅苍黄:新发现茅盾评闻捷诗歌眉批及其分析①

姚　明②

摘　要:以茅盾藏书为研究对象,以茅盾日记、文论中关于阅读、评论的有关内容为线索,通过实证研究的方法,发现、发掘了茅盾在 1960 年为撰写《反映社会主义跃进时代,推动社会主义时代的跃进——1960 年 7 月 24 日在中国文学艺术工作者第三次代表大会上的报告》(以下简称《报告》)时对闻捷诗歌进行阅读并进行的眉批批注。通过对眉批内容的统计与分析,发现茅盾对于作品的评价态度十分鲜明,对很多诗歌直接进行了批评,而对于一些好的诗歌则给予了分析与评论,呈现了茅盾阅评闻捷诗歌的图景,为我们重新走入十七年文学这一复杂的历史场域提供了新的切入点。

关键词:茅盾眉批;茅盾藏书;茅盾评论;文献档案;闻捷诗歌;十七年文学

一、引言

闻捷(1923—1971),江苏丹徒人,原名赵文节,曾用名巫之禄,现代著名诗人。1938 年参加革命工作,曾任抗敌演剧队第四队演员,延安陕北公学学员,西北文艺工作团演员、团创作组主任,陕甘宁边区《群众报》记者、副刊编辑。1949 年后历任新华通讯社西北总社记者、采访部主任及新疆分社社长,总社文教组组长,中国作协兰州分会副主席、上海分会专业作家,上海作协第二届理事。1945 年开始发表作品。著有歌剧剧本《翻天覆地的人》《加强自卫军》,组诗《吐鲁番情歌》《博斯腾湖滨》《子沟山谣》《水兵的心》《撒在十字路口的传单》《天山牧歌》《伊犁河谷的春天》,长诗《复仇的火焰》(三部曲)、《哈萨克人夜送千里驹》,诗集《第一声春雷》《我们插遍红旗》《祖国! 光辉的十月!》《东风催动黄河浪》《生活的赞歌》《天上牧歌》等。

二、眉批本《河西走廊行》中的批注评价

1996 年 7 月适逢茅盾百年诞辰,时任中国现代文学馆副馆长的舒乙先生主编了《中国现当代文学茅盾眉批本文库》(以下简称《文库》),总序中对眉批本进行了

① 本文系浙江省哲学社会科学规划年度课题:"茅盾形象的媒介构建研究(项目编号:23NDJC235YB)"的研究成果之一。

② 作者简介:姚明,中国现代文学馆馆员,研究方向为信息资源管理。

评价①,认为"茅盾式批注"涉及著作数量大,所作的批注数量也大②,茅盾先生还总爱在卷头写总评语,附有导读性和解读性批注③,这些珍贵的眉批可谓"一批宝"④,全书四册收录了茅盾先生作过眉批的 9 本图书⑤,诗歌卷中就有闻捷《河西走廊行》,批注内容见表 2。

表 2 《河西走廊行》诗集中的批注文字分布

河西走廊行			
序号	题名	批注处	内容
1	《矿石》	诗末	此诗结尾两句最有诗意,道人所未道、朱总是诗人。
2	《喷泉》	诗末	此诗好处在写朱总神态容貌,音节也颇自然。
3	《柴湾颂》	右下	此两章如能用瑰丽的想像和比喻则更佳矣。
		诗末	此诗颇有白氏新乐府的味道,本章最后两句点出主题,惟可惜诗句稍欠瑰丽,而音调亦不高亢。
4	《红柳咏》	左	此诗好。
5	《出征前》	左	气概不小。
6	《林带上》	诗末左下	平平。
7	《战歌》	左	平平、五言诗不及作者的自由诗。
8	《青杨》	诗末左下	此章多余,全诗有风致。
9	《誓师大会(一)》	左	山丹曲组诗,只能说是平稳之作,作者费笔墨多,而诗章反不遒劲。
10	《政委和士兵》	上	"赤金"、"最后的航程"、"部长同志"、"标杆颂"等诗,有热情,政治性强,可是作法上太多叙述,像是分行写的押韵的报导文章。
		左	"六一厂的工人"却很新颖,"浅油层"亦然,"标杆颂"无大特色。
		右	以下各诗,热情洋溢,"政委和士兵"别有风味,"赤金"缺少艺术上的特色(创造性),"最后的航程"、"部长同志"亦如此。
11	《阳关遗址》	左	此章意境新颖。

---

① 姚明:《批注本档案价值分析及资源性建设研究》,《中国档案》2023 年第 4 期,第 66—68 页。
② 姚明:《茅盾眉批本:研究视角、价值分析、开发路径》,《图书馆》2023 年第 4 期,第 104—110 页。
③ 姚明、田春英:《茅盾藏书〈垦荒曲〉往事追忆》,《北京档案》2022 年第 2 期,第 49—50 页。
④ 舒乙:《梦和泪》,北京:作家出版社 1998 版,第 96—97 页。
⑤ 姚明:《中国现当代作家"典藏捐公":驱动因素、实践过程、成果价值》,《图书馆》2022 年第 8 期,第 13—20 页。

序号	题名	批注处	内容
12	《危峰东峙》	右	此首亦只叙述而已。
13	《千佛灵岩》	右	比较好。
14	《党水北流》	右	此诗好,有气魄,可谓"气宇轩昂"。
15	《沙岭晴鸣》	诗末	此首意境新颖,章法谨严,但炼句炼字工夫尚有未到家处。
16	《古城晚眺》	诗末	平平,因为写景是一般化的。并不能显出这是特定地点。
17	《绣壤春耕》	诗末	平平,因为也没有地方色彩,写景等句搬用于别处也没有什么不可。
18	《水渠边上》	左	新风光,仅稍嫌词赘耳。
19	《小香》	左下	应当力求精练,并且创造新颖的表现方式,因为这样的题材被写得很多,故如不创新,便落陈套。
20	《收工以后(二)》	诗末	此首稍有新鲜处,妙在最后一章,妈妈替女儿扯谎,然而读者却报以会心的微笑。
21	《开镰》	诗尾最后两句左	此两句拙。
22	《乌鞘岭》	左	平平、写景欠雄浑。
23	《初进走廊》	左	写景也只平平,未能自铸新词。
24	《万里长城》	左	平平,没有新的意境。
25	《黄羊镇》	左	平平、笔势平、意境亦平。
26	《武威风沙》	左	比较好。
27	《河西堡》	左	铺叙而已。
28	《祁家店水库》	左	作者的抒情诗,少含蓄,无余韵悠然之味,尚须练句练字。
29	《张掖古郡》	左	此首尚好,笔势欠矫。
30	《嘉峪关》	左	平平,可以怀古,但作者不能。
31	《夜过玉门》	左下	极力求瑰丽,然而想像太贫乏。
32	《桥湾城》	左	平平、没有笔歌墨舞的热闹气氛。
		右	首两章平铺直叙,遂使传说减色。
33	《素描峡东》	左	平铺直叙是这些小诗的通病。

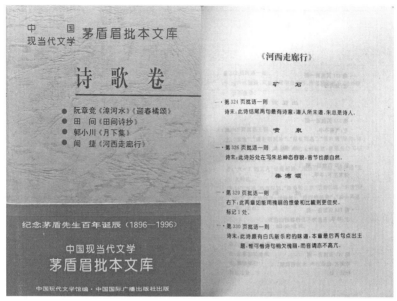

图 1   中国现代文学茅盾眉批本文库·诗歌卷

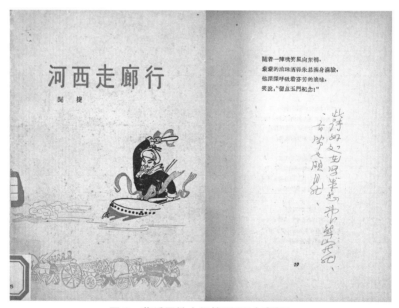

图 2   茅盾眉批本闻捷《河西走廊行》

三、对诗歌《祖国！光辉的十月！》的评价及其他

《报告》中"民族形式和个人风格"论述"诗人的热情和作品的思想内容",也提

及"闻捷的《祖国！光辉的十月！》采用了所谓"楼梯式"，并认为"楼梯式"的特征有三："一、基本上是散体的；二、基本上是骈体的（多用偶句）；三、骈散错综"，闻捷的诗属于第一类"散体"。①

　　1960 年 3 月 23 日茅盾日记记录："七时许起身。上午阅报、《参资》，处理公文等等，并阅完闻捷的诗选《生活的赞歌》。中午幸能小睡一小时许。"②按照这一线索，笔者在茅盾藏书文库③中找到了 1958 年 11 月作家出版社版《祖国！光辉的十月！》与 1959 年 9 月作家出版社版《生活的赞歌》，其中都收录了诗歌《祖国！光辉的十月！》，其中诗集《祖国！光辉的十月！》中的《祖国！光辉的十月！》批注内容：此诗无甚特殊处，也还不够雄壮奔放。楼梯式的长诗，也是一格，但难以写好；是散文的分行分句排写，虽然可诵，而实非诗。虽有节奏，而无诗辙，而又太长，结尾不可，则实未可取法。诗集《生活的赞歌》中《祖国！光辉的十月！》批注内容：此诗历数建设成就，东西南北，豪言壮语，然而并不深刻，亦不使人激动，（此种少写面颊的诗差）。楼梯式分行亦无节奏上的规律，几乎是随意分行，不是像给朗诵者作的顿挫符号，——此则所有写楼梯式诗的作者的通病也。

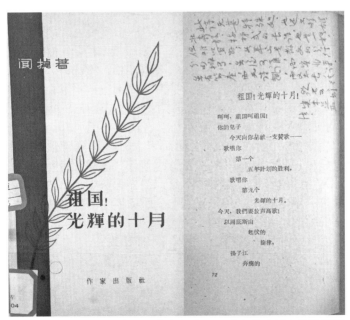

图3　《祖国！光辉的十月！》诗集中《祖国！光辉的十月！》批注样例

① 茅盾：《反映社会主义跃进时代，推动社会主义时代的跃进——1960 年 7 月 24 日在中国文学艺术工作者第三次代表大会上的报告》，钟桂松编：《茅盾全集·中国文论九》，合肥：黄山书社 2014 年版，第 57—131 页。

② 茅盾著，钟桂松编：《茅盾全集·日记一集》，合肥：黄山书社 2014 年版，第 68 页。

③ 姚明：《茅盾藏书研究：形成轨迹、痕迹留存、概念界定》，《文献与数据学报》2022 年第 2 期，第 87—99 页。

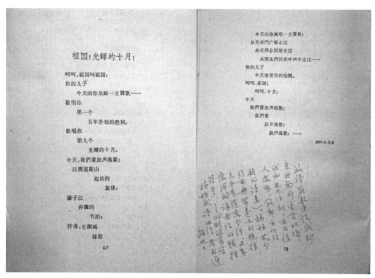

图4 《生活的赞歌》诗集中《祖国！光辉的十月!》批注样例

《祖国！光辉的十月!》一诗分别收录于诗集《祖国！光辉的十月!》(1958年作家出版社)与《生活的赞歌》(1959年人民文学出版社),两集中的诗内容一致,茅盾先生两次阅读,一次为1960年3月23日阅读《生活的赞歌》,《祖国！光辉的十月!》的阅读时间没有相关的时间记录。推测为先阅读的《祖国！光辉的十月!》诗集,以"主打诗"作为诗集名是一种较为通用的做法,翻开诗集看到与诗集名一致的诗歌,往往更加引人注目。在诗集《祖国！光辉的十月!》中诗歌《祖国！光辉的十月!》批注内容最多,之后在阅读《生活的赞歌》时,看到诗歌《祖国！光辉的十月!》后似乎有印象,又对诗歌《祖国！光辉的十月!》进行了阅读并留下大段批注。

两次批注表达的内容意义相同,"不深刻""亦无节奏上的规律""随意分行"是"楼梯式"诗歌的缺点通病,本诗"虽然可诵,而实非诗""虽有节奏,而无诗辙",是茅盾对于闻捷诗歌的基本评价,在正式的文稿中并未见到这些直接犀利的观点与评价,而是指出《生活的赞歌》特征为"散体的、楼梯式"。

翻阅《祖国！光辉的十月!》诗集,可以发现也有对其他诗歌的批注,统计如表3。

表3 《祖国！光辉的十月!》诗集中的批注文字分布

《祖国！光辉的十月!》				
序号	题名	批注处	页码	内容
1	《黎明出航》	开篇处	2	本章好,全诗亦显局促,协韵?
		结尾处	3	"曦光"何如"曙光"?
2	《我走在街道上》	开篇处	4	内容空旧,感情虚伪。

序号	题名	批注处	页码	内容
3	《白海鸥之歌》	开篇处	7	亦不见佳,内容空洞。何以是美人蕉?
		中间段	8	此两句重复,显然凑字。此四句拙。
4	《在风暴中》	开篇处	11	尚佳,但仍觉空洞,一般没有新鲜的形象和深刻的情绪。
5	《海上号兵》	开篇处	13	空洞一般。集中此颇诗,都有□情热烈却不深沉真挚之感,大概如生活检验不□之好。
6	《今夜的夜色好啊》	开篇处	15	此篇尚好。
		中间段	16	此句拙。
7	《给贫农(一)》	开篇处	20	此诗标语口号化。
8	《给贫农(二)》	开篇处	22	较可。
9	《给贫农(三)》	开篇处	24	较可。
10	《给老社员》	开篇处	25	未见佳。
11	《给家底厚了的农民》	开篇处	27	未见佳。
12	《给还在犹豫的农民》	开篇处	29	平平。
13	《给饲养员》	开篇处	33	此两句好。
14	《给记账员》	开篇处	34	平平。
15	《给胆小怕事的同事》	开篇处	35	平平。
16	《给社长》	开篇处	36	不好。
17	《在矿井里》	开篇处	38	首章和次章都抑扬顿挫有致,气势磅礴,直写而□。此诗大体好,惜杂章最后四句好——后不佳。失掉余音翩翩之致。
		结尾处	39	此章有气势,全章是一句。杂章前四句与首章重唱,但最后四句好。
18	《钢的回音》	开篇处	40	此诗尚好。
19	《我走过脚手架下》	开篇处	42	平平。
20	《渔歌》	开篇处	45	平平,此二句多余。
		结尾处	46	此二句亦多余。
21	《向尖兵致敬》	开篇处	47	平平,二字欠斟酌。
22	《列车开动前》	开篇处	49	一般。
23	《春天》	开篇处	51	较可。
24	《天安门前》	开篇处	53	一般化。

续　表

序号	题名	批注处	页码	内容
25	《人民艺术家》	开篇处	55	此三句不妥,诗平平。
26	《献辞》	开篇处	58	攀登二字表示作者没有到过莫斯科。
27	《红场》	开篇处	60	平平,没有新鲜的东西。
28	《钟声》	开篇处	62	尚好
29	《红星》	开篇处	65	尚好。
30	《陵墓》	开篇处	67	平平。
31	《祖国！光辉的十月!》	开篇处	72	此诗无甚特殊处,也还不够雄壮奔放。楼梯式的长诗,也是一格,但难以写好;为□□是散文的分行分句排写,虽然可诵,而实非诗。虽有节奏,而无诗辙,而又太长,结尾不可,则实未可取法。
32	《我初次前来拜访》	开篇处	98	尚好,一气呵成,感情磅礴。
33	《幻想、智慧、奇迹》	开篇处	87	平平。
34	《彩色的贝壳》	开篇处	90	并没警句。

　　诗集《祖国！光辉的十月!》共有五组诗歌,第一组名为"水兵的心"包含 7 首诗,第二组名为"撒在十字路口的传单"包含 11 首诗,第三组名为"祖国建设者"包含 9 首诗,第四组名为"礼赞莫斯科"包含 6 首诗,第五组名为"散歌"包含 4 首诗,共 37 首诗歌。

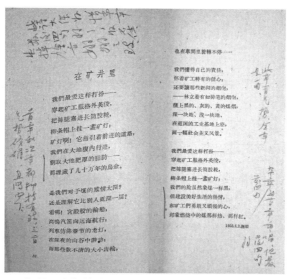

图 5　《祖国！光辉的十月!》诗集其他诗歌《在矿井里》批注样例

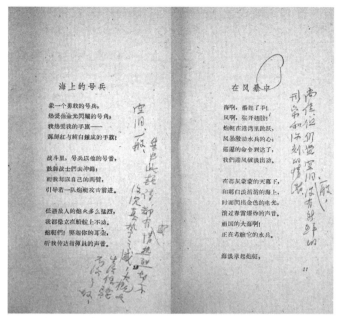

图6 《祖国！光辉的十月！》诗集其他诗歌《海上的号兵》《在风暴中》批注样例

四、对《生活的赞歌》诗集评价及其他

在《生活的赞歌》诗集中，除了诗歌《祖国！光辉的十月！》，发现茅盾也有对其他诗歌的批注，统计如表4。

表4 《生活的赞歌》诗集中的批注文字分布

序号	题名	批注处	页码	内容
				《生活的赞歌》
1	《追求》	开篇处	9	情诗比跃迁诗写得好。
2	《小香》	开篇处	22	形容"笑声"还是"银铃"。
3	《猎人》	结尾处	28	写的简练。
4	《志愿》	结尾处	32	此章序卫生是首要之意，此诗抓住这一点写小牧场希望，全诗简洁，音节和谐。喧闹二字费解，这句全句的意义也不明确。
5	《大风雪》	开篇处	33	"倾"字何如"静"字？"颤抖地"何如"颤声"？
		结尾处	34	此诗平平。"篝火"用喻不当。

续　表

序号	题名	批注处	页码	内容
6	《晚霞》	开篇处	35	此诗平平,状云霞之变幻未尽可多诡。
7	《林边问答》	结尾处	38	小巧玲珑。
8	《新村》	开篇处	40	平平。
9	《哈兰村的使者》	中间段	42	"答案"二字可删。
		结尾处	44	平平。
10	《古老的歌》	开篇处	46	平平。
11	《黎明出航》	开篇处	47	尚好。
12	《我走在街道上》	开篇处	50	平平。
13	《水兵素描》	开篇处	51	不好。
14	《白海欧之歌》	结尾处	54	拙劣。
15	《在风暴中》	开篇处	55	拙劣。
16	《今夜的夜色好啊》	开篇处	59	此诗颇有风趣。
17	《彩色的贝壳》	开篇处	60	这一组诗不见佳处。
18	《祖国!光辉的十月!》		78	此诗历数建设成就,东西南北,豪言壮语,然而并不深刻,亦不使人激动,(此种少写面颊的诗差)。楼梯式分行亦无节奏上的规律,几乎是随意分行,不是像给朗诵者作的顿挫符号,此则所有写楼梯式诗的作者的通病也。
19	《幻想、智慧、奇迹》	开篇处	79	不见佳。
20	《红场》	结尾处	83	诗平平而已,作者尽管用了不少赞美的字句,然而气魄不够,想象也不够。
21	《钟声》	结尾处	85	平平。
22	《红星》	开篇处	87	小诗可喜,新颖。
23	《欢呼总路线公布了》	结尾处	91	也只平平。
24	《我们遨游一九七二》	结尾处	94	此诗拙劣,气魄不够。
25	《我们遍插红旗》	结尾处	97	也未见佳,除了偶有押韵,(不是有规律的),此诗与分行的散文没有多大分别。

序号	题名	批注处	页码	内容
26	《我们朗朗地读着〈红旗〉》	开篇处	98	尚佳。
27	《我看见我们的北京》	开篇处	99	平平。
28	《给贫农(一)》	开篇处	102	平平。
29	《给贫农(二)》	结尾处	103	尚好。
30	《给两个心眼的社员》	开篇处	105	尚佳。
31	《给饲养员》	开篇处	107	拙劣。
32	《洮河两岸歌手多》	结尾处	112	平平。
33	《新飞天赞》	开篇处	113	平平。
34	《高歌一曲唱河西》	结尾处	117	也只平平。
35	《十二万人斗志高》	开篇处	118	腔调酷似民歌,但无□简练过其。
36	《安西人心比火热》	开篇处	120	平平。
37	《旗永插鸣沙山》	中间段	123	此两句好。
		结尾处	124	尚好。
38	《五颜六色画今天》	结尾处	126	尚好,有"古风"味。
39	《柴湾颂》	结尾处	129	平平。
40	《沙枣赞》	开篇处	130	尚佳。
41	《红柳咏》	开篇处	131	尚佳。
42	《老人》	结尾处	133	平平,故事好,但诗不精炼。
43	《老爷爷》	结尾处	136	老人的形象很不错。
44	《降龙》	结尾处	139	平平。
45	《青杨》	结尾处	141	人物形象尚佳。
46	《马兰姑娘》	结尾处	144	平平,以上数首诗,皆声调铿锵,而意境不佳。
47	《明天》	结尾处	146	平平。
48	《麦田》	开篇处	147	轻巧些。
49	《喷泉》	开篇处	148	小巧玲珑。
50	《夜过玉门》	开篇处	149	尚佳。
51	《赤金》	结尾处	151	尚佳。

续 表

序号	题名	批注处	页码	内容
52	《最后的流程》	结尾处	153	尚佳。
53	《部长同志》	开篇处	154	尚佳。
54	《城市中心》	结尾处	158	写的热闹。
55	《省委书记》	结尾处	161	人物形象很好。
56	《技术员的梦》	结尾处	164	新颖。
57	《祁家店水库》	开篇处	165	尚佳。
58	《疏勒河》	开篇处	166	平平。
59	《阳关遗址》	开篇处	167	尚佳。
60	《党水北流》	结尾处	172	尚佳。
61	尾页		174	这些诗人有一个共同点:声调铿锵但意境不高,看不出有多余的句子但总觉写得不够简练,形象一般生动但气势不旺,调子不高。 从抒情短诗看,作者不及张永枚;从叙述长诗看,作者模仿李季和田间;李田之间,李胜于田。凝炼、豪迈,声调铿锵,都不及民歌,诗人向民歌学习是应该的。

诗集《生活的赞歌》共收录了 75 首诗歌,茅盾对其中 60 首进行了批注。

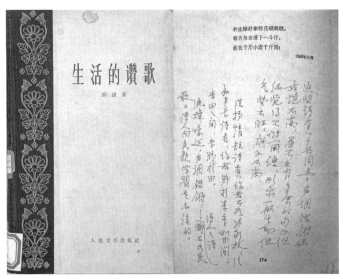

图 7 《生活的赞歌》诗集中其他诗歌批注样例

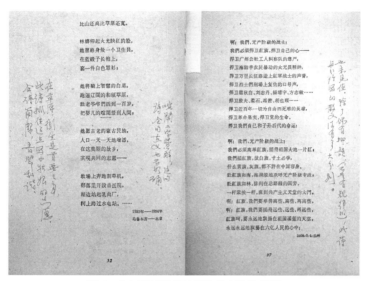

图8　《志愿》《我们遍插红旗》批注样例

通过对三部诗集收录诗歌与批注留痕的比对,得到表5。诗集间呈现两两交集的特征,其中有23首诗歌出现重合。所作批注呈现三种情况,第一种是评价一致,用词有所差异,如《红柳咏》批注"尚佳"与"此诗好";第二种是总分关系,如对于《祁家店水库》的批注:"尚佳"与"作者的抒情诗,少含蓄,无余韵悠然之味,尚须练句练字";第三种呈现矛盾关系,如《夜过玉门》的批注"尚佳"与"极力求瑰丽,然而想像太贫乏"。

表5　诗集收录诗歌与批评重合处分布

序号	诗集	诗歌	批注内容
1	《生活的赞歌》	《白海鸥之歌》	拙劣。
	《祖国！光辉的十月！》	《白海鸥之歌》	亦不见佳,内容空洞。何以是美人蕉？此两句重复,显然凑字。此四句拙。
2	《祖国！光辉的十月！》	《彩色的贝壳》	并没警句。
	《生活的赞歌》	《彩色的贝壳》	这一组诗不见佳处。
3	《生活的赞歌》	《柴湾颂》	平平。
	《河西走廊行》	《柴湾颂》	此两章如能用瑰丽的想像和比喻则更佳矣。此诗颇有白氏新乐府的味道,本章最后两句点出主题,惟可惜诗句稍欠瑰丽,而音调亦不高亢。

序号	诗集	诗歌	批注内容
4	《生活的赞歌》	《党水北流》	尚佳。
	《河西走廊行》	《党水北流》	此诗好,有气魄,可谓"气宇轩昂"。
5	《祖国! 光辉的十月!》	《给贫农(一)》	此诗标语口号化。
	《生活的赞歌》	《给贫农(一)》	平平。
6	《祖国! 光辉的十月!》	《给饲养员》	此两句好。
	《生活的赞歌》	《给饲养员》	拙劣。
7	《祖国! 光辉的十月!》	《红场》	平平,没有新鲜的东西。
	《生活的赞歌》	《红场》	诗平平而已,作者尽管用了不少赞美的字句,然而气魄不够,想象也不够。
8	《生活的赞歌》	《红柳咏》	尚佳。
	《河西走廊行》	《红柳咏》	此诗好。
9	《祖国! 光辉的十月!》	《红星》	尚好。
	《生活的赞歌》	《红星》	小诗可喜,新颖。
10	《祖国! 光辉的十月!》	《幻想、智慧、奇迹》	平平。
	《生活的赞歌》	《幻想、智慧、奇迹》	不见佳。
11	《祖国! 光辉的十月!》	《今夜的夜色好啊》	此篇尚好。此句拙。
	《生活的赞歌》	《今夜的夜色好啊》	此诗颇有风趣。
12	《祖国! 光辉的十月!》	《黎明出航》	本章好,全诗亦显局促,协韵?"曦光"何如"曙光"?
	《生活的赞歌》	《黎明出航》	尚好。
13	《生活的赞歌》	《喷泉》	小巧玲珑。
	《河西走廊行》	《喷泉》	此诗好处在写朱总神态容貌,音节也颇自然。
14	《生活的赞歌》	《祁家店水库》	尚佳。
	《河西走廊行》	《祁家店水库》	作者的抒情诗,少含蓄,无余韵悠然之味,尚须练句练字。
15	《生活的赞歌》	《青杨》	人物形象尚佳。
	《河西走廊行》	《青杨》	此章多余,全诗有风致。

序号	诗集	诗歌	批注内容
16	《祖国！光辉的十月！》	《我走在街道上》	内容空旧，感情虚伪。
	《生活的赞歌》	《我走在街道上》	平平。
17	《生活的赞歌》	《小香》	形容"笑声"还是"银铃"。
	《河西走廊行》	《小香》	应当力求精练，并且创造新颖的表现方式，因为这样的题材被写得很多，故如不创新，便落陈套。
18	《河西走廊行》	《阳关遗址》	此章意境新颖。
	《生活的赞歌》	《阳关遗址》	尚佳。
19	《生活的赞歌》	《夜过玉门》	尚佳。
	《河西走廊行》	《夜过玉门》	极力求瑰丽，然而想像太贫乏。
20	《祖国！光辉的十月！》	《在风暴中》	尚佳，但仍觉空洞，一般没有新鲜的形象和深刻的情绪。
	《生活的赞歌》	《在风暴中》	拙劣。
21	《祖国！光辉的十月！》	《钟声》	尚好。
	《生活的赞歌》	《钟声》	平平。
22	《祖国！光辉的十月！》	《祖国！光辉的十月！》	此诗无甚特殊处，也还不够雄壮奔放。楼梯式的长诗，也是一格，但难以写好；为□□是散文的分行分句排写，虽然可诵，而实非诗。虽有节奏，而无诗辙，而又太长，结尾不可，则实未可取法。
	《生活的赞歌》	《祖国！光辉的十月！》	此诗历数建设成就，东西南北，豪言壮语，然而并不深刻，亦不使人激动，（此种少写面颊的诗差）。楼梯式分行亦无节奏上的规律，几乎是随意分行，不是像给朗诵者作的顿挫符号，此则所有写楼梯式诗的作者的通病也。
23	《生活的赞歌》	《给贫农（二）》	尚好。
	《祖国！光辉的十月！》	《给贫农（二）》	较可。

五、对诗集《动荡的年代》的评价

茅盾在《报告》"民族形式和个人风格"一节中以独立成段的方式评价了闻捷的《动荡的年代》,认为"叙事长诗的另一种形式可以闻捷的《动荡的年代》作为代表""通篇用的是四句一组,二、四句押韵,和十分接近自由体的句法""特点是分开来逐句看,好像和散文没有多大差别。但是合四句为一组,却就诗味盎然,而且这些散文式的句子极为洗练,甚至比五言、六言、七言等民歌体的诗句更为洗练""章法很谨严,每章一、四句的字数比二、三句少些,句式是两头短、中间长,就这样在上下句大体上对称的词儿,协调了平仄""诗的意境有时像金鼓齐鸣,有时像繁弦急管,但整个说来,它的格调是高亢的,色彩是鲜艳的"。

六、结语

1955 年,闻捷在《人民文学》上陆续发表了五个组诗和一首叙事长诗,赢得了诗歌界的瞩目,尤其是书写爱情的《吐鲁番情歌》很快风靡全国,成为闻捷的成名作。[①] 茅盾对闻捷的诗歌十分关注,不仅多次通篇阅读并留下批注,还将相应的批注汇集成段落写入重要的报告中,对闻捷及其作品进行推介。从批注中可以看到,茅盾对于作品的评价态度十分鲜明,对很多诗歌进行了直言不讳的批评,而对于一些好的诗歌则给予了分析与肯定,为我们重新走入十七年文学这一复杂的历史场域提供了新的切入点。

---

① 吕东亮:《十七年文学批评研究:以文体批评为中心》,武汉:武汉大学博士论文,2013 年,第 139—140 页。

茅盾乌镇求学考

乐忆英[①]

摘　要: 茅盾于 1896 年 7 月 4 日出生于乌镇,他的童年、少年时代在乌镇度过。1904 年进入立志小学读书,1907 年进入植材高等小学,1909 年毕业,他连跳两级,只用了两年时间就完成了高等小学课程。毕业后考取(湖州)浙江省立第三中学,后又就读于(嘉兴)浙江省立第二中学、杭州私立安定中学,直至 1913 年考入北京大学预科。

关键词: 茅盾;乌镇;求学

茅盾,原名沈德鸿,字雁冰,1896 年 7 月 4 日出生于桐乡县青镇(今桐乡市乌镇)。

茅盾在《我走过的道路》之《学生时代》中说:"我七岁那年,进了家塾……可是不到一年,父亲病倒了……父亲就把我送到一个亲戚办的私塾中去继续念书。这亲戚就是我曾祖母的侄儿王彦臣……又过了半年多,乌镇办起了第一所初级小学——立志小学,我就成为这个小学的第一班学生。"

从进家塾到上小学,茅盾虽然用了"不到一年"四字,其实时间跨度是从 1903 年秋冬至 1904 年春夏。1903 年茅盾 7 岁,父亲沈永锡开始发病,就让茅盾去王彦臣的私塾读书,同学年龄都比茅盾大,只有王彦臣的女儿王会悟比茅盾小两岁。王会悟是中共"一大"卫士,也是"一大"代表李达(号鹤鸣)的夫人。王家与沈家是亲戚,茅盾的曾祖母王氏是王彦臣的姑母,所以,论辈分,王会悟是茅盾的表姑母。"曾祖母姓王,比曾祖父小四、五岁。王家三代以'训蒙'为业,家里设私塾,子女也在塾中读书。曾祖母知书识字,性格刚强,不苟言笑,但待人极和气。她执行曾祖父的嘱托,督促长子与次子学举业,拜她的哥哥(秀才,以训蒙为业)为老师。"[②]

卢学溥所纂民国《乌青镇志》卷二十四"教育"载:"清光绪二十八年(1902 年),镇绅卢景昌就立志书院改设(立志小学)……始为国民初等男学。"镇志的记载与茅盾所说在时间上有出入。但查镇志,壬寅(即 1902 年)秋,举行乡试,卢学溥、茅盾父亲沈永锡以及沈听蕉等五六人结伴去杭州应试。此时茅盾的父亲也还没发病。此次乡试,卢学溥与同镇的严槐林中举。第二年春天,卢学溥又去北京参加会试,因落第才回乡当缙绅。卢小菊(字景昌),清同治癸酉举人,光绪二十年(1894 年)主讲立志书院(并任山长),其实早就有意将立志书院改设为立志小学,

---

① 作者简介:乐忆英,中国民间文学协会会员、浙江省作家协会会员。
② 茅盾:《我的曾祖父、曾祖母》,《我走过的道路》上,北京:人民文学出版社 1981 年版,第 10 页。

直到 1904 年,才将改名为立志小学的校长职务交给了孙子卢学溥。

卢学溥是茅盾父亲沈永锡的朋友,后来又成了茅盾的表叔。"祖父的妹妹名'恩敏',行三,家里都称为三小姐……当曾祖父告老回乡时,她已二十五岁了,还没婆家。曾祖父回乡后首先抓紧办女儿的婚姻大事。刚巧本地老绅士卢小菊的儿子蓉裳要续弦,两家本是世交,一说即定,三小姐旋即出阁,第二年曾祖父即病故。三小姐(现在是姑奶奶了)比他丈夫小十多岁,前室有子已经娶亲,中了秀才,这就是卢学溥(鉴泉),是我的表叔。"①

所以,茅盾进立志小学是在 1904 年,那一年,茅盾 8 岁。教茅盾国文兼修身和历史的是沈鸣谦(字听蕉),他也是茅盾父亲的好友,另一个是姓翁的外乡人,教算学。

茅盾在《父亲的三年之病》中说:"大概是我八岁的时候,父亲病倒了。……在父亲卧床不起的第二年夏天……祖母让我在阴历七月十五出城隍会时扮一次'犯人'……那一年,我九岁。"这里的"病倒"是指在床上起不了身,因为,"最初,父亲每天还是挣扎着从床上起来,坐在房中窗前读书一、二小时,然后又卧。"从九岁到第二年的夏末秋初,茅盾父亲沈永锡过世了。而在《学生时代》中茅盾却说:"在进立志小学的第二年夏天,父亲去世了。"很显然,这两章中的时间是有出入的,在《学生时代》中,可能是记忆有误,但在《父亲的三年之病》这一章中,记载的就比较详细:茅盾 8 岁(1904 年)进立志,9 岁(1905 年)扮"犯人",到第二年的夏末秋初,沈永锡过世,时间是 1906 年(即光绪三十二年),终年 34 岁。那一年茅盾 10 岁,沈泽民 6 岁。而且这一章的标题是《父亲的三年之病》,也就是从 1903 年秋冬发病,到 1906 年夏末秋初逝世,时间刚好是三年整。

光绪三十三年(1907 年),乌镇中西学堂迁入北栅奉真道院(北宫),沈善保(字和甫)与时任校长徐承焜(号晴梅)等商议,将"中西学堂"改名为"乌青镇高等小学堂"(辛亥革命后改名为"乌青镇植材高等小学")。"中西学堂"于光绪二十八年(1902 年)由镇绅沈善保创办,首创西学,聘吴肖桐为首任校长,校址原来租在东栅的孔氏祠堂(即孔家花园)。"这年冬季,我毕业了。转入新办的植材高等小学。植材的前身是中西学堂,校址原来在乌镇郊外一、二里的孔家花园里。这所谓孔家花园是个无主荒园,略加修茸,算是校舍。这中西学堂,半天学英文,半天读古文,学生都是十七八岁的小伙子,在学校住宿,平时出来,排成两列纵队,一律穿白夏布长衫、白帆布鞋,走路脚弯笔直,目不斜视,十分引人注目,尤其我们这些小学生更是羡慕得不得了。"②就在这一年(1907 年),茅盾从国民初等男学(即立志小学)毕业,于是进入乌青镇高等小学堂。

民国《乌青镇志》卷二十四"教育"载:"(光绪)三十三年,就奉真道院改建,改称乌青镇高等小学。"茅盾在《学生时代》中说:"这年冬季,我毕业了。转入新办的植材高等小学……才知道教的课程已经不是原来中西学堂的英文、国文两门,而是增加了算学(代数、几何)、物理、化学、音乐、图画、体操等六七门课……教国文

---

① 茅盾:《祖父及其弟妹》,《我走过的道路》上,北京:人民文学出版社 1981 年版,第 14 页。
② 茅盾:《学生时代》,《我走过的道路》上,北京:人民文学出版社 1981 年版,第 66 页。

的有四个老师,一个就是王彦臣,他现在不办私塾,到新学堂里来教书了……"

关于王彦臣,民国《乌青镇志》卷四十二"旧闻下"载:"乌镇沈剑秋夙好古玩……一日,伴两佣至市,遇友邀饮。妻王氏待至晚餐,沈尚不归,乃遣佣往迎……次晨,遍传陈庄北张桥下发现浮尸,沈子乃渊往视,果父也,大骇。寻往迎之二佣亦回。据述:'昨夜伴主人归,经转船湾东,误撞巡逻营弁陆荣昌等。陆等气焰高张,主人酒醺,亦不甘示弱。陆等枪械杂施,主仆三人均遭毒打,我二人被分府收押,今始释回,主人生死未知。'乃渊及沈妻弟庠生王彦臣具状诉于桐乡县。知县徐某莅验,受伤四处,腹不膨胀,手爪无泥,委系死后落河。提讯陆弁,坚不承认。后经府院转辗发委鞫讯,勾拘人证,往来奔驰,经年未决。财尽力疲,无法再诉,沉冤莫雪,亦云惨矣。此光绪三十一年冬日事也。"

沈剑秋是西栅沈洪昌冶坊后裔,沈妻王氏即王彦臣之姐。镇志记载此事发生于光绪三十一年(1905年)冬。据徐家堤老师的《乌镇掌故(续)》之《草菅人命恶官吏专横,株连反坐王彦臣遭殃》中说:"沈乃渊为了替父昭雪,四处活动,几乎耗尽所蓄。次年再由王彦臣代写状纸,赴省鸣冤。孰料省里草菅人命,判为证据不足,诬告官府,遂牵涉王彦臣,按清律代讼告官,罪加一等,最终王彦臣发配关外宁古塔服役。"在时间上显然不确,如果1906年王彦臣就涉案发配,怎么能在1907年冬季教茅盾国文呢?笔者对此一直心存疑惑。

读《申报嘉兴史料》第九辑,偶然见到《申报》(1906年12月18日)有题为《乌镇陆营兵殴毙镇人之骇闻》,是对此事的报道:"上月二十九夜十点钟,时有镇人沈剑秋,偕乡来两人行经北栅八空桥地方,遇西栅陆营防勇数名向之盘诘,沈以己是上等社会人,不应盘查,怒斥之,该勇即将沈殴毙,并将两乡人殴伤送至同知衙门。沈毙后当晚并无人知,次早沈尸忽见于南栅河中,家人侦知即赴桐乡县禀报勘验,该营弁某已情虚,避往南栅。似此不法,若不严办,地方何以治安,所望有司能彻底查究也。"由此可知,此事发生于1906年11月29日,而非镇志所载的1905年。报道中的"八空桥"系"八字桥"(即今常春桥)之误。

《申报》在1907年1月2日又有标题为《蒙禀谋害重案》的报道:"乌镇沈剑秋为营兵谋害,早已道路宣传,兹悉桐乡县徐大令禀详省台谓,饬仵作作同尸亲验明,周身无伤,委系落河身死。惟尸子禀供,被弁勇殴毙,抛入水内,除填格通禀外,合先驰详云云。有知其事者谓,沈之尸身系遍体鳞伤,膝骨皆经打断,腰际及头上有重伤数处,相验之时,人人皆见。当下仵作在尸场禀报,亦言此系殴毙后抛入河中,故所填尸格谓验得身有重伤,四肢无伤,肚腹不胀,委系死后抛河。其子求提凶手陆弁及巡勇等严行惩办。徐令亦会通允其谓,讵事后则又填尸格无伤通详,思免处分,想浙抚张中丞明察著称,断不为其受蒙也。"

此桩讼案从县衙一直打到省府,镇志上用了"经年未决"四字,说明所费时日不短。也正因如此,1907年冬,王彦臣还在植材高等小学教茅盾国文。

茅盾在植材高等小学的两年时间里,教国文先后共有四人,除了王彦臣外,还有外镇人张济川,他是中西学堂的高材生,由校方保送到日本留学两年,回来后教《易经》,又兼教物理和化学。茅盾在回忆录中只记载了王彦臣和张济川。"另外两个国文教师都是镇上的老秀才,一个教《左传》,一个教《孟子》。教《孟子》的姓周，虽是个秀才，却并不通，他解释《孟子》中'弃甲遗兵而走'一句，把'兵'解释为兵丁，说战败的兵……我们觉得他讲错了，就向他提出疑问，他硬不认错，直闹到校长那里。校长叫徐晴梅……他大概觉得不能让老秀才在学生面前丢脸，就说：'可能周先生说的是一种古本的解释吧？'"①

这位姓周的老秀才，据考证就是周渊如，我在《乌镇植材小学纪念册》（乌镇植材小学校友会编，1988 年 3 月）上见到沈盛天的《我敬爱的几位老教师》一文，回忆这位周先生："这是一节'修身课'。在教室门口出现了一位身材魁梧，戴着一副眼镜，脸上油光发亮，嘴上还有一撮胡髭的周渊如老先生……事实上周渊如先生热爱儿童，抱有真诚地想上好每一堂课的善良心愿，并不下于其他老师。"周老先生曾是徐家（校长徐承煦）的塾师，徐承煦、徐承焕（字仲英）、徐承煐（字叔蕃）等都是他的学生。周渊如毕生从事教育事业，他的儿子周克昌学成后，亦任教于植材小学。

还有一位国文老师，据徐家堤老师的《四溪拾贝》中载，应是张子芩（之琴），当年（1907 年）的老秀才中，除了吴肖桐老夫子（卢学溥、沈听蕉、严独鹤诸人皆出其门下，此时已在家颐养天年），唯有周渊如和张子芩两位先生声望最高。

光绪《桐乡县志》卷十一"选举志·上"载："光绪八年（1882）岁贡，张应桂，字子芩。青镇人。"张子芩家在常丰街中段，隔壁是沈家厅（沈听蕉），沈听蕉元配是徐承焕的胞妹（乌戌徐氏 20 世徐权次女），因未婚嫁而逝，沈听蕉迎梓归葬沈家祖茔，后娶濮院举人朱辛彝之妹。而张子芩四子张鹿荪（薰）又娶徐承焕、徐承煐的堂妹徐庆贞，为此，张、沈、徐三家往来甚密。

茅盾在植材求学时的作文簿《文课》（二册），1984 年在桐乡文化馆仓库中被发现，《文课》上老师的评语十分精彩，书法更绝。而张子芩教茅盾《左传》，评语应该就是他留下的。

1944 年 1 月中华日报社出版、杨之华编的《文坛史料》中，有茅盾同学沈志坚所著的《怀茅盾》一文，其中有这样的记录："我与茅盾同在这学校里（即乌青镇植材高等小学）读书。我年十五，读于高等三年级，他少我一岁，反在四年级将于年终毕业了。我们因为同是寄宿生，日间虽不同课堂，夜间则同室温习睡觉，所以常在一起切磋琢磨。久相与处，意气复投，遂订为昆弟之交。屈指算来，已有三十余年了。当时他的国文成绩，已为全校冠军，教师张之琴先生曾抚其背道：'你将来是个了不得的文学家呢！好好地用功吧！'他听了这种奖励的话，益加奋勉。"

1992 年，茅盾表弟陈瑜清（笔名诸侯）也在《西湖》月刊上发表了《有志竟成》一文，其中这样写道："茅盾在前进的道路上是很幸运的，在立志小学遇到了善于传道授业解惑的沈听蕉老师，到植材高小他又遇到了赏识他的'伯乐'式的教师张子芩先生，对茅盾的作文，张先生每篇都有出色的评语，茅盾在班里作文比赛每次都获得奖品，听到老师鼓励的话，他就更加奋勉了。"

张森生老师的《梧桐树下的辉煌》（宁波出版社 2011 年 6 月版）一书中，也有记

---

① 茅盾：《学生时代》，《我走过的道路》上，北京：人民文学出版社 1981 年版，第 67 页。

载:"特别值得一提的是少年茅盾的国文教师张子岑。从他对茅盾的作文所作批语中可以看出他的文学、美学、史学功底之深厚。他的批语常给作者以肯定、鼓励、指导,给少年茅盾以深刻启发,对茅盾影响很大。"但是,在茅盾的《我走过的道路》中,不知为何却没有提到这位张子岑老师。

教英文兼音乐和体操的是徐承焕,他是校长徐承煦的堂弟,1919 年至 1931 年任植材小学校长。教代数、几何的是徐承焕之弟徐承煌,娶丰子恺三姐丰满,后因徐母强烈反对而离异,两人之女丰宁馨(小名软软)呼丰子恺为父。"图画课在当时一般的小学校里是不容易开的,因为教师实在难找。植材小学总算找到了一个,是镇上一位专门替人画尊容的画师⋯⋯这位画师有六十多岁。"①据考,这位画师是本镇国画家胡熙春先生。

茅盾进植材高等小学的第二年上半年,举行童生会考,由卢学溥主持,试题是《试论富国强兵之道》。茅盾在广征博引、论说古今之后,用"大丈夫当以天下为己任"作结,充分表露了茅盾不凡气宇。卢学溥对茅盾的作文赞不绝口,特意对这一句加了密圈,并作批语:"十二岁小儿,能作此语,莫谓祖国无人也。"就在这次会考之后不久,卢学溥离开了乌镇,在南京、北京等地从业于财政金融界,先后任北洋政府财政部次长、中央造币厂厂长、中国银行监事会主席等职。

茅盾在《学生时代》中说:"1909 年夏季,我从植材学校毕业了,时年 13 周岁。"也就是说茅盾虚岁 14 岁,这也与同学沈志坚的回忆相符:"我年十五,读于高等三年级,他少我一岁,反在四年级将于年终毕业了。"②

从中可以知道,茅盾于 1904 年进入立志小学,1907 年毕业,此年冬进入植材高等小学,1909 年毕业。高等小学课程应是 4 年,但茅盾只用了两年时间,因为他连跳了两级。毕业后考取湖州的浙江省立第三中学,后又就读于嘉兴的浙江省立第二中学、杭州私立安定中学,直至 1913 年考入北京大学预科。

---

① 茅盾:《学生时代》,《我走过的道路》上,北京:人民文学出版社 1981 年版,第 67 页。
② 沈志坚:《怀茅盾》,杨之华:《文坛史料》,上海:中华日报社 1944 年版。

茅盾同时代人研究

李健吾的京派文学批评

——兼论对茅盾之京派批评的回应

高恒文①

内容提要：李健吾是京派著名的批评家，他的批评家的声誉和成绩，主要是建立在他对京派作品的评论上。本文在 20 世纪 30 年代中国现代文学的文学史语境中考释其文学批评的立场、观点，在重点分析他对京派作品的评论之外，还将对相关问题——如对巴金小说和茅盾文学批评的评论——进行必要的论述。

关键词：京派；海派；文学批评；小说；诗；茅盾

李健吾是著名的小说家和戏剧作家，也是著名的文学批评家。作为文学批评家，其声誉和成绩来自他对京派文学的批评。所谓"李健吾的京派文学批评"，既指他对京派文学的评论，也指他的京派文学家的身份。应该说明的是，他的京派文学批评，是以署名"刘西渭"的系列文章而著名于世的，所以本文的题目，确切地说，应该是"刘西渭的京派文学批评"。关于李健吾的京派文学批评家身份，戏拟今日学术论文的一种文体的叙述形式，当曰：20 多年前，我在叙述京派历史的专著《京派文人：学院派的风采》中，曾经确认：

> 从某种意义上说，李健吾似乎成了"京派"的发言人，而他的评论也扩大了"京派"文学的社会影响。②

拙著是对京派历史的叙述，所以对李健吾的京派文学批评并没有专论。换言之，即李健吾作为京派文学批评家之事实，既已明了，而其批评之立场、内涵及其文学史意义，还未得到深入、细致的论述。

检阅中国现代文学研究的已有学术成果，关于李健吾的文学批评虽已有相当数量的研究和论述，但对"李健吾的京派文学批评"这一关键性的问题，却一直没有给予应有的重视，甚至是忽视，因而论述往往不得要领，既不确切也欠深入。③ 因此，

---

① 作者简介：高恒文，文学博士，天津师范大学文学院教授。
② 高恒文：《京派文人：学院派的风采》，上海：上海教育出版社 2000 年版，第 129 页。
③ 温儒敏：《中国现代文学批评史》是同类著作中的优秀之作，其中特立一章，题为"李健吾的印象主义批评"，对李健吾的文学批评的"印象主义"特征有相当准确而深入的论述。唯其如此，"李健吾的京派文学批评"这一问题，不在论题之中；李健吾的文学批评的文学史语境，其论点与京派、海派文学思想之关系，这些问题也不在论题之中。温儒敏：《中国现代文学批评史》，北京：北京大学出版社 1993 年版，（转下页）

本文试图重新讨论李健吾的京派文学批评及其文学史意义,重点考释其批评之思想立场、内涵。

一、《〈九十九度中〉——林徽因女士作》:京派的文学立场

李健吾于20世纪30年代中期以"刘西渭"笔名发表的评论,有三点值得注意:第一,基本上均发表在京派的报刊《大公报·文艺》上;第二,主要是对京派作品的评论,文章随即收入《咀华集》,进一步扩大批评的范围则是1937年之后的事,见《咀华二集》;第三,这些文章都写于作者南下上海之前的北平。[①] 这个事实,当然不足以确定李健吾作为京派批评家的身份。关键的问题,应该是考察其批评的立场。

李健吾的批评立场,首先集中体现在他对林徽因小说《九十九度中》所作的评论文章之中。《〈九十九度中〉——林徽因女士作》特意提及林徽因的这篇小说"发表在《学文》杂志第一期"[②]。我们知道,《学文》是京派的一个重要杂志,卞之琳甚至说:

> 《学文》起名,使我不无顾虑,因为从字面上看,好像是跟上海出版,最有影响的《文学》月刊开小玩笑,不自量力,存心唱对台戏。但是它不从事论争,这个刊名,我也了解,是当时北平一些大学教师的绅士派头的自谦托词,引用"行有余力,则致以学文"的出典,表示业余性质。[③]

按,《文学》,乃左联著名杂志;"当时北平一些大学教师",指《学文》主编闻一多、叶公超等京派作家;"自谦托词",印证了闻一多对刊名的解释:出典于"行有余力,则致以学文",意在示人"态度上较谦虚"[④]。1934年,京派与海派南北并立,有形或无形的对立确实存在。卞之琳的感觉是对的,不管有意还是无意,《学文》与《文学》的不同旨趣和风貌,隐然具有京派与海派的对照意味。果然,《学文》刚一面世,茅盾即在左联杂志《文学》上发表评论,将《学文》与左联的杂志《东流》对比,称赞《东流》是"向上生长的果子",批评《学文》是"熟烂了的果子"——"你一眼看到的,是他们那圆熟的技巧,但圆熟的技巧后面,却是果子熟烂时那股酸霉气——人生的虚空"[⑤]。虽然这是对《学文》的批评,而非确指《九十九度中》。但这个批评中

(接上页)第125—148页。本文所谓的"往往不得要领,既不确切也欠深入",指此外的同类论著,恕不一一列举。

① 李健吾:《咀华集》,上海:文化生活出版社1936年版。李健吾在其《李健吾创作评论选集》的《序》中说:《咀华集》"第一集是我在北京写的"。张大明编:《李健吾创作评论选集》,北京:人民文学出版社1984年版,序言第2页。

② 刘西渭:《〈九十九度中〉——林徽因女士作》,《大公报·文艺》1935年8月18日。

③ 卞之琳:《窗子内外:忆林徽因》,《卞之琳文集》中卷,合肥:安徽教育出版社2002年版,第181页。

④ 闻一多致饶梦侃的信,1934年3月1日,闻黎明、侯菊坤编,闻立雕审定:《闻一多年谱长编》,武汉:湖北人民出版社1994年版,第453页。

⑤ 茅盾:《〈东流〉及其他》,《文学》1934年第3卷第4期。值得注意的是,最先对茅盾此文提出不同意见的是施蛰存《题材》一文,而茅盾随即在《文学》上发表文章《谈题材的"选择"》进行辩论。

应该也包含了对《九十九度中》的批评,因为林徽因的这篇小说发表在《学文》创刊号上,并且作为创刊号的重要作品发表的。强调作品的思想性,嘲讽"圆熟的技巧",这是十分典型的左翼文学的文学观,作为"左联"的领导成员之一,茅盾的批评立场是十分明确的。既如此,再看李健吾的评论,《〈九十九度中〉——林徽因女士作》云:

> 《九十九度中》在我们过去短篇小说的制作中,尽有气质更伟大的,材料更真实的,然而却只有这样一篇,最富有现代性;唯其这里包含着一个个别的特殊的看法,把人生看做一根合抱不来的木料,《九十九度中》正是一个人生的横切面。……(引略)在这纷繁的头绪里,作者隐隐埋伏下一个比照,而这比照,不替作者宣传,却表示出她人类的同情。①

称赞作品"最富有现代性",称赞作品表达了作者的"人类的同情",恰恰与茅盾的两句关键性评语——"圆熟的技巧""人生的虚空"所体现的思想形成对照。李健吾的文章中,"现代性"一词共出现三次,其意义不仅指作品的"技巧",也指作品的思想,即"作者对于人生看法",而且更重要的则是因为"作者对于人生看法":

> 一件作品或者因为材料,或者因为技巧,或者兼而有之,必须有以自立。一个基本的起点,便是作者对于人生看法的不同。由于看法的不同,一件作品可以极其富有传统性,也可以极其富有现代性。②

这是尤其值得注意的问题。也就是说,李健吾称赞《九十九度中》的"现代性",更重要的原因在于作品所体现出来的"作者对于人生看法"。很显然,在李健吾看来,这种"作者对于人生看法"在《九十九度中》呈现为"人类的同情",绝不是茅盾所谓的"人生的虚空"。因此,仅此一点,由《〈九十九度中〉——林徽因女士作》一文,可见李健吾作为一个京派批评家的文学批评的立场。

我们尚且不能确认李健吾这样高度称赞"发表在《学文》杂志第一期"的《九十九度中》就一定是隐含了对茅盾批评《学文》杂志的回应,但李健吾不能同意茅盾对《学文》杂志的批评,则是完全可以肯定的。茅盾的批评不仅强调作品的思想性,嘲讽"圆熟的技巧",表现出典型的左翼文学批评的立场,而且他进一步批评《学文》所体现的"人生的虚空",原因在于"生活条件和社会阶层的从属关系决定了人们的意识",这是典型的阶级论的批评立场。进一步考证李健吾之于茅盾这种批评立场的区别,一个重要依据则是李健吾1935年发表的《新诗的历史》一文。这篇文章措辞异常严厉地批驳了茅盾对徐志摩的评论,本文第三节将讨论这个问题。

考释李健吾的文学批评的立场,《〈九十九度中〉——林徽因女士作》结尾的一个论断尤其值得注意:

---

① 刘西渭:《〈九十九度中〉——林徽因女士作》,《大公报·文艺》1935年8月18日。
② 刘西渭:《〈九十九度中〉——林徽因女士作》,《大公报·文艺》1935年8月18日。

奇怪的是,在我们好些男子不能控制自己热情奔放的时代,却有这样一位女作家,用最快利的明净的镜头(理智),摄来人生的一个断片,而且缩在这样短小的纸张(篇幅)上。①

熟悉李健吾1930年代文学批评的读者应该知道,"在我们好些男子不能控制自己热情奔放的时代"一语,所指是很清楚的:既是泛指,亦有特定的明确所指。最为明确的所指,当为巴金。《〈雾〉〈雨〉与〈电〉——巴金先生的〈爱情三部曲〉》《〈神·鬼·人〉——巴金先生作》是对巴金小说《爱情三部曲》和《神·鬼·人》的评论,"热情"一词,正是这两篇文章的最重要的关键词;甚至作者在《〈雾〉〈雨〉与〈电〉——巴金先生的〈爱情三部曲〉》中亦云,"我曾经用了好几次'热情'的字样"②。李健吾的评论,引述如下。《〈雾〉〈雨〉与〈电〉——巴金先生的〈爱情三部曲〉》云:

巴金缺乏左拉客观的方法,但是比左拉还要热情。在这一点上,他又近似乔治·桑。乔治·桑把她女性的泛爱放进她的作品;她钟爱她创造的人物;她是抒情的,理想的;她要救世,要人人分到她的心。巴金同样把自己放进他的小说:他的情绪,他的爱憎,他的思想,他全部的精神生活。③

《〈神·鬼·人〉——巴金先生作》则进一步阐释这种"热情"之于巴金的意义:

这就是说,巴金先生不是一个热情的艺术家,而是一个热情的战士,他在艺术本身的效果以外,另求所谓挽狂澜于既倒的入世的效果;他并不一定要教训,但是他忍不住要喊出他以为真理的真理。④

所谓"艺术本身的效果以外""以为真理的真理",言外之意是很明显的。这个批评,和朱光潜1937年发表的《眼泪文学》一文基本思想是相近的。朱光潜说,一位小说家在自己小说后记中说,这篇小说完稿之后再读这篇小说,又一次流泪。文章由此而引起议论,认为"能叫人流泪的文学不一定就是第一等的文学";"眼泪是容易淌的,创造作品和欣赏作品却是难事,我想,作者们少流一些眼泪,或许可以多写一些真正伟大的作品;读者们少流一些眼泪,也或许可以多欣赏一些真正伟大的作品。"⑤朱光潜的批评显然是指巴金等作家,所以巴金发表《向朱光潜先生讲

---

① 刘西渭:《〈九十九度中〉——林徽因女士作》,《大公报·文艺》1935年8月18日。
② 刘西渭:《〈雾〉〈雨〉与〈电〉——巴金先生的〈爱情三部曲〉》,《大公报·文艺》1935年11月3日。按,此文收入《咀华集》,题目改为《〈爱情三部曲〉——巴金先生作》。
③ 刘西渭:《〈雾〉〈雨〉与〈电〉——巴金先生的〈爱情三部曲〉》,《大公报·文艺》1935年11月3日。
④ 刘西渭:《〈神·鬼·人〉——巴金先生作》,《大公报·文艺》1935年12月27日。
⑤ 孟实:《眼泪文学》,《大众知识》1937年第1卷第7期。

一个忠告》，严厉反驳朱光潜的批评。① 所谓"少流一些眼泪"，即情感的节制。朱光潜对"眼泪文学"的批评并非偶然，亦非京派、海派南北并立的门户之见，而是出自其一以贯之的文学理论和美学思想。情感的节制、审美的"距离"，是朱光潜《文艺心理学》《谈美》的核心思想。早在 1926 年，朱光潜评论周作人散文集《雨天的书》时，就说："这书的特质，第一是清，第二是冷，第三是简洁"；"在现代中国作者中，周先生而外，很难找得到第二个人能够做得到清淡的小品文字"。② 对《雨天的书》的欣赏与对"眼泪文学"的批评，其思想的出发点是同一的。进而言之，情感的节制，实乃京派的基本的文学思想。早在 20 世纪 20 年代初，周作人自云："我近来极慕平淡自然的景地"，"希望能够从容镇静地做出平和冲淡的文章"。③ 这个自述，正是周作人在朱光潜称赏不已的《雨天的书》的自序中说的。30 年代，周作人一再说："我个人不大喜欢豪放的诗文，对于太白少有亲近之感"④；"不大喜欢李白，觉得他夸"⑤。所谓"夸"，即情感的夸张和文字的夸饰。朱自清指点杨联陞写作时，强调"简洁"；杨联陞回忆说："朱师佩玄（引按，朱自清）说我的文章太熟，要往生里改，叶师（引按，叶公超）认为应学俞平伯、冯文炳（废名）两位的小品，文白夹杂，要恰到好处。"⑥卞之琳自述其创作追求时说："我写诗，而且总在不能自己的时候，却总倾向于克制，仿佛故意要做'冷血动物'。规格本来不大，我偏又喜爱淘洗，喜爱提炼，期待升华。"⑦因此，李健吾《〈九十九度中〉——林徽因女士作》中所谓的"在我们好些男子不能控制自己热情奔放的时代"一语，既隐含着对巴金小说创作的批评，也体现出他的京派文学批评的立场。

这里补充两点，作为上文论说的旁证。

第一，李健吾对《九十九度中》的高度称赞，并非个人偏爱独赏。例如，卞之琳就曾一再称赏林徽因的这篇小说，其在《窗子内外：忆林徽因》中说，《九十九度中》是林徽因"最放异彩的短篇小说"⑧；其《〈徐志摩选集〉序》有云，"1934 年林徽因发表的短篇小说《九十九度中》更显得有意学维吉妮亚·伍尔孚而更为成功"⑨。"有意学维吉妮亚·伍尔孚"之说，可以落实李健吾《〈九十九度中〉——林徽因女士作》中"我所要问的仅是，她（引按，林徽因）承受了多少现代英国小说的影响"之问。所谓"现代英国小说的影响"，此说极有见地，李健吾精通法国文学，马塞尔·普鲁斯特（Marcel Proust，1871—1922）是比维吉妮亚·伍尔孚（Virginia Woolf，

---

① 巴金：《向朱光潜先生讲一个忠告》，《中流》1937 年第二卷第三期。关于巴金这篇回应文章以及这次"眼泪文学"论争的具体分析，参阅拙著《京派文人：学院派的风采》第六章第四节《关于"眼泪文学"》，上海：上海教育出版社 2000 年版，第 159—163 页。

② 孟实：《〈雨天的书〉》，《一般》1926 年第一卷第三期。

③ 周作人：《〈雨天的书〉序二》，《语丝》1925 年第 55 期。

④ 岂明（周作人）：《〈颜氏家训〉》，《大公报·文艺》1934 年 4 月 14 日。

⑤ 不知（周作人）：《〈醉馀随笔〉》，《华北日报》1935 年 6 月 21 日。

⑥ 杨联陞：《追怀叶师公超》，叶崇德主编：《回忆叶公超》，上海：学林出版社 1993 年版，第 44 页。

⑦ 卞之琳：《〈雕虫纪历〉自序》，《雕虫纪历》（增订本），北京：人民文学出版社 1984 年版，序言第 1 页。

⑧ 卞之琳：《窗子内外：忆林徽因》，《卞之琳文集》中卷，北京：人民文学出版社 1984 年版，第 181 页。

⑨ 卞之琳：《〈徐志摩选集〉序》，《卞之琳文集》中卷，北京：人民文学出版社 1984 年版，第 322 页。

1882—1941；今通译名为"维吉尼亚·伍尔夫"或"维吉尼亚·伍尔芙"）更早亦更著名的"意识流"小说家①，但他准确地指出《九十九度中》所受到的艺术影响是来自"现代英国小说的影响"。

第二，在李健吾《〈雾〉〈雨〉与〈电〉——巴金先生的〈爱情三部曲〉》《〈神·鬼·人〉——巴金先生作》和朱光潜《眼泪文学》之后，京派年轻作家常风在《巴金〈爱情三部曲〉》一文中，更为明确地批评巴金创作的"热情"。文章引述巴金在《爱情三部曲》新版"总序"中所说的对自己的这部作品"每次读时要流出感动的眼泪"的几段文字，认为："巴金先生在这点似乎和托尔斯泰犯了同样的错误"；"在《电》里面许多文字巴金先生看了垂泪心颤，而不能引起我们同样的反应，就是以为巴金先生不曾仔细注意性质不同的两种价值"——题材的价值和"作品的内在价值"②。常风的文章，引述巴金自述所谓阅读自己的作品"每次读时要流出感动的眼泪"而展开评论，论旨和写法，均与朱光潜《眼泪文学》相近；所谓"巴金先生不曾仔细注意性质不同的两种价值"，则与李健吾《〈神·鬼·人〉——巴金先生作》中的说法相近：

> 了解巴金先生的作品，先得看他的序跋，先得了解他自己。我们晓得，一件艺术品——真正的艺术品——本身便该做成一种自足的存在。它不需要外力的撑持，一部杰作必须内涵到了可以自为阐明。莎士比亚没有替他的戏剧另外说话，塞万提斯没有替他的小说另外说话，他们的作品却丰盈到了人人可以说话，漫天漫野地说话。……（按，引略）然而现下流行的小说，忘记艺术本身便是绝妙的宣传，更想在艺术之外，用实际的利害说服读者。③

因此，常风的《巴金〈爱情三部曲〉》作为旁证，也说明了李健吾文学批评的京派立场。这里必须说明的是：李健吾、朱光潜、常风三人先后批评巴金的创作，是京派文学批评中一个罕见的事实，在京派与海派南北并立之际，这样评论巴金的创作，其实表明了对巴金的文学成就和文坛地位的重视，有所批评、异议，并非否定、抹杀，更无恶意，恰恰是恪守文学批评之为文学批评的本分。事实上，巴金与京派成员多有交往，与李健吾、沈从文、萧乾等人私交尤深④；而京派对海派文学的最严厉

---

① 按，马塞尔·普鲁斯特（Marcel Proust，1871—1922），李健吾文章中的中译名为"浦鲁斯蒂"，见《〈鱼目集〉——卞之琳先生作》："浦鲁斯蒂（M. Proust）这伟大的现代小说家，不下于福楼拜，也在创造一份得心应手的言语。"《大公报·文艺》1936 年 4 月 12 日。

② 常风：《巴金〈爱情三部曲〉》，《逝水集》，沈阳：吉林教育出版社 1995 年版，第 139—142 页。

③ 刘西渭：《〈神·鬼·人〉——巴金先生作》，《大公报·文艺》1935 年 12 月 27 日。

④ 李健吾在《〈李健吾创作评论选集〉序》中回忆他 20 世纪 30 年代文学批评时说："我用的笔名全是刘西渭。最初只有巴金和沈从文知道。"可见他与巴金的私交。引自张大明：《李健吾创作评论选集》，北京：人民文学出版社 1984 年版，序言第 2 页。巴金与沈从文、萧乾的私交，分别见巴金悼念沈从文的文章和萧乾的回忆录。

的批评以至否定,其实是针对林语堂所倡导的小品文①;尤有意味的是,京派与海派论争之后,京派对海派,甚至对来自海派的批评、指责不置一辩,尽显其卞之琳所谓的"绅士派头",看似大度实则傲慢。因此说,京派成员对巴金小说的这种持续的关注,实际上是高度重视的一种表现。这种隐约微妙而意味深长之处,隐含在历史文本和文学史事实之中,若非细致而深入的考释,则不得见矣。论者仅据孤立的文本望文生义,或者仅见当事人的论争而就事论事,则难免有徒见表象之失。

二、《〈边城〉——沈从文先生作》:卓见与歧义

《〈边城〉——沈从文先生作》与《〈九十九度中〉——林徽因女士作》一样,对作品有着热情洋溢的欣赏。《〈九十九度中〉——林徽因女士作》偏重揭示作品的文体特征,全文的要旨是:

> 《九十九度中》正是一个人生的横切面。在这样溽暑的一个北平,作者把一天的形形色色披露在我们的眼前,没有组织,却有组织;没有条理,却有条理;没有故事,却有故事,而且那样多的故事;没有技巧,却处处透露匠心。这是个人云亦云的通常的人生,一本原来的面目,在它全幅的活动之中,呈出一个复杂的有机体。用她狡猾而犀利的笔锋,作者引着我们,跟随饭庄的挑担,走进一个平凡然而熙熙攘攘的世界:有失恋的,有作爱的,有庆寿的,有成亲的,有享福的,有热死的,有索债的,有无聊的,……全那样亲切,却又那样平静——我简直要说透明;在这纷繁的头绪里,作者隐隐埋伏下一个比照,而这比照,不替作者宣传,却表示出她人类的同情。②

这里生动地揭示出《九十九度中》的叙述章法和结构。这是作者特有的散文化的笔法,而非学术论文的分析。但是作者的思想并不尽于此,必须将此说与文章最后提示的"现代英国小说的影响"之说联系起来,如此则可见作者所揭示的叙述之章法与结构别有所指,即"意识流"小说的文体特征。

《〈边城〉——沈从文先生作》偏重揭示作品的思想特征,认为《边城》所描写的世界是"理想的世界",所表现的人物是"可爱的人物",李健吾于其中再三言之:

> 在这真纯的地方,请问,能有一个坏人吗?在这光明的性格,请问,能留一丝阴影吗?"由于边地的风俗淳朴,便是作妓女,也永远那么浑厚……"

这些可爱的人物,各自有一个厚道然而简单的灵魂,生息在田野晨阳的空气。他们心口相应,行为思想一致。他们是壮实的,冲动的,然而有的是向上的情感,挣扎而且克服了私欲的情感。对于生活没有过分的奢望,他们的心力全用在别人

---

① 参阅拙著《京派文人:学院派的风采》第六章第一节《"幽默":"低级趣味"》、第二节《晚明小品:与周作人无关》,上海:上海教育出版社 2000 年版,第 141—153 页。

② 刘西渭:《〈九十九度中〉——林徽因女士作》,《大公报·文艺》1935 年 8 月 18 日。

身上:成人之美。

《边城》便是这样一部 idyllic 杰作。这里一切是谐和,光与影的适度配置,什么样人生活在什么样空气里,一件艺术作品,正要叫人看不出是艺术的。一切准乎自然,而我们明白,在这种自然的气势之下,藏着一个艺术家的心力。①

这和周作人评论废名小说的说法,十分相近。周作人说,"废名君的小说里的人物也是颇可爱的":

废名君小说中的人物,不论老的少的,村的俏的,都在这一种空气中行动,好像是在黄昏天气,在这时朦胧暮色之中一切生物无生物都消失在里面,都觉得互相亲近,互相和解。②

李健吾所谓"这里一切是谐和,光与影的适度配置,什么样人生活在什么样空气里"云云,用词造语与周作人的这段话几无二致。并且,周作人也同样认为废名小说所表现的是理想的世界:

这些人与其说是本然的,无宁说是当然的人物;这不是著者所见闻的实人世的,而是所梦想的幻景的写像,特别是长篇《无题》中的小儿女,似乎尤其是著者所心爱,那样慈爱地写出来,仍然充满人情,却几乎有点神光了。③

李健吾甚至在这篇评论中说"废名先生仿佛一个修士"④,似乎也来自周作人文章中所谓的"废名君的隐逸性"之说⑤。引述、比较周作人评论废名小说的论点,并不是说李健吾沿用周作人的观点,而是为了说明李健吾论说的准确性:他的论说隐含了一个卓见,即暗示沈从文小说和废名小说的思想内容的某种相似性。确实如此,沈从文在《论冯文炳》一文中,肯定了这种相似性:"用同一单纯的文体,素描风景画一样把文章写成。"⑥沈从文的创作,确实受了废名小说的影响,这一点见诸他明确而坦诚的自述。⑦ 但是沈从文在《论冯文炳》中同样明确地说明了他的小说与废名小说的不同,甚至毫不掩饰自己作品的青出于蓝而胜于蓝之处:

① 刘西渭:《〈边城〉——沈从文先生作》,《文学季刊》1935 年第二卷第三期。
② 岂明(周作人):《〈桃园〉跋》,钟叔河编:《周作人散文全集》第 5 卷,桂林:广西师范大学出版社 2009 年版,第 508 页。
③ 岂明(周作人):《〈桃园〉跋》,钟叔河编:《周作人散文全集》第 5 卷,桂林:广西师范大学出版社 2009 年版,第 507 页。
④ 刘西渭:《〈边城〉——沈从文先生作》,《文学季刊》1935 年第二卷第三期。
⑤ 岂明(周作人):《〈桃园〉跋》,钟叔河编:《周作人散文全集》第 5 卷,桂林:广西师范大学出版社 2009 年版,第 508 页。
⑥ 沈从文:《论冯文炳》,《沫沫集》,上海:大东书局 1934 年版,第 8 页。
⑦ 沈从文在他的小说《夫妇》"附记"中,称赏废名"用抒情的笔调写创作",并坦言自己的创作"受到了废名先生的影响"。引自《沈从文文集》第八卷,广州:花城出版社 1983 年版,第 393 页。

用矜慎的笔,作深入的解剖,具强烈的爱憎,有悲悯的情感。表现出农村及其他去我们都市生活较远的人物姿态与言语,粗糙的灵魂,单纯的情欲,以及在一切由生产关系下形成的苦乐,《雨后》作者在表现一方面言,似较冯文炳君为宽而且优。①

李健吾没有注意到"似较冯文炳君为宽而且优"这一点。他反复论述沈从文作品中的"可爱的人物""理想的世界",仅着眼于两者相同、相近的一面。尤其是"《边城》便是这样一部 idyllic(田园诗;牧歌。笔者注)杰作"这一点睛之笔,更易引起误解。其实李健吾在认定《边城》是"一部 idyllic 杰作"的同时还说:

作者的人物虽说全部良善,本身却含有悲剧的成分。唯其良善,我们才更易于感到悲哀的力量。这种悲哀,不仅仅由于情节的演进,而是自来带在人物的气质里的。自然越是平静,"自然人"越显得悲哀:一个更大的命运影罩住他们的生存。这几乎是自然一个永久的原则:悲哀。②

此处"悲剧"之说,极有见地。《边城》中的老船夫,在女儿自杀之后,独自抚养外孙女翠翠,自知已经年老,由此希望在自己去世之前完成翠翠的婚事,然而这样一个平实的愿望却也没有能够实现,并且因为他操心翠翠的"婚事"与翠翠追求的"爱情"构成了矛盾冲突,他自责好心办成了坏事,遗憾、伤心地去世了。翠翠刚刚成年,相依为命的外祖父突然去世,相爱的人去了外地,她谢绝了好心人的生活帮助,决心等待相爱的人回来。这样的人物,不仅仅是"可爱"。他们默默地承担生活中突如其来的打击、不幸和灾难,坚韧地生活,体现出了严肃认真的生活态度和庄严崇高的人生形式。何为"悲剧(tragedy)"? 此之谓也。③ 李健吾所谓"悲剧""悲哀的力量","不仅仅由于情节的演进,而是自来带在人物的气质里的",应该就是这个意思。

但是,既曰"idyllic",又曰"悲剧",李健吾的论述不免概念混乱、逻辑矛盾。所以我在上文说,"《边城》便是这样一部 idyllic 杰作"之说容易引起误解。或许李健吾此说同样是来自上文所引周作人评论废名小说的说法,所谓"梦想的幻景的写像""神光"云云。周作人此说主要是指《无题》(即《桥》),所言确实,并且"神光"一词似含微讽之意。而沈从文恰恰在《论冯文炳》中对《无题》有这样明确的批评:"实在已就显出了不健康的病的纤细"④。所谓"纤细",即沈从文自谓"似较冯文炳君为宽而且优"之"人物姿态与言语,粗糙的灵魂,单纯的情欲,以及在一切由生产

---

① 沈从文:《论冯文炳》,《沫沫集》,上海:大东书局 1934 年版,第 9—10 页。

② 刘西渭:《〈边城〉——沈从文先生作》,《文学季刊》1935 年第二卷第三期。

③ 参阅依迪丝·汉密尔顿著,葛海滨译:《希腊精神》第十一章《悲剧的概念》,北京:华夏出版社 2019 年版,第 186—194 页。

④ 沈从文:《论冯文炳》,《沫沫集》,上海:大东书局 1934 年版,第 9—10 页。

关系下形成的苦乐”的反面。

不仅《边城》,沈从文湘西系列小说都不是通常意义上的田园诗(牧歌),称沈从文表现的湘西世界是“世外桃源”,更是由来已久的误读。所以汪曾祺在《沈从文的寂寞》中说:

> 湘西地方偏僻,被一种更为愚昧的势力以更为野蛮的方式统治着。那里的生活是“怕人”的,所出的事情简直是离奇的。一个从这种生活里过来的青年人,跑到大城市里,接受了五四以来的民主思想,转过头来再看看那里的生活,不能不感到痛苦。《新与旧》里表现了这种痛苦,《菜园》里表现了这种痛苦。《丈夫》《贵生》里也表现了这种痛苦。
>
> 提起《边城》和沈先生的许多其他作品,人们往往愿意和“牧歌”这个词联在一起。这有一半是误解。沈先生的文章有一点牧歌的调子。所写的多涉及自然美和爱情,这也有点近似牧歌。但就本质来说,和中世纪的田园诗不是一回事,不是那样恬静无为。有人说《边城》写的是一个世外桃源,更全部是误解(沈先生在《桃源与沅州》中就把来到桃源县访幽探胜的“风雅”人狠狠地嘲笑了一下)。《边城》(和沈先生的其他作品)不是挽歌,而是希望之歌。①

汪曾祺特别指出沈从文作品的这一点是有所指的;所谓“沈从文的寂寞”,亦指沈从文的作品被误读甚至被指责、被批判的“寂寞”。

然而,李健吾说《边城》是田园诗,这仍然是一个极有启发性的说法。现代文化语境中的田园诗(牧歌)之有别于传统的田园诗(牧歌),就在于作者意在以一个单纯、淳朴、美好的想象世界对照复杂、混乱、险恶的现实社会。犹如一个以儿童视角展开叙述的故事,以儿童的天真、诚实揭示成人的世故、虚伪,比如冰心的小说《分》,凌淑华的小说《小哥儿俩》,萧乾的小说《篱下》,以至当代作家林海音的小说《城南旧事》,等等。鲁迅小说《社戏》与同在《呐喊》中的《孔乙己》《药》等作品并读,别有意味。正是在这样的意义上,美国批评家克林斯·布鲁克斯如此评论威廉·福克纳书写故乡那个“邮票大小的地方”的小说的思想意义:

> 要考察福克纳如何利用有限的、乡土的材料来刻画有普遍意义的人类,更有用的方法也许是把《我弥留之际》当作一首牧歌来读。首先,我们必须把说到牧歌就得有牧童们在美妙无比的世外桃源里唱歌跳舞这样的观念排除出去。所谓牧歌——我这里借用了威廉·燕卜荪的概念——是用一个简单得多的世界来映照一个远为复杂的世界,特别是深谙世故的读者的世界。这样的(有普遍意义的)人在世界上各个地方、历史上各个时期基本上都是相同的,因此,牧歌的模式便成为一个表现带普遍性的方法,这样的方法在表现时既可以有新鲜的洞察力,也可以

---

① 汪曾祺:《沈从文的寂寞——浅谈他的散文》,《晚翠文谈》,杭州:浙江文艺出版社 1988 年版,第 157、160—161 页。

与问题保持适当的美学距离。①

我们同样可以借用威廉·燕卜荪的关于田园诗（牧歌）的概念，来理解《边城》等作品的思想意义。对于沈从文来说，不仅是以"边城"那样的湘西世界来对照现代中国的都市世界，而且还有他所谓的"过去"与"当前"的对照。《〈长河〉题记》云：

> 在《边城》的题记上，且曾提起过一个问题，即拟将"过去"与"当前"对照，所谓民族品德的消失与重造，可以从什么方面着手。《边城》中人物的正直和热情，虽然已经成为过去了，应当还保留些本质在年轻人的血里或梦里，相宜环境中，即可重新燃起年轻人的自尊心和自信心。②

也许李健吾正是在这样的意义上称赞《边城》是"一部 idyllic 杰作"？我们由他特意使用"idyllic"一词，望文生义，便径直联想到中世纪的田园诗（牧歌），是否误解了作者的深意？

《〈边城〉——沈从文先生作》与周作人评论废名小说的关系，也是李健吾文学批评之京派立场的一个证明。这篇评论的思想的复杂性，无论是卓见，还是偶有容易引起误解之处，都是评论《边城》的优秀之作。

三、《〈鱼目集〉——卞之琳先生作》：一次有意义的"冒险"

以《咀华集》而论，李健吾的文学批评更关心小说、散文。虽然关于戏剧也只有一篇《〈雷雨〉——曹禺先生作》，但李健吾不仅是著名的小说家，也是著名的话剧评论作家，所以这仅有的一篇话剧评论似乎不能说明问题。如此看来，《咀华集》中唯一的一篇诗论——《〈鱼目集〉——卞之琳先生作》，就具有特别的意义。卞之琳是"汉园三诗人"之一，而李健吾同时还发表了评论"汉园三诗人"另外两位作品的文章：《〈画廊集〉——李广田先生作》和《〈画梦录〉——何其芳先生作》。这里可见李健吾奖掖后进、鼓励京派年轻作家的热情。然而这种热情，并非我所谓的《〈鱼目集〉——卞之琳先生作》的特别的意义。

朱光潜在《谈美》中论述文学批评，评点"近代在法国闹得很久的印象主义的批评"时，曾引述"他们的领袖法朗士"的名言："一切小说，精密地说起来，都是一种自传。凡是真批评家都只叙述他的灵魂在杰作中的冒险。"进而认为："印象派则以为批评应该是艺术的、主观的。"③李健吾的文学批评，具有印象主义批评的主

---

① 李文俊：《一个自己的天地》，见威廉·福克纳著，李文俊等译：《我弥留之际》，桂林：漓江出版社 1990 年版，第 9 页。

② 沈从文：《〈长河〉题记》，《沈从文全集》第 10 卷，太原：北岳文艺出版社 2002 年版，第 7 页。

③ 朱光潜：《谈美》第六章《"灵魂在杰作中的冒险"——考证、批评与欣赏》，《朱光潜全集》第二卷，合肥：安徽教育出版社 1987 年版，第 40 页。

要特征。①《〈咀华集〉跋》中定义"批评的成就就是自我的发现和价值的决定",强调批评家的"人格"和"自我的存在",认为批评"本身也正是一种艺术",这些说法与印象主义批评观几无二致。

我以为,李健吾不仅具有丰富的创作经验和卓越的艺术成就,更有十分敏锐的艺术感觉,所以他评论小说更是行家里手,精彩纷呈,卓见迭出,虽然不免有伴随印象主义而来的芜杂、离题、率意,然而评论新诗对李健吾来说,确乎"灵魂在杰作中的冒险"。这并不是说他对卞之琳作品的误读,更不是指他缺乏新诗的创作经验——他在"新月"时期发表过新诗,而是指他的新诗批评所体现出来的诗学素养。卞之琳曾经"惊讶"今人编辑诗选,李健吾的诗"收入的选本竟是《现代派诗选》",他说,"这又出我意外,我想如果健吾自己见到,也会惊讶。以为论情调和语言,要勉强分派,他写的这路诗应该更适于收入《新月诗选》"②。在卞之琳看来,《新月诗选》与《现代派诗选》在思想和艺术上应该有浪漫主义与现代主义之别。他评论徐志摩的创作时说:"他的诗思、诗艺几乎没有越出过十九世纪英国浪漫派雷池一步。"③而卞之琳,我们知道,是著名的现代主义诗人;即使早期创作如其自述:"我最初发表的那批诗作……除了都有所谓《新月》诗派语言和形式的影响,内容和情调,并不接近。"④也就是说,《新月》出身的李健吾,其诗思、诗艺明显属于浪漫主义的诗学传统。虽然他视野广阔、兴趣广泛,也曾在评论文章中提及波特莱尔(Charles Pierre Baudelaire,1821—1867)、瓦雷里(Paul Valery,1871—1945)等法国著名象征主义诗人,并引述他们的言论⑤,但他对象征主义和象征主义之后的

---

① 参阅温儒敏:《中国现代文学批评史》第六章《李健吾的印象主义批评》,北京:北京大学出版社 1993 年版,第 125—148 页。

② 卞之琳:《追忆李健吾的"快马"》,《卞之琳文集》中卷,合肥:安徽教育出版社 2002 年版,第 244 页。

③ 卞之琳:《徐志摩诗重读志感》,《卞之琳文集》中卷,合肥:安徽教育出版社 2002 年版,第 310 页。

④ 卞之琳:《追忆邵洵美和一场文学小论争》,《卞之琳文集》中卷,合肥:安徽教育出版社 2002 年版,第 222 页。

⑤ 李健吾在《〈雾〉〈雨〉与〈电〉——巴金先生的〈爱情三部曲〉》中曾说:"波德莱耳(Baudelaire)不要做批评家,他却真正在鉴赏";"我们喜爱波德莱耳"。波德莱耳,通译"波德莱尔"或"波特莱尔"。比这重要的是,《答〈鱼目集〉作者》引述瓦雷里的诗论,作为论据。李健吾:《答〈鱼目集〉作者》,《大公报·文艺》1936 年 6 月 7 日;瓦雷里,李健吾文中的译名为"梵乐希",此乃 20 世纪 30 年代中文中的通译。但是此文回应卞之琳的反驳,因此也许是在论争开始李健吾才意识到卞之琳创作与法国象征主义的某种关联,因而以瓦雷里诗论作为论说的理论依据。如果是这样的话,那么李健吾显然忘记了卞之琳曾经在《新月》发表过译文——哈罗德·尼柯荪(Harold Nicolson)《魏尔伦与象征主义》,《新月》,1932 年第 4 卷第 4 期。值得注意的反倒是《新诗的演变》一文所用的"纯诗(Pure Poetry)"一词。作者特意随文附注了法文,显然是指法国象征主义诗论的一个著名的概念。这篇文章以此概念论述李金发等人的诗,还说:"他们所要表现的,是人生微妙的刹那,在这刹那(犹如现代西欧一派小说的趋势)里面,中外古今荟萃,空时集为一体。他们运用许多意象,给你一个复杂的感觉。一个,然而复杂。"这是十分精金的评论,揭示出李金发等初期象征主义诗歌创作的最重要的艺术特征。随文附注的"犹如现代西欧一派小说的趋势"一语,指英、法"意识流"小说的"意识流动""联想",此说极有见地。李健吾:《新诗的演变》,《大公报·小公园》1935 年 7 月 20 日。

现代主义诗歌,似乎并无深入研究①。因此,他对卞之琳诗的误读,应该说是难以避免的。

这里举证一个实例,可以进一步说明这个问题。《〈鱼目集〉——卞之琳先生作》中评点卞之琳名作《断章》,仅瞩目第二节的两行"明月装饰了你的窗子/你装饰了别人的梦",由"装饰"看出"悲哀"。② 然而卞之琳却说,《断章》表达的是"相对"的观念。③ "悲哀"是情感,而"相对"是思想,李健吾关注情感抒发,卞之琳意在智性表达。浪漫主义与现代主义之别,在这个细节中有着意味深长的体现。进而言之,《断章》两节每一节写一种"相对"的处境,两节叠加、并置,每一节的意义就发生了变化,不再仅仅是表现一个具体或特定的情境,而是成为一个象征,"相对"的观念由此得到表达。李健吾只瞩目其中一节,那么只能是偏重从对"相对"处境的描写中读出情感,甚至是把这一节看作诗人书写自己的一次情感经历或一个情境。

卞之琳第二篇回应李健吾评论的文章,题目是"关于'你'"。这确实是一个关键性的问题。在卞之琳看来,李健吾的误读,一个重要原因是误解了诗中的"你"(或"我")这样的人称代词:为了求得"戏剧的效力",诗中"也常有'你'来代表'我',或代表任何一个人,或只是充一个代表的听话者,一个泛泛的说话的对象"④。所谓"戏剧的效力",就是通过"戏剧化"而达到"非个人化"。这也就是卞之琳后来在《〈雕虫纪历〉自序》中所说的:

这时期我更多借景抒情,借物抒情,借人抒情,借事抒情。没有真情实感,我始终是不会写诗的,但是这时期我更少写真人真事。我总喜欢表达我国旧诗的"意境"或者西方所说"戏剧性处境",也可以说是倾向于小说化,典型化,非个人化,甚至偶尔用出了戏拟(parody)。所以,这时期的极大多数诗里的"我"也可以和"你"或"他"("她")互换,当然要随整首诗的局面互换,互换得合乎逻辑。⑤

李健吾的误读,一个重要的原因就在于没有理解这种艺术技巧,所以卞之琳特意以"关于'你'"为题,回应李健吾的误读。这种技巧与其说是"我国旧诗的'意境'"的写作技巧,不如说更是"西方所说'戏剧性处境'"的写作技巧,而就卞之琳的创作而言,更准确的说法,其实应该是来自西方现代主义诗歌的重要艺术特征。误解诗中的"你"(或"我"),把诗的叙述者当作诗人自己,把诗当作诗人的情感倾诉,恰恰是浪漫主义诗歌的阅读常规。李健吾对卞之琳作品的误读,正是一个浪漫主

---

① 李健吾《自传》云,其在清华大学读书期间,随法文课老师兴趣,"读的是一些当时流行的象征主义诗歌"。《自传》载《运城文史资料·纪念李健吾专辑》,运城:运城文化局出版社1989年版,第3页。未知阅读的具体情况,但李健吾1930年留学法国,主要研究法国现实主义作家福楼拜,则是众所周知的事实。

② 刘西渭:《〈鱼目集〉——卞之琳先生作》,《大公报·文艺》1936年4月12日。

③ 卞之琳:《关于〈鱼目集〉——致刘西渭先生》,《大公报·文艺》1936年5月10日。

④ 卞之琳:《关于"你"》,《大公报·文艺》1936年6月19日。

⑤ 卞之琳:《〈雕虫纪历〉自序》,《雕虫纪历》(增订本),北京:人民文学出版社1984年版,序言第3页。

义诗人对现代主义诗歌的误读。本文正是在这个意义上,借用法朗士名言"灵魂在杰作中的冒险"形容李健吾对卞之琳诗的评论。

然而,尽管有所误读,李健吾的评论仍然不乏真知灼见。再以对《断章》的解读为例略作辨析。从《断章》第二节的两行中读出"悲哀":"诗面呈浮的是不在意,暗地却埋着说不尽的悲哀。"①李健吾这样解读,揭示诗所隐含的情感,注意了诗的文字表面意义与隐含意蕴的关系,正是解读诗的正途。尽管卞之琳说《断章》表达的是"相对"的观念,但李健吾在这两行中读出"悲哀",却未必"全错"。② 写作《断章》的同一年,卞之琳写了一首《旧元夜遐思》,第一节如下:

> 灯前的窗玻璃是一面镜子,
> 莫掀帷望远吧,如不想自鉴。
> 可是远窗是更深的镜子:
> 一星灯火里看是谁的愁眼?③

诗中的这个情境与《断章》第二节的情境极其相似:"元夜"(元宵节)是有"明月"的,因此也可以说明月装饰了这个欲"掀帷望远",思念远方的不眠者的窗子,只不过对方此刻不是在梦见了你的梦中,而是也站在窗前欲"掀帷望远",看到的却只是自己的一双"愁眼"。千里相思,佳节分离,诗中岂无"悲哀"? 据卞之琳回忆,著名音乐家冼星海曾为《断章》谱曲:

> 这首诗惆怅的情调是有的,当年我听冼星海自己曼声低吟他据此谱成的小曲,我听不出伤感,可是现在见谱上明明注了"带感伤",我想人家这样"接受",确也未尝不可。④

诗人自曰"惆怅",音乐家以为"感伤",此亦证明,李健吾所谓"悲哀",并非完全是误读,卞之琳说"全错",未免年少气盛,意气用事。

1935 年 7 月,在《〈鱼目集〉——卞之琳先生作》发表之前,李健吾曾发表《新诗的演变》一文。这篇文章收入《咀华集》时,作为《〈鱼目集〉——卞之琳先生作》的第一部分。《新诗的演变》中有一个重要问题与本文讨论的问题密切相关。

《新诗的演变》在回顾新诗发展时,高度评价了"徐志摩领袖的《诗刊》运动"在新诗发展史上的"功绩"。值得注意的是,文章特意批驳了"有位先生"对徐志摩的评论。这是篇幅很大的三段文字,不得不引述:

> 有位先生或许出于敌意,以为徐氏(引按,徐志摩)死得其当。因为他写不好

---

① 刘西渭:《〈鱼目集〉——卞之琳先生作》,《大公报·文艺》1936 年 4 月 12 日。
② 卞之琳:《关于〈鱼目集〉——致刘西渭先生》,《大公报·文艺》1936 年 5 月 10 日。
③ 卞之琳:《旧元夜遐思》,《新诗》1937 年第四期。按,此诗写于 1935 年 2 月。
④ 卞之琳:《冼星海纪念附骥小识》,《卞之琳文集》中卷,合肥:安徽教育出版社 2002 年版,第 208—209 页。

诗了。他后来的诗歌便是明证。坐实这证明的,就是他诗歌中情感的渐见涸竭。他太浪费。他不像另一个领袖,闻一多先生,那样富于克腊西克的节制。

这位先生的刻薄,一种非友谊的挖苦,我不大赞同。徐氏的遇难是一种不幸,对于他自己,尤其对于《新月》全体。他后期的诗章与其看作情感的涸竭,不如誉为情感的渐就平衡。他已经过了那热烈的内心的激荡的时期。他渐渐在凝定,在摆脱夸张的辞藻,走进(正如某先生所谓)一种克腊西克的节制。这几乎是每一个天才者必经的路程,从情感的过剩来到情感的约束。……(引略)

所以徐氏的死,对于他自己,与其看作幸,勿宁视为损失,特别是对于诗坛,特别是对于《新月》整个的合作。因为实际,他的诗章影响不小,他整个的存在影响尤大。谈到新诗,我们必须打住,悼惜一下这赤热的不幸短命的诗人。①

短短不到两千字的短文中有这样长的三段话,所以说是特意写出的批驳文字。"这位先生"就是茅盾。1933 年 2 月,茅盾的《徐志摩论》发表在《现代》杂志第二卷第四期,上引文字中,李健吾转述的"情感的渐见涸竭",就是茅盾《徐志摩论》中所谓的"诗情的枯窘";茅盾认为"志摩是中国布尔乔亚'开山'的同时又是'末代'的诗人""我以为志摩诗情的枯窘和生活有关系,但决不是因为生活平凡而是因为他对于眼前的大变动不能了解且不愿意去了解",就是李健吾说"某位先生""以为徐氏死得其当"一语的来历。② "敌意""刻薄""挖苦"等用词和"以为徐氏死得其当""看作幸"等用语,都是非同寻常的措辞,可见李健吾不仅批驳茅盾的论断,而且动情地表现出对茅盾《徐志摩论》的态度。

对《徐志摩论》的批评,体现的不仅是"新月"派成员的意见,也是京派的立场。胡适、叶公超、林徽因等"新月"派作家对徐志摩的评论姑且不论,这里别举一例说明这个问题。因为"女师大事件",周作人曾与徐志摩有过很伤和气的论争,然而在徐志摩去世时,他在《新月》发表了长篇悼念文章,高度肯定徐志摩新诗创作的成就和历史贡献:"他(引按,徐志摩)的半生的成绩已经很够不朽";"在文学上的功绩也仍长久存在";"在这地'复活'的时期中途凋丧,更是中国文学的一大损失了"。③ 周作人此文令废名一再称道。④ 很显然,李健吾对徐志摩的评价与周作人的看法基本一致。

李健吾的京派文学批评,还有值得讨论的问题。比如他对废名的创作虽然没有专文,却在不同的文章中一而再、再而三地评论废名的创作和作品,常常是近百字的论述,几乎言必称废名;他对《画廊集》和《画梦录》的评论,甚至比评论《边城》《九十九度中》更为确切,也颇有卓见。限于篇幅,本文不能继续进行评述了。

最后,略论李健吾的文学批评的文体特征以结束本文。李健吾确实是把他的评论当作"一种艺术",然而却不见精心雕琢的刻意和痕迹,反倒是率意而谈,洋洋

① 李健吾:《新诗的演变》,《大公报·小公园》1935 年 7 月 20 日。
② 茅盾:《徐志摩论》,《现代》1933 年第二卷第四期。
③ 周作人:《志摩纪念》,《新月》1932 年第四卷第一期。
④ 废名:《周作人先生》,《人间世》1934 年第十三期;废名:《关于派别》,《人间世》1935 年第二十六期。

洒洒,一任其才气横溢,以至汪洋恣肆,因此常常议论离题,节外生枝;文章多有警策之语,时有妙喻,然而偶有概念混乱,比拟失当。所以卞之琳在追忆李健吾的文章中说:"健吾为文,特别在三、四十年代,总的说来,笔势恣肆,易致漶漫、失控,顾不到逻辑性";"他当时的文笔真似一匹快马,驰骋中蹄下也时有前失后失,有时也会踩不中靶心(点子),那倒往往不是追不上而是追过了头"。① 所言甚是,所喻恰当。"快马","跑野马"之谓也。无独有偶,同样是暗用"走马观花"之喻,卞之琳的"快马"之喻,呼应了巴金 20 世纪 30 年代回应李健吾评论的文章中的"流线型的汽车"之喻:"你好像一个富家子弟,开了一部流线型的汽车,驶过一条宽广的马路。一路上你得意地左右顾盼,没有一辆汽车比你的车华丽,没有一个人有你那样的驾驶的本领。你很快地就达到了目的地";"你永远开起你的流线型的汽车,凭着你那头等的驾驶本领,在宽广的人生的路上'兜风'。在匆忙的一瞥中你就看见了你所要看见的一切,看不见你所不要看见的一切"。② "富家子弟","洋场阔少"之谓也。巴金此喻,实乃左翼作家口吻。有意思的是,李健吾在《〈神·鬼·人〉——巴金先生作》中,恰恰曾用"不羁之马"之喻,批评"像巴金那样的小说家":"甚至有时在小说里面,好像一匹不羁之马,他们宁可牺牲艺术的完美,来满足各自人性的动向"③。

---

① 卞之琳:《追忆李健吾的"快马"》,《卞之琳文集》中卷,合肥:安徽教育出版社 2002 年版,第 245 页。
② 巴金:《〈爱情三部曲〉作者的自白》,《大公报·文艺》1935 年 12 月 1 日。
③ 刘西渭:《〈神·鬼·人〉——巴金先生作》,《大公报·文艺》1935 年 12 月 27 日。

叶君健与英文月刊《中国作家》考述

李　兰①

内容提要：*Chinese writers*（《中国作家》）是 1939 年由中华全国文艺界抗敌协会和香港分会创办的第一个向国外宣传抗日战争的英文刊物，也是第一个把中国新文学推向世界的专业出版物，由翻译家叶君健担任主编。这本英文月刊发表和翻译诗歌、小说、评论等关于新文学与抗战的作品，推动抗战文化的译介与传播。正义与侵略、进步与反动，两种力量相互搏斗的历史叙述和爱恨交织的革命叙述共同构成了《中国作家》民族书写的重要特质。

关键词：*Chinese writers*（《中国作家》）；叶君健；抗战文化；翻译

叶君健 1914 年出生，1932 年考入武汉大学外文系学习外国文学与世界语，并用世界语和英语创作了多篇小说。1937 年，叶君健参加了国民政府政治部第三厅第七处的国际宣传工作，并参与发起了中华全国文艺界抗敌协会（简称文协）。因外语人才缺乏，战时很多外国记者（如史沫特莱）、作家（如奥登）、电影家（如伊文思）、援华医生等访华，途经武汉进行战地访问或拍摄时，由叶君健担任口译并负责笔译与英语广播等工作，时任三厅秘书长的阳翰笙在 20 世纪 80 年代的回忆文章中对叶君健当时的工作给予高度肯定。② 1938 年秋武汉失守，为了更好地发挥自身在翻译方面的优势，叶君健没有选择随同郭沫若一行前往重庆，而是从武汉辗转到了香港，继续用英文宣传中国人民的抗战。③ 1939 年，叶君健在香港与戴望舒、徐迟、冯亦代等人共同编辑英文刊物 *Chinese writers*（《中国作家》），旅港美国人爱泼斯坦、艾伦在无稿费的情况下为刊物提供技术支持。④ 时值全民族抗战时期，叶君健等人在香港用英文写作和翻译作品力图向世界介绍从五四新文化运动到 1939 年抗战时期中国新文学：一则揭露日军的侵略罪行，阐发中国人民的英勇抗争，鼓舞大众坚信抗战必将取得胜利的信心；另一方面向世界讲述中国故事，阐释民族文学，传播人民声音，以期扩大中国人民抗战的影响，争取海外人士对中国人民抗战的支持。笔者就《中国作家》的三期史料展开对叶君健与《中国作家》的书写与叙述。

---

① 作者简介：李兰，复旦大学中文系现当代文学专业博士研究生在读。
② 阳翰笙：《第三厅——国统区抗日民族统一战线的一个战斗堡垒》（二），《新文学史料》1981 年第 2 期，第 27—39 页。
③ 叶君健：《叶君健全集》第 17 卷，北京：清华大学出版社 2010 年版，第 45—47 页。
④ 卢玮銮：《香港文纵——内地作家南来及其文化活动》，香港：华汉文化事业公司 1987 年版，第 180 页。

一、《中国作家》创刊的背景

　　1937 年"八一三"淞沪战役爆发,戴望舒、夏衍、叶浅予、叶灵凤、冯亦代、徐迟等人先后转移到香港,他们或在上海彼此熟识,或在香港相互结识。随着武汉沦陷、广州失守,更多文艺界人士南迁,当时施蛰存、茅盾、穆时英、袁水拍、丰子恺、萧乾、楼适夷、许地山、陶行知等人蛰居香港。寓居香港期间,楼适夷编辑《华侨》画报;萧乾、杨刚先后编辑《大公报》副刊;戴望舒主编《星岛日报·星岛》副刊,后与艾青合编诗刊《顶点》;叶君健成为英文月刊《天下》的撰稿人与翻译,茅盾在香港短暂逗留编辑《文艺阵地》。这些刊物发行的背后折射的正是 1938 年到 1940 年间作家们在香港的文学创作、译介、主编刊物的文化活动。这些"南来作家"的到来,大大充实了香港文化界的救亡力量。1939 年,中华全国文艺界抗敌协会总部决议推定许地山、欧阳予倩、戴望舒、楼适夷等成立文协香港分会,戴望舒是文协香港分会的中坚分子。这些无疑给《中国作家》的创刊提供了条件与助力,香港相对宽松的舆论环境和优越的地理位置,也为《中国作家》的创刊提供了便利条件。

　　1938 年秋,叶君健初到香港担任《世界知识》杂志编辑。在香港期间,叶君健翻译毛泽东的《论持久战》,将鲁迅、张天翼、姚雪垠等人的作品转译为世界语,结集为《新任务》出版;叶君健用英语翻译中国小说,后结集为《战时中国短篇小说集》(Wartime Chinese Stories)出版,同时将翻译的刘白羽、吴奚如等人的作品投寄给美国的《小说》(Story)月刊、英国的《新作品》(New writing)、莫斯科的《国际文学》(International literature)等刊物发表,这些作品向世界读者阐释了中国人民的苦难与斗争、中国的变化与发展。

　　随着向外介绍中国经验的不断积累,为了更好地开展对海外的文学与抗战宣传活动,加强文学译介及文化交流,文协总部于 1939 年 2 月成立"国际文艺宣传委员会",并与香港分会共同成立《中国作家》,将刊物作为文协对外宣传的机关刊物,用英文介绍国内的抗战[1],同时寄来五百元作为第一期印刷费补贴[2];《中国作家》便在这样的多重背景下创刊[3],文学功底深厚、翻译经验丰富的作家们成为刊物的支柱。戴望舒任总编辑,叶君健任主编,冯亦代任商务经理负责印刷、发行与广告赞助,徐迟、老舍、姚蓬子、孔罗荪、王礼锡、王平陵任编委,《中国作家》采用外国杂志的办刊模式。虽然《中国作家》创刊时有以上人员,但老舍、孔罗荪等人是作为重庆总会的领导名列其中,王礼锡因积劳成疾 1939 年 8 月 26 日殉职于战地,当时负责编辑和翻译工作的主要是叶君健、戴望舒、徐迟、冯亦代等,第一期大部分工作由叶君健完成。虽刊物目录未具名,但叶君健和冯亦代的回忆录散文均

---

① 叶君健:《叶君健全集》第 17 卷,北京:清华大学出版社 2010 年版,第 64 页。

② 宋韵声:《跨文化的彩虹——叶君健传》,沈阳:辽宁大学出版社 2014 年版,第 49 页。

③ 关于《中国作家》的创刊,冯亦代回忆文章称:茅盾委托当时在香港的作家成立外文宣传刊物。查阅茅盾年谱暂未查询到这一记录,本文关于《中国作家》的成立主要依据 Chinese writers 和相关史料,并参考孔罗荪、叶君健、徐迟、老舍、戴望舒、卢玮銮(小思)等人的文章。

提到冯亦代的夫人郑安娜也参与了《中国作家》的翻译与校对工作。① 老舍后来在抗战回忆录《八方风雨》中高度评价《中国作家》:"在香港,昆明,和成都的'文协'分会,也都出过刊物,可是都因人才的缺乏与经费的困难,时出时停。最值得一提的是香港分会曾经出过几期外文的刊物,向国外介绍中国的抗战文艺。这是头一个向国外作宣传的文艺刊物,可惜因经费不足而夭折了,直到抗战胜利,也并没有继承它的。"②

二、《中国作家》收录的作品

《中国作家》设文学评论(理论)、诗歌、小说、书评等栏目介绍中国文艺,翻译与刊登国内外作家的作品并附作家简介,小说、诗歌配有木刻与连环画插图。以下作分栏介绍:

(一)理论

《中国作家》第一期刊登两篇理论文章,一篇是叶君健用英文写作的《二十年的中国新文学》(*Two decades of China's new literature*),这篇论文向世界阐释新文学两个十年(1917—1939)的发展历程和现代文学面向世界的民族国家书写,引用并翻译茅盾在《需要一个中心点》一文中提出的"我们新文学性质上是保卫国家"以及民族文学的实质与内涵;③当时莫斯科用欧洲六种文字出版的《国际文学》和美国的《新群众》全文转载这篇文章,美国作家赛珍珠来信汇钱订阅《中国作家》。④ 另一篇是叶君健翻译茅盾在 1938 年 8 月 13 日写的《八月的感想:抗战文艺一年的回顾》(英译名 *What shall we write about?*)。徐迟曾在《江南小镇》中回忆"第一期叶君健翻译的郭沫若关于抗战文艺的长文"⑤,当是误记了人名。茅盾在文章中指出:七七事变后的头半年里文坛倾向于描写宏大壮烈的场面,企图通过这些故事说明时代的伟大,不自觉造成了注重写"事"不注重写"人"的现象,题材单调贫乏,作品乏善可陈。后半年写作从"事"转到"人",茅盾高度赞扬张天翼的《华威先生》,强调对华威先生的"典型表现"应当"抉摘丑恶",文章最后指出"最近半年来抗战文艺的又一进步是作家间开始有选择有计划地描写壮烈事件中最典型的事件"⑥。这些既表明了当时的文学写作方向,也为《中国作家》的选材奠定了基调。与此同时,叶君健与茅盾的情谊也由此开始⑦,叶君健曾写下《我和茅盾

---

① 邓九平编:《冯亦代文集散文卷》第 1 卷,北京:中国友谊出版公司 1999 年版,第 201—239 页。

② 老舍:《老舍自传》,广州:广东人民出版社 2018 年版,第 108—125 页。

③ 叶君健引用和翻译茅盾《需要一个中心点》(载 1936 年 5 月《文学》第 6 卷第 5 号)一文的具体内容是:"这是民族的文学,咏赞民族自救的文学。然而这不是狭义的民族主义的文学。这对于民族的敌人固然憎恨,然而对于敌人营垒里被压迫被欺骗来做炮灰的劳苦群众却没有憎恨。不但没有憎恨,而且应以同志般的热心唤醒他们来和我们反抗共同的敌人。对于甘心做敌人伥鬼的汉奸,准汉奸,应给以不容情的抨击,唤起民众注意这种'国境以内的国防'。"

④ 叶君健:《叶君健全集》第 17 卷,北京:清华大学出版社 2010 年版,第 65 页。

⑤ 徐迟:《徐迟文集》第 9 卷,北京:作家出版社 2014 年版,第 231 页。

⑥ 茅盾:《八月的感想:抗战文艺一年的回顾》,《文艺阵地》1938 年第 1 卷第 9 期,第 283 页。

⑦ 叶君健:《叶君健全集》第 16 卷,北京:清华大学出版社 2010 年版,第 11—14 页。

的绵绵情谊始自香港》回忆这段往事。第二期刊登郭沫若的论文《中国文艺的战时发展》(*War-time developments of Chinese literature*)①,文章阐释独立与解放的含义,分析战时文学政策与文学活动,明确文化人当前的要务以及文学的大众化问题。

(二) 小说

《中国作家》第一期出版三篇小说,分别是翻译家孙用的《前线的后方》(*Several sketches*)、柳青的《新同志》(*New comrade*)、野蕻的小说《新垦地》(*Virgin Soil*)。《前线的后方》是致力于用世界语翻译反法西斯文学的孙用②根据自己在富阳、场口的亲身见闻写下的第一部原创小说,文本由汉奸、几个乡下人、轰炸三部分故事组成:"我"亲身经历日军对富阳等地村庄的轰炸,目睹了村民被炸后血肉模糊的惨状;面对日军对村庄的烧杀掳掠,村民们没有惧怕,在日军走后继续耕种、战斗;"我"奔赴前线见到战场上的士兵,被士兵们坚定自信、大无畏的牺牲精神所感染,经常帮士兵们代笔给他们的家人写信。场面激烈但不失理性、单向度的故事推进方式,暗合欧美读者的阅读习惯。善良与丑陋、正义与邪恶,对垒分明的两极在尖锐的你死我活斗争、冲突中蕴蓄、爆发,生灵涂炭、兵燹连年,民族的血气与灵性、坚韧与顽强在中英双语的书写中缔造。

柳青的小说叙述中国士兵不杀日本战俘,战俘在前往延安的路上如何被感化,从称呼我们"同志"到成长为"新同志"的故事,书写战时人道主义精神。柳青在晋西前线时写作了几万字的散文与战地报道③,在《文艺突击》上发表报告文学《空袭延安的二日》《烽火边的人民》(战地报道)等文章,这篇小说最后署名:向民族解放致敬(With nation liberation salutions)。《柳青年谱》提到 1939 年 6 月柳青回到延安,7 月写过两篇小说但未发表④,和此篇小说的结尾部分贴合,《新同志》很可能是其中一篇,未发表中文版⑤。野蕻⑥的《新垦地》⑦描写农民马秋昌在米脂县地主家卖力干活,经常挨饿受尽剥削,渐渐变得狡猾多疑、工作怠慢,到延安后对种地提不起信心;马秋昌与经历了二万五千里长征的农民刘大松一起开垦新土地,在辛勤劳作丰衣足食后终于觉醒,意识到劳动的意义。小说勾勒了朴实向上的华北农民形象。

第二期发表穆时英用笔名霍昆创作的英文原创抗战小说《神之诞生》(*The*

---

① Kuo Mo-jo, Wartime developments of Chinese literature, *Chinese Writers*, 1939, 1 (2) : 56. Hoover Institution Library & Archives.《中国作家》第二期存于斯坦福大学胡佛研究所档案馆,根据斯坦福大学要求和《茅盾研究》引用格式,涉及到《中国作家》第二期的相关内容均进行标注。

② 孙用:国内翻译裴多菲诗选以及介绍俄国诗人涅克拉索夫的第一人,翻译和出版作品曾得到过鲁迅的提携。2005 年版《鲁迅全集》收录六封鲁迅致孙用的书信,孙用后来成为校对和编注《鲁迅全集》的专家。

③ 邢小利、邢之美:《柳青年谱》,北京:人民文学出版社 2016 年版,第 219 页。

④ 邢小利、邢之美:《柳青年谱》,北京:人民文学出版社 2016 年版,第 19 页。

⑤ 笔者在《柳青文集》《柳青年谱》和 1938—1940 年一些文学刊物中暂未找到此篇中文版。

⑥ 野蕻:原名朱野蕻,1939 年开始在延安《文艺战线》《中国文艺》《文艺突击》等刊物发表大量作品,在抗战期间逝世。

⑦ 野蕻:《新垦地》,《文艺战线》1939 年第 1 卷第 1 号。

birth of A God）[①]，小说讲述日军入侵北平后，面对日军的野蛮与众人的沉默，9岁的孩子高唱《义勇军进行曲》后被日军杀害，英勇的事迹与精神被众人镌刻在纪念碑上的故事。第二期出版后，穆时英从香港回到上海，在汪伪政权下任职，1940年3月《星岛日报·星座》登载《〈中国作家〉社启事》予以澄清。[②] 这篇小说内容与抗战并不抵触，6月穆时英在上海被国民党特工暗杀，徐迟、叶君健均在回忆录中提及这段触目惊心的往事。70年代，嵇康裔撰文为穆时英辩诬，或许这篇英文史料可以成为穆时英是附逆还是牺牲的一点旁证。

第三期翻译的端木蕻良小说《青弟》（英译名 *In a small village town*），是1939年3月15日作家在重庆歌乐山完成的作品。[③] 小说以儿童视角书写生活在落后封闭的小城的青弟坐在家门墩前的所见所闻：青弟的父亲在外当红军，十年征战成了荣誉战士，父亲带回铜片勋章的第二天便离家继续投身革命队伍；因父亲常年在外，母亲忙于劳作，青弟倍感孤独。小说故事情节围绕青弟、野孩子、青弟的母亲、日军的对话展开。日军扫荡，小山村人相继躲避，只有天真可爱的青弟坐在门墩前玩铜片勋章被日军发现，当青弟表达长大后也要像父亲一样去参加红军抗击日军时，日军用尖刀刺穿八岁青弟的身躯擎在半空中[④]，青弟的淳朴善良与日军的凶狠残忍形成鲜明对比，与《神之诞生》遥相呼应。

《中国作家》翻译的抗战题材作品，注重对战争中人的思想转变与行为细节的刻画，农民不只是麻木、绝望、悲苦，也有勇敢、坚持、乐观的一面，作品突出农民、士兵的觉醒与成长。这种成长绝非偶然，亦非凌空高蹈的宣传，是频繁经历生与死体验下的撕心裂肺，是兵燹造成一无所有时的孤苦无依，是战火毁坏家园无路可退时的悲怆酸楚，是民族尊严和个体自尊被铁蹄践踏和蹂躏下的忍无可忍。要守护承载亲情与欢乐的家园故土，要重返久违的故乡与结束多舛的命运，要完成精神救赎与诗意的栖居，要实现民族的独立与解放，由此生发出的爆发力与冲击力，反抗性与战斗性也最强，任何猛烈炮火都压不住一个民族前进的意志。日本侵略战争给民族和人民带来深重的苦难，但也是民族自救和品德重塑的绝好时机，这些战时的文学创作将目光投向眼前的这片热土，为投身抗敌救亡洪流中的普通人谱写一曲曲颂歌，而战时的翻译，无论文本选择还是策略运用上都不自觉勾勒出"大众"的脸谱。兼具战斗精神与文艺价值的译作希望引起对法西斯侵略感同身受的外国读者和海外爱国人士的共情与共鸣。

（三）木刻与插画

《中国作家》第一期将木刻画与作品相结合，孙用的小说配有陈烟桥作的木刻

---

① Huo Kun, The Birth of A God, *Chinese Writers*, 1939, 1（2）：54. Hoover Institution Library & Archives.

② 《〈中国作家〉社启事》：一、本刊第二期发排日期为九月十日，印出发行日期为二十八年（1939年）十月十五日。二、穆时英离港附逆日期为二十八年十月二十八日；及同人得知此事，已在十一月初。（载香港《星岛日报·星座》，1940年3月3日第519期）

③ 曹革成：《端木蕻良年谱》，沈阳：春风文艺出版社2019年版，第80页。

④ 小说《青弟》收录于《端木蕻良文集》第3卷，北京：北京出版社1999年版，第304—311页。

画"游击队农民的收获"（*Harvest by Guerilla Peasants*），木刻描绘日军轰炸村庄后，参加游击队的农民和其他不愿逃跑的农民扛着锄头在田地里劳作的场景；柳青的小说配有丁聪作的插画"三代人游击队"（*Three Generations of Guerillas*），画着拿着枪的祖孙三代均是游击队员。野蕻的小说配有张慧创作的木刻画"为抵抗而生"（*Producing for Resistance*）、"游击队归来"（*Return of The Guerilla*），以及特伟作的插画"春天的收获"（*Spring harvest*），插画绘制华中地区抱着稻穗的耕耘女兵。袁水拍的诗歌《不能归他们》配有叶浅予画的插画"回家"（*home return*），插图再现农民望着被轰炸成废墟的房屋和遍地尸体的场景。第二期单独设栏专门刊登王朝闻的木刻画《丧失》（*Bereft*）①与卢鸿基的木刻画《朗诵诗》（*Declamation*）②。第三期没有木刻或插图。

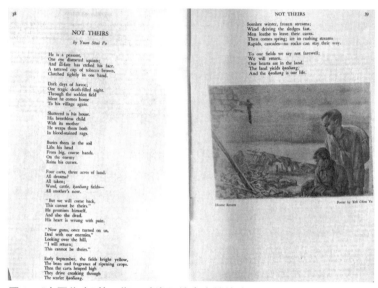

图 9　《中国作家》第一期　叶浅予给袁水拍的诗歌《不能归他们》作的插画

　　这些插画内容涵盖日寇罪行、全民动员、时事讽刺、生产劳作、汉奸丑相等内容，"借连环图画以启蒙，有启蒙之意"③，书写现实生活的作品以木刻与连环画相映衬，图文并茂，旨在提高受众的认识，正如艾思奇所言："我以为若有活生生的新内容新题材，则就要大胆地应用新的手法以求其尽可能的完善，大众是决不会不被吸引的，若能够触到大众真正的切身问题，那恐怕愈是新的，才愈能流行。"④当时无论《文艺阵地》还是《自由中国》均出版了诸多木刻与插画，木刻与插画为《中

① Wang Chao-wen, Bereft, *Chinese Writers*, 1939,1(2):64. Hoover Institution Library & Archives.

② Lu Hung-ki, Declamation, *Chinese Writers*, 1939,1(2):56. Hoover Institution Library & Archives.

③ 鲁迅:《鲁迅全集》第 4 卷,北京:人民文学出版社 2005 年版,第 28 页。

④ 艾思奇:《艾思奇全书》第 1 卷,北京:人民出版社 2006 年版,第 179 页。

国作家》注入了世界元素,新兴木版画建构文学之外的"第二战场",救亡与启蒙构成战时的文化诉求,《中国作家》赓续新文学的启蒙传统。

1936年鲁迅在去世的前十天扶病参观"第二回木刻流动展览会",并与陈烟桥等人交谈,张慧、陈烟桥的木刻创作都曾得到鲁迅指点,与鲁迅有多次书信往来。① 抗战爆发后,鲁少飞、叶浅予、丁聪、特伟等八人成立救亡漫画宣传队,辗转南京、镇江等地致力于抗日救亡漫画创作与宣传工作,并出版《救亡漫画》,撤退到武汉后加入武汉三厅六处美术科继续工作。1938年6月,中华全国美术界抗敌协会在武昌成立,叶浅予任理事;叶浅予赴香港后编辑画报《今日中国》(*China today*)②,与陈烟桥等在香港举办《抗日宣传画展》。1939年底叶浅予、丁聪、特伟、张光宇、郁风等人筹备组织中国漫画家抗敌协会香港分会,在香港筹办抗日漫画展。丁聪③在抗战时期积极从事画抗战宣传画工作,在香港编辑《大地》《良友》等画报。民族抗战把分散在各战线上的文艺工作者聚集起来,这些木刻家、画家在香港开启了抗战救亡宣传画新创作,书写民族文化自觉。1950年,在编写外文刊物《中国文学》时,茅盾依然建议叶君健每一期采用一二张木刻。④

(四)诗歌与散文

《中国作家》第一期翻译袁水拍的诗歌《不能归他们》(*Not theirs*),1939年袁水拍任文协香港分会候补理事,在诗刊《顶点》上发表三首诗歌,《不能归他们》是其中一首,诗歌讲述农民埋葬被日军杀害的妻儿后离开故乡,并采用反复叙事:"但是我要回来的,这里不能归他们!"⑤第二期徐迟翻译了艾青的诗歌《雪落在中国的土地上》(*It snows over the earth of China*)⑥,诗歌表达作家对这片土地的挚爱与对人民的关怀。第三期翻译林徽因、施蛰存的诗歌与何其芳、叶灵凤的散文。林徽因的《除夕看花》(*Flowers on New Year's eve*)⑦为诗人在除夕从昆明集市看花回,有感时局动荡与山河零落思念故乡而作,英文版比中文版更显诗歌音韵美。施蛰存的诗歌《镰刀的三个季节》⑧(*Three seasons*)描述主人公的祖父与父亲分别在1937年秋与1938年夏被炸死,1939年春母亲带着稚子期待"新生的收获"。作家用诗歌点燃抗日情绪,战时的诗歌由深沉、忧郁变得悲壮、昂扬。

---

① 可以参考2005年版《鲁迅全集》第13卷收录的1934—1936年鲁迅致张慧,鲁迅致陈烟桥的书信。

② 叶浅予:《叶浅予自传——细叙沧桑记流年》,北京:中国社会科学出版社2006年版,第125—131页。可以参见《在政治部三厅编印〈日寇暴行实录〉》《奉命调驻香港》等文章,20世纪50年代叶浅予曾为茅盾的《子夜》、老舍的《茶馆》等书作插图。

③ 丁聪曾给《阿Q正传》《骆驼祥子》《四世同堂》等作插图。

④ 雷超:《主编的担当——从茅盾致叶君健的一封佚信谈起》,《新文学史料》2018年第4期,第194页。

⑤ 袁水拍:《作诗:诗三章:不能归他们:[诗歌]》,《顶点》1939年第1期,第17页。

⑥ Ai Ching, It snows over the earth of China, *Chinese Writers*, 1939, 1(2):62. Hoover Institution Library & Archives.

⑦ 林徽因:《除夕看花》,《大公报·文艺副刊》1939年6月28日。

⑧ 施蛰存:《镰刀的三个季节》,《星岛日报·星座》1939年7月13日。这首诗后也发表在上海《社会日报》1939年7月21日第2期上。

何其芳的散文《我歌唱延安》①(*I sing of Yenan*)是 1938 年作家告别"画梦"时期,八月底从成都出发到延安后,看到焕然一新的生活,写下的第一篇散文:延安生活条件的艰苦与青年们争相奔赴的热情,昔日的破败与现今的发展,字里行间流淌着民族重生的希望。战时世界各国记者先后到达延安拍摄与了解中国革命,译文向外国读者阐释真实的延安与人民的抗战。这些作品贯穿写实主义的风格,体现了作家们对民族国家的热忱,传达共赴国难、抵御外侮的呼声,将新生的气息带向世界各地。叶灵凤的《第七面美国国旗》②(*The seventh U. S. Flag*)内容简短,描述在自己住所后面一家美国医院插着的美国国旗一直未降下,当警报四起空袭将至,人们常去医院寻求庇护,有时甚至带书籍去医院消磨时光,院长从未阻止人群的进入。作者由此引发一系列思考,当旧的美国国旗因破败被换下,新的美国国旗升起,这里的建筑、人群、国旗的命运将会如何? 这篇文章耐人寻味,有别于这一时期的大多数创作。

第三期大篇幅登载戴淮清③翻译的由战地记者秋远根据山西、河北、察哈尔抗战前线发生的故事写成的实地报道《晋察冀边区战地故事》(*War stories from the Shansi-Hopei-Chahar frontier district*)④,文本由《三颗金牙》⑤等五部分组成。第三期翻译了碧野的《太行山边》(*Marching Through the Tai-hang Mountain*),这篇是 1938 年碧野以自己在太行山行军的真实经历写成的报告文学,在这篇文章发表之前,茅盾曾在《文艺阵地》上发表书评赞扬碧野的《北方的原野》。在民族身处生死存亡之际,文学的译介不会是与国家命运无关的个人消遣,文学的创作也不会是有闲阶级把玩的艺术品,有良知和正义感的作家、翻译家、画家、戏剧家都试图从民族大义角度诠释作品的内涵。翻译是民族救亡宏大叙事话语中的重要组成部分,抗战与救亡成为特定历史处境中的主流话语。当然这也是抗战文化在文学界留下的历史局限,译介在一定程度上是同敌人争夺舆论阵地,因而也不能用纯粹的文学标准、审美意识、翻译价值来评判战时的文学译介与传播。

(五) 书评与其他

《中国作家》每期最后的文章刊登对外国作家作品的书评,第一期有两篇书评。第一篇切中肯綮地评论了赛珍珠的《爱国者》(*Patriot*),并指出其中的不足;第二篇赞扬由约翰·莱曼编辑、伍尔夫夫妇创建、霍加斯出版社出版的刊物《新作品》,诗人奥登便在《新作品》上初露头角,书评指出《新作品》反映了处于欧战经济恐慌中的一批外国新作家的政治态度和艺术倾向。第二期书评点评英国诗人奥

---

① 何其芳:《我歌唱延安》,《文艺战线》创刊号 1939 年 2 月 6 日。

② 笔者阅读叶灵凤在香港时期的文章,查阅叶灵凤的小品集和陈子善先生选编的《叶灵凤散文集》《叶灵凤小说全编》,暂未找到此篇中文版。

③ 戴淮清早年师从叶公超、洪深,1937 年移居香港,担任《星岛日报》记者,后成为加拿大汉学家。

④ Chiu Yuan, War stories from the Shansi-Hopei-Chahar frontier district, *Chinese Writers*, 1939, 1(2): 64 Hoover Institution Library & Archives.

⑤ 秋远:《三颗金牙》,《大众文艺》第 1 卷第 4 期。秋远原名乔秋远,1942 年牺牲于战地,时年 33 岁。

登与衣修伍德合著的《战地行纪》(*Journey to a War*)①,1938 年奥登与衣修伍德
来到中国战场,访问汉口、上海等地,以中国抗日战争为素材创作这部作品。第三
期的书评评论英国女记者弗雷达·阿特丽(Freda Utley)的 *China at war*(中译名
《扬子前线》)。《扬子前线》是阿特丽 1938 年访问战时的香港、武汉、南昌等地写
作的报道,作品揭露日机轰炸南昌,屠杀中国妇孺的罪行,也表达对中国抗战的信
心,阿特丽写道:"凡是看见过战争中的中国的人,谁都不能怀疑中国复兴的确实
性,虽然过于乐观是近于愚昧的,但是仍然可以相信日本到底不能征服她。"②抗战
时期,美国记者史沫特莱、白修德、斯诺、爱泼斯坦,作家海明威、匈牙利记者罗伯
特·卡帕等来到中国战场,将访问中国的经历写成作品,《中国作家》呈现欧美作
家作品,建构着海外文化的传播。

　　第一期末尾扉页刊载中央电影摄影场发行的《中华儿女》《孤城喋血》等影片
剧照,用影视加以阐释中国人民的抗战精神,刊物开头也发布这一时期的抗战影
视与舞台剧,如 1938 年为纪念八百壮士由应云卫导演、阳翰笙编剧、袁牧之主演
的《八百壮士》(英译名 *The Lone Battalion*)。第一期推介其他期刊杂志,刊载一
些特殊的"广告":刊印英文月刊《天下》、上海《申报》、英国《新作品》、画报《大地》
《今日中国》等的英文介绍;希冀读者们了解和购买这些刊物,从而通过文字与图
画更好地看到中国人民抗战实况记录。刊物为伤员与难民呐喊,第一期用简洁的
文字并配图介绍战争下中国难民不懈的劳作,刊登 1939 年在香港成立的中国工
业合作社倡议各方人士为工人们募捐的启事:二到十美元便可以让一个中国难民
工人在工业合作社安家,让他们重拾自尊。③　同时,刊物登载了保卫中国同盟
(China Defence League)④为抗战提供救援,倡导海外人士为新四军和抗战战士们
捐赠医疗器械、药品等,并介绍延安抗大(Anti-Japanese University, Yenan)的民
族教育。1940 年 1 月《中国作家》出版第三期并发表社论声明:前两期出版后收到
很多外国友人的鼓励与来信,如美国作家协会,刊物对此表示感谢;因缺少纸张、
印刷昂贵、人员离开,刊物停止印刷。⑤　当时艾伦与岭南大学合同期满,因患肺病
回美国,爱泼斯坦因工作去了重庆,随后叶君健绕道越南经昆明到达重庆⑥,第三
期由陈士耕继任主编,戴淮清取代王礼锡成为编委。第三期作品形式不一,均无
木刻与插图,内容大幅减少,只出了薄薄的一本,之后停刊。1938—1940 年涌现出
很多刊物,出版一段时间后便停刊者不在少数,如《文艺》《鲁迅风》等,战火使得很
多刊物面临稿源、销路问题,包括茅盾的《文艺阵地》。⑦

①　Book Review, Journey to a War by W. H. Auden and C. Isherwood, *Chinese Writers*, 1939,1(2):69 -
　　70. Hoover Institution Library & Archives.
②　阿特丽著,石梅林译:《扬子前线》,北京:北京新华出版社 1988 版,第 178 页。
③　Refugees are China's liability, *Chinese Writers*, 1939,1(1):2.
④　保卫中国同盟:1938 年 6 月由宋庆龄领导,在香港成立。在香港时,叶君健与保盟的工作人员廖梦醒(廖
　　仲恺之女)和柳无垢(柳亚子之女)多有接洽。
⑤　Editorial, *Chinese Writers*, 1940,1(3):75.
⑥　宋韵声:《跨文化的彩虹——叶君健传》,沈阳:辽宁大学出版社 2014 年版,第 305 页。
⑦　卢玮銮:《香港文纵——内地作家南来及其文化活动》,香港:华汉文化事业公司 1987 年版,第 147 页。

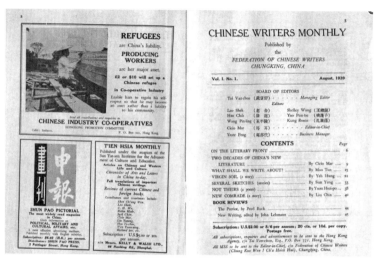

图 10　加州大学伯克利分校图书馆馆藏《中国作家》第一期目录

三、《中国作家》发刊词

《中国作家》创刊号,由叶君健用英文写作《关于文艺战线》(*On the literary front*)作为发刊词,这篇发刊词未收入《叶君健全集》。发刊词陈述四部分内容:一、《中国作家》创刊的背景与宗旨。在文协的领导下,各地写作与出版刊物围绕戏剧、小说、诗歌等新文学形式展开,出版作品践行反映生活与坚决抗战的主张;《中国作家》通过创作与翻译作品书写中国现代文学的发展与中国人民现实生活中的真实图貌,关注海外新作品、新批评的发展,并设有海外文学的书评栏目。二、刊物面临的困难。战时经济艰难,囿于经济萧条的限制、印刷技术低下与纸张稀缺,刊物无法每个月如期出版。三、介绍当时三大主要抗战文艺刊物。发刊词介绍重庆文协总部成立的《抗战文艺》(*Literature and the war of Resistance*),在延安创办由周扬主编的《文艺战线》(*Literary Front*),茅盾在香港编辑于广州排印的《文艺阵地》(*On the Literary Front*),描述《文艺阵地》的影响力、罗列《抗战文艺》出版的各类作品以及不断发展成熟的青年作家群体,并表明《中国作家》将从中选取最新佳作进行翻译;三大刊物形成南北合力,共同致力于抗战文化的传播。四、特别报道两件大事:文协重庆总部派出由王礼锡担任团长的作家访问团和延安分会派出由刘白羽、卞之琳领导的作家队伍深入各省抗战一线了解战时生活,书写战时题材作品;青年小说家祝秀侠被选为广东省恩平县县长。

1939 年 6 月,王礼锡率领的作家战地访问团从重庆出发笔征太行,途经成都、宝鸡、西安,到达洛阳,投身西北战场和晋东南地区演讲、访问,搜集抗战资料,王礼锡创作的"笔征日记"在《星岛日报·星座》上连载;是年 8 月,王礼锡突发黄疸病逝于洛阳。战地访问团的作家们继续渡过黄河,进入中条山八路军抗战前线,历时五个月创作大量作品,作家们的集体笔征日记如白朗的《我们十四个》、叶以群的《生长在战斗中》、宋之的的《凯歌》均是这一时期的重要成果。①

结语

叶君健撰文强调最多的是写实主义,称赞茅盾的《子夜》打开了新写实主义的大门。泰纳在《艺术哲学》中提出文艺三要素"种族、时代、环境",时代和环境给民族带来怎样的影响,民族的活力又怎样将时代和文学推进到新的方向,怎样催促历史进入必然的新时代,正是新写实派文学所要表现的时代性。外国读者通过林语堂翻译的《浮生六记》、熊式一翻译的《王宝钏》、赛珍珠用英语写作的《大地》等作品了解中国,然而这些并未真正触及新文学与现实生活,《中国作家》用英文呈现战时中国的真实面貌,原生态呈现人民在战火中的生存与际遇,再现了人民的精神风貌,译介尝试为人民和伟大的革命立传。对背叛者的仇视与愤慨,对战火下人民的悲悯与同情,对故土家园的眷恋与坚守,对这片土地爱得深沉与炽烈,对民族国家的挚诚与坚守,都熔铸在各类译作中。

叶君健作为《中国作家》的选稿人、翻译者、编排设计者,与茅盾结下了一生的情谊,1945 年叶君健在剑桥大学学习期间,将茅盾的"农村三部曲"翻译成英文并出版。叶君健曾回忆,担任《中国作家》的主编经历对自己产生了深远的影响,这次主编经历也使得译介事业伴随叶君健终生,1949 年叶君健回国担任新中国的第一个外文刊物《中国文学》(*Chinese literature*)副主编②(茅盾任主编,冯亦代任编辑部主任),开始长达二十五年的编辑工作,并写作《我的主编茅盾》③一文。叶君健一生致力于撰写与翻译中外文学,先后翻译了《王贵与李香香》《新儿女英雄传》等作品,并与钱锺书一起翻译毛泽东诗词。叶君健一生的著译业达一千一百万字,诚如铁凝所言:叶君健是向世界讲述"中国故事"的先行者。④ 叶君健作品以及《中国作家》的意义与价值当得到更高层次的重视与评估。

《中国作家》第一期发刊词译文:

关于文艺战线

叶君健 著　　李 兰 译

文人相轻,自古而然。或许这一声名狼藉始于魏晋时期;当时人民的苦难与政治上的混乱、纷争和颓废,让文人们大失所望。他们纵情于酒,把时间花在空谈上。那时,一个作者会挑出另一个作者在语言或风格上的错误,并言笑终日。

但这一传统在民国时死得其所。世界大事,特别是中国迟钝地意识到自身存在与其他国家的关联激发了更为严肃、积极的看法。此后,不仅在中国,在世界范

---

① 叶周:《抗战年代父亲的一次远征》,《光明日报》2021 年 9 月 3 日第 15 版:光明文化周末·大观。

② 叶君健:《叶君健全集》第 17 卷,北京:清华大学出版社 2010 年版,第 109 页。

③ 叶君健:《叶君健全集》第 16 卷,北京:清华大学出版社 2010 年版,第 7—10 页。

④ 铁凝:《讲述"中国故事"的先行者——纪念叶君健百年诞辰》,《党建》2015 年第 2 期,第 55 页。

围内,作家们开始专注于世界观与文化捍卫的讨论。

1938 年 3 月 27 日,各界作家们参与了在战时陪都汉口举行的盛大会议,并成立中华全国文艺界抗敌协会①。这一组织囊括了在中国代表着各种各样观点的每一位重要作家,并领导文化界统一战线以反对法西斯侵略带来的肆意破坏。

今天,文协在重庆设立总部,理事会执行组织任务。在中国各个城市和战线上的文协分会与成员都在通过写作、出版与教育进行战斗。《抗战文艺》作为文协的机关刊物,在重庆每两周发行一次。

研究小组委员会作为成员的参考和指导机构,包含三个分部:小说研究部,由小说家欧阳山、徐盈、罗烽领导。这一组选出最好的小说、报道、速写发表并给予年轻作家们恰当的批评与建议。戏剧研究部的成员主要是宋之的、葛一虹以及在其他城市优秀的戏剧家,如洪深、夏衍、陈白尘。这一组旨在帮助发展和培养最适合战时戏剧的新批评与新技巧。诗歌研究部由方殷、袁勃、洁珉领导。他们不仅关注新诗和评论文章的写作与出版,同时也鼓励新歌曲创作和群众歌唱运动。许多有名的作曲家,如贺绿汀、任光,都是委员会成员,他们主要参与后期的工作。

《中国作家》是文协的英文刊物,因此,它不是少数作家或一个小集团的出版物,它将出版各种在中国创作的不同类型的作品。《中国作家》意在向国际读者展示中国现代文学的发展,以及中国当下生活的真实图貌。同时,文协希望关注国外文学的新发展、新作品和新评论。欢迎并邀请世界各地的作家们对我们的写作和运动发表评论。

与我们的期望相反,这本刊物无法拥有一个大的版面和许多页数,战时的财政困难使昂贵的出版物无法出版。此外,中国作家也以清贫著称。战争爆发前,版税很低;而今天,它们的价格甚至更低,许多人不得不在没有任何酬劳的情况下写作。在敌后游击队根据地,我们的作家不仅为人民创作大量的故事、戏剧、报告文学和诗歌,同时拿起枪参与战斗。他们如何向文协缴纳会费? 同样,我们的组织有很多任务,《中国作家》只是其中之一。因此,我们依靠我们的海外读者、朋友的订阅。5 000 份付费订阅将为我们的杂志提供保障并将能使我们呈现比本期更多的文章。

在战争初期,有计划地大规模摧毁中国的文化中心和封锁沿海地区导致纸张短缺,使作品的出版变得如此困难似乎几乎不可能。但这并不意味着产量减少。相反,反抗精神刺激了写作,以致现今的作品产量比以往任何时候都更加繁荣。战争的紧迫导致缺少打磨与专业技巧亦是事实;但另一方面,民族抗争造就了成百上千年轻作家。中国的文化机构已迁到西部,使用当地粗糙的纸张为作品的发行注入了新的活力。

现今,有三大杂志在中国广泛发行。《抗战文艺》由文协出版,四川手工黄纸印刷。《文艺战线》月刊在华北地区的延安编辑,由生活书店出版。大多数年轻作家都为其撰稿;该杂志着重在日本人战线的后方与附近的北方文艺工作者们的活

---

① 根据英文原文,以及译文的简洁,后文简称文协。

动。第三，双周刊《文艺阵地》，原在广州编辑，如今在桂林设有办事处。同样由生活书店出版，是华中和华南地区最具代表性的刊物。除这三者外，还有几十种较小的文学杂志，由文协在各城市的分会或作家团体编辑。许多报纸也创办文学副刊，并在这场运动中发挥重要作用。

没有数据统计战争期间文学作品的实际数量；但从《抗战文艺》的内容分析，可以对过去一年的工作有所了解。这本杂志在 12 个月间刊登了 32 篇论文、31 篇小说、46 首诗歌、66 篇报告文学、13 篇速写、42 篇散文和 6 部戏剧。此外，还有 13 篇关于国外作家的翻译与文章，39 篇社论和 3 部书评。两个纪念高尔基和鲁迅逝世纪念日的专号共收录了 11 篇特刊；兼以 20 篇杂谈、集体写作、乡村故事等，总计创作出 322 部作品。超过 200 位作家贡献了这些作品。

最近有两项值得注意的进展。文协派出了两支作家团奔赴由日本人名义上控制下的河北、山东、山西、江苏、江西、浙江。第一支由王礼锡教授领导，他几个月前刚从英国回来，现在正是本刊的编委。王礼锡的队伍涵盖：著名诗人袁勃、方殷、杨朔、杨骚；小说家罗烽、叶以群、李辉英；戏剧家宋之的、葛一虹；女性小说家白朗、张周；以及青年散文家、画家陈晓南。第二支是由文协延安分会同时派出，小说家刘白羽和诗人卞之琳率领的作家团。这一队包含了华北最优秀的小说家、戏剧家、诗人、散文家，如沙汀、何其芳、艾芜、荒煤。

据王教授介绍，这些作家计划收集写作素材，将文化生活带到前线与后方根据地，在沦陷区建立新的文学活动中心，获得第一手爱国战士们在前线和日军战线后方的生活资料，密切观察日寇战线后方的状况。在他们的作品中，作家们将通过集体工作和有纪律的生活来训练自己。他们计划将其报道发送给重庆文协总部，《中国作家》将登载最好的作品。

第二件事是青年小说家祝秀侠被任命为广东省恩平县县长。在 1930—1932年，他以进步作家的身份而闻名；如今，据报道他是一位非常"人道""诚实"和"模范"的官员。熟悉中国文学史的读者们会记得伟大的田园诗人陶渊明（约 365—427）的故事，他被任命为彭泽县（今属江西）县令。但陶渊明是个诗人，他不愿为了每个月五斗米俸禄向权贵折腰。他挂印辞官，退回到他贫苦的乡村，过着简朴的生活，和农民一起种地。实际上在中华民国时期，作家们也遵循着这种"纯粹"和"崇高"的写作职业传统。而现在祝先生保住了他的职位并做得很好！的确，和所有有良知的人们一样，今天的作家们对国家肩负有重要职责。

马耳

《中国作家》第一期发刊词英文原文：

ON THE LITERARY FRONT

In China writers have always proverbially despised one another. Perhaps this notoreity was gained in the Wei and Ch'in Dynasties; for at that time the great misery of the people and the political confusion, the strife and decadence, disillusioned the writers. They became drunkards and spent their time in empty gossip. Then it was that an author would pick out the fault of another in language or style and laugh away the whole day.

But this tradition died the death it merited in the Republic. World events and particularly China's belated recognition of the relationship her existence bore to that of other nations encouraged more serious and more positive views. Then writers became absorbed in discussions of world outlook and the defence of culture, not only in China, but throughout the world.

And with the mass meeting of writers on April[①] 27, 1938, in the wartime capital, Hankow, the Federation of Chinese Writers was formed. This organization, which includes every important writer in China, and represents widely varied points of view, leads the defence of culture on the China front against the vandalism of fascist aggression.

To-day the Federation has its headquarters in Chungking. There the Standing Committee executes the business of the organization. Throughout the cities and fronts of China its branches and members carry on the fight; by wriitng[②], publishing and teaching. *Literature and the War of Resistance (Kang Chen Wen I)*, the Federation's journal, is issued in Chungking every fortnight.

A Study Sub-Committee serves as reference and guiding body for the members. It comprises three sub-sections: A Fiction Study Section, headed by the novelists Ouyang San, Hsu Yin and Lo Feng. This group selects the best stories, reportage and sketches for publication and gives due criticism and advice to younger writers. The Drama Study Section counts among its committee members Sung Chi-ti and Kuo Yi hung with such good playwrights in other cities as Hung Shen, Hsia Yen and Chen Pei-chen. This group aids in development of and education in the new criticism and new techniques best suited to wartime drama. The Poetry Study Section is headed by Fang Ying, Yuan Pu and Cheh Min. It is not alone concerned with the writing and publication of new poetry and criticism but encourages as well composition of new songs and the mass singing movement. Many well-known composers, such as Ho Lu-ting and Jen Kwang, are committee members and chiefly concerned with this latter work.

Chinese Writers is the English organ of the Federation. Therefore it is no publication of a few writers or of a clique. It will publish all the different kinds of writing being produced in China. *Chinese Writers* aims at showing international readers the growth of modern Chinese literature and with that true pictures of

---

① 此处 April 当为 March,中华全国文艺界抗敌协会在 1938 年 3 月 27 日成立。

② 此处当为 writing。

life in China to-day. At the same time the Federation hopes to take note of new developments in literature abroad, new writing and new criticism. Comment on our writing and the movement by fellow writers throughout the world is welcomed and invited.

Contrary to our expectations, this journal cannot have a large format and numerous pages. Wartime financial distress prohibits expensive publications. And too, Chinese writers are known for their poverty. Royalty fees were low before the outbreak of the war; but to-day they are even lower and many have to write without payment of any sort. Behind the Japanese lines, in the guerrilla bases, our writers not only produce great quantities of stories, plays, reportage and poetry for the people but at the same time they carry guns and fight. How can they pay membership fees to the Federation? Likewise our organization has many tasks, and *Chinese Writers* is but one. Therefore we count on our readers and friends abroad for subscriptions. 5, 000 paid subscriptions will guarantee our magazine and will enable us to present more writing than this issue contains.

At the outset of the war, the planned wholesale destruction of China's cultural centres and the blockade of the seacoast resulting in shortage of paper, rendered publication of writing so dificult as to be almost impossible. But this has meant no decrease to production. On the contrary, the spirit of resistance has stimulated writing so that to-day the output is more prosperous than ever before. It is true, that the exigencies of the war make for lack of polish and technical skill; but the national struggle on the other hand is producing hundreds of young writers. Chinese cultural institutions have moved to the West and the use of local coarse papers has given new life to publications of writing.

To-day there are three leading magazines which enjoy wide circulation in China. *Literature and the War of Resistance,* is published by the Federation and printed on Szechuan hand-made yellow paper. *The monthly Literary Front (Wen I Chan Hsian)* is edited in Yenan, North China, and published by the Life Book Publishing Company. The majority of the younger writers contribute to its pages; and the magazine stresses the activities of cultural workers behind and near the Japanese lines in the North. The third, the fortnightly journal *On the Literary Front (Wen I Chen Ti)* was formerly edited in Canton but now has its offices in Kweilin. Likewise published by the Life Book Publishing Company, it is most representative of the writing done in Central and South China. In addition to these three, there are dozens of lesser literary magazines, edited either by affiliates of the Federation in the various cities or by groups of writers themselves□①Many newspapers, too, carry literary supplements and play an important part in the movement.

No statistics have been made of the actual quantity of literary production during the war; but some idea of the work of the past year can be gained from an analysis of the contents of *Literature and the War of Resistance*. This one magazine has published in twelve months: 32 articles, 31 stories, 46 poems, 66 pieces of reportage, 13 sketches, 42 essays and 6 plays. In addition there have been 13 translations and articles on writers abroad, 39 editorials and 3 book reviews. Two special numbers commemorating the anniversaries of Gorky's and Lu Hsun's deaths have contained 11 special articles; while 20 miscellaneous discussions, collective writing, village stories and the like make a grand total of 322 single works. More than 200 writers have contributed these pieces.

Of late there have been two noteworthy developments. Two groups of writers have been sent by the Federation to such provinces under nominal Japanese control as Hopeh, Shantung, Shansi, Kiangsu, Kiangsi and Chekiang. The first group is headed by Professor Shelley Wang, who returned from England but a few months ago and is now serving on the editorial board of this journal. His group includes Yuan Pu, Fang Ying, Young Sau and Young So—all well-known poets; novelists Lo Feng, Yeh Yi-chun and Li Hui-ying; playwrights Sung Chi-ti and Kuo Yi-hung; women novelists Pai Lang and Chang Chow; and the young essayist and painter Chen Hsiao pu②. The second group was simultaneously sent out by the Yenan affiliate of the Federation under the leadership of Liu Pai-yu and P'an Chi-lin novelist and poet. This group comprises the best novelists, playwrights, poets and essayists of North China; such people as Sha Ting, Ho Chi-fang, Ai Wu and Fang Mei.

According to Professor Wang, these writers plan to collect materials for writing, bring cultural life to the fronts and the rear bases, set up new centres of literary activity in the Japanese occupied areas, gain first hand knowledge of the life of the national defenders at the fronts and behind the Japanese lines, and closely observe conditions behind the Japanese fronts. In their work the writers will train themselves by collective work and disciplined life. They plan to send their reports to the Headquarters of the Federation in Chungking and *Chinese Writers* will publish the best.

The second event is the appointment of Chou Hsiu-hsia, a young novelist, to the magistracy of En-ping county in the province of Kwangtung. He made his

---

① 此处当是少了"."。

② 此处当指画家陈晓南,正确写法当为 Chen Hsiao nan。

name as a progressive writer in the years 1930 – 1932; and to-day he is reported to be a very 'humane,' 'honest,' and 'model' official. Readers familiar with the history of Chinese literature will remember the story of the great pastoral poet, Tao Yuan-ming (A. D. 327 – 421), [①]who was made a magistrate of Pen-Tseh county, now in the province of Kiangsi. But Tao was a poet and would not design to bow to the government messenger who brought him his monthly allowance of five bushels of rice. He turned the official seal over to his superior and retired to his poor village where he lived the simple life, tilling the land with the peasants. Even in the Republic, writers have followed this tradition of the 'pure' and 'lofty' profession of writing. But now Mr. Chou retains his position and is doing a good job! Indeed writers to-day have as great responsibilities for their country as do all conscientious men.

C. M.

《中国作家》(*Chinese Writers*)发刊词,原载于香港 1939 年 8 月《中国作家》第 1 期

---

① 陶渊明的生卒年:约 365—427 年,此处当是有误。

青年学者论坛

茅盾早期的文学活动与文艺思想研究

周梦雪①

摘　要："早期茅盾"即 1916 年茅盾进入商务印书馆工作之始到 1927 年发表第一篇小说《幻灭》为止。本文从"早期茅盾"研究的五个阶段出发,梳理了茅盾早期重要的文学活动。从"早期茅盾"与中国古典文学的关系,对外国文学接受的个体特点出发,认识了茅盾早期的文艺思想核心内容,即"为人生"的文艺观、文学上对"真、善、美"的认识。本文在整理"早期茅盾"的研究资料时,发现学界对茅盾早期的文学活动与文艺思想的研究在 20 世纪 20 年代与 80—90 年代出现了两次高潮。解析背后的原因,"早期茅盾"的文艺思想在 20 年代是由于适配五四时期的社会思潮,掌握了权威的公共媒介以及与三大社团的论争扩大了其舆论影响力。80、90 年代热潮的出现则是由于"文化大革命"过后社会拨乱反正的社会背景、西学东渐的文化思潮、对茅盾评价的争锋以及茅盾逝世后对其生平的再定论等因素的作用。两个研究热潮出现都是在"百家争鸣"的时代,产生的客观原因虽不相同,但都体现了茅盾早期的文艺思想在思想活跃时期的时代适应性及其顽强的生命力。

关键词:早期茅盾;文学活动;文艺思想;茅盾研究热

茅盾是中国现代史上的文学巨匠,在中国乃至世界文学史上都具有不可忽视的影响力。对于这一类重要文学家的文学接受研究是永远有意义的,他和经典文本一样值得被一再阅读。"在近半个世纪的茅盾研究中有一个突出的现象,便是根据茅盾后来在文坛的地位和影响,对他早期的思想状况进行臆测,认为五四时期青年茅盾已在自觉地探索一种现实主义文学道路了"②,杨扬认为上述研究是一种非历史的超前研究,忽略了青年茅盾面临的生存问题和他整个思想待启蒙与启蒙之际所需要的学习、接受过程。使得茅盾的一举一动都带有某种自觉的思想动机,都在寻找现实主义文学道路,体现了部分研究者个人的主观思想。

在 20 世纪 80 年代重写文学史的热潮中,有不少研究者对茅盾的历史地位做出了重新估价,90 年代出版的《二十世纪大师文库》将茅盾除名在外,受到了许多茅盾研究者的批判与反驳。这一系列的研究成果表明,茅盾研究,特别是茅盾早期的文学活动与文艺思想研究都在争论中成长且愈趋明朗化,有争论就有可供探

---

① 作者简介:周梦雪,中国人民大学新闻学院在读博士。
② 杨扬:《转折时期的文学思想——茅盾早期文学思想研究》,上海:华东师范大学出版社 1996 年版,第 3 页。

讨的空间和可待挖掘的价值。

一、茅盾早期的文学活动

（一）“早期茅盾”研究的五个阶段与重要著述

茅盾研究至今百余年，研究资料之多、范围之广、角度之全面在中国现代文学家中可谓首屈一指。特别是中国茅盾研究会成立之后，拥有了强大的学术研究阵地，大量茅盾研究专家的出现，为茅盾研究提供了人才，涌现了大量研究专著和论文。又因“茅盾文学奖”为大众所熟知，茅盾研究的热度持续未减。

“早期茅盾”研究的发展大致可以分为五个阶段：第一阶段是从茅盾主持《小说月报》到 1927 年，这一阶段对茅盾文章发表评论的作者，大多是与茅盾同时代的知识分子和文学爱好者，他们多以交流和论争为目的，没有明确的研究性，大部分是对名篇的关注和讨论，实时跟进所以多数都是单篇呈现。第二阶段是 1928 年至 1937 年，对茅盾及其作品的评论。第三阶段是在 1945 年，文学界对茅盾在中国现代文学史和文化史上的地位已经有了一个基本的认定，在重庆为茅盾的五十周岁生日举办了盛大的纪念活动。第四阶段出现在 20 世纪 50 年代末至 60 年代初，在这期间已有作家开始对茅盾文学道路的发展做总结性的整理，40 年的文学道路开始以整体面貌出现在文学史中。这是在鲁迅研究之后的又一标杆式研究对象的树立。第五阶段在 1977 年到 1994 年，茅盾研究进入了一个迅速发展与全面展开的重要历史时期。“这一时期的成果，比‘文化大革命’前半个世纪茅盾研究的各类成果要多出好几倍，其中不少属于填补空白的项目。”①茅盾的文艺思想和美学思想就在这一时期得到了补充和发展。

五个阶段性热潮持续的时间和讨论的内容不尽相同，关于茅盾早期文学活动和文艺思想的集中批评主要出现在 20 世纪 20 年代和 80—90 年代。从内容上来说，1927 年以前，茅盾尚未开始小说写作，工作重心在文艺思想介绍和文学批评实践上，相对于茅盾早期文学活动和文艺思想的复杂性，同仁对茅盾的身份认定是较为统一的，社会上、文艺界对他的批评也集中在文学理论方面。而 30 年代之后，研究的火力转向了对茅盾小说的批评和此期茅盾发表的文论上，这两者是有明显区别的。直到 80 年代，关于茅盾早期的文学活动与文艺思想研究才再次进入了大众的视野，出现了大量的专著和普及性著作。杨建民的《论茅盾早期的文学思想》是我国茅盾研究史上第一部探讨茅盾早期文学思想的专题性著作。庄钟庆写的《茅盾的文论历程》，以时间线索为板块记录了茅盾文论的时代变奏和阶段性特征。朱德发、阿岩、瞿德耀的专著《茅盾前期文学思想散论》从不同侧面进行剖析，对茅盾前期的文学观、小说观，以及对外国文学的接受关系进行了阐发。杨扬的《茅盾早期文艺思想研究》从 20 世纪 20 年代文化背景下来认识和理解茅盾早期的文学活动与文艺思想，对于我们还原历史真相有指导参考意义。庄钟庆编的《茅盾研究论集》有选择性地汇编了 1949 年之前关于茅盾的评论性文章，这 97 篇

---

① 叶子铭，丁帆：《茅盾研究的回顾与展望》，《中国现代文学研究丛刊》1995 年第 2 期，第 36—53 页。

文章力求全面呈现茅盾在各个部分的研究成果。资料收集的范围很广,国内外已经出版的书籍和发表在报纸刊物上的单篇文章都进入了作者视野。对各方观点的客观呈现也是该书成为茅盾研究重要资料的原因之一,作者收录了一部分与自己意见相左但是极具代表性的文章,为研究问题的深入和拓展提供了便利。特别是最后附上的"1928—1949年有关茅盾研究文章目录",对"早期茅盾"的研究很有价值。

另外,对茅盾本人历史资料的整合也颇有成效。有1979年山东大学整理的《茅盾研究资料集》;唐金海和孔海珠整理的《茅盾专集》;中国社会科学院文学研究所主持,查国华和孙中田联合编写的《茅盾研究资料》上下两册。同样对重要纪事有所收录的是万树玉著的《茅盾年谱》,这本书里将茅盾文学发展道路的各个阶段的时代背景和文艺动态都作了简单介绍,其中很多引文都注释清晰,方便查找。在海外,除了东南亚等国家对茅盾有专门学术论文呈现之外,欧美国家对茅盾的历史地位也有比较一致的意见,肯定了茅盾在中国现代文学史上的重要地位。

(二)"早期茅盾"与现代思潮

从研究茅盾早期的文艺思想出发,单论文艺观点和批评论文,取材视野过于狭窄。"从很多的研究资料我们都可以看出,青年茅盾并不是一个纯粹沉浸于文学中的文艺青年。他在《从牯岭到东京》一文中就曾自白自己对文学并非一心一意,他的职业是编辑,使他接近文学,但内心的趣味更多的使他接近社会生活。"①他提倡的理论是从解决当时文坛的实际问题出发。所以研究他当时的社会活动和文学实践似乎更能接近他文艺思想发展和形成的真实情况。据此,我们认为梳理茅盾早期的文学活动对研究"早期茅盾"是颇具意义的。

1. 茅盾与"五四"新文化运动

"五四"新文化运动是中国现代文学理论建设的里程碑。有研究者将中国现代新文学的理论建设分为三个阶段,分别为"理论准备、理论倡导和理论建设"②。在"五四"前的理论准备中,"梁启超将通俗文学的地位提升到了正统"③。鲁迅先生的"尊个性、张精神"④为当时新文化运动影响下的中国新文学的到来打下了文学理论建设的基础。随后,新文学建设的大幕正式开启,各界人士都在承担了不同的理论倡导角色。李大钊介绍俄国十月革命宣扬马克思主义,胡适先生的"白话文运动"、鲁迅的"立人"思想对当时文学青年的思想影响深远。茅盾在此背景之下走进了历史浪潮,应时代所需成为了第三个阶段理论建设的领头人。

其实在"五四"时期,茅盾就为新文学确立了现实主义的审美理想,要书写社

---

① 杨扬:《转折时期的文学思想——茅盾早期文学思想研究》,上海:华东师范大学出版社1996年版,第9页。

② 丁尔纲:《"五四"新文学理论建设的中流砥柱——沈雁冰在文学研究会的奠基、开拓作用》,《文艺报·经典作家》2013年第1期。

③ 杨扬:《转折时期的文学思想——茅盾早期文学思想研究》,上海:华东师范大学出版社1996年版,第9页。

④ 鲁迅:《文化偏至论》,转引自丁尔纲:《"五四"新文学理论建设的中流砥柱——沈雁冰在文学研究会的奠基、开拓作用》,《文艺报·经典作家》2013年第1期。

会真实、真挚动人、反映人生、指导人生。大量的批评实践将"古板面孔"的理论变得生动有感染力。光是茅盾在这一阶段的表现,就可以知道茅盾的文艺观照人生的观点一直在往辩证唯物和历史唯物方向蜕变。在现实主义的中心思想下,一直在结合中外有价值思想批判创新,有意识地担起文学导向的角色,在学习思潮中寻找文学自身规律。所以,我们认为茅盾是新文学理论建设阶段的实践者、奠基者、开拓者。而肩负了这样的历史使命和扮演了这样的历史角色的作家、文学家、理论家是不可能被历史埋没的。丁尔纲认为:"文学研究会及主要发起人沈雁冰(茅盾笔名)、郑振铎等,他们始终高举'为人生'的现实主义大纛,在新文学理论建设过程中发挥了奠基开拓作用,其中建树最大者是沈雁冰。"①的确,在这一时期的社会活动中,茅盾作为"文学研究会"的发起人之一,作为"为人生"文艺思想的领导者之一,是当时社会影响力最大的批评家,也是对后来新文学理论建设影响最深远的人。他与陈独秀、周作人、鲁迅、郑振铎在新文学理论建设过程中通力合作,为文学理论建设聚集了一股正面的力量。与郁达夫、郭沫若等文学家在理论建设过程中的交锋,为文学理论建设汇合了各方资源。这样的影响力,在当时就已经是不可争辩的事实了。

2. 茅盾改革《小说月报》

茅盾对《小说月报》的改革是中国现代文学史上的一件大事,对茅盾从事文学的一生来说也是重要的转折点。《小说月报》自 1910 年 7 月创刊以来,前后换过两任主编,到茅盾接手编辑时,《小说月报》还是当时由"鸳鸯蝴蝶派"控制的阵地,到转变成为首个大型的新文学期刊,经历了一个量变到质变的过程。在彻底革新之前,《小说月报》基本上都是一些文言文编撰的旧式小说,但 20 世纪 20 年代的中国,新思想的大潮已席卷全国,商务印书馆不可无视革命的趋势,资本家们出于商业利益考虑急于寻求新路子。茅盾在此背景之下接管《小说月报》编辑,向商务当局提出不能沿用旧稿、不得干涉自己编辑方针的要求。② 由此,茅盾便开始了打开封建文学顽固堡垒的实践。

《小说月报》完全革新后,论文和翻译均由茅盾负责,创作方面茅盾给当时还不熟识的王剑三(王统照的笔名)写信邀稿,成为促成了茅盾加入"文学研究会"的契机,这是后话。随后,茅盾便拟写了《本月刊特别启事》五则。第一则说明从第十二卷一号起,《小说月报》将全面革新。③ 在第十二卷一期附录中刊出"文学研究会"的宣言和简章,另还有发起者名单等一并告知读者。自此,中国文学史上第一本代表新思潮、新思想、新文学的真正有影响力的白话文刊物诞生了。

此后,《小说月报》为新文学的实践者提供了发表作品的平台。其中有不少优秀的文学作品得到了广泛关注。如竹生用白话文写成的小说作品《拉车夫》,体现了作者对劳动人民的深切同情。这种描写底层民众生活的文学作品与茅盾提倡

---

① 丁尔纲:《"五四"新文学理论建设的中流砥柱——沈雁冰在文学研究会的奠基、开拓作用》,《文艺报·经典作家》2013 年第 1 期。

② 孙中田、查国华编:《茅盾研究资料(上)》,北京:知识产权出版社 2010 年版,第 178 页。

③ 孙中田、查国华编:《茅盾研究资料(上)》,北京:知识产权出版社 2010 年版,第 178 页。

的"民众文学"是一致的,在当时是非常可贵的文学实践。也有妇女解放题材的小说《一个乡下的女子》。这类文学作品的出现,让文学革命得以发展和前进。《小说月报》的刊出,更好地宣传了新文学,作家对于现实生活开始给予更多的关注,文学革命的洪流强有力地冲击着旧文学的基石。但《小说月报》的改革背后,改变了白话文、新文学的历史地位的根本原因,实际上还是那个时代的客观结果。

虽然茅盾后来迫于商务当局守旧派的压力辞职,但是《小说月报》作为文学革命典型刊物的作用已经得以发挥。并且,茅盾在学界的批评家身份的话语权也据此得以确立。在《小说月报》的改革中,茅盾时时保持着对新思想、新思潮的接受和学习热情,践行了新文学的宗旨,凝聚了"文学研究会"等一大批文学家的整体力量,时刻保持着与广大读者的密切交流。他作为新文学代表刊物的主编,体现了个人超强的理论知识和文学素养,对社会困苦民众深切的关怀,对人民劳动者的革命同情心。这不仅是一个编辑家的成就,也是一个文学批评家非常了不起的成就。

(三)茅盾早期与文学团体的论争

1. "文学研究会"与"创造社"

"文学研究会"和共产党小组是茅盾早年社会活动的重要团体。其中"文学研究会"是在中国现代新文学秩序建立过程中影响面很广,也是茅盾研究学者们关注最多的文学团体。"文学研究会"在创办之初并没有什么明确的纲领,只是一群在反对消遣文学和把文学当游戏上有共识的知识分子[i]的组合。[①]"文学研究会"初登文坛,影响力就迅速扩大开来,当时的文学社团境况艰难,"文学研究会"所掌握的传播媒介资源有着让其他社团望尘莫及的优势。连茅盾自己都说:"我们的'名气'扩大的另一个原因是得力于商务印书馆和《时事新报》遍及全国的发行网,老板要赚钱,也就连带替我们扩大了影响。在这半年多时间里,《小说月报》和《文学旬刊》上陆续登了一些评论文章,宣传我们的主张,如提倡'为人生的艺术',提倡写实主义(自然主义),郑振铎还提出写'血与泪的文学'。"[②]作为《小说月报》的主编,茅盾在这个集体中脱颖而出,对推广"文学研究会"的文艺主张帮助很大,同时也为其他作家的作品写了许多批评论文。凭借着自身深厚的文学功底和引领时代的理论自觉,茅盾很快在当时全国的青年学子心目中拥有了一个合法权威的文学批评家的地位。除了茅盾,"文学研究会"还有一大批活跃的编辑家、文学家,更有像周作人这样的名教授,这股强大的文学力量整合了当时最优异的文学资源,成为了新文化运动中一面崭新的旗帜。

在新文学建设过程中,除了这面"为人生而艺术"的大旗之外,还有一面举足轻重的"为艺术而艺术"的大旗。由于文艺主张的不同和当时社团之间的一些现

---

i "文学研究会"在创办时发起人有:沈雁冰、周作人、郑振铎、朱希祖、王统照、耿济之、瞿世英、蒋百里、郭绍虞、叶绍钧、孙伏园和许地山十二人。

① 孙中田、查国华编:《茅盾研究资料(上)》,北京:知识产权出版社2010年版,第181页。

② 茅盾:《复杂而紧张的生活、学习与斗争[下]——回忆录[五]》,引自《新文学史料》第5辑,北京:人民文学出版社1979年版,第6页。

实因素,"创造社"与"文学研究会"的论战"突然"发生了。

这次论争起源于茅盾以批评家的身份对郁达夫的作品做出了批评,但是郁达夫不能接受茅盾对自己的文章"指手画脚"。在当时文坛上,批评家的身份在学者圈中还有些尴尬,大家推崇创作者,文艺批评都以阵营姿态较着劲。也有研究者认为论争背后其实更多的是对文化资本分配不均的不满,是对话语权的争夺和社会资本再分配的要求。① 无论如何,这场论争总结起来就是"创造社"对艺术上的功利主义看法不认同,茅盾与郭沫若在介绍欧洲文学的讨论上、创作评论上和翻译正误上都有交锋。这场论争实际上使"创造社"迅速地闯进了大众的视野,争取到了更多的关注,后来一度压制"文学研究会"占据上风。"文学研究会"也通过这场论争更好地诠释了自己的文艺主张,茅盾等文学家也留下了不少批评文章。到1923 年茅盾被迫辞去了《小说月报》主编一职,"创造社"1924 年 5 月也失去了《创造周刊》的刊物,这场论争最后以茅盾与郑振铎共同书写的《答郭沫若》一文告终。②

2. 茅盾与"鸳鸯蝴蝶派""学衡派"的论争

中国现代文学史上的每次文学论争背后都有许多复杂的历史原因。有意识形态的冲突、文艺思想观念的不同,也有争夺文学阵地的现实。茅盾与"鸳鸯蝴蝶派"的论争,更像是一场破旧立新的文学话语权重新确立的战争。"文学研究会"为了宣扬自己的新思想新文学,必须要对旧的加以批判,而当时的"鸳鸯蝴蝶派"与"学衡派"都是旧文学的代表,两派交锋在所难免。

"鸳鸯蝴蝶派"是旧文学的典型代表,在清朝末年就已经开始萌芽发展,到 20世纪 20 年代影响力达到顶峰,主要的文学类型是小说,创作题材多是黑幕和言情。比较具有代表性的作家有包天笑、张恨水、苏曼殊等,我们熟悉的电视剧《金粉世家》就是当时的代表作之一。这种把文学当作消遣的文学观念,跟茅盾为代表的"文学研究会"诸君所推崇的"为社会为人生"的文艺主张是大相径庭的。而在"鸳鸯蝴蝶派"这边,20 年代随着大众思想的觉醒,革命时机的日益成熟,"鸳鸯蝴蝶派"面临的是接连失守阵地和新文学席卷文坛的大势。所以不得不一改往日态度,开始了一次你来我往的占位战。茅盾在《小说月报》上刊发了《自然主义与中国现代小说》,批判了"鸳鸯蝴蝶派"的作家表面做的是新思想的文章,本质上却对贫苦大众没有同情同理心,作者的思想层面无法理解无产阶级群众的可爱之处,思想深度不够。③ 在这一阶段的论战中,茅盾开始通过引用国外的新思想来否定国内迂腐的旧文学,这是一种全新的讨论方式。首先,自然主义在世界文坛有许多大师,用左拉他们的观点来说服当时渴求西学的青年学子很有效用。其次,让许多的新文学家真正开始在理论指导下进行创作。更为重要的是,为了更有力地打击旧式文人,茅盾全面接受和学习了自然主义,锻炼了他的文学思维和批评

---

① 田丰:《从文学场视角透视茅盾与太阳社、创造社间的革命文学论争》,《湖北师范学院学报(哲学社会科学版)》2013 年第 33 卷第 2 期,第 13—20 页。

② 茅盾:《答郭沫若》,《茅盾全集:第 18 卷》,北京:人民文学出版社 1989 年版,第 447 页。

③ 茅盾:《自然主义与中国现代小说》,《茅盾全集:第 18 卷》,北京:人民文学出版社 1989 年版,第 225 页。

眼光。在与"鸳鸯蝴蝶派"的论战中,茅盾自身对新文学建设过程中的问题也有了更深刻的认识和思考,为他文艺思想的成长提供了很好的动力。

与"鸳鸯蝴蝶派"不同的是,"学衡派"并不反对新文学,他们标榜的是中西合璧的发展道路。在今天看来,他们既提倡新文学也不愿抛弃旧文学的文艺主张有一定的合理因素,但是,在激进的20世纪20年代,"救亡"和"启蒙"是时代的诉求,"学衡派"的中正主义为茅盾等人所不能容忍,认为这种"迷惑手段"是比旧思想保守派贻害更广的。

文学创作、批评和论争有着同生同长的联系,文学论争的过程让文学参与者对模糊的文学体制和规范明晰化,让文学价值得以阐释。这样的论战,也影响和教育了一大批思想混沌的青年学生,为新文学赢得了人才、人缘和文学阵地、文学权威,最终有利于文学体系的建构。而茅盾因为身份的特殊性,一直被推在舆论和论战的风口浪尖,是新文学最坚定的拥护者,也是新文学理论最权威的发言人。

二、茅盾早期的文艺思想

1916年到1927年之间,茅盾的文艺思想和文学主张在上述社会实践和文学活动中可以窥见一二。落实到破旧立新,笔者认为以对中国文学的批判与对西方文学的接受两条逻辑线来陈述较为清晰。据此而谈,每个学者都有自身的个体差异,像茅盾这样从小接受私塾教育又有西学常识的青年学子,他对中国古典文学和西方文学的认识是变化着的。他的教育背景、思考方式和人生经历与当时的许多学者有所不同,20世纪20年代的茅盾对中国文学与西方文学二者的态度是对社会自觉观察的一种感悟,比起初出茅庐的青年学子抱怨社会环境抱怨自身遭遇的行为,茅盾的思想更为自觉也更为理性。毫无疑问的是在中国文化的熏陶、西方思想的冲击下长大的茅盾,其早期思想的动态发展也体现了这样一种文化交融,向外学习,向内思考,最后寻求自身道路的摸索过程。

（一）"早期茅盾"与中国古典文学

"五四"时期是中国学习西方的全盛时代,中国的青年学子恨不能一口气将西方的知识、思想全部搬来拯救自己的国家。"旧"的就是坏的,"新"的就是好的,对封建礼法的愤怒,激起了对传统文化偏激的价值颠覆。茅盾这一批文学家就是在这一大势的驱动下走上了新文学建设的道路。作为新文化的追随者、新文学的领导人,他宣扬西方的先进思想,讨论外国文学作品的社会价值。有趣的是,这一大批看似"全盘西化"的人物,却无一例外的都是深受中国古典文学熏陶、国学积淀深厚的大家。在现代文论批评机制构建的过程中,中国古典文学到底扮演了什么样的角色,特别是在茅盾早期接受了系统的国学教育,而西学正当起步的阶段,是一个非常值得深究的话题。

1. 古代的"文以载道"与茅盾"文学的社会功利性"

中国古代文论里的"文以载道"是对中国文人影响深远的观念。所以,当"五四"新文化运动的大旗举起来时,首先就是要推翻、打倒这一旧思想。古代文论中的"文"与"道"是个母命题,涉及经世致用的道理,也衍发了"明道""宗道""宏道""载道"等不同的说法,但是二者的关系是绑定的。唐代的韩愈、宋代的周敦颐、明代的方孝孺、清代的章学诚都宣扬过"文以载道"的观点。直至 20 世纪 20 年代,中国学者要求重新构建新文学秩序,便对这一传统展开了批判。胡适提倡文章要"言之有物"。① 陈独秀提出的"三大主义"明确有别于"文以载道",强调建设新文学必须是"国民文学""写实文学"和"社会文学"。② 他肯定韩愈是文界豪杰,开八代之先。然而批判"文以载道""代圣贤立言"的观点是错误的。③ 茅盾作为新文学的先锋人物自然也有关于批判"文以载道"观点的言论。

茅盾所提倡的"文学的功利性"和"文以载道"的不同在于:其一,思想来源不同。"文以载道"古来有之,是中国的古代文论,而茅盾提倡的"文学的社会功利性"思想来源于丹纳的现实主义思想。其二,文学形式不一样。关键在于这里的两个"文",文以载道的"文"是中国的古文,而茅盾提倡的这个"文"是新文化运动提倡的白话文。同样都是中国汉字,可是却表征不同的时代背景和功效性。其三,文学内容不一样。"道"是经史子集里的圣人封建旧道德,而"为社会为人生"发言的文学,应该是探讨文学的本质,真正从"非文学"中逃离出来的文学。其四,"文以载道"的论调使文学失去了独立的价值,使作家失去了个性人格,凭空想象以求附会主题。"文学的社会功利性"却是为文学谋求生路,争取社会地位,是直接真实地描写人生和社会的现实主义文学。茅盾在对中国古代思想深刻理解的基础上,在社会变革的需求下,从根本上否定了传统文化不合理的部分,取而代之的是对中国新文学建设真正行之有效的文艺思想。

2. 以西方思想解读中国古典文论的实践

众所周知,茅盾在文坛崭露头角之前,是他的古典文学知识为他开辟了一条扎根文学的道路。ⁱⁱ 在改革《小说月报》之后也有关涉中国古典文学的文艺观点。其实,在探讨中国现代文论建设与批评的"民族性"问题时,就有学者将茅盾对刘勰《文心雕龙》的批判拿出来做了一些分析。的确,1922 年茅盾对中国文论有过这类发言,他说:"中国自来只有文学作品而没有文学评论;文学的定义,文学的技术,在中国都不曾有过系统的说明。"④研究者认为茅盾对《文心雕龙》的贬低主要是针对当时的社会环境而言,想要重建中国的新文学文化体系,必须有一个颠覆传统、输入西方文论的极端过程,这是"五四"时代激进的知识分子们的共识。认为只有如此,才能打破顽固的封建文化。更有一层原因是,西方的现代文论与我们的古代文论在思想方式、话语形式上存在着很大的差异,作为西方文论宣讲师

---

① 胡适:《文学改良刍议》,原载 1917 年 1 月 1 日《新青年》第 2 卷第 5 号,见《胡适文集(1)》,北京:北京大学出版社 1988 年版,第 8 页。

② 陈独秀:《文学革命论》,任建树:《陈独秀著作选编·第 1 卷》,上海:上海人民出版社 2009 年版,第 290 页。

③ 陈独秀:《文学革命论》,任建树:《陈独秀著作选编·第 1 卷》,上海:上海人民出版社 2009 年版,290 页。

ii 进入商务印书馆时,茅盾是编译部的小职员,偶然的机会从同事谢冠生处看到当时正在发行的《辞源》,便主动给总经理张菊生写了封关于《辞源》引出处的订正意见,之后才由编译所高梦旦调离英文部与孙毓修合译书目。并且前几部翻译书目都使用的不是白话文,而是"文章以骈体为正宗"的"旧路子"。之后协助高梦旦编辑《学生杂志》,审阅的投稿也都是文言的游记和诗词。

④ 茅盾:《文学作品有主义与无主义的讨论》,《茅盾全集:第 18 卷》,北京:人民文学出版社 1989 年版,第156 页。

的茅盾自然认为中国一千多年前的《文心雕龙》其系统上存在着诸多的问题。① 正因如此,茅盾对《文心雕龙》的全盘否定是权宜之策,我们不能以偏概全。茅盾在讨论什么是新文学时,对中国古代文论里的"真、善、美"都有所吸收,提出新文学是进化的文学。然而我们并不是说只要是新的就是好的,我们提倡的新文学的好和旧文学的好有个相同的标准就是"真实",在这一点上要平等地对待它们。② 首先就是不能一味排斥,不管是现在我们大力提倡的西方的文学还是中国的,只要是对我们现代文学有所帮助的都可以留下,甚至说我们不依傍任何一种文学,我们要做的是创造出一种属于我们这个时代的新的文学。③《现代文学家的责任是什么》一文中也提到"能从根柢上研究旧文学不是坏事,最怕的是旧也没有根柢新也仅得皮毛"。④

行文至此,我们必须回答的一个问题是,笔者前文说茅盾对于旧文学的"鸳鸯蝴蝶派"极力打击,也对持中正思想的"学衡派"绝难姑息,现在又说茅盾自己对中国古典文学兼容并包接受改良,这不是前后矛盾了吗? 我们认为,这恰恰是茅盾作为现代文坛第一批文学批评家思想独放异彩的地方。与旧文学代表的论战,是茅盾作为新文学阵营的一员在重建文学秩序过程中必须要面对的一场硬仗。当时社会的普通大众与饱读诗书的文人对文学的理解辨析能力有着天壤之别,新文学的领导人深知绝不能拿读书人的标准要求普通大众,当务之急是要争取读者,要让他们摆脱骨子里对传统文化旧文学的依赖感和熟悉感,所以必须要拿他们开刀,对《文心雕龙》的否定是如此,对"学衡派"更是如此。可是作为重建新文学的当事人参与者却不一样,光从外拿来还不行,还得结合中国的现实情况进行重组和创新。茅盾在面对每一个现实状况时都是这样做的,这不仅仅使青年茅盾的文艺思想走向了成熟,还让青年茅盾思考问题的能力得到了锻炼。

无论 20 世纪 20 年代的中国经历了怎样一场外来话语权的洗礼,就像每个学习西方接受西方的弱小民族一样,我们不仅仅是在简单移植和搬运,中国的现代文学批评是二者结合的产物,中国古典文学一直在潜意识里扮演着重要角色。而茅盾作为文学理论建构的先锋,在这一点上所表现出的历史意识和整体概念尤为重要。这是他强调的"民族性"文学的一种体现,更是他的历史功绩之一。

(二)"早期茅盾"与外国文学

茅盾对外国文学的接受和自身文艺思想的形成过程有着时代的普遍性,很大程度上来源于对西学的认同、对西学的兴趣以及工作中对西学知识需要的迫切。他对外国文学、外国理论的认识虽不如一些留洋前辈文学家,但也确实带来了一股开放的风气,团结了一帮青年学子。为 20 世纪 30 年代的新文学创作爆发期的到来提供了可供可见的平台,逐步消除了民众对新文学形式接受上的阻碍。

---

① 权绘锦:《茅盾与〈文心雕龙〉》,《山西师大学报》(社会科学版)2013 年第 5 期。
② 茅盾:《〈小说新潮〉栏宣言》,原载于《小说月报》1922 年第十一卷第一号。见《茅盾全集·第 18 卷》,北京:人民文学出版社 1989 年版,第 122 页。
③ 茅盾:《新旧文学平议之评议》,《茅盾全集·第 18 卷》,北京:人民文学出版社 1989 年版,第 122 页。
④ 茅盾:《现在文学家的责任是什么?》,《茅盾全集·第 18 卷》,北京:人民文学出版社 1989 年版,第 10 页。

1. 茅盾对外国文学的接受过程

茅盾对外国文学的接受,始于在北京大学读预科一年级时由外籍教师教的司各特的《艾凡赫》和狄福的《鲁宾逊漂流记》。初入商务印书馆时,茅盾翻译的资料多来自一些国外的通俗读物,没有自己的思想可言。但这时期的工作也为他后来学习外国文学、翻译外国文学作品做好了前期的准备。

由于商务印书馆环境便利,青年茅盾在这期间开始如饥似渴地学习西方的各种主义、思想与学说。据他晚年的回忆录所说,当时学习的主要途径有几种:一是当时商务印书馆的涵芬楼有大量的旧英美杂志,茅盾应朱元善的要求为《学生杂志》找一些学生爱看的材料,所以从中有选择地进行了一些翻译。二来新思想最主要的来源还是陈独秀当时在北京编的《新青年》杂志。也是受《新青年》影响,茅盾开始研究俄国文学,主动搜集介绍俄国文学的书籍。特别是在主持编辑《小说月报》之后,为"海外文坛消息"一栏写新闻,更是订阅了不少欧美的报刊。① 通过这些学习途径我们可以看出,茅盾对外国文学的接受一开始并不像他对中国古典文学的接受那样系统,实质上是一种环境触动和个人追求的自学过程。

由于 20 世纪 20 年代欧洲最新的文艺思潮还未能及时传到中国,茅盾为穷本溯源,便从古希腊罗马开始学习,留下了一些研究希腊神话和北欧神话的文章。同时还大力提倡翻译弱小民族的文学,自己也实际翻译了一些东方民族追求自由、追求民族解放的文学作品。从他此时对外国文学介绍的特点中我们可以看出,茅盾不愿意让中国的青年逃到舒服的虚空世界里去,希望他们正视现实,能够奋力为国家。时代使命感让他主张接受"怨与怒"的文学,反对逆时代精神的"唯美派"。茅盾对外国文学的接受大部分还是在遵循着《新青年》的指引。客观因素的限制也迫使他无法在某个问题上持续深入,但是可喜的是茅盾的开放态度为当时渴望学习的青年学子提供了一个好的学习来源。随着新文学建设过程中出现的新问题,茅盾的理论道路也开始清晰,逐渐形成了自己的文学主张。后来在商务印书馆编译所工作期间,他花了大量时间先后写了《司各特评传》和《大仲马评传》两篇关于对外国作家研究的文章,这些史实在他的回忆录中都有提到。

除了翻译外国文学,茅盾还利用《小说月报》平台,及时有效地为当时关心文艺的读者发布了海外文坛的消息。即使是在他卸任《小说月报》的主编一职之后,也还是继续为《小说月报》写《海外文坛消息》,这个栏目是由茅盾设立的,也一直由他撰稿,此栏内容包罗万象,很受当时青年学者的欢迎。到 1924 年夏,茅盾总共写了两百零六条实时消息。②

2. 茅盾对外国文论接受的重点

就文章的数量、社会反响而言,茅盾对现实主义和自然主义的提倡是他这一时期文艺思想研究的重点。

文学上的自然主义,是指 19 世纪 80 年代左右浪漫主义思潮风行欧洲之时出现的社会思潮。当时在巴黎的团体代表人物有左拉、屠格列夫等。左拉是自然主

---

① 孙中田、查国华编:《茅盾研究资料(上)》,北京:知识产权出版社 2010 年版,第 179 页。
② 孙中田、查国华编:《茅盾研究资料(上)》,北京:知识产权出版社 2010 年版,第 229 页。

义文学的标杆人物,以实证主义哲学为理论基础,追求真实即作品的最高品格,反对小说创作中作者的主观想象,要运用临床病理学和遗传学这样科学的方法达到小说的"真实"。自然主义本来是为了反对浪漫主义的某些创作方法而新兴的,最后却因为繁复的细节追求而走向极端。茅盾先在《〈小说新潮〉栏宣言》中积极鼓励学者介绍自然主义,在文中表示"中国现在要介绍新派小说,应该先从写实派、自然派介绍起。本栏的宗旨也就在此"①。之后又在《小说月报》上刊载了日本岛村抱月的《文学上的自然主义》,作为自然主义理论的系统介绍。为了让大众更好地了解自然主义为何物,紧接着发起了有关自然主义的讨论,除了通过信件答读者问的形式与读者交流外,也写了名为《自然主义与中国现代小说》的文章,来阐释自然主义文学的主要特点和在中国提倡自然主义的必要。②从自己提倡到翻译理论文章再到发起文学讨论,确确实实引起了一个对自然主义关注的高潮。

然而,茅盾却在《我们现在可以提倡表象主义的文学么?》一文中说之所以提倡自然主义,最终还是为了进阶到新浪漫主义。他写道:"我们提倡写实一年多了,社会的恶根愈发露尽了,有什么反应呢!可知现在的社会人心的迷溺,不是一味药所可医好,我们应该并时走几条路。"③当时,在"五四"浪潮的洗礼下,建设新文学的方式方法百家争鸣,未有可能使人民群众跟着一个办法走到底,社会的复杂性也不允许单一的内容贯穿始终,所以茅盾提倡"同时走几条路"。这里的几条路实际上就是既有写实主义自然主义、又要表象主义,更要赶上新浪漫主义的大潮。此时茅盾认为"自然派只用分析的方法去观察人生表现人生,以致于见的都是罪恶,其结果是使人失望、悲闷,正和浪漫文学(19世纪消极的浪漫主义)的空想虚无使人失望一般,都不能引导健全的人生观。所以浪漫文学固有缺点,自然文学的缺点更大"④。至此,茅盾认为新浪漫主义的文学能为社会革命带来创新和生气,今后的新文学应该提倡新浪漫主义了。

(三)茅盾早期文艺思想核心内容

1. "为人生"的文艺观

我们发现无论是对旧文学的合理利用,还是对新文学建设的改旗易帜,茅盾始终追求的是有用——对诊治时弊有用,对新文学建设有用,对青年思想觉醒有用,对宣扬革命主张有用,即为社会为人生而艺术。据茅盾自己晚年所说:"我早期文学艺术观即提倡写实主义和新浪漫主义;赞成进化的文学、为平民的文学;主张艺术要为人生,为社会服务。"⑤

① 茅盾:《〈小说新潮〉栏宣言》,原载于《小说月报》1922年第11卷第1号。见《茅盾全集:第18卷》,北京:人民文学出版社1989年版,第122页。

② 茅盾:《自然主义与中国现代小说》,原载于《小说月报》1922年第13卷第7号。见《茅盾全集:第18卷》,北京:人民文学出版社1989年版,第225页。

③ 茅盾:《我们现在可以提倡表象主义的文学么?》,原载于《小说月报》1920年第11卷第2号。转引自查国华:《论茅盾和"自然主义"及其他》,《齐鲁学刊》1982年第4期。

④ 茅盾:《新文学研究者进一解》,原载于《改造》1920年第3卷第1号,见孙中田、查国华编:《茅盾研究资料(上)》,北京:知识产权出版社2010年版,第167页。

⑤ 茅盾:《我走过的道路(上)》,北京:人民文学出版社1981年版,第287页。

茅盾本人的说法自当是公允和权威的。据笔者考察，大部分"早期茅盾"研究的论文也都基本遵循着这几大板块力图完善。对外国思潮的介绍和学习，自己在社会活动中碰到的现实问题，是致使茅盾最后"为人生"这个大旗树立起来的原因。所以我们说这一主张是他集众家所长的结果。在"为人生"的观念形成过程中，"左拉的自然主义、丹纳的实证主义包括批判现实主义的俄国文学都起到重要的作用"①。在茅盾"为人生"的文艺思想确立的过程中，法国实证主义文学理论家丹纳的"三因素"说起到了关键性的作用。丹纳认为种族、环境和时代是决定文艺的三个关键因素。② 而茅盾 1923 年发表《文学与人生》一文对文学和人生的关系作出了自己的回答。茅盾认为："至少要有人种学的常识，至少要懂得这种文学作品产生时代的环境，至少了解这种文学作品产生时代的时代精神，并且要懂这种文学作品的主人翁的身世和心情。"③值得注意的是，茅盾这里提到的时代精神，的确是"五四"前后十年对文学的创作、文化的传播至关重要的一个因素。这个时期的人与以往的时代作家有着巨大的区别，有着共同的价值导向。丹纳的理论为茅盾"为人生"的核心思想提供了理论武器，在认识上更接近于文学理论本身。

使"为人生"的文艺思想更完善的是俄国的批判现实主义思潮。早在中国的知识分子反帝反封建之始就把目光投向了俄国。特别是十月革命胜利之后，俄国批判现实主义文学表现出来的社会责任感和历史参与意识都深深影响着当时的知识分子，人们愈加感到国家的兴亡与个人命运休戚相关。茅盾特别注重文学的价值取向。评价俄国的近代文学有社会革命观，"俄人视文学又较他国为重，他们以为文学这东西，不单怡情之品罢了，实在是民族的'秦镜'，人生的'禹鼎'；不但要表现人生，而且要有用于人生"④。俄国批判现实主义对黑暗的披露，对被压迫者的同情，对"人道主义"的呼唤都影响着茅盾对社会、人生与文学的看法。⑤ 除了文学接受，在茅盾早期的文学活动中有大量的机会接触俄国的革命理论，使得他在文论中具有了初步的辩证唯物主义和历史唯物主义思想，这在当时来说是十分难得的。

茅盾"为人生"的文艺思想来源很广。在当时，能被他利用起来的思想、主义、流派都被包括进来，他认为只要是表现人生的有指导人生意义的，都可以说是"为人生"的文学。在阐述自己文艺思想的过程中，通过文学理论介绍、文学批评实践、文艺方法研究多种途径让茅盾的"为人生"的思想得到了全面的发展和成长。并且在解决当时中国文坛的实际问题上有强有力的功效性，这些都可以说是茅盾"为人生"文艺思想的价值和意义。

---

① 贾晶晶：《茅盾"为人生"文艺观溯源》，《淮北职业技术学院学报》2011 年第 4 期。
② 贾晶晶：《茅盾"为人生"文艺观溯源》，《淮北职业技术学院学报》2011 年第 4 期。
③ 茅盾：《文学与人生》，《茅盾全集：第 18 卷》，北京：人民文学出版社 1989 年版，第 268 页。
④ 茅盾：《编辑余谈》，原载于《小说月报》1920 年第 11 卷第 4 号，转引自王锦厚：《五四新文学与外国文学》，成都：四川大学出版社 1989 年版。
⑤ 茅盾：《编辑余谈》，原载于《小说月报》1920 年第 11 卷第 4 号，转引自王锦厚：《五四新文学与外国文学》，成都：四川大学出版社 1989 年版。

茅盾所提倡的"为人生"的文艺思想与周作人的"人的文学"从思想基础和影响上来看都不太一样。茅盾注重的是要真实地呈现人民大众的生活状况和思想情感,而周作人的"人的文学"强调的是文学应该表现"个人主义的人间本位主义"。① 学界普遍认同茅盾的"为人生"与周作人的"人的文学"同为"五四"人道主义思潮的一部分。在茅盾研究学者中,庄钟庆是首个将茅盾的"为人生"与胡适、周作人的人道主义思想做差别研究的。如果说"五四"人道主义思潮的注意力是张扬个人,强调个人自由权益的话,那么茅盾的个人更多地是通过"人"的话题来讨论社会问题。

2. 文学上对"真、善、美"的认识

茅盾早期的文艺思想绕不开"为人生"这座大山,在对真、善、美的认识上也是如此。从"为人生"这个根本点出发,落实到对美的把握上,除了强调"真"的才是美的好的,也强调"美"和"善"最后都要落到"真"上。这里的"真",既是现实的真,也是艺术的真,更是历史的真。茅盾在《告有志研究文学者》一文中提出,文学构成的元素有两个:"一、我们意识界所生的不断常新而且极活跃的意象;二、我们意识界所起的要调谐要整理一切的审美观念。"②这里的"意象"和"审美观念"是什么意思呢? 其实我们认为就是客观事物在我们头脑中的反映和我们对这一反映的主观吸收或者选择。他们一个是客观的一个是主观的,文学的真是现实的真,所以文学作品的内容必须是来源于生活的,它从现实出发,是更典型的现实生活的代表。这里的艺术的真,也包含了文学创作过程中对情感的要求,我们必须具备反映客观现实的实在性,作家的主观情感上,也应该是真挚的、真诚的,与我们所描写的阶级抱有同样情感的共鸣。最后,"真"是历史的真,即我们所要描写的故事情节应该符合当时那个社会情况下的普遍性和一般性,这是一种很高的要求,对文学创作者来说需要他有深厚的文学素养和历史观念,才能够把握时代的脉搏。关于茅盾对"真"的把握,苏联科学院 B·索罗金在《纪念茅盾》中这样说:"茅盾当年用一个简朴的公式表达了他的信条:不真实的事物不可能是美好的事物。"③

艺术的美不仅仅是真实的,也应该来源于善。虚假的是不美的,无用的虚空也不美。从为社会的角度出发,艺术的美还应该起到激励人心、振作民众精神的作用。他在《"大转变时期"何时来呢?》中说:"文学的重大责任是激励民气,唤醒民众而给他们力量。"④在《杂谈》中讲到:"人类所以要艺术品,就为的要给他们力

---

① 周作人:《人的文学》,《中国新文学大系·建设理论集》,上海:上海良友图书印刷公司 1935 年版,第 195 页。

② 茅盾:《告有志研究文学者》,原载于《学生杂志》第 12 卷第 7 号。见于《茅盾全集:第 18 卷》,北京:人民文学出版社 1989 年版,第 520 页。

③ B·索罗金:《纪念茅盾》,中国社会科学院文学研究所:《文学研究动态》1981 年第 1 期,转引自杨建民:《论茅盾的早期文学思想》,长沙:湖南文艺出版社 1987 年版,第 44 页。

④ 茅盾:《"大转变时期"何时来呢?》,《茅盾全集:第 18 卷》,北京:人民文学出版社 1989 年版,第 412 页。

量。"①可见,茅盾认为文学作品不只是对美的盲目幻想,它有更多元化的社会功效,这里的"善"于茅盾而言应该是为社会、为人生、为全民众的价值观。这与茅盾很早就开始重视文学的社会功利性是分不开的。

文学也是"美"的,美是它与生俱来的条件。因为文学作品的传播度广和感染力强,它对民众的影响是很深刻的。"因为美无非是整齐(或换言之,是各得其序)和调谐,而整齐和调谐正是宇宙间的必然律,人类活动的终极鹄的"②,这里的整体,有比较多的研究者都认同用"形式美"概括。文学作品的组成部分语言和体裁都是形式,通过它们把社会生活、人类情感呈现出来,给人以美的体验。我们认为落实到茅盾早年的文学活动,是他对自然整齐的白话文的一种肯定。中国的旧式文人认为古文中华丽的辞藻是美的,茅盾等一批新文学家认为白话文表达的社会现况、情感内容和代表的新文学样式才是美的。

最后,任何一部好的、美的文学作品都是真、善、美三者的有机结合。真实的社会取材,正确的价值导向和调谐的表达方式组成了一部美的文学作品的诞生。茅盾对真、善、美的把握,是他早年文艺思想中一个重要的方面,也是"为人生"这个主旨下的一个组成部分。

三、"早期茅盾"文论研究的追问:关于两次热潮的出现

20 世纪 20 年代对茅盾早期的文学活动和文艺思想的讨论未成系统,甚至可以说还谈不上真正的研究。但是,这个时期的知识分子有着同青年茅盾相同的时代认知和思想困惑,对茅盾早期文学活动的认知和文艺思想的总结具有开创性意义。20 世纪 80—90 年代是第二次热潮的来袭,一是从论文数量上看呈爆炸式增长,二是重心重新转回到了对"早期茅盾"的关注上,出现了一批优秀的茅盾研究专家和第一本关于茅盾早期文学活动与文艺思想研究的专著。

(一) 第一次热潮:20 世纪 20 年代的茅盾研究热归因

早期茅盾对西方文艺理论的引进并不是机械地照搬照抄,而是合理地结合当时中国的特殊国情予以借鉴。对丹纳的三要素的拓展,对左拉自然主义的批评,甚至是对于俄国文艺思想接受中所体现出的曲折性都证明了这一点。这样的做法契合了当时文坛的一些现实创作状况,对中国文艺界的问题提出了理性的解决方案。

这一时期茅盾的文艺思想引起关注主要有三个方面的原因:首先是茅盾的文艺思想与当时陈独秀提出的文学革命的"三大主义"、胡适的"八不主义"及周作人的"人的文学"实质上是相呼应的,是一种及时的补充。所引介的理论和"五四"精神是相一致的,符合当时青年对新文学探索的求知愿望。其次,掌握了权威的文学媒介,树立了自己的权威性。茅盾在《小说月报》任主编,相当于掌握了权威的

---

① 茅盾:《杂谈》,原载于《文学旬刊》1923 年第 65 期,《茅盾全集:第 18 卷》,北京:人民文学出版社 1989 年版,第 348 页。

② 茅盾:《告有志研究文学者》,《学生杂志》第 12 卷第 7 号。见于《茅盾全集:第 18 卷》,北京:人民文学出版社 1989 年版,第 412 页。

媒体资源,拥有了公共话语权,在"五四"百家争鸣的时代,这本身就是一个巨大的优势。20世纪20年代的茅盾作为一个文坛晚辈,他的影响力和公信力的来源不得不说是得益于《小说月报》。随着《小说月报》发行量的增加,受众群的增长,茅盾对外国文学的观念开始逐渐变成了普通民众文学接受的一个参照系。这样一来,当时文坛的学者讨论问题时对茅盾的重视态度就变得合情合理了。不论茅盾观念的对错真伪,这种影响力效应成为了一个既定的事实。这样一来茅盾的文艺思想在20年代中国的热度就持续不减,形成了一股新生的社会力量。第三是茅盾与"鸳鸯蝴蝶派""创造社""学衡派"的三次论战,让茅盾的"为人生"的现实主义文艺理论得到了很好的宣扬。三大文学团体对茅盾的攻击其实也是对茅盾文艺思想关注的一种表现。在文学论战的过程中,三大文学团体都针对茅盾早期的文学活动和文艺思想发表了大量的批评文章,实质上对茅盾早期的文艺思想起到了很好的促进作用,更是成为围绕茅盾早期文学活动和文艺思想的讨论掀起热潮的直接导火线。

(二)第二次热潮:20世纪80—90年代"早期茅盾"热探究

茅盾早期文学活动和文艺思想研究经过20世纪20年代的纯粹期,30—70年代的沉寂期,到80—90年代的复燃和爆发,事实上是填补了茅盾早期文艺思想和美学研究的空白,并迅速得到了全面发展。80—90年代对"早期茅盾"讨论的深度和广度是前所未有的。

探究茅盾早期文艺思想在这一时期回温的原因,首先是"文化大革命"之后,由于茅盾的历史地位提高,茅盾研究较早得到了恢复;其次是西学东渐的热潮使得文学如雨后春笋般复苏,西方文学思潮蓬勃发展,早期茅盾的现实主义文艺思想再次契合了历史的前进潮流,具有现实意义。再者由于文学本身的发展规律。文学的热点是交互变化的,一种思潮走向极端,往往人们就会回头寻找答案。对茅盾的研究也是如此,当人们将目光集中在他的小说创作和有强烈意识形态的文艺观的研究之后,自然会出于宏观的考察,对他的思想做一个全面的整合梳理。此时若再加上"重写文学史"对经典的解构引起了人们的热议这一客观导火线和主观上的情感倾向,那么这种热潮现象的出现便不足为奇了。受我国20世纪80年代中期"方法热"与"文化热"的影响,茅盾研究首先进入了学者的视野。90年代的《二十世纪大师文库》将茅盾除名,受到了很多茅盾研究者的批判,我们认为这也是让学者对"早期茅盾"研究作重新整理的原因之一。主观上茅盾的逝世,胡耀邦同志代表党中央在茅盾同志追悼大会上所作的悼词和1983年3月中国茅盾研究学会的成立,让人民在情感上急于对文学巨人和中国新文学理论的建构者有一个更全面的研究。

(三)两次研究热潮出现的时代特征

同样是对茅盾早期文学活动和文艺思想的研究,但两个不同的时代背景存在着研究视角的异同。首先是在对茅盾身份的认同上,20世纪20年代的茅盾初出茅庐,虽得到了一些关注和认同,但只是一个颇有才能的文学青年,新文学建设的积极分子,影响力的背后是"《小说月报》主编"这个身份的号召力,在跟旧势力对决过程中被商务当局撤职一事我们就能看出,当时的茅盾个人力量还是太微不足道了。然而到了 80—90 年代,学界对茅盾早期文学活动和文艺思想的再研究,主要还是把他放在一个经典作家、文论家的高度来考量,他的社会地位发生了本质性的变化。其次,从两次热潮产生的时代背景来看,20 世纪 20 年代的时代精神主要是崇尚民主与科学的现代性追求,期盼中华民族及其文化复兴的强烈民族主义冲动,寻求中西文化会通融和的理性自觉三方因素组合而成的。到 20 世纪 80 年代,此时"文化大革命"结束,社会迎来了改革开放,文化界面临一次思想的大解放。80 年代人文思潮的理论价值在于这种充满时代责任感与历史使命感的探索,在于对旧思想格局的打破,在于与历史局限共生的特色与深刻。第三,政府的文化政策不同,茅盾早期思想的提出,等待解决的问题并不一样。20 年代国民政府的"三民主义"独尊,孔子化、儒学化带有浓厚的封建性,知识分子们亟待寻求一条能够适应中国特色的文化道路,茅盾是参与者。80 年代前期针对"文化大革命"的拨乱反正,更多的是要抚平伤痕,将人民大众拉回历史原有的行进轨道上来。最后是在文学接受上,中国人民经过了 50 年代的冲动、60 年代的狂热、70 年代的动荡之后,在 80 年代则显现出前所未有的成熟。这种成熟的标志之一,便是人们已经开始从文化的高度来反思过去、审视现实、构想未来。这些方面都是 20 年代的热潮与 80 年代热潮的不同。

但是,这两个热潮时期又有着相似之处,都是思想界"百家争鸣"的时代,20 世纪 20 年代的新文化运动、五四精神影响了整个现代中国,从 1920 年到 1927 年,以李大钊为代表的"以俄为师",接受马克思主义,以胡适为代表的坚持"西方文化"的价值取向,以及一些由欧美归国留学生组成的"东方文化派",主张重新审视中西文化关系和复兴固有文化,一时间,马克思主义者、西化派、东方文化派形成了彼此互相对立的三种文化取向。而 80—90 年代,1984—1989 年期间的"重写文学史"事件,1985 年理论界兴起的"批评方法更新"热潮,90 年代初的"人文精神大讨论"等,使得"早期茅盾"受到高度关注。一部分客观原因是整个文学界都被各路思想盘活,但更重要的原因是茅盾早期的文艺思想有自己独特的时代适应性,或者可以说是顽强的生命力。

结语

茅盾在中国现代文学史上的地位根深蒂固,不是一两次求新求异可以推翻的。单从他早期文论对中国现代文学史的影响来看,"为人生而艺术"的文艺思想影响了与他同时期大批的青年学子,在当代中国仍有大量的拥护者。与他同时期的文学家、年轻作家,以及不同时代、阶级、流派甚至国别的人都对茅盾文艺思想抱有持久的兴趣,研究他的文章数量之多、角度之全面就足以见证他的历史地位。他是中国新文学理论的第一批建设者,并且一直在引领着我国的文学理论建设。他所提倡的现实主义和新浪漫主义的西方思想,迄今为止都是对中国影响最深远的学说。他开创了具有现代意义的文学批评,有别于过去点评式的批评方式,他是现代文学批评的实践者和开创者。在《小说月报》《文学旬刊》《学灯》等刊物上通过评论、通信、杂谈、读后感等丰富多彩的形式进行文学评论,让我们可以说茅盾的批评文章就能代表当时文学批评的水平。

2009 年,在"茅盾与时代思潮"的学术研讨会上有学者指出:"茅盾始终是一位引领时代思潮的大师级人物。他在'五四'时期系统引介外来文学思潮,其目的就是为了建设中国新文学这座大厦,其引介的广度和深度在今天看来也是令人钦佩的。同时,他的理论与创作都有明确的思想指导,是一种'理性的现实主义'。反观今日文坛的种种怪现状,茅盾冷峻的现实主义和为人生的文学理想仍是我们应该坚持的旗帜。"①

茅盾早期文学活动与文艺思想研究的两次热潮都发生在"西学东渐"的历史背景下,足见它的强大生命力。茅盾早期开放的文学心态为中国的新文学建设创造了多样的可能性,也正是由于他的这种接受态度使其文学思想在不同时代焕发了不一样的生机。然而,值得我们深思的是,近年来茅盾研究又有走向低迷的情况。本文研究目的是在"早期茅盾"错综复杂的研究散论中,寻找到一条贴合史实的关于茅盾早期的文学活动与文艺思想的综述。碍于时代局限和政治影响力而形成的夸大文学家思想衍变的自觉性,或者是为了创新而故意贬斥都失之偏颇。依据文本史料,结合现今的研究成果和个体的文学接受体验,使前人的总结也能与时俱进,课题退潮后显得冷清寂寞,对经典论题复议是我们的义务。对茅盾早期的文学活动与文艺思想进行全面的梳理和重新评价,无论从历史的角度还是现实的角度,都是很有必要、很有意义的。作为新时代的文学大家,茅盾在中国文艺学学术史上有着别人不可代替的地位和价值。"早期茅盾"是为数不多的纯粹意义上的文学批评家之一,对其进行整理有助于茅盾研究的完善。

---

① 陈迪强、钱振纲:《"茅盾与时代思潮"——学术研讨会综述》,《中国现代文学研究丛刊》2009 年第 5 期。

街头与雨,如何成文

——论茅盾早期创作中的五卅记忆及其书写

陈　澜①

摘　要:茅盾早期创作中对于五卅运动的书写,及此种书写之于小说的发展、变化之功,在已有研究中尚付之阙如。论文借由街头与雨的自然意象,从空间角度,重新切入到茅盾对于五卅的记忆及其书写之中,展开形式自身的历史,展现在这种写作中铭刻的革命经验,并借此重新理解左翼文学内部的丰富性与复杂性。

关键词:茅盾;左翼文学;国民革命;空间

引子:

走上街头与回望五卅

"这是一个闷热的下午,这是一个暴风雨的先驱的闷热的下午。"②——1925年 5 月 30 日夜,茅盾完成了一次回忆式的速写。就在刚刚逝去的白天,上海的南京路和淮海路上集结了一大批工人、学生,爆发了一场规模庞大的示威游行。这对于当时的革命者而言,既是一个结果,也是一个开端。恽代英后来总结道,日本纱厂的风潮、上海工部局(Shanghai Municipal Council)的三条提案,直接导致了五卅运动的发生,但这场运动并不是"一朝一夕的事情"③——五卅是革命情绪的结晶,也是将要到来的更为广阔的历史进程的起点。这种历史方位感上的判断,在当时得到了集束性的表达。④ 耐人寻味的是,在这种对历史的感知中,茅盾所表现出来的也并非全然是掌握历史的自信感,当我们看到茅盾以第一人称来记述革命之后,这一点会变得尤其明显,他在这篇《五月三十日的下午》中这样写道:

谁肯相信半小时前就在这高耸云霄的"太太们的乐园"旁曾演过空前的悲壮热烈的话剧? 有万千"争自由"的旗帜飞舞,有万千"打倒帝国主义"的呼声震荡,⋯⋯谁还记得在这里竟曾向密集的群众开放排枪! 谁还记得先进的文明人曾卸下了假面具露一露他们的狠毒丑恶的本相! 忘了,一切都忘了;可爱的驯良的

---

① 作者简介:陈澜,中国人民大学博士。
② 沈雁冰:《五月三十日的下午》,《文学周报》1925 年第 177 期。
③ 恽代英:《五卅运动》,《中国现代革命史》第七讲,上海:泰东书局 1927 年版。
④ 恽代英:《五卅运动》,《中国现代革命史》第七讲,上海:泰东书局 1927 年版。

大量的市民们绅士们体面商人们早把一切都忘了！①

　　这一个闷热的下午里，叙述者"我"首先提起的，是那一种与"太太们的乐园"②的隔绝。处于革命余温中的"我"，与"他们"在历史的记忆上感到强烈的疏隔。叙述者对着一个丝毫不为所动、不受影响的日常世界，连续地进行质问、反问与强调，但这悲壮热烈的活剧仍旧在顷刻间即化为平常。——然而，正是这不可以更改的结局所给予的冰冷的历史知觉，使得当事人更加狂热于那具有历史断代意义的五卅一刻。当一切只留下一些斜躺着的碎玻璃片，"我"便向这碎片敬礼，并且"捧着碎片狂吻"。文中所不断反复的，不仅是革命时刻与日常生活深切的隔绝之感，也是一个历史当事人如何在经历了现场之后，无法保留历史参与感的失落状态，一种不可以缓解、稀释的理想焦虑。在五卅落幕的一刻，叙述者的声音似乎是五卅震荡呼声的回音，却也像是对着无关的世界的回响。这种共时空间里的人与人之间的强烈温差，成为一个历史的印记。于是，在文末，街头的革命者开始诅咒都市中堕落的一切，祈求用热血来洗刷其中的卑贱无耻——及至于此，这篇速写在结尾的语气上已近乎宣言。并且，在这样的日常生活面前，革命者似乎被提醒：五卅还未开始，就已经结束。转瞬之间，革命者就告别了五卅街头的白天，来到了一个欲望都市的夜晚。茅盾这样一篇于夜晚回忆白天的速写，由此也可以被视作是对下一个白天的等待。就在这一篇《五月三十日的下午》的速写之后，他接着写了《"暴风雨"——五月三十一日》一文，相比前者，更多地记录了革命的历史细节。其中有这样一段：

　　昨晚延留到今晨的密雨，趁着晓风，打扑人脸越发有劲。C和S一早起来，已接到"十二点钟出发，齐集N马路"的命令。昨日下午的惨剧，昨夜的噩梦，仅仅三小时许的睡眠，都不但不曾萎缩了他们的精神，反而使他们加倍的坚决勇敢。不久，G和H也来了，四人便开始了热烈的谈论。

　　后来，话也说完了，时候也不早了，他们预备出去。G说："我们今天都不带伞，也不穿雨衣；还要少穿衣服，准备着枪弹下热的难受。"

　　"今天未必再吃枪弹了；倒须预备受自来水的注射"，S微笑着说，"湿透了的衣服是会发散血管里的热度的，所以还是穿了雨衣去的好。"……③

　　后来茅盾在回忆录中提及，在五月三十一日，他与孔德沚、杨之华三人之间正有过这样的"雨衣"之辩。④ 这一幕随着五卅反复出现在茅盾的写作之中，《虹》中的梅行素，走上五卅街头之时，仍旧面临着这样的一幕。而当他在文中说起"暴风雨的先遣队"，说起"多么可纪念的一个黄昏"，作为白天的结尾，都有着一种将要

---

① 沈雁冰：《五月三十日的下午》，《文学周报》1925 年第 177 期。

② 原为左拉小说名，以近代大规模的"百货商店"为描写对象。

③ 沈雁冰：《"暴风雨"——五月三十一日》，《文学周报》1925 年第 180 期。

④ 茅盾：《五卅运动与商务印书馆罢工——回忆录（七）》，《新文学史料》1980 年第 2 期。

抵达新世界的预感。在五卅之中,文字也成为了历史现场的一个标记,它不仅要记录这一切,同时要把自身也钉入历史进程之中。但值得注意的是,当"五卅"成为过去,日常生活仍旧不过是"歌吹声、竹牌声、哗笑声",这种将要抵达的预感是否只会是一种想象,而终究没有成为现实?"革命的第二天"①里,作为革命者的"我",似乎也在体验断代的一刻,留下了苦于忘却的忧郁表情。

这一历史关口的复杂情绪,并未在革命之后的日子里随风而散。1925 年 3 月 12 日,孙中山逝世。这在国民党内部留下了巨大的权力真空地带,国民党内部为此派系林立,争斗不休。1926 年 3 月 18 日,爆发了中山舰事件,自此之后,国统区的白色恐怖日益严重,茅盾后来回忆,在湖北地区,夏斗寅等流寇军阀杀人如芟草,更有挖眼拔舌、活埋火焚之行径,甚至以绳穿女同志乳房,驱之游街……——这些对于茅盾而言,无疑是一场政治的梦魇。1928 年,茅盾写作了《从牯岭到东京》,尤其提及这一时期冷热交杂的心绪,其中透露出的迷惘与悲哀并非言过其实,轻轻一笔。如果我们认同茅盾的早期小说亦是他个人精神史的一种形式,那么我们会看到这样耐人寻味的一幕:一个在五卅雨中书写革命的主人公——"我",仅仅两年不到,就遭受了理想幻灭的悲哀。曾经作为历史当事人感到的彼此世界相隔的温差,似乎既是一种实感,也是一种预感——断代起点处高扬的理想主义调子,就已经包含了一个虚弱的、低了八度的杂音。它不合时宜地在高音中成为低语,也出乎意外地在幻灭的悲哀前,成为一种另类的高音。当茅盾用了"追忆"的氛围写作《蚀》三篇,不能不说,他同时也提供了一段关于理想主义的历史。从《蚀》到《虹》,茅盾不断地回顾这一记忆中具有断代意义的一刻,他也不断地重临五卅的街头,重温这一场五卅的雨,直至仅仅成为纪念。那么,有关这一种革命理想,有关街头与雨这两个富有历史意味的革命之形式,我们不如就从它们成为记忆的那一刻,在形式自身的历史中,开始我们的讨论。

一、从"街头"开始:南京路上的断代时刻

1862 年,上海工部局(Shanghai Municipal Council)根据领事麦华陀(Medhust,Sir Walter Henry,1823—1885)的建议作出决议,将英租界内东西走向的马路②,以城市名命名,而南北走向的马路,则以省份名命名。③ 南京路正是其中一条。从被命名开始,南京路就已经被殖民者作为自己的财产了,在英国人库寿龄(S. Couling)所撰写的《上海史》(The History of Shanghai)中,他就将这些被建设的道路更直接地称为"我们的道路"。而在以数字命名的民间称谓中,南

---

① 丹尼尔·贝尔著,赵一凡、蒲隆、任晓晋译:《资本主义文化矛盾》,上海:生活·读书·新知三联书店 1989 年版,第 75 页。贝尔如此说道:"革命的设想依然使某些人为之迷醉,但真正的问题都出现在'革命的第二天'。"

② 南京路最开始为一片旷地,侨民商人聚集于此,并且引入了"维多利亚时代"(Victorian Era)风靡英语世界的"跑马"运动,其上先后建有第一、第二、第三"跑马厅",这也是所谓"马路"名称的来由。

③ [英]库寿龄(S. Couling)著,朱华译:《上海史(第二卷)》(The History of Shanghai),上海:上海书店 2020 年版,第 180 页。

京路则被叫作"大马路"①。事实上，由外滩而西的南京路，区别于殖民机构林立的外滩，更是作为一个商业中心而存在的，它处于公共的租界之中。英帝国殖民者留下的公园、马场、哥特式的建筑，美帝国殖民者留下的摩天大楼，都被并置于这条"上海的牛津大道，第五大街"之上。这种杂交的文化景观，正作为南京路的一个典型特征——人们漫步在"东方巴黎"的"第五大街"，在这一个去时间化的空间之中，似乎看见"现代"的一切。借用列斐伏尔（Henri Lefebvre）的说法，这既是所谓感知的空间（espace perçu），又同时是构想的空间（espace conçu）、生活的空间（espace vécu）。这一条通商口岸的著名马路，既使人们感受现代，也使人们想象现代。当先施、永安、新新、大新四大公司，在南京路上夸口宣传出售环球百货之时，他们既把自己当作出售商品用的橱窗，又把自己作为商品世界的全部。这种发达的商品经济与密集的殖民机构，使得南京路成为了一个向资本主义、帝国主义示威的再合适不过的场合。在这样一个洋场气十足的街头，爆发了一场全面反洋的运动——五卅运动的历史意义，也就包含了空间上的内容。五卅的街头，给予历史当事人们断代的激情，既有赖于一次具体的政治实践、一种具体的政治感，更有赖于在栖身的空间里，在反帝国主义、反洋的行为中而得见的全部历史。街头作为一个空间，并不仅仅是革命发生的场合、装置，它也是革命本身。在这个层面上，历史当事人所具有的整体性（totality）感知，也具有着空间的属性。或者说，谈论一种历史知觉，我们并不能回避空间的问题。

由此，当后来者回到茅盾在街头速写的时刻，这一空间的问题就向我们显现为两个世界的问题——同样处于街头，一个是革命情绪高涨的世界，一个却是不为所动、依旧太平的生活世界。主人公"我"对着歌吹作乐的世界生发出郁怒情绪，在周围的日常生活中感到强烈的温差。革命主体拥有的清晰的历史感觉，在生活面前遭受到质疑与挑衅——断代时刻所拥有的全面性与彻底性，在此显得既不全面，也不彻底。在革命者那里被精神穿透的历史，在牌桌上又变成了革命的幽灵。茅盾在五月三十日的速写中，记下了这样的一幕：

> 我看见一个纤腰长裙金黄头发的妇人踹着那碎玻璃，姗姗地走过，嘴角上还浮出一个浅笑。我又看见一个鬓戴粉红绢花的少女倚在大肚子绅士的臂脾上也踹着那些碎玻璃走过，两人交换一个了解的微笑。②

摩登女郎的浅笑与倚臂而笑的少女，构成了对庄严的政治场景的一次戏谑。而如果我们的眼光放得够长，茅盾的写作似乎自始至终都免去不了这样的"岔"笔。譬如《动摇》中的方罗兰，一只耳朵听着同志谈论店员风潮，一只耳朵却嗡嗡然充满着妻子梅丽委屈的呜咽。③ 至于此刻，一个断代时刻的当事人就已经在剧

---

① 上海方言中，"大"读若"Du"，意为"第一的"。

② 沈雁冰：《五月三十日的下午》，《文学周报》1925 年第 177 期。

③ 茅盾著，钟桂松主编：《茅盾全集（第一卷）》，合肥：黄山书社 2014 年版，第 160 页。黄山书社版《茅盾全集》据 1984 年人民文学出版社版《茅盾全集》，及 1954 年人民文学出版社版《茅盾文集》重排、增（转下页）

烈的政治感中见证了政治感消逝的瞬间。一个男性的革命者是以凝视着女性的身体来预感到他的结局的。如果认为茅盾对于这一场刚刚逝去的五卅运动的速写,是一次对革命的素描,那么,这"碎玻璃"被端着的画面,既构成游行、示威场景之外的其他内容,又构成游行、示威场景之内的隐约景观,它从未成为注意力的中心,但它也从未丧失对历史当事人注意力的吸引。茅盾在写作伊始就具有了这种发达的,也是多层次的注意力,他始终无法放弃具体的感知而全心投入抽象的话题。令人玩味的是,在后来的《子夜》里,茅盾对如此参与街头运动的学生群体却进行了一次颇具反思性的描写。

《子夜》中,张素素本是一位女学生,在五卅纪念节一日,与柏青、吴芝生相约参与在南京路上的游行。对这一场街头运动,张素素在参加之前就预许给自己许多紧张、许多热烈,一夜都不曾睡过好觉。而当她走上街头,被记者柯仲谋视为"赶热闹"之时,她反应激烈,做出这样一种举动:

> 这里张素素冷笑一声,看看吴芝生,又看看柏青,仿佛说"你们也小觑我么?好,等我干一下!"恰在这时候,隔马路的一个人堆发生了骚动,尖厉的警笛声破空而起。张素素全身一震,更不招呼两个同伴,便飞也似的跑着,一直穿过马路,一直向那动乱的人群跑。可是还没到,那一堆人霍地分开,露出两个巡捕,拿起棍子,正在找人发威。张素素不由的收住了脚,犹豫地站着,伸长了脖子观望。①

这种参与街头运动时的攀比心理,以及在政治运动中摆脱日常生活的行为动机,无疑是茅盾对于这些"中产阶级的孩子们"一个极其敏锐的观察。事实上,将街头作为革命的图腾,把街头运动作为革命的勋章,并借此分享一种超越性的体验,并不唯独张素素如此。在大三元酒家里隔岸观火的范博文,更是由此大发"吊古"之言:

> "什么都堕落了!便是群众运动也堕落到叫人难以相信。我是亲身参加了五年前有名的五卅运动的,那时——嗳,'The world is world, and man is man!'嗳——那时候,那时候,群众整天占据了南京路!那才可称为示威运动!然而今天,只是冲过!'曾经沧海难为水',我老实是觉得今天的示威运动太乏!"张素素和林佩珊一齐转过脸来看着范博文发怔。这两位都是出世稍迟,未曾及见当时的伟大壮烈,听得了范博文这等海话,就将信将疑的开不得口了。范博文更加得意,眼睛凝视着窗外的天空,似乎被回忆中的壮烈伟大所眩惑所沉醉了……

(接上页)添,排版较易阅读,为易于查找核验,有关原文均取用黄山书社版《茅盾全集》。另外,《茅盾文集》的编选是1954年间系列作家文集编选的一部分,茅盾曾经明确表露过,他遭遇过要加以修改的"矛盾",但仍旧着意坚持保留原作面貌,《蚀》重排后的修改,只是在字句上做了或多或少的修改,思想内容则根本不动(《写在〈蚀〉的新版的后面》)。其中,《幻灭》《动摇》改得较少,仅仅全书的百分之一或不及百分之一,《追求》则较多,亦不过百分之三。

① 茅盾著,钟桂松主编:《茅盾全集(第三卷)》,合肥:黄山书社2014年版,第269页。

　　作为旁观者的范博文总是在过去的辉煌中得见现在。然而更需要注意的是，当范博文回忆起这段往事之时，他与其说是慨叹今不如昔，倒不如说是为了享受张素素和林佩珊一齐转过脸来，看着他发怔时的被关注，甚至是被敬仰。这个五卅纪念节中，南京路外的旁观者借由对于五卅的回忆而成为南京路上的历史当事人了。在这种言论中流露出道德上的优越感，以及宣布何为"world"、何为"man"的高位姿态，足以证明这些青年男女不过是以一种浪漫派的态度来对待革命。他们把政治生活当成一种自我实现，将革命当作一种时髦的消遣。茅盾反复提及街头与五卅的时刻，正包含着他对于政治的浪漫派的一种反省。这些茅盾作品中连贯的、重复的、关于五卅运动及其纪念节的书写，在此也可以成为我们理解茅盾思想之变迁的一个形式。五卅的街头如此，五卅一日的急雨也如此。地点、天气，这些空间上的属性，并不见得是一个作品当中无足轻重的部分。文本当中铭刻的自然意象，无论是作为第一自然的"雨"，还是作为第二自然的"街头"，都在这样一个断代的时刻，成为一种人化的自然，并且在自身之中叠印着历史。因此，我们对于这些文学形式的关注，事实上是要使这些形式成为我们观察历史的一个简洁而又丰富的场合。研究者往往并没有办法直接地论述庞大的话题，这便是中介存在的意义。并且，值得注意的是，说什么（what）和怎么说（how），经验与中介，往往是一回事情——怎么说也决定了说什么，中介也决定了经验。对于街头与雨的书写，对于亲历五卅的茅盾而言，不仅是"来自"革命记忆、革命经验，也是革命具象化的经验，因而也是革命本身。由此，我们就更加需要一种小说的知识学，以期打开这一中介，展开这一凝聚着的革命经验。事实上，如果说街头是茅盾早期小说一个文本上的地理标志，雨则是一个其显著的文本上的气候标志。茅盾的作品"多雨"，似乎是很自然的事情。然而，对于一个写作上颇为自觉且诚实的作家而言，这真的是一个可以轻松放过的问题吗？对象本身的历史语境又是什么？在此，我们不妨先追问，这些雨从何而来？又为何而下？

二、"雨"的语文学变迁：五卅中的雨与雨中的五卅

　　1925 年 5 月，当茅盾写作《"暴风雨"——五月三十一日》时，他记录下了这样的一个现场：

　　N 马路两旁的行人道上已经攒聚着一堆一堆的青年学生和短衣的工人。那时雨下得好大，他们都站在雨里直淋。G、H 等四人沿马路往东走了百余步，看见二三小队的女学生正散开来到各店铺内演讲；G、H 他们也立刻加入这项工作。他们刚要走进第十三家商铺去讲演的时候，忽然"吉令令……"的铃声在马路中间乱响，四五辆脚踏车从西向东驰去，一路散放小传单，成百的在湿风中飞舞。……①

　　事实上，茅盾在后来的回忆录中专门提到了他与孔德沚、杨之华三人的"雨

---

① 沈雁冰：《"暴风雨"——五月三十一日》，《文学周报》1925 年第 180 期。

衣"之辩①,可以视作是这一幕的"本事"。一个在 20 世纪 80 年代回忆革命往事的垂暮老人,回忆起一个自身与时代历史同一的起点,一场漫天飞舞着传单的大雨,其中所蕴含的激烈情绪,即便时过境迁五十余年仍存有余温。五卅的"暴风雨",被天然地铭刻在了革命者的背后,它既作为风景、气候,也作为革命热带的天气寓言,一种革命的语法。值得一提的是,对于后者而言,它包含着一次语文学的变迁。

1906 年 8 月,列宁在《无产者报》第 1 号上发表了一篇著名的演说:《暴风雨前》②。自解散了国家杜马之后,于一个"革命情绪在增长""爆发必不可免、而且有一触即发之势"的时刻,呼唤"让暴风雨来得厉害些吧!"高尔基以先知姿态写就的《暴风鸟的歌》(1901 年),在此刻得到了它广阔的回声。同年年初,当列宁驳斥布兰克等立宪民主党人背弃马克思主义的原则之时③,他便已经使用了"旋风"或"暴风雨"来命名这一革命的时期。并且,当立宪民主党人庄严地断定"旋风在原地盘旋,在原地平息""思想和理智的时代已经来临"之时,列宁也判定了这些骑士们将"马克思主义直接革命的一面"除外来接受马克思主义的行径,不过是一种政治懦夫的戏码。革命作为暴风雨,在立宪民主党的骑士那里唤起的是恐惧,在革命者那里却带来一种创造的激情。或者说,革命者在暴风雨前所具有的崇高感,正是来自对于被毁灭的恐惧的克服。当革命者歌颂"旋风"与"洪水"之时,他们也有意或无意地使用了一个创世纪般的转写——在宗教的历史中召唤暴风雨。革命者的主体在此刻站在了上帝的位置之上。他们不仅是要砸碎国家机器,同时要像上帝那样,使自己的行为具有一种伟大的自然力,命名世界,规定万物的作息。暴风雨的寓言在其诞生之初,就已经自然地具有了政治神学的属性。

及至 1920 年到 1922 年底,作为《晨报》记者访苏的瞿秋白就翻译了高尔基的这首《暴风鸟的歌》④,并在后来将其改译为《海燕》⑤。事实上,就俄语原作而言,高尔基使用了大量的现在时时态,在瞿秋白的翻译中,这体现为大量的"着"字"字尾。⑥

---

① 茅盾:《五卅运动与商务印书馆罢工——回忆录(七)》,《新文学史料》1980 年第 2 期。

② 列宁著,中共中央马克思恩格斯列宁斯大林著作编译局编译:《列宁全集(第 13 卷)》,北京:人民出版社 1984 年版,第 335 页。

③ 列宁著,中共中央马克思恩格斯列宁斯大林著作编译局编译:《列宁全集(第 12 卷)》,北京:人民出版社 1984 年版,第 285 页。

④ 瞿独伊:《从〈暴风鸟的歌〉到〈海燕〉——根据一篇佚稿谈瞿秋白同志的翻译》。见瞿秋白纪念馆编《瞿秋白研究》第九辑,上海:学林出版社 1998 年版,第 282 页。

⑤ 瞿独伊:《从〈暴风鸟的歌〉到〈海燕〉——根据一篇佚稿谈瞿秋白同志的翻译》。见瞿秋白纪念馆编《瞿秋白研究》第九辑,上海:学林出版社 1998 年版。据瞿秋白之女瞿独伊的回忆,改译时间为 1931 年底到 1932 年底。值得注意的是,瞿独伊提及,将《暴风鸟的歌》改译为《海燕》之时的瞿秋白,在外正经历严重的白色恐怖,在内则受到王明、博古的排挤,这一"重读"/改译有着自求振拔的意味。这一译作后来被鲁迅收入《海上述林》之中。

⑥ 瞿秋白著,瞿秋白文集编辑委员会编:《瞿秋白文集(第 3 卷)》,北京:人民文学出版社 1959 年版,第 683 页。在《普通中国话的字眼的研究》一文中,瞿秋白专门讨论了中国文字的"字眼",例如,他将"国家主义"的"国家"视作字根,"主义"视为字尾。这是将汉字同表音的文字等而视之,颇具启发性。同时,俄语在"词尾"上的多样性,使得俄语在情感表达上尤其丰富。瞿秋白对于"着"字的大量运用,正是他此时改造汉字思路的延伸。

1931年，瞿秋白仿《海燕》写作了《暴风雨之前》①，蠢笨的企鹅变成了苍蝇，海燕变成了龙——天气虽未变，而生物已变种。高尔基的这篇革命檄文，在东方也被广而告之。但值得注意的是，如果说《暴风鸟的歌》中多现在时的时态，那么在20世纪20年代中国的语境之中，他往往是被当作完成时的时态来予以接受的。无论是瞿秋白还是茅盾，当他们歌颂"暴风雨"的时刻，他们就面对着一个作为他者的苏联。这种革命语法的使用，也同时是他们脑海当中有关革命的想象之投影。令人玩味的是，这一场雨见之于茅盾的作品，却多有旁逸斜出。

1927年茅盾写作的《动摇》里，逃难的陆梅丽眼前便有这样一幕：

突然，平卧喘着气的古老建筑的烬余，又飞舞在半空了；它们努力地凝结团集，然后像夏天的急雨似的，全力扑在那从小东西上。它们奔逃，投降，挣扎，反抗，一切都急乱地旋转，化成五光十色的一片。在这中间，有一团黑气，忽然扩大，忽然又缩小，终于弥漫在空间，天日无光……②

《虹》中，当梅行素走上五卅的街头，也有这样一幕：

若断若续的雨点忽又变大变密，因而梅女士到了"二百四十号"时，单旗袍早已淋湿，紧粘在身上，掬出尖耸的胸部来。聚集在这房子里的六七位青年看见梅女士像一座裸体模型闯进来，不约而同发出一声怪叫。

陆梅丽的错乱，梅行素的不拘，茅盾笔下的新女性显露性格的一刻，似乎都离不开急急而至的雨。对此，如果我们联系起1925年5月30日同样的"夏天"的急雨，这一幕难免就显得令人意外。那个暴风雨前具有创世激情的"我"，或许从未料想在革命之后，这一场同季的雨，在一位新女性的臆想之中，激起的是末世的景象。从1925年到1927年，在一场革命的起点与终点之间，究竟是什么使得茅盾对雨的书写发生如此变化？从革命的街头到革命的大后方，这场雨似乎下得太久。一条"雨带"也在其中展开：在气候意义上的一场雨，也成为了在文本的症候意义上的一场雨。当五卅的雨渐渐停歇，在不断地重写之中，我们也见到一个不断被纪念的雨中的五卅。这种文本间的重复与差异，或许正是文本留给我们的一个解读的入口。

三、眼前人与身后事："雨"中的新女性及革命的形式问题

1926年元旦期间，茅盾坐上了开往广州去的醒狮轮船，同行五人，赴穗参加国民党的二大。③ 这一年对其而言，是人生当中的一个节点。茅盾暂时割断了与文学事业的联系，而"在革命的洪流里滚"。1933年的五一节，他写有一篇《几句旧

① 瞿秋白著，瞿秋白文集编辑委员会编：《瞿秋白文集（第2卷）》，北京：人民文学出版社1959年版，第288页。
② 茅盾著，钟桂松主编：《茅盾全集（第一卷）》，合肥：黄山书社2014年版，第284页。
③ 茅盾：《创作的经验》，上海：天马书店1933年版。

话》①,重新提起这一段难以忘却的日子,其中回忆道:

> 四月中,我回到了上海;没有职业,可是很忙。……同时我又打算忙里偷闲来试写小说了。这是因为有几个女性的思想意识引起了我的注意。那时正是"大革命"的"前夜"。小资产阶级出身的女学生或女性知识分子颇以为不进革命党便枉读了几句书。并且她们对于革命又抱着异常浓烈的幻想。是这幻想使她走进了革命,虽则不过在边缘上张望。也有在生活的另一方面碰了钉子,于是愤愤然要革命了,她对于革命就在幻想之外再加了一点怀疑的心情。和她们并肩站着的,又有完全不同的典型。她们给我一个强烈的对照,我那试写小说的企图也就一天一天加强。……记得八月里的一天晚上,我开过了会,打算回家;那时外面大雨,没有行人,没有车子,雨点打在雨伞上腾腾地响,和我同路的,就是我注意中的女性之一。刚才开会的时候,她说话太多了,此时她脸上还带着兴奋的红光。我们一路走,我忽然感到"文思汹涌",要是可能,我想我那时在大雨下也会捉笔写起来罢……

令人寻味的是,这雨中持伞同行的一幕,也出现在茅盾去世前不久写作的回忆录中②,时过境迁四十余年,犹在眼前。在"雨"中写作的冲动几于刻骨铭心。事实上,就茅盾的生平而言,除去北上求学与逃难东京,他的青少年时期几乎都在多雨的江南地区生活。茅盾早期的写作多雨,这似乎是自然而然的事情。但是,我们在研究上重新强调这一点,并不是要把茅盾的写作放置在地理决定论的框架之中,以此来说明他在雨中江南的生活如何酝酿了他的文学性格,以及影响几何,而是提示"雨"作为生活中的自然质素,编织进文本,并成为文本中的自然质素的这一"自然"过程,也可以成为问题。前者更关乎作者的意识,后者则借由语言而更关乎集体的无意识;前者偏重的是一个在经验后写作的问题,后者偏重的则是一个在写作中经验的问题。或许我们可以说,茅盾之所以被激起如此的写作冲动,不仅在于眼前这些往来谈笑,幻想而又加了点"怀疑的心情"的新女性,也在于新女性身后的这场雨。茅盾发生极其强烈的写作冲动的这一刻,并不是他抱着社会科学家的态度来观察的时刻,而是他身居其中之时。更为具体地说,是在与写作的对象取消距离的时刻,是在对象之中的具身感,一种活生生(living)的现实感,赋予作者以书写人物群相的冲动。并且,这里的微妙处亦在于这一个下雨的空间——在茅盾的起手之作《蚀》三篇中,如果说几乎每一个凝视女性身体的瞬间,作者、读者都对着一场意义并不"透明"③的雨,那么在这一场雨前,却还有室内与

---

① 茅盾:《创作的经验》,上海:天马书店 1933 年版。

② 茅盾:《中山舰事件前后——回忆录(八)》,《新文学史料》1980 年第 3 期。

③ [法]亨利・列斐伏尔(Henri Lefebvre)著,刘怀玉等译:《空间的生产》,北京:商务印书馆 2021 年版,第 43 页。列斐伏尔在《空间的生产》中谈到,"空间"作为"产物",这一事实是被"对子幻觉"(double illusion)隐藏起来的,即"透明性幻觉"(the illusion of transparency)与实在性幻觉(realistic illusion),前者近于哲学上的唯心论,将空间视为透明的,可以被能动地认识,被理性穿透与照亮(illumination)。后者则近于唯物论,相信"客体"比"主体"拥有更多的存在性,是意识无法穿透的坚硬而致密的"物"。

室外之分。

《幻灭》里，在静女士"静不下来"的上海，少女的愁思正起于一场牛毛细雨之中。想要"我自管读我的书"的静女士，却在早起开窗的时刻感受到失眠后的软弱无力，及一种生理上与心理上重合的滞涩。作为少女的静女士，对着晒台上隔夜晾着的女人衬衫想到"处女的甜蜜的梦"之后，有关"少妇的现实"，由此而感到作为少妇的忧郁。在这样一场少女的愁思中，茅盾写下了这样一幕：

> ……周围的人们的举动，也在她眼中显出异样来。昨日她在课堂上和抱素说了一句"天气真是烦闷"，猛听得身后一阵笑声，而抱素也怪样地对她微笑。她觉得这都是不怀好意的，是侮辱。
>
> "男子都是坏人！他们接近我们，都不是存了好心！"慧的话又在耳边响起来。她叹了一口气，无力地让身体滑了下去。正在那时，她仿佛见有一个人头在晒台上一伸，对她房内窥视。她像见了鬼似的，猛将身上的夹被向头面一蒙，同时下意识地想道："西窗的上半截一定也得赶快用白布遮起来！"但是这陡然的虚惊却把静从灰色的思潮里拉出来，而多时的兴奋也发生了疲乏，竟意外地又睡着了。……①

这恍惚、隐约中被人窥视的虚惊，对于秘密泄露的过敏，对于异性的陌生、敌意，乃至恐惧，想要在物理上和心理上都把自己遮掩严实的做法，思虑过度以致彻夜未眠后的兴奋与疲乏的交杂，都是相当微妙的对于少女的刻画。值得一提的是，静女士是在幽暗的室内而与细雨相对的，她所看到的女人衬衫，其主人正是"二房东家的少妇"，她所联想到的"少妇的现实"，虽然也是关于自己的，但首先是关于女性的。身处室内，而眼向室外，从眼中所见，到身中所感。作为概念的"少妇的现实"，在室内落地为少女敏感、无力而又疲劳的体验。幽闭的暗室，同时也是少女充满秘密的心房。同时值得注意的是，写作《幻灭》的茅盾，也幽闭于景云里三楼的室内，在作者与人物之间，无疑具有着一个叠化的镜头。作为男性的写作者正是在室内凝视着他笔下的新女性之内心。同样处在"上海"，同样"失眠"②，同样的软弱无力，而陷于灰色的思潮之中。或许可以说，室内少女的幽怨哀愁，也作为室内男性在革命落潮期的挫折感的一个转写，一种象征性的替代。事实上，《蚀》的开篇——《幻灭》，其扉页正以一段《离骚》作为题词：

> 吾令羲和弭节兮，望崦嵫而勿迫。路漫漫其修远兮，吾将上下而求索。

茅盾在革命的落潮期以一个幽怨的女性的视角开始他的回忆与写作，这未尝不是一次现代的"香草美人"之说。屈原由朝下野，终至于投江，茅盾自己则是从书斋到街头，"在革命的洪流里滚"，却领受"幻灭的悲哀"，及至再入"亭子间"。这

---

① 茅盾著，钟桂松主编：《茅盾全集（第一卷）》，合肥：黄山书社 2014 年版，第 12 页。
② 茅盾著，钟桂松主编：《茅盾全集（第一卷）》，合肥：黄山书社 2014 年版，第 464 页。

种旷世相感中的流落境遇,或许正是茅盾取《离骚》一段作为《幻灭》题词的缘由。与之相对,这在细雨中哀愁的静女士,在怀抱着对革命"异常浓烈的幻想"走向武汉之前,其人生的转折正开始于走出这幽暗的房间——从闺阁之中迈步而出,她的"少妇的现实"将不再落在闺阁之中,或在飘摇江中的船上(梅行素),或在风雨将来的窗前(章秋柳)。女不成妇,老不为妻,出走后的娜拉们的命运,总是伴着一场零落的雨。在《蚀》的终篇《追求》之中,章秋柳在得知自己可能患有梅毒之后,茅盾就这样写作她的最后一幕:

"我觉得短时期的热烈的生活实在比长时间的平凡的生活有意义得多!我有个最强的信念就是要把我的生活在人们的灰色生活上划一道痕迹。无论做什么事都好。我的口号是:不要平凡!根据了这口号,这几天内我就制定了长长短短的将来的生活历。"……

"……和我共鸣的,是史循。他意外地突然地死了。然而他的死,是把生命力聚积在一下的爆发中很不寻常的死!"一阵狂风骤然从窗外吹来,把半开着的玻璃窗重碰一下,便抹煞了章秋柳的最后一句话的最后几个字。窗又很快地自己引了开来,风吹在章秋柳身上,翻弄她的衣袂霍霍作响。半天来躲躲闪闪的太阳,此时完全不见了,灰黑的重云在天空飞跑。几粒大雨点,毫无警告地射下来,就同五月三日济南城外的枪弹一般。①

又是一场五月的急雨。无法安静休养的章秋柳,决心在生命的余数里,尽力、热烈地生活,不要平凡,而是要"在人们的灰色生活上划一道痕迹"。此种流星般的生活,正是在革命之后走出闺阁的女性的一种结局。而醒目的是,章秋柳出场时,在雨中以"湿身相"使行人眼中一变②;当其生命即将终结,她又是在雨中出现在男性的眼前。曾经写下"以前种种,譬如今日死;以后种种,请自今日始"的新女性,在求生的路上,却以将死之身告终。在这场如枪弹一般的雨落下的时刻,章秋柳宣告了她要"很不寻常的死",但这誓言却模糊于风雨之中,被自然抹煞。《蚀》三部曲,起于一位少女在雨中的哀愁,终于一位女性在雨中的誓言。1920 年代江南地区的"雨",下在新女性的身后,也飘忽于革命者的眼前。

当我们由此重新回到《几句旧话》,茅盾准备在雨中"撑一把伞,就动笔"的一幕,我们还能把《蚀》中反复出现的"雨"轻易带过吗? 雨中被突出、强调的"行走"本身,或许正是一个现在性(actulité)的形式;倾盆而下的雨,或许也正是过往生命

---

① 茅盾著,钟桂松主编:《茅盾全集(第一卷)》,合肥:黄山书社 2014 年版,第 458—459 页。

② 茅盾著,钟桂松主编:《茅盾全集(第一卷)》,合肥:黄山书社 2014 年版,第 347—348 页:"章秋柳到街上时,一阵急雨忽然倾下来,天空反而开朗些。凉的雨点打在她脸上似乎给她一服清神剂,她的胀而且重的脑子顿时轻松了许多。……总之是缓不济急了。章秋柳焦灼地想着,在急雨中打旋,完全不觉得身上的薄绸衫子已经半湿,粘在胸前,把一对乳峰高高地衬露出来。她只觉着路上的行人很古怪,都瞪着眼睛对她看。"《虹》当中的梅行素,在"五卅"一日的街头,也有类似的场景。学者陈建华在其著作中提及这一类场景,认为这属于茅盾写作上的"性消费策略"(见陈建华:《革命与形式——茅盾早期小说的现代性展开(1927—1930)》,上海:复旦大学出版社 2007 年版)。

流逝的象征——这雨夜中袭来的"电影的断片",既是在感知的空间(La pratique spatiale)中对于空间的再现(Les représentations de l'espace),也是在这场旷世相感的雨中,有关再现的空间(Les espaces de représentation)。来来往往,走走停停,"说话太多了",甚至于"脸上还带着兴奋的红光"的她们,将不可挽回地陷入幻灭、下坠的运命。在室内写作的茅盾那里,他于革命之后记下这些新女性,与其说是对女性风姿的凝视、痴迷,不如说是对这些注定成为灰烬的鲜活生命、那些在历史中注定被忘却的独特表情的执著、铭刻。历史唯有遗忘常新,而茅盾却偏偏苦于不能全忘却,她们从没有比预感到她们即将逝去的这一刻更让人觉得生动,以至于人们一想到她们的逝去,就感到没有记录的悲哀。这场雨中的离合之情,不仅是革命兴亡之事的转写,也同时代表着那场未成熟的革命本身。或许在此我们更能意识到,中介或形式,也是我们谈论的经验本身。

在此值得一提的是,有研究者曾讨论过 20 世纪 20 年代新文学创作者中的"硬写"问题。[①] 20 年代作为文学青年的创作者,由于写作空间常处于幽闭的室内,往往在写作取材、写法上也陷入逼仄的境地。其中暴露出的是新文学无法指向外部实践的危机,新文学要发展,便同时要化解"硬写"的焦虑。但在这里,茅盾的转写与文学青年的"硬写"却形成了一对有趣的参照。同样是被迫,同样是不得已而为之,"硬写"是为了做小说再去经验人生;转写却是经验了人生才来做小说。茅盾曾自白,《蚀》三篇中,人物的个性是他着力描写的[②],而他也一以贯之地强调"生活实感",反对教训主义式的小说。对于研究而言,或许我们要继续追问的是,这一种生活实感从何而来,那些活生生的具体历史到底又来自何处?对此,我们可能并不能够一次性地完成解答,但在此处,我们至少可以知道:那些具体而又生动的历史,理应具有空间上的属性,而不应仅仅停留在时间的维度上。也许,正如列斐伏尔所言:那一切,都汇聚在空间问题底下了(tout converge dans le problème de l'espace)。

结语　街头与雨,如何成文

1929 年 4 月至 7 月,茅盾旅居日本之时创作了《虹》,以一个青年女性梅行素的故事,为过往十年之历史留一印痕。[③] 这一个蜀地的女子为新思潮感召,又一次选择出走,顺长江而下。事实上,选择一位出走的娜拉来开始自己的写作,这对茅盾而言似乎已经是惯例了。在《虹》之前,茅盾曾有一部小说集《野蔷薇》,便集中书写了一系列生活史中的娜拉。如果说《蚀》中的娜拉们主要是静女士和慧女士

---

① 姜涛:《公寓里的塔:1920 年代中国的文学与青年》,北京:北京大学出版社 2015 年版。

② 茅盾:《从牯岭到东京》,《小说月报》1928 年第 19 卷第 10 号。另,《从牯岭到东京》一文的发表时间,《茅盾全集》人民文学出版社版(简称 84 版),以及 2014 年的《茅盾全集》黄山书社版(以 84 版为基础,并收有新近佚文、佚信,与一部分古诗文注解等),均标注为"一九二八年十月十八日",但并未注明此时间出处。《茅盾年谱》(查国华编)中标明的时间为"一九二八年十月十日"。所载原刊为《小说月报》1928 年第 19 卷第 10 号,出版时间为"民国十七年十月十日",即一九二八年十月十日,所以依照原刊注明此文发表时间。文末茅盾自注写作时间、地点为"一九二八七一六,东京"。

③ 茅盾:《虹·跋》,上海:开明书店 1930 年版。

两类女性的话①,那么及至于《野蔷薇》与《虹》,茅盾则已经开始加以综合,写作便从静女士向慧女士变迁了。这篇在异国他乡写作的《虹》,正如它的标题所显示的,以自然的现象喻指一段历史的进程②,这对茅盾而言,似乎既是被海风吹干净《追求》中间的悲观苦闷之后,对自己的过去加以总结,也是在寻得了"北欧的勇敢的运命女神"③做他的精神向导之后,设置一个新的起点。《虹》的开篇,便着力描写了这一位蜀中女子如何"出川":

> 江水翻腾起跳掷的浪头,争先奔凑到这石崖的门边,澎澎地冲打着崖脚。船上的汽笛又是一声震耳的长鸣,船驶进了石门了。梅女士仰起头来看。强烈的太阳光使她目眩。她觉得这飞快地往后退走的高石崖摇摇地就像要倒坍下来。本能地闭了眼睛,她看见一片红光,然后是无尽的昏黑。梅女士垂下头去,落在两手中,心里想:"呀,这就是夔门,这就是四川的大门,这就是隔绝四川和世界的鬼门关!"……浩荡的江水展开在她面前,看不见边岸。只远远地有些灰簇簇的云影一样的东西平摊在水天的交界处。像是胸前解除了一层束缚,梅女士微笑着高举了两臂吸一口气。她赞美这伟大的自然!她这才体认了长江的奔腾浩荡的气魄。她回头向右边望。夔门的石壁尚隐约可见。现在只成为万山嶂间的一条缝了;缝以内是神秘的阴暗。……梅女士抿着嘴笑,轻声接着说:
>
> "从此也就离开了曲折的窄狭的多险的谜一样的路,从此是进入了广大,空阔,自由的世间!"

事实上,茅盾自己未曾到过四川,更从未出过夔门,这一段出夔门的描写有赖于曾经自己的耳闻。④ 选择一个蜀中女子出川的故事来为过往历史留一印痕,这不能不说是茅盾一个精妙的设计。蜀地受难之早,动乱之剧,由来已久,民间更有"天下未乱蜀先乱,天下已治蜀未治"之说。譬如新文学早期的浅草社、沉钟社的成员,也多出身蜀地,玄发朱颜,却唱着饱经忧患、不欲明言的断肠之曲,于是往往"春非我春,秋非我秋"⑤。梅行素的"出川",在时代的意义上,无疑是青年命运的一个象征性的行为。而值得注意的是,这一未竟的长篇小说之结尾,梅行素出川后抵达的地方,是上海的街头,是五卅一日的南京路。如果说《蚀》三篇当中,故事的时间主要是在国民革命之后,那么到了《虹》,故事的时间却是在国民革命之前,是走向五卅的历史。茅盾的写作时间与故事时间存在着一个颠倒的关系。茅盾越写越往前,这或许正是向记忆求索未来之相的举动。茅盾在京都避难的寓所⑥,

---

① 茅盾:《从牯岭到东京》,《小说月报》1928 年第 19 卷第 10 号。
② 茅盾著,钟桂松主编:《茅盾全集(第一卷)》,合肥:黄山书社 2014 年版,第 464 页。文中茅盾提及,不仅《蚀》的标题是取譬于自然现象,《虹》《子夜》也是如此。
③ 茅盾:《从牯岭到东京》,《小说月报》1928 年第 19 卷第 10 号。
④ 茅盾:《亡命生活——回忆录(十一)》,《新文学史料》1981 年第 2 期。
⑤ 鲁迅:《新文学大系·小说二集·导言》,上海:良友图书印刷公司 1935 年版。
⑥ 茅盾:《亡命生活——回忆录(十一)》,《新文学史料》1981 年第 2 期。

借写作重新回到了革命策源地上海的街头。他的五卅记忆及其书写，重新以街头与雨的风景见之于文。但是，与《五月三十日的下午》中诅咒罪恶都市的主人公相比，茅盾此刻的"五卅"不仅多了个上街的娜拉，还多了个游冶的革命军人徐自强——这已经是一个革命之后的语境了。茅盾是在"革命的第二天"里来写作这群走向革命的青年。如果说《五月三十日的下午》中，街头与雨中所发生的革命对茅盾而言是在自然中经历的历史，那么在《虹》当中，这一场街头与雨中的革命却是被观察的，历史当中的自然。于前者而言，他们感受到主体与自然之客体的同一；于后者而言，作者却具有了一双冷眼，明确地意识到这种认为主体具有自然力的革命想象只是一种政治的浪漫派的"幻美"而已。① 这一对街头与雨的空间的阅读，事实上正是一次历史的反省。值得一提的是，《虹》本来还有一部姊妹篇《霞》，但《虹》写作中辍，《霞》也并未成篇。在茅盾的写作计划中，在《虹》的后半篇及《霞》中，梅行素将有这样的命运：

> ……我本来计划，梅女士参加了五卅运动，还要参加一九二七年的大革命，但一九二七年当时的武汉，只是黑夜前的幻美，而且易散，此在政治形势上，象征着宁（蒋介石）汉（汪精卫）对峙只是"幻美"而且"易散"。在梅女士个人方面，她参加了革命，甚至于入党（我预定她到武汉后申请入党而且被吸收）；但这只是形式上是个共产党员，精神上还是她自己掌握命运，个人勇往直前，不回头。共产党员这光荣的称号，只是涂在梅女士身上的一种"幻美"。
>
> 《霞》将是《虹》的姊妹篇。在《霞》中，梅女士还要经过各种考验，例如在白色恐怖下在南方从事党的地下工作，被捕；被捕之日，某权势人物见其貌美，即以为妾或坐牢任梅女士二者择一，梅女士宁愿坐牢。在牢中受尽折磨，后来为党设法救出，转移到西北某省仍做地下工作。霞有朝霞，继朝霞而来的将是阳光灿烂，亦即梅女士通过了上述各种考验。有晚霞，继晚霞而来的，将是黄昏和黑夜，此在梅女士则为通不过那些考验，也即是她的思想改造似是而非，仍是"幻美"而已。……②

《虹》的前半篇是梅行素由蜀地走向街头，抬头见"虹"；后半篇则略近于《蚀》，及至于《霞》，则是两者的再次综合。我们在茅盾的写作计划中可以大致看出，他所写的这场革命将是一个非常漫长的过程，期间往复循环，几近于自然现象。或者可以说，他企图描绘的历史是一种自然中的历史，是一种不以人的意志为转移的历史，毁灭中有生机，兴盛时亦潜藏着衰落的迹象。这一写作计划事实上是茅盾人生最后的时刻才予以交代的，对于一个长期脱党，在死后才追认为共产党员的共产主义者而言，这意味着他在思想上的含混性，也意味着他对于这种含混性的保留。茅盾人生的一头一尾，都在中共内部居于较为特殊的位置。甚至借用他

---

① 茅盾：《亡命生活——回忆录（十一）》，《新文学史料》1981 年第 2 期。
② 茅盾：《亡命生活——回忆录（十一）》，《新文学史料》1981 年第 2 期。

自己的话说,这一处境就颇近似于那个"落后"的托尔斯泰。① 但是《霞》最终没有成篇,那些说不成话的话,茅盾究竟没有下笔,这也同时是茅盾的态度。他并没有因为清醒的悲观而否认历史前进的可能。对于茅盾而言,那场走向街头,在雨中漫天飞舞着"打倒帝国主义"传单的革命,即便不成熟、终将成为"幻美",但依然不至于丧失其意义。借着街头与雨而书写的历史,构建一场具有起源性质的、神话学意义上的革命,茅盾似乎并没有因为革命在事实上的落败而彻底走向对它的否定。这场革命或许正是由于其不成熟,才包含着更多未来的可能——它既然发生了一次,那它就可能再次发生。我们重新回到这一原点,正是为了不断地追问这样一个问题:在显然无法更改的事实面前,人们是否还能够利用已有的历史前提创造新的历史? 茅盾的写作提出了这个难题,但他并没有、也并不能做出解答。对茅盾而言,新人占据不了他作品的核心位置,他不会写新人,也写不了新人。他在革命落潮期能够忠实地记录革命主体所具有的复杂感应,在街头与雨中重走革命的路,并且予以冷静地观察、分析,这就已经是难得的对于现实的正视——他终究不愿意作为一个政治的浪漫派,《虹》的写作正是他在思想上的过渡②,其后的《路》《三人行》等作品,便将要把这些街头与雨中的青年们的记忆推得越来越远,最终成为如《子夜》中林少奶奶与雷少校一般的"一鳞半爪"。街头的血气,毕竟会有衰落的一天;雨中的低回怅惘,也难以长时间占据生活的中心。茅盾早期有关于此的写作,也只能成为一个时段的理解革命的中介,随着时移世易,这些写作也会暴露其限度。不过,茅盾早期所具有的这种有缺憾的价值,这种历史的局限性,也正是他后来的转折向我们彻底而全面地显现意义的前提。后来者并不应、也并不能比茅盾站得更高——或者说,没有任何历史的当事人可以外在地从历史中解困,我们只能内在地寻求变革的可能,这正是茅盾写作的价值所在。他指向的是一个历史的青春期,是一场未成熟的、剧变式的革命中,我们自身所遭遇到的中国革命的具体性与特殊性,指向的是那些无法被概念概括的生活的内容,那些除不尽的生活的余数——它们无法直接地被名词化、概念化,但却一直存在着,并且迫使每一个亲历者正视那总要先于、大于思想的生活。街头与雨成文的时刻,正是茅盾开始咀嚼、消化中国革命之经验的起点。那些活生生的历史,正在空间之中召唤着我们不断重访(revisit)。借由这些作为形式的空间,我们是为了给历史切开一个供观察的口子(hole),一窥那个时代的全貌(whole)——或许,从这些 20 世纪的灰烬中,我们也能够看见那样的"虹"与"霞",并在当下的语境里,激活对于革命的想象。

---

① 茅盾:《从牯岭到东京》,《小说月报》1928 年第 19 卷第 10 号。
② 茅盾:《亡命生活——回忆录(十一)》,《新文学史料》1981 年第 2 期。

《中国新文学大系·抗战八年(1937—1945)》筹备始末梳考
——兼及茅盾主编分册《小说卷》选目补正

袁宇宁①

摘　要: 由鲁迅、蔡元培、胡适等新文学元老合力编选的《中国新文学大系(1917—1927)》自 1936 年陆续出版以来,便受到学界广泛而持久的关注与研究。相比之下,其"姊妹篇"且具有同等意义的《中国新文学大系·抗战八年(1937—1945)》则因"中途夭折"而长期无人问津。实际上,《抗战八年文学大系》的筹备工作从出版方、资料源、编选团队三方面已进行得相当完整、成熟。计划的无形中止,原因并非"良友"破产等外在困境所能简单概括。本文以赵家璧《话说〈中国新文学大系〉》一文为基础史料,先行补正茅盾编选《抗战八年小说集》选目,试图梳理、还原《抗战八年文学大系》从酝酿筹划到最终失败的历史过程。

关键词:《中国新文学大系·抗战八年(1937—1945)小说卷》;赵家璧;茅盾

　　1936 年 2 月,《中国新文学大系(1917—1927)》(简称《大系》)十册成功出齐,自此,《大系》招牌一炮打响,成为中国现代文学史和编辑出版史上里程碑式的巨著。在此之后,赵家璧始终有意完成第二辑、第三辑,继续《大系》姊妹篇的出版工作,但均未能如愿。对此,他曾于 20 世纪 80 年代接连写成《话说〈中国新文学大系〉》及《追叙未完成的〈世界短篇小说大系〉》两篇长文深情回忆,其中,前者早已成为现今《大系》研究的经典必读文献。关于这篇三万余言的回忆录,既往研究者多关注"第一个十年",《中国新文学大系·抗战八年(1937—1945)》(又名《抗战八年文学大系》,简称《八年大系》)有关叙述则无人问津,显得颇为冷清。诚然,作为一项最终失败的出版计划,实际仅进行到组稿合同签订,既没有完整选稿和出版实物可供参考,除赵家璧外,曾参与第三辑筹备工作的老舍、梅林、茅盾、巴金等人也未留下任何与其直接相关的文字。尽管《抗战八年文学大系》研究在史料获取方面确有较大困难,但也并非毫无头绪可寻。值得注意的是,与其他编选者尚未开工即告失败的情况相反,分册《小说卷》的主编茅盾赶在"良友"股东内讧再次发生前高效完成了编选工作,并在离渝前提交全部选稿,这便是初刊于《新文学史料》1984 年第 1 期的《大系》"遗腹子"——《茅盾编选〈抗战八年小说集〉》选目。这份未出版的草目,正是考察、还原《八年大系》筹备始末极为宝贵的第一手材料和出发点。

---

① 作者简介:袁宇宁,南京大学中国新文学研究中心硕士研究生。

一、《抗战八年小说集》选目补正

《新文学史料》1984 年第 1 期刊载赵家璧《话说〈中国新文学大系〉》一文,其后所附《茅盾编选〈抗战八年小说集〉选目》引起了笔者的注意。据赵家璧本人所言,此为瞿同泰提供的转抄版本,茅盾亲笔所写的原目或已遗失,"瞿同泰寄我的记录更为详尽,因为他把每篇小说的出处都录下了(有两篇缺漏)。"①后来出版的《编辑忆旧》与各版本《茅盾全集》也均以此为准予以收入。尽管瞿版抄录已相对清晰详细,但仍存在诸多可供探讨之处,且经过笔者仔细阅读比对,发现其中多处疑似有误。于是先行摘录选目原稿,列表如下,再根据有关材料逐一分析补正。②

表 6 《茅盾编选〈抗战八年小说集〉选目》

一	二
张天翼:华威先生(《小说五年》第一册) 老　舍:恋(《贫血集》) 巴　金:某夫妇(《还魂草》) 鲁　彦:陈老奶(《小说五年》第二册) 罗　荪:未发的书简(《秋收集》) 王冶秋:青城山上(《青城山上》) 王统照:华亭鹤(《华亭鹤》) 梅　林:婴(《婴》)	东　平:一个连长的战斗遭遇(缺) 姚雪垠:差半车麦秸(《小说五年》第一册) 芦　焚:无言者(《无名氏》) 刘白羽:破坏(《太阳集》) 吴奚如:肖连长(《小说五年》第一册) 影　质:到前线去(《煤矿集》) 荒　煤:支那傻子(《小说五年》第三册) 丁　玲:我的信念(《我在霞村的时候》) 罗　烽:荒村(《横渡》)
三	四
骆宾基:大上海之一日(缺) 艾　芜:意外(《荒地》) 徐　盈:向西部(《小说五年》第三册) 薛　汕:居心(《小说五年》第三册) 沈起予:王婆的悲喜(《小说五年》第二册) 罗　洪:鬼影(《鬼影集》) 沙　汀:在其香居茶馆里(《小城风波》) 靳　以:别人的故事(《众神》) 肖学岩:牺牲精神(缺) 茅　盾:委屈(《委屈》)	郭沫若:月光下(《小说五年》第三册) 葛　琴:药(《磨坊》) 杨　刚:桓秀外传(《桓秀外传》) 曾敏之:孙子(《拾荒集》) 路　翎:卸煤台下(《青春的祝福》) 碧　野:灯笼哨(《远行集》)
五	
庄启东:夫妇(《夫妇》) 刘白羽:一个和一群(《太阳集》)	

该选目共计五类三十五篇,每类之下分别列出包括作品题目、作者、出处在内

---

① 赵家璧:《话说〈中国新文学大系〉》,《新文学史料》1984 年第 1 期,第 188 页。
② 赵家璧:《话说〈中国新文学大系〉》(附录),《新文学史料》1984 年第 1 期,第 188—189 页。

的三项信息,唯有《大上海之一日》《一个连长的战斗遭遇》《牺牲精神》三篇缺少出处(上文引赵家璧所言"两篇"应为误记)。其中原因何在?根据《话说〈中国新文学大系〉》一文,茅盾最初提交的选稿原件来自梅林借予(应属"文协"保存)的书刊资料,赵家璧则依选目"找了原书来(当时在渝尚可买到),一篇一篇撕下来集中保存的"①。可见,《抗战八年小说集》最初应有两套资料来源存在差异的选稿。而对比观察现存选目,发现其中所有作品的出处均来自"书"——作家文集单行本或抗战文艺选集《小说五年》,而看不到"刊"的任何踪迹。由此,笔者推断,茅盾的选稿或早已在编选结束后归还梅林,而瞿同泰1962年访问时所见到的作品原件应为赵家璧重新购买收集的那版,其中三篇恰巧因各种原因而遗失,故瞿以"缺"表示出处不存。除此之外,选目中许多已知信息同样存在篇名讹误、记忆错误(查无此集/人/篇)、版本或书写习惯导致的差异等不同类型、程度的疑误,以下将条分缕析,一一解读更正。

其一,篇名讹误两处。分别为《我的信念》(丁玲)、《王婆的悲喜》(沈起予)。

选目第二类第八篇"丁玲:《我的信念》(《我在霞村的时候》)"最初创作于1937年8月丁玲随西北战地服务团赴山西抗日前线工作期间,讲述了受到日军强暴的陈老太婆回到村庄,积极动员民众抗日的故事。最初发表于《文艺战线(延安)》1939年第1卷第4号,题名《泪眼模糊中的信念》,1942年7月桂林未名社出版同名单行本。而到1944年收入短篇小说集《我在霞村的时候》,作为胡风主编"七月文丛"第六种出版时,已经易名为《新的信念》。"远方书店(桂林府前街二十号)民国三十三年(1944年)三月初版,印三千册,定价国币三十八元,著者署名'冰之'。"②民国三十五年(1946年)再版,为新知书店印行,列入七月文丛,共收文七篇,其中首篇即为《新的信念》。现查找各版本《丁玲全集》均未见题为《我的信念》的抗战文艺作品,故可判定选目所记作品题目存在错误,但因只有一字之差,或为抄写过程中出现的笔误。选目第三类第五篇《王婆的悲喜》,初刊于《抗战文艺》1941年第7卷第4、5期(分两期连载),题为《五婆的悲喜》。尽管目前笔者尚未查见《小说五年》(第二册)原始书影,但参考甘振虎等编《中国现代文学总书目·小说卷》有关目录,当中亦记作"五婆",此处或为篇名笔误。③

其二,记忆错误(查无此集/人/篇)四处。分别为《未发的书简》(《秋收集》)、《居心》(《小说五年》第三册)、《牺牲精神》(肖学岩)、《孙子》(曾敏之)。

罗荪《未发的书简》最初发表于《学习生活》1943年第4卷第4期,署名"杜微"。1944年6月,重庆美学出版社出版其短篇小说集《寂寞》,收入《寂寞》《未发的书简》《代表》《灵魂的闪烁》四篇作品。作者在后记中曾记录出版感想:"……上面那些在春天里面写成的秋天的故事,居然有机会又在春天的时候出版了,这些大海中的一点涟漪,还能牵住一点记忆,在我自己是十分高兴的。"④这段话似与

① 赵家璧:《话说〈中国新文学大系〉》,《新文学史料》1984年第1期,第188页。

② 张泽贤:《三十作家与现代文学丛书》(上集),上海:上海远东出版社2018年版,第139—141页。

③ 甘振虎等编:《中国现代文学总书目·小说卷》,北京:知识产权出版社2010年版,第209页。

④ 罗荪:《寂寞》,重庆:美学出版社1944年版,第138页。

"秋收"之意有关,但此题是否曾真实存在,现有资料已无从查考。选目所记《秋收集》,唯有读书出版社 1942 年曾于重庆初版同名小说集《秋收》(艾芜),但与罗荪并无关联,查阅各版本《罗荪年谱》亦无有关记录。作品与所录出处无法对应,或存在记忆错误。第三类第四篇为薛汕的小说《居心》,原作发表于《文艺杂志(桂林)》1941 年第 1 卷第 4 期,选目中所示出处为《小说五年》(第三册),后者由徐霞村、葛斯永、杨祥生合编,重庆建国书店 1943 年 2 月初版。同样,根据《中国现代文学总书目·小说卷》提供的目录①,《小说五年》(第三册)当中实际并未收录《居心》一篇,此处可能存在记忆错误。至于《居心》是否收入文集,收入何集,目前尚无确切答案。第三类第九篇"肖学岩:《牺牲精神》",最初发表于《文艺阵地》1939 年第 2 卷第 7 期时署名为"萧蔓若","肖学岩"之名的来源无从查考。进一步查找唐金海、刘长鼎主编《茅盾年谱》中 1945 年冬的记录:

> 在重庆张家花园文协遇萧蔓若时,告诉萧,自己正准备编《抗战八年文学大系》,望萧能将抗战以来自认为得意的短篇小说选出一些来,作编书之用。(萧蔓若《难忘与茅盾同志相处的日子》)②

目前,这一错误已通过《新文学史料》1985 年第 1 期《萧蔓若同志来信》一文得到更正,并提及《牺牲精神》的实际写作时间是在 1938 年 6 月。③ 记忆错误的最后一处疑误出现于选目第四类第四篇。根据曾敏之个人自述,自己的短篇小说的确曾被茅盾选入 1945 年《抗战八年小说选》④,对应选目本应是《孙子》一篇。"从四十年代起,我因为参加民主运动,于坐牢、调动工作的不安定生涯中,中断了小说的写作,只能以写散文(包括杂文)为主了。"此外,他还明确说明"四十年代初期出版《拾荒集》,是散文的结集"⑤。笔者据此查找 1942 年 11 月由桂林萤社初版的《拾荒集》,其中收录散文,小说《遇旧》《烧鱼的故事》《芦笙会》《山鸡婆》《怀念》《孩子》《战士之死》《笑的故事》《尺素书》《楼居》《风雨二题》共十一篇,不见《孙子》一文。但其中《孩子》一篇初刊于叶圣陶主编《中学生》1940 年第 17 期,题名《顽强的孩子》,主要讲述了在"八·一三"战火后,童军救护队十岁的阿曼拒绝加入南下广州的逃难队伍,选择和祖母一起坚守上海,尽自己的力量支援抗战的故事。根据(抗战)作品题材和题目的相似度,笔者推测《顽强的孩子》应为《孙子》原题。

其三,版本或书写习惯导致的差异一处。骆宾基短篇小说《大上海的一日》最初刊载于由茅盾主编,巴金负责发行的"适应战时需要的小刊物"《烽火》1937 年第

---

① 甘振虎等编:《中国现代文学总书目·小说卷》,北京:知识产权出版社 2010 年版,第 209 页。

② 唐金海、刘长鼎:《茅盾年谱》(上),太原:山西高校联合出版社 1996 年版,第 736—737 页。

③ 《新文学史料》编辑部:《萧蔓若同志来信》,《新文学史料》1985 年第 1 期,第 44 页。

④ "三十年代末期与四十年代初期,我写过小说,有一个短篇小说选由茅盾先生于一九四五年选入《抗战八年小说选》,是作为《新文学大系》第三集准备出版的……"(曾敏之:《反思之余——个人创作生涯的回顾与前瞻》,曾敏之编:《紫荆花书系 曾敏之美文》,北京:中国文联出版公司 1995 年版,第 310 页)

⑤ 曾敏之:《反思之余——个人创作生涯的回顾与前瞻》,曾敏之编:《紫荆花书系 曾敏之美文》,北京:中国文联出版公司 1995 年版,第 310 页。

12 期之上,署名"骆滨基"。1938 年收入短篇小说集《大上海的一日》,系"烽火小丛书"第五种,由文化生活出版社发售。至于选目中作品标题出现"之"与"的"的轻微差异,或为版本不同或编者书写习惯所致。但由于现有可查找的版本均写作"的",故仍应以《大上海的一日》为准。此外,选目当中凡出现"萧"字往往简化写作"肖"(如《肖连长》、肖学岩)。以及在标注作品出处时,凡涉及作家文集均写作"××集",但实际上部分原作名中其实并无"集"字,如《太阳(集)》《煤矿(集)》《鬼影(集)》。这些差异同样可能由书写习惯而来,或为选目抄录过程中的有意简化,无需太过深究。

瞿版《抗战八年小说集》选目中值得推敲的诸多疑误,是在茅盾原稿中已经存在,还是传抄过程中的无意为之,尚没有答案,但不论是哪一重原因,它如今所呈现出的"迷雾"样态,已经向我们传递出重要的历史信息:一方面,抗战以来的小说,尤其是中短篇创作在数量、题材、版本上的增加和丰富程度不容小觑,大量以"抗战"冠名的"选集""选本""选目"也随之诞生。另一方面,从初刊到再版,选目收入文本内容及出版信息出现多处错乱,不少已无从查证,可见抗战后期图书出版和文学创作形势依旧艰难严峻。以上细节共同成为战时政治、文化、社会环境复杂诡谲、纠缠磨合的侧面印证。的确,战争状态下,来自政策、资金、文化资源等各方面的限制使得许多印刷品无法正常发行,赵家璧也深受其苦。《抗战八年文学大系》七卷八册的出版计划便是他希望接续 20 世纪 30 年代辉煌、重振"良友"的第一步。它既是赵家璧及"良友"的私家事业,也具备公共性和时代性,如"第一个十年"一样依托于彼时文化界最具话语权的名家及文艺组织,在烽烟未尽的 1945 年组织起一次抗战文化动员与出版尝试。

二、"良友"的惨淡经营与《抗战八年文学大系》酝酿成形

对于抗战八年来"良友"的发展历程,赵家璧进行了如下总结:

> 一九三七年八·一三抗战爆发,良友图书公司因地处战区,损失惨重,随即宣告破产。一九三九年一月,改组为良友复兴图书公司,编辑部由我负责。一九四一年十二月八日日寇偷袭珍珠港,太平洋战争发生,随后,日寇入侵英法租界……十八天后,良友与商务、中华、世界、大东、开明、生活、光明八家,同遭日寇查封。此后,先迁桂林,后搬重庆……①

破产重建、日寇查封、数次搬迁……不到二百字的篇幅已然描绘出战时文化出版事业狼狈和停滞的一面。但相比于商务印书馆、生活书店等资金相对充足,具有相当规模且影响力较大的出版机构,作为一个没有众多分店和复合型零售网络进行支撑的"小公司","良友"自 20 世纪 30 年代以来依然能够收获众多名家赐稿、出版系列畅销套书,多得益于赵家璧个人的主编魅力,以及历来为学者们所称道、关

---

① 赵家璧:《话说〈中国新文学大系〉》,《新文学史料》1984 年第 1 期,第 186 页。

注的营销策略和创新意识。但频繁的股东风波,以及未能充分扩展的事业规模等,也注定了它在条件最为艰苦的战争年代难以周转资金、盘活门店,获得大展拳脚的机会,只有在奔波劳顿中求得保全自身,以待来日。自"八一三"淞沪会战至抗战胜利,"良友"经历破产、艰难重组,为躲避炮火,延续其文化出版事业,完成了从"孤岛"上海去往桂林,继而重庆的两次迁徙。公司主体在赵家璧的苦苦支持下得以侥幸存活,为《抗战八年文学大系》构想铸就了起步的希望。

1937 年 1 月,刚刚被迫接受"解雇破产"现实的赵家璧,一面担任上海光实中学副校长,一面在伍联德的介绍下正式成为《大美画报》的主编。这份画报以影像图片的形式,通过对抗战进行实况报道以配合抗日救国宣传,是赵家璧通过文化出版事业贡献抗战的早期证明。因不甘奋斗数年的出版阵地就此湮灭,对这两份新工作,赵家璧始终怀着一种"作客"的疏离感,私下则努力想尽各种办法复活"良友"。两年后愿望终于达成,上海却已经沦为"孤岛"。随即作为《良友》号外出版发售的《第二次世界大战画报》是一份军事刊物,在内容上恰巧与此前《大美画报》相呼应,将视角从内转而向外,"完全刊载欧战的照片",反映以英美苏为主体的国外反法西斯战况。① 正如第四期出版预告中所言"关心欧洲战局者允宜人手一册"②,该画报的确是图像新闻的盛宴。这些紧密穿插的战地实拍几乎都没有标明出处和拍摄时间,只是在照片缝隙间的空白处添加一两句基本史实,大多是对场面、事件、武器装备进行宏观介绍,符合编者所说取自各大外国通讯情报社及新进外文杂志,"站在第三者的立场,报道这一件历史性的新闻,所以尽量避免批评"③的真实性和客观性。此外,据张静庐回忆,1932 年一·二八战役后,由余汉生迁港出版的四十多期良友《战时画报》"早经准备,赶先出版,占着销路的上风",收获每期五六万份的高销量。④ 足见"良友"辗转经营十余年画刊编辑经验之丰富。这一创办于 1926 年的老牌画报,也在 1939 年 2 月回返上海并成功复刊,在张沅恒任编辑期间共出版三十三期,首期即刊发"一次世界大战"相关图像记忆。实地报道国内外战争的同时,同样以"纪实"的生动方式,反映沦陷区、大后方,甚至"孤岛"人们的社会生活状况。几乎覆盖各战区,为前线、后方甚至延安都开辟专题进行记录。在翻译文学方面,"第二次世界大战丛书"中《法兰西之悲剧》《谁出卖了法国》《荷兰沦陷记》三册赶在 1941 年底太平洋战争爆发前得以出版。同时,"良友"还与耿济之定下了有关"耿译俄国文学名著丛书"系列的长期邀约,其中陀思妥耶夫斯基的《兄弟们》(上册)与高尔基的《家事》均发行于"孤岛",并在上文所提《第二次世界大战画报》1939 年第一期头版刊出出版公告。综合以上,一方面是上海时期"良友"各刊以图像带来的视觉冲击激发、动员民众,声援抗战,形成一道独特的救亡风景线。另一方面则有译文译著凭借革命性的题材、充沛的历史意识及战斗精神鼓舞读者,以飨政治文化各界,直到 1941 年 12 月底遭日军查封。

---

① 编辑者言:《良友》,1939 年第 10 期(总第 147 期),第 1 页。

② 《世界大战画报第四集出版预告》,《第二次世界大战画报》1940 年(总第 3 期),第 30 页。

③ 编辑者言:《第二次世界大战画报》,1940 年(总第 2 期),第 29 页。

④ 张静庐:《卅一、抗战后的出版界》,《在出版界二十年》,西安:西北大学出版社 2019 年版,第 123 页。

尽管冠名"画报"的"良友"刊物和部分外文译著为抗战事业作出了较大贡献，但前者以"图像"为主体、后者以"翻译"为中心，唯独少了文学创作的内容。无需再为组稿催告四处奔忙，这固然减轻了编辑本人的工作难度，但我们知道，以文学编辑起家，以"套书""丛书"编撰为毕生梦想的赵家璧显然志不在此，也不能满足于此。来到桂林的"良友"得以在"战时文化城"重立招牌，但印刷和纸张条件也进一步受限，《画报》被迫停刊，张沅恒后也因复刊无望而离开。桂林时期的赵家璧继续通过翻译文学密切关注、配合抗战，出版如"双鹅丛书"等新译作。但从上海到重庆，本该大放异彩的文艺作品系列，仍没有得到充分发展，仅仅完成了部分文学、翻译作品的出版和重印工作。主要包括"孤岛"时期陆续出版的"良友文学丛书"普及本前后共 35 种①以及 1943 年内迁桂林后续出的"良友文学丛书"第四十一至四十四种（包括端木蕻良《大江》）等。② 历经颠沛流离，它们中的许多印刷数和销量已无从知晓，也未能形成较大影响力。抗战时期，尽管文化界始终呼吁、鼓励长篇史诗的创作，但因时空条件和出版资源受限，加之受到日军"笔部队"宣传能力的影响和刺激，对正面战场人事、战局进行宣传报道的需要愈发迫切，具备时效性、鼓动性和冲击力的戏剧、报告文学、短篇小说成为最受倡导，也是能够直接、真实反映战争之悲壮残酷的创作体裁。"因为战争还正在进行中……没有好好的执笔的机会，甚至也没有好好的构思的机会。在这时候，他们只能抓住现实的某一片段，用最单纯最直接的形式把它反映出来。"③于是，手续简单，成本较低，能够包容一切文体的文艺期刊的优势首先显现出来。七七事变后，生活书店首先响应，邹韬奋创办的《抗战》三日刊在全国广为传阅，为战斗中的人们提供源源不断的精神食粮。巴金、吴朗西主持的文化生活出版社先后创办《文学丛刊》《呐喊》（后易名《烽火》）等；王鲁彦身患重病，呕心沥血坚守《文艺杂志》……期刊团结起大批民主人士和进步作家、文化人，在一定程度上打破地域限制，流动宣传、辐射全国，形成《文艺阵地》创刊时所期望的"战斗的单位"和"战斗的刊物"。④ 除此之外，小型战时丛书也是一个值得尝试的思路。生活书店在抗战伊始即组织起"世界知识战时丛刊""战时大众知识丛书"，多用于宣传抗战基本政策、党政要人对抗战的论述，兼及战争常识的普及宣传。光明书局 1937 年底开始分批出版各类战时出版物，如《民族解放丛书》系列共十二种，以及《中国抗战与国际情势》《民族革命战争论》等，既分析国内外战争形势，也谈论政治经济问题。⑤ 文学方面，文化生

---

① 彭林祥：《赵家璧主编"良友文学丛书"梳考》，陈思和、王德威主编：《史料与阐释》（总第 4 辑），上海：复旦大学出版社 2016 年版，第 324 页。

② "丛书"分别为《兄弟们》（耿济之译）、《月亮下去了》（赵家璧编译）、《从文自传》（沈从文）、《时间的记录》（茅盾）端木蕻良《大江》："在此书任何部位均未标明第几种，是否第四十五种，不敢断定。"（张泽贤：《赵家璧与现代文学丛书：良友与晨光》，上海：上海远东出版社 2017 年版，第 136 页）

③ 周行：《关于"在抗日民族革命高潮中为什么没有伟大的作品产生"》，《七月》1938 年第 8 期，第 256 页。

④ "一方面须要在各地多多建立战斗的单位，另一方面也需要一个比较集中的研究理论，讨论问题，切磋、观摩——而同时也是战斗的刊物。"（《〈文艺阵地〉发刊词》，《文艺阵地》1938 年创刊号，第 1 页）

⑤ 王子澄：《光明书局琐忆》，上海社会科学院文学研究所编：《上海"孤岛"文学回忆录》（上），北京：中国社会科学出版社 1984 年版，第 426—427 页。

活出版社组织起《烽火小丛书》《烽火文丛》等系列丛书,将战火中诞生的新文学作品结集出版。《抗战八年小说集》选目中所选《大上海的一日》(骆宾基)同名小说集,即列为《烽火小丛书》(第五种)于 1938 年 5 月以广州烽火社的名义发行,内含骆宾基短篇小说 7 篇,排版朴素简洁,无前言后记,以国币一角两分低价出售,为服务抗战宣传几乎无半分利润可赚。以上种种,均在某种程度上展现出抗战相关出版物共有的基本特点:"篇幅短小,形式多样,内容丰富,价格便宜,对当时抗战起到了很好的宣传作用。"①

颇为遗憾的是,"良友"没能如上述所列,适时地克服各种不便创办相关刊物,为战时文化界最急需的短篇小说、报告、话剧搭建刊发平台,或组织相关优质稿件进行新的出版尝试。这可能与其一贯的经营方式有关:历史最为悠久的"良友文学丛书"便以吸纳作家长篇小说、译作、自传或各类文体的自选集为主。其中较为著名的有《离婚》(老舍)、《竖琴》(鲁迅译)、《一个女兵的自传》(谢冰莹)、《烟云集》(茅盾)等。为保证丛书质量,"丛书"在组稿阶段即对作家有一定的篇幅要求,出版规格每部约十五万到二十万字。同时,以装帧精美著称的良友出版物,还需要经历严密、完整的出版周期,排版期间常邀请作者本人参与校对,并根据其喜好和需要进行沟通调整,或添加相应注释。细节上的用心为"良友"在作家间积累了较好的口碑,但 20 世纪 30 年代长期积累起的传统此时却成为掣肘——"专精"丛书导致其在文艺刊物的创办方面缺乏经验,也难以迅速转变编辑策略,较好地适应战时出版形势和文化需要。赵家璧理想中这些精心策划、细水长流的出版物需要和平的环境和充足的筹备时间,战时几乎毫无发行的可能,难免短暂迷失方向,失去属于自己的特色和优势。此外,作为经营规模有限的出版商,"良友"因不具备自主印刷的条件,没有独立的零售书店和地方分店而较少承接大型业务。当抗战爆发,基本运营模式被迫中断,赵家璧其名几乎成为证明"良友"仍然存在的唯一标识。迫于内外交困的现实,他不得不将大部分精力花费在维持生存之上,未能在战时贡献出具有较大影响力和"良友"特色的刊物或系列丛书。从上海到桂林再到重庆,正如许多出版家、文化人一样,每选择一次逃亡,都需要重新经历一次白手起家,从寻找落脚点,到招商、募股、集资、摸索出版契机的狼狈和绝望。谈起自己的两次经历,赵家璧为之扼腕:"乔扮商人,不携片纸或书型,几乎空手逃往桂林。"待到 1944 年冬桂林沦陷,"合家逃难,扶老携幼,历尽艰辛,到年底才逃到重庆……所有存书存纸,都在金城江一场大火中付之一炬了。"②

综合以上可见,战时"良友"惨淡经营,发展坎坷,成果难以令人满意。赵家璧本人也困于保全"良友",各项工作均不同程度地陷入停滞状态。但在"良友"的出版蓝图中,最令他牵挂的,莫过于自事业起步开始便心心念念的"套书",尤其是《中国新文学大系》的出版计划。战前原定每年编订一卷的《二十人所选短篇佳作集》,赶在 1937 年 1 月出版第一册后便再无下文。而承载着蔡元培嘱托,耿济之、郑伯奇、郁达夫等十一位编选人心血的十一人选《世界短篇小说大系》,本已准备

① 陈思和、李辉:《记文化生活出版社》,《新文学史料》1982 年第 3 期,第 205 页。
② 赵家璧:《编辑生涯自述》,《书比人长寿 编辑忆旧集外集》,北京:中华书局 2008 年版,第 193—194 页。

就绪、亟待预约发售,又因"八一三"淞沪会战的突然爆发而被迫中断。这些"遗憾"一直持续到 1945 年春天,胜利触手可及已然激发出新的灵感,鉴于对战后出版环境的乐观预估以及重振"良友"声威的急切愿望,遂开始"筹划着如何胜利返沪后,在重建良友文艺出版事业方面打开一个新局面,既要继承三十年代的旧传统,又要有些新的发展"①。眼下,如何迅速组织起一个和"第一个十年"一样理想的编选团队?所需一系列编选素材又要从何而来?以老舍和"文协"为中心构织起的文艺界关系网为赵家璧提供了他想要的答案。

三、作为《大系》后备史料库的"文协"

自 1945 年春起,抗战进入战略反攻阶段,敌败我胜的形势已经逐渐明朗,确如赵家璧所说:"日帝失败只是时间问题。"②指日可待的胜利为出版业赢得了短暂的喘息机会,也让赵家璧看到了《大系》编撰出版的可能。但还有另一个原因,让其编选不得不尽快提上日程,即战时土纸印刷品与日俱增的收集、保存难度,对此他有自己的打算:"先把组稿工作做好,再乘留渝期间,把这几年中各地出版的资料先搜集到手,以便供应编选者,那么胜利回沪,即可编辑出版。"③按照"第一个十年"的完成进度:"一九三四年三、四月至七、八月间"为酝酿期,10 月去信茅盾说明计划、发去邀请(此前他已陆续联系确定郑伯奇、阿英、郑振铎等主要编选者),1935 年 3 月 8 日《申报》即刊登"良友图书公司发售《中国新文学大系》预约"广告,"全书 10 大册,500 万言",约定 1936 年 2 月出齐。④ 也就是说,从形成想法到全套出版,赵家璧仅花费了不到两年的时间,对于一部形式开天辟地、体量如此庞大的套书,效率之高令人叹服。正是凭此经验,他遂下定决心在抗战胜利前后国家前途未卜的社会大环境下,提前着手规划起"抗战八年"的基本轮廓。

如果说三五年大系中阿英《史料集》的首先敲定是一个碰巧的机缘,那么这次争取"文协"秘书梅林就成为经验指导下的"预谋"行动。此前,鲁迅、茅盾、郭沫若等编选人多要求编辑提供书刊实物以方便编选时查阅,寻找"史料库"的意义正在于此。五四时期,作家多以社团为单位进行文学活动,内部成员或创作理念相近、或理论偏好相投,同人杂志蜂起、活动范围也相对集中稳定,具有较明显的组织化色彩。相比之下,抗战时期作家因战事扩张、工作任务需要而分散各地、来去不定,区域流动性显著增强,人事组织实际上多为挂名。于是,灵活性更强的大小文艺期刊、出版发行机构的数量逐渐增多,新晋升为文艺界同仁相互联系的主要纽带。但外在环境的不稳定性,也同样决定了个人无法再有能力和条件如 20 世纪30 年代的阿英一般,独自收藏保存近乎全部的新文学出版物,而不得不依靠集体的力量,完成特定目标驱动下的史料收集。作为辐射全国的文艺家"统一战线","文协"实实在在地掌握着抗战时期来自国统区、沦陷区、解放区等地的大量书刊

---

① 赵家璧:《话说〈中国新文学大系〉》,《新文学史料》1984 年第 1 期,第 186 页。

② 赵家璧:《话说〈中国新文学大系〉》,《新文学史料》1984 年第 1 期,第 186 页。

③ 赵家璧:《话说〈中国新文学大系〉》,《新文学史料》1984 年第 1 期,第 186 页。

④ 吴永贵:《民国图书出版史编年:1912—1949》(中册),北京:社会科学文献出版社 2018 年版,第 818 页。

资料,正能满足"良友"的编撰需要。其史料来源主要分为两种:主动购置或接受各杂志编者赠刊。首先,"文协"于 1939 年 2 月正式在研究部下成立图书室,用于"着手购置及募捐书报杂志"①。缘由之一,老舍曾在接下来 4 月 9 日第一次年会中提及:"各座谈会正为给国际宣传处编撰一些到国外宣传的小册子,而开始检审一年来抗战文艺作品。因此,研究部就成立了图书室,搜集战时的文艺著作。"②文艺刊物的搜购,最紧要的在于补充资料,以供编写宣传册、配合国民党中宣部活动之用。研究部报告中则说明得更为详尽:

> 除托会报《抗战文艺》登启事征求以外,现已在搜集抗战以来的文艺书籍,杂志,报纸副刊等,预计可有二百本以上。希望本会会员能慷慨捐助,尤其是现在不能买得的材料,如杂志,报纸副刊,油印石印刊物等,使图书室能够完全拥有抗战以来的文艺资料,为了现在的研究工作,也为了将来编著"抗战期文艺史"的方便。③

与此相配合,出版部提出拟出版《抗战诗歌》月刊及《抗战文艺年鉴》,并着手集稿、召集编委会。由此可见,"文协"早在成立之初就已认识到定期汇总抗战文艺成果的重要性,并有意识地开始提前储备史料。那么,在密密麻麻的计划指导下,次年图书室的筹备、购书情况到底如何呢? 从 1941 年 3 月 20 日《抗战文艺》登载的研究部下一年年度报告来看,结果显然不尽如人意:

> 设备较丰富之图书室,原为上年度遗下之计划,因经费不够,未能做到。但最大的困难是本部没有请专人负责保管与整理,以致现在之图书及各地寄到之刊物都不能系统地有计划地利用。④

而出版部的情况同样不容乐观,在文协成立三周年"几件未完成的工作"当中,具有结集性质的出版物首当其冲,上文提及的《抗战文艺年鉴》,以及"抗战文艺丛书"、《抗战文艺海外版》均告失败。原因不外乎是"人事上的困难"以及书店接洽的不顺利。⑤ 当然,经费不足之苦对"文协"而言更是家常便饭,何况研究部自身始终不具备独立的经济能力,各项工作展开都需依赖总务部,并无额外收入来源。⑥ 以上

---

① "《新华日报》1939 年 2 月 10 日登载'文协'决议,其中第一条即为'成立图书室,着手购置及募捐书报杂志'"。(文天行:《国统区抗战文艺运动大事记》,成都:四川省社会科学院出版社 1985 年版,第 109—110 页)

② 老舍:《一年来"文协"会务的检讨——四月九日在年会上的报告》,《抗战文艺》1939 年第 4 卷第 2 期,第 60 页。

③ 研究部:《研究部报告》,《抗战文艺》1939 年第 4 卷第 1 期,第 7 页。

④ 研究部:《研究部报告》,《抗战文艺》1941 年第 7 卷第 2/3 期,第 228 页。

⑤ 出版部:《出版部报告》,《抗战文艺》1941 年第 7 卷第 2/3 期,第 230 页。

⑥ "(二)经费。晚会杂费及图书费由总务部经手,本会无独立经费支付。"(研究部:《研究部报告》,《抗战文艺》1941 年第 7 卷第 2/3 期,第 228 页)

种种，足见早期"文协"为抗战文艺结集或系列丛书的出版曾做出过许多努力，但都功败垂成，以遗憾而告终，唯有会刊《抗战文艺》苦苦支持，老舍明言无论如何也不能停刊，"它是文协的旗帜，会员们绝不允许它倒了下去。"①于是从三日刊到周刊，以至于半月刊、月刊。待到皖南事变爆发后，"文协"可支配的经费日趋吃紧，人员愈发分散，国民党消极抗日积极反共的意图进一步暴露，并逐步撤去经济政治的支持，这对于"文协"而言无疑是最为沉重的打击。相较于武汉时期及重庆初期，更无力完成文艺年鉴或史料汇编，这种状况一直延续到战争结束。赵家璧适时的邀约正好弥补了这一缺憾，并直接解决了最令人为难的资金和出版方问题，于是，该计划很快获得老舍和"文协"大管家梅林的全力支持。此外，除去"文协"主动出版或向外界购求书刊以外，各地分会和会员所创办的期刊也源源不断地送至总会，成为"史料库"的一部分。1939年4月，"文协"出版部报告中曾无不骄傲地写道："……会员主办的文艺定期刊物，有《文艺阵地》、《文艺月刊战时特刊》、《抗到底》、《文艺突击》、《弹花》、《大风》、《战歌》、《宇宙风》等。各地报纸的副刊和各地杂志的文艺版也十之八九是由本会会员编辑的。"②其中，何容、老向合编的《抗到底》；总务部为保证前线将士精神食粮而编写的朗诵诗、大鼓词；前线访问成果"作家战地访问团丛书"等带有通俗色彩或报告文学性质的文字、刊物，也将成为老舍编写《报告文学集》的重要材料。同时，在前文所引1941年研究部工作总结中，除图书室未能建成之外，还提及所收到的大量期刊无人整理的问题，这也从侧面展现出各地送至总部书刊的数量的确不容小觑。

而"文协"自身的性质其实也相当特殊。庞大的会员数量和半官方色彩，使得它既能暂时弥合创作分歧，汇集起不同党派、思想、区域的文艺家，也凭借抗战文化活动自身携带的正义性，以及主持者老舍的个人名望与影响力收获众多政界要员、民主人士支持和帮助。理事会当中除共产党员和左翼进步文化人士以外，国民党相关人士同样占据着一定席位，如王平陵、姚蓬子、张道藩等，并借此初步联系起《文艺月刊》和中国文艺社。在此过程中，"文协"实际上化身为一个信息汇聚的半公共场域，充当起作家和文化组织间沟通、联络的中介和喉舌。更重要的是，郭沫若领导的"第三厅"因下属国民党权力机构，各类行动多受到反动特务明里暗里的监视和掣肘，尽管获得一个官方"招牌"③，但已被剥夺了行政权力，事实上，蒋介石毫无开放政权的诚意。相比之下，"文协"则处于政治模糊地带，没有明确的组织归属和限定，既具民间性，也不乏官方气质。一方面，"文协"自诞生起便携带"行业自治"色彩。与国民政府恰到好处的距离为它带来更大程度的人事自主权，以文学的名义驱逐政权的无端干涉，以近似民间团体的身份进行着看似"自发"的文化活动。另一方面，"相比于此前成立的任何一个文艺团体与组织而言，'文协'

---

① 老舍：《八方风雨》，《新文学史料》1978年第1期，第21—22页。

② 出版部：《出版状况报告》，《抗战文艺》1939年第4卷第1期，第9页。

③ "我们拿着第三厅这个招牌，就可以以政府的名义，组织团体到前线去，也可以到后方去，到后方大大小小的城市乡村去，公开的、合法的、名正言顺地进行宣传……"（阳翰笙：《第三厅——国统区抗日民族统一战线的一个战斗堡垒（一）》，《新文学史料》1980年第4期，第26页）

的组织运作程序是相当规范化、技术指标相当明确的,具有比较强的可操作性。"①尤其是上有总会统领,下设分会、通讯处、个别理事专门负责的"自上而下领导"的特征,使得"文协"拥有了类政党的组织优势。② 分会的各项文化活动都需要与之密切配合,其中便包括成员间的联络交流和刊物的编辑出版。例如,"文协"成都分会在一定程度上正是在中国共产党的支持、指导下进行运转的,人才的"送往迎来"、以创作形式开展"对外宣传"、培养青年文艺工作者等工作大多有序开展。其会刊《笔阵》更有与总会关系密切的李劼人、叶圣陶等文艺前辈长期坐镇、亲自指导③,并受到郭沫若、茅盾、老舍等文化领袖的大力支持。所以,尽管因资金短缺、人员频繁流动而显得较为松散,"文协"依然能够长期维持其权威效力,尽最大可能集合战时资源。梅林身为"大管家"对刊物、作品、史料等内部资料的大量掌握正是有学者归纳为"准集权"④性质的最好体现。如此弹性化的运行模式,让"文协"能够少受政府或政党在思想、行动上的直接控制,尽量避免承担具有高度政治指向性的文化宣传任务,以既亲近又疏离的姿态,成为在战火中争取言说自由的特殊主体。

综合以上,约定梅林、老舍分别编选《史料集》和《报告文学集》,一举拿下"文协"这一抗战文艺宝库,意味着"良友"可以号召、动用的人力和物质资源是相当可观的。"我得到梅林的支持后,开始在重庆与老舍、巴金二位商量,请他们在如何把抗战时期的《大系》续编好出出主意。"⑤《大系》其余五位编选者的确定,正有赖于他们的提议和帮助。纵览《抗战八年文学大系》的约稿名单,编选人员具有新旧结合、前后相继的特点,尤其是茅盾、郭沫若、洪深三位《大系》前辈"重操旧业",分别接下小说集、理论集、戏剧集(两卷)的编选工作。他们没有在五四新文学转型过程中被挤为"三代以上的老人",而是快速成长蜕变为继鲁迅之后的文坛主力。20 世纪 30 年代国共对峙的紧张环境下,左翼作家的名字出现之处即为国民党所忌惮、刁难,反动势力广列"黑名单",致使许多出版商不敢也不能接纳他们的作品,"第一个十年"的出版工作也因此历经重重困难。尤其是郭沫若的《中国新文学大系·诗集》,尽管赵家璧两次亲自"拜访"审查会,又幸运地得到项德言、穆时英的"特别关照",但最终也没能保留。抗日民族统一战线的形成,尤其是"第三厅"和"文协"获得官方认可,老舍、茅盾、郭沫若等文艺界主将成为国民党明里打击,实则暗中争取的对象,多数情况下不再被视作图书审查、出版、发售的直接阻碍。他们的重新加入,进一步增强《大系》权威性的同时,更调动官方的名义,为这一不容等待的工程提供无形保护。

至此,如若略去尚不安稳的国内局势,《抗战八年文学大系》出版的前期准备

---

① 钱文亮:《新文学运动方式的转变》,上海:上海文化出版社 2010 年版,第 189 页。
② 段从学:《"文协"与抗战时期文艺运动》,北京:北京大学出版社 2012 年版,第 28 页。
③ 王开明:《"文协"成都分会和它的会刊》,重庆地区中国抗战文艺研究会、四川省社会科学院文学研究所编:《国统区抗战文艺研究论文集》,重庆:重庆出版社 1984 年版,第 49—50 页。
④ 钱文亮:《新文学运动方式的转变》,上海:上海文化出版社 2010 年版,第 155 页。
⑤ 赵家璧:《话说〈中国新文学大系〉》,《新文学史料》1984 年第 1 期,第 186 页。

已经全然完成,赵家璧在返沪前即顺利收获来自郭沫若、老舍、叶圣陶、洪深、李广田、梅林的七份约稿合同。而对《大系》关怀备至的茅盾,如十年前一样不负众望,在其他编者尚未启动编选之时,最早交付厚厚一叠选稿及亲笔所写的选目单,"预计一旦《大系》第三辑计划实现,最先送到读者手中的,又将是茅盾所选的《小说集》。"①

四、茅盾的"不幸言中"与《抗战八年文学大系》的无形流产

《中国新文学大系·抗战八年(1937—1945)》是赵家璧编辑生涯中最后一部"套书"编选计划,其"夭折胎中"的具体原因,已有研究多简单归结为"良友"的破产停业,寥寥几笔带过,这显然低估了问题的复杂性。战后国民党书报审查、文化统制政策进一步收紧,不断恶化的出版环境和瞬息万变的政治局势自不必说,而具体到《大系》本身,赵家璧曾回忆起茅盾早前适时的提醒:

> 将来抗战结束,国内政治局面如何,还不能预料;良友迁回上海,是否会一帆风顺(我曾把良友复兴图书公司的内部纠纷告诉过他)地按计划进行呢? 他说,到了那时,各位编选者也会东西南北分散四方,各奔前程的;这和三十年代大家集中在上海比较稳定的时期,不能相比。所以他要我稳步前进,不能把前途看得太乐观。②

六位编选者能否按时交稿? 国内政治局势是否利于出版? 良友战后又能否顺利回迁? 茅盾在这里提出了三重顾虑,均不幸言中,可见他并没有盲目支持赵家璧的计划。该阶段,中国文艺的工作目标从"抗战"走向"建国",尽管对外反侵略战争获得完全胜利,但国内争取民主的斗争依然没有结束,这要求文艺"不能做短时期的计划,也要做十年二十年长时期的打算"③。于是,编辑家与编选者们的立场、身份和选择无一不深刻影响着《大系》的设计初衷,包括其作用、意义的定位与展望。其中微妙的差异,甚至于裂隙,适逢"抗战胜利"这一历史节点愈发显露,继而放大。

抗战结束前后,茅盾的工作重心已经向政治参与转移,"从一九四四年九月下旬起,我开始频繁地参加各种政治集会,响应中国共产党提出的号召,讨论彻底结束国民党一党专政的办法。"④战争最后三年,茅盾在山城度过,通过翻译、办刊等公开合法的方式穿梭在各个历史现场,甚至与张道藩"合作":尽管办刊计划最终未能实现,他仍为《文艺先锋》写作了本人不甚满意的中篇《走上岗位》。面对由此产生的闲言碎语,茅盾表现出不以为然:"为什么我们的工作方式只能是剑拔弩张

① 赵家璧:《话说〈中国新文学大系〉》,《新文学史料》1984 年第 1 期,第 188 页。
② 赵家璧:《话说〈中国新文学大系〉》,《新文学史料》1984 年第 1 期,第 187 页。
③ 茅盾:《和平·民主·建设阶段的文艺工作——在广州三个文艺团体欢迎会上的讲演》,《文艺生活(桂林)》1946 年(光复版)第 4 期,第 2 页。
④ 茅盾:《走在民主运动的行列中——回忆录(三十一)》,《新文学史料》1986 年第 2 期,第 22 页。

呢? ……只凭热情去革命是容易的,但革命不是为了去牺牲,而是为了改造世界。"①在多数文艺工作者眼中,从文学到政治,是新斗争、新挣扎的开始,只有当国家秩序真正稳定下来,文学创作才有足够的生长的空间。与茅盾处境、心境相仿的,还有同样隶属编选团队的郭沫若、老舍等人,他们都具有相当的社会责任感和现实参与意识,不仅不回避,且身体力行地投身到一切有益于国家和人民的工作、实践当中。此时,其文艺家身份开始有意识与民主事业、社会工作紧密联动,具备了更广阔的政治眼光,在一定程度上展现出"功利性"的侧面。在此前提下,作为选目第一篇的《华威先生》已经不再是彼时引起"暴露与歌颂"之争、调整抗战文艺创作风气的《华威先生》了,而是严肃指斥国民党官僚反动作风,推进民主运动的《华威先生》。

重返上海后第一年,茅盾即与郭沫若、巴金等人一同受到周恩来接见,并相继参加了高尔基、鲁迅逝世十周年有关纪念活动,期间完成多次讲演,并继续从事苏联爱国文学的翻译工作。1946 年 1 月中旬,也是在茅盾的提议协助下,"政治协商会议陪都各界协进会"在重庆成立,尽管受到国民党特务的破坏阻挠,仍召开"各界民众大会"共八次。公开活动之余,他还不断以笔耕的方式检讨过去的文艺工作,直到政治空气日渐紧张,方才在党的指示下离开重庆。由此,可以说,《八年大系》与文艺发展现实需要的遇合,才是茅盾等选家参与编选的真正契机和出发点。而《抗战八年小说集》选目在离渝前恰巧完稿,多半也是编选者的刻意安排,并非完全出于赵家璧所认为"对《大系》的一腔热情"。于是,不同于其身为职业编辑的乐观预判,紧迫的政治文化任务当前,《抗战八年文学大系》这一"签约项目"便很快脱离了茅盾等人重点思虑的范围,正如茅盾所言:"朋友们还是对你这个编辑有信任,几个预支稿费是起不了约束作用的。"②言下之意,是提醒赵家璧须以全局、清醒的眼光看待《八年大系》的成败,不要盲目予以过高投入和期待。战后局势的严峻程度尚难以预知,纵然签订合同也难以保证实际编选进度,唯有步步筹划才是妥当、实际之举。《抗战八年文学大系》的无疾而终,遗憾与无奈不言而喻,但对茅盾,以至于老舍、郭沫若等积极关心、参与国家政治文化建设的文化人而言,他们不再坚持编选,亦暗含着某种程度上的主动选择。而事实也的确如此,除《小说卷》匆忙完稿以外,其他分册的编选工作则在编者离散后无形中止了。

综上,《八年大系》这一带有私人化、理想化色彩的出版设想,既缺乏对于文艺前途的长远考量,也和战后愈发严峻的社会现实,包括"良友"自身不容乐观的生存境况发生抵触。也是在这一层面上,赵家璧与茅盾等编选者对于《大系》的理解已产生相当偏差。作为怀抱"后见之明"的历史过来人,赵家璧以编辑家的身份自视前半生的事业,于是,其笔下的《话说〈中国新文学大系〉》不论是温情回忆还是沉痛抱憾,情感的投入与倾泻总在不经意间部分遮蔽、消解了 20 世纪三四十年代文学出版活动艰难残酷的真实面向。它既是《大系》研究不可或缺的基础史料,实际也成为一幅以"情"为中心编织出的编辑事业蓝图。大多叙述皆从个人出发,史

---

① 茅盾:《雾重庆的生活——回忆录(三十)》,《新文学史料》1986 年第 1 期,第 46 页。
② 赵家璧:《话说〈中国新文学大系〉》,《新文学史料》1984 年第 1 期,第 187 页。

料仍需研究者重新剥离、筛选与再整合。正如有学者曾赋予 20 世纪 30 年代的赵家璧"政治局外人"和"公司雇员"的角色定位。[①] 的确,直到抗战结束,职业编辑仍然是他从事出版活动的主要身份。他曾一度尝试从中挣脱,不论是长期与茅盾等左翼作家交往、协助出版其文集,还是在抗战时期主动参与、策划各类文化出版实践……但这些行动或多或少抱有经商之人营利、投机的心理,敏锐洞察市场与商机,却缺乏长远、切实的历史考量。尽管如此,应当明确的是,不论赵家璧是否已经意识到计划实现的空想性,《抗战八年文学大系》的困境是战后图书出版普遍面临的残酷现实。问题的根本解决,需要文艺工作者、政府(社会)、出版者三大主体密切配合、共同促进繁荣,绝非编辑家自身能够直接介入、决定的。这份个体的无力与无奈,也是《八年大系》结局最令人感到扼腕与遗憾之处。

---

① 谢力哲:《论赵家璧的角色立场与职业身份特征——以 20 世纪 30 年代左翼作家作品的编辑出版为例》,《河南大学学报(社会科学版)》2016 年第 56 卷第 1 期,第 150 页。

谛听"市声":1930 年代的香港报纸副刊与抗战

陈　蓉①

摘　要:九一八事变后香港文坛就已唤醒了民族意识,并积蓄了抗战的力量,从这一时期在香港发行的一些报纸副刊、杂志中可以发现这种嬗变。论文以香港《工商日报》1933—1937 年的副刊"市声"为研究对象,梳理"市声"的编辑方针,考证其主要编辑及作家群,并在此基础上考察 1938 年前抗战在副刊的发生现场和抗战"话术"。

关键词:市声;副刊;香港;抗战

抗日战争时期在香港发行的一些报纸副刊的职能发生了显著变化,开始充当抗战宣传、批判汉奸卖国言论、弘扬民族意识、统一民族认识的舆论利器,以《立报·言林》《星岛日报·星座》和《大公报·文艺》为代表的几份报纸副刊,更是成为了 1930 年代后期文人大举南下、齐聚香港后宣扬抗战文化和民族解放运动的主战场。② 但以上几份报纸创刊或复刊于 1938 年后,此时已进入全面抗战时期,形势已刻不容缓,对这些副刊的考察并不能充分反映抗战最初在香港报纸副刊上的发生以及由此生发的香港文坛民族意识的觉醒。因此,本文选取香港《工商日报》1933—1937 年的副刊"市声"为研究对象,③通过梳理"市声"的编辑方针、主要编辑及作者群,考察 1938 年前抗战在副刊的发生现场和抗战"话术"。可以说,"市声"不仅见证了新旧文化在香港的起起落落,还留下了香港参与抗战的历史痕迹,有利于我们重新审视抗战初期香港的民族意识和救亡意义。

一、"抗战"在副刊的发生

《工商日报》是 20 世纪 30 年代香港十分重要的商业性报纸,流通很广,号称中国十大报纸之一④,1933 年 10 月 27 日它刊登了一则改版声明:

> 本报锐意刷新。决以精神与物质。求阅者之爱护。除扩大新闻电讯篇幅及

---

① 作者简介:陈蓉,华东师范大学中文系 2019 级博士生。

② 参见赵稀方:《抗战时期香港的四大副刊》,《大公报·大公园》2018 年 6 月 1 日第 B10 版,侯桂新:《抗战期间香港的文艺报刊与民族共同体想象》,《海南师范大学学报(社会科学版)》2014 年第 5 期,第 8—12 页。

③ 笔者查阅的是香港中央图书馆馆藏 1933—1938 年所发行的《工商日报》,部分日期有缺漏。

④ 李家园:《香港报业杂谈》,香港:香港三联书店 2019 年版,第 85 页。

搜登重要时事快讯外。乘时改革全部副刊。充实内容。由近日起。"小市场"一栏改为"市声"。刊载隽颖小品。谐趣文字。本地风光。洁柔杂景。时人逸话。瀛海珍闻。名家小说。并将原日"电影"一栏。改为六大周刊。选稿取材。务求精美。①

以上内容连续几日在报纸的头版显要位置刊出,明确了"市声"立足本地、以杂见长的商业副刊定位,以区别于一般纯粹的文艺副刊,同时也彰显了报社对它的重视。事实上《工商日报》此前的几次副刊改版都没有如此大张旗鼓。

　　1930 年 7 月《工商日报》扩栏,副刊"小工商"和"工商之华"改版为每日刊出的"文库"和"缤纷",各司其职:"文库"负责刊登"文学评论,文艺批评,名著翻译及短篇创作如小说戏剧诗歌散文","缤纷"则"选登兴味浓郁,及短峭机警,发人深省之文字,以调剂阅报者之疲劳"。② 具体说来,"文库"成了倡导新文艺的阵地,虽言明也会采用文言稿件,但实际刊登的主要是各种文艺理论的译稿和以白话写就的诗歌、散文和小说,每次刊登的文章一般在 4 篇左右,版面设计清晰,文艺性很强,袁振英、黎学贤、鲁衡、陈灵谷等为其重要撰稿人。而"缤纷"近似传统报纸中的谐部,不拘文言白话,以连载文言或浅文言写就的通俗小说为主,适合一般读者口味,撰稿者为黄冷观、黄言情、豹翁、罗落花、莫冰子等人。可见当时的《工商日报》对香港正兴起的新文学和势力依然强劲的传统文化采取了分而治之的副刊策略,希望兼顾新旧读者的阅读口味。这种新与旧的交杂,谐部与现代文学同时并存的现象,卢玮銮就以为"很特别"③,某种意义上说是体现了香港文学发展的特质。

　　1932 年"文库"停刊,"缤纷"也更名为"小市场"。而在"小市场"基础上改版的"市声"是《工商日报》在战前发行时间最长的副刊,从 1933 年 10 月 30 日创刊至1941 年 12 月 9 日因香港之战爆发而停刊,基本上每天一期。"市声"初期无论是版面设计、主要作者、刊登的文稿类型与"小市场"相比几乎没有显著不同,直到1934 年 4 月刊出《本栏今后》一文,虽已距改版有近半年时间,但仍可以视为是"市声"迟来的发刊词,摘抄部分内容如下:

　　从今天起,本栏扩充篇幅,增加字行密度;文稿内容,侧重趣味,附加插图,务求充实。此后当然是一番新面目!编者只是想把这个小园地办得较良好,以符读者的期望,而不愿自己吹牛,空谈计划,附启数则,敬希鉴察:

　　(一)本栏以前所载文字,持论严肃,稍显枯燥;今后趋重趣味短稿,即所谓软性文章,每篇在千字左右者,以符小品副刊之条件。读者倘能以幽默的态度,轻松的辞藻,谈人生,谈社会,笔而为文,惠寄本栏,不胜欢迎之至。④

声明首先就强调了要"侧重趣味",将一改过去"严肃""枯燥"的文风,这与《工商日

---

① 《工商日报》(香港),1933 年 10 月 27 日。
② 《本栏特别重要启事》,《工商日报》(香港)1930 年 7 月 14 日。
③ 郑树森、黄继持、卢玮銮:《早期香港新文学资料选》,香港:香港天地图书有限公司 1998 年版,第 3 页。
④ 《本栏今后》,《工商日报》(香港)1934 年 4 月 1 日。

报》作为商业性大报、读者以工商业人士以及普通市民为主的实际是相吻合的。随即在当年的 11 月 6 日刊登了新的征稿条例:

> (一)文稿范围:(1)国内外游记,杂写,(都会素描,风土人情,名胜,古迹,等)本地风光小文,有益于知识,或富有趣味者;以文笔生动,不落平板为准。(2)幽默短文,现实社会各种现象的客观写实,用随笔式或小说式来描写,但只取事实背景,不攻击个人。(3)或抒发情感,或自写生活,以及有关游戏,社交,职业,学业,等等杂感,须合于小品文体裁,不用冗长的议论体或铺叙式者。
>
> (二)游记,杂写,本地风光小文之类的文章,应该捉着特点来描写或叙述;幽默短文,社会现象写实文章,应该不落俗套;杂感文章,应该是真性情的表露。文体不拘文白;每篇最长不过二千字,特别欢迎五六百字的短隽小文。①

条例不仅对稿件从字数、体裁、文风、主题各方面都有了清晰明确的指示,也与《本栏今后》提出的"趋重趣味"相呼应,还突出了选稿的本地倾向,强调贴近本地生活;如改版不久后刊登的《弥敦道在夜里》《香岛之夜生活》等介绍香港日常的作品,自 1934 年开始陆续发表的描述本地游览经历的散文《扯旗山顶》《九龙半岛记》等。除了以上展示本地风光、发现地方风景的小文,"市声"也不乏关怀底层、反映社会现实的小说与杂写,华嘉的《二房东太太》就记录了都市里生活无着的穷愁青年"我"和"只认金钱不交情"的二房东太太交涉的一个片段,写得真实朴质。

从版头的更迭中我们也可以发现一个富有意味的现象。"市声"一直有着固定的版头风格,即以汉字"市声"或"市聲"配以不同的背景图片,图片经常会有更替,往往是与现代都市形象塑造息息相关的汽车、高楼大厦、摩登男女等画像。以 1935 年的版头(见图 11)为例,整体设计成一个圆形,如同放大镜一般从高楼俯视下去的十字街头,四幢高楼耸立,蚂蚁般大小的小轿车密集地在街道穿行,一侧黑色的高楼楼顶与白色加粗的"市聲"二字呈现一种强烈的反差感,显露出都市的冷峻、忙碌。显然,"市声"的版头是经过精心设计的,它通过图像释放出一种信号,即作为副刊的"市声"及其读者的定位是都市的、现代的。再联系上面所谈及的征稿启事以及相关散文、小说,种种迹象表明,"市声"创刊后一直在挖掘香港的地方性和都市性,非常注重对身处其间的各色往来人物、风景地貌、民俗民情等的描绘,以塑造其"倾听都市之声"的特色。

但值得留意的是,1937 年 8 月 26 日的版头悄然发生了变化,由原来的一对戴着墨镜的摩登男女(图 12)换成了或高举火炬或手拿长刀战斗着的战士(图 13),此后在 1937—1939 年间版头的图片虽时有更换,但抗战始终是主要元素,每日随着各种时评、战时小常识一起出现在副刊上,在当时被称为战时避难地的香港营造了一种紧张的抗战气氛。更重要的是,"市声"还在同一天更新了征稿启事,言明以重酬征求以下几类稿件:

---

① 《本栏征稿条例》,《工商日报》(香港)1934 年 11 月 6 日。

图 11　1935 年版头　　图 12　1937 年 8 月 25 日版头　图 13　1937 年 8 月 26 日版头

（一）战时常识。（须精简而通俗，并能切实实用者更佳。）

（二）民族解放战争的故事。（须以趣味为中心，以引起读者的兴趣。例如某次战役中被压迫民族的慷慨赴战，或作光荣的牺牲，或获得最后胜利的情形。）

（三）关于在敌人蹂躏下的平、津、淞沪等地的名胜，沿革，古迹，文化机关……的小品。（已刊有单行本，或经其他刊物登载者，请勿惠寄。）

（四）其他对于非常时期有所裨益之文章。①

显然此时"战争"已成了征稿的关键词，原来反复强调的"趣味""通俗"则作为必要的补充条件出现在括号内，副刊编辑以这种方式表达了"市声"支持抗战的决心和策略。仅以 1937 年 8 月 29 日的"市声"为例，当天发表的文章有大孤的《谁是不护外侨的野蛮者》、红绡的《毒瓦斯不足怕》、仰贤的《知己知彼：日本的四个军港》等。以上既有针对日本以"护侨"为掩护实行侵略行径的讥讽与披露，也有普及战时知识、鼓舞士气的通俗科普文章。

还有一个值得注意的标志就是 1936 年后"九一八"开始成为国难纪念的符号出现在"市声"上。1936 年 9 月 18 日"市声"刊出望愉的《九一八的五周年》、曾繁汉的《国难词·"九一八"五周年纪念》以及李一燕和雁子的两篇稿子来纪念"九一八"。虽然李一燕和雁子的文章全文被检，《"九一八"的五周年》也不乏大段被删去的文字，但这毕竟表明了副刊坚定的立场。到了 1937 年，"市声"直接在 9 月 18 日前刊登了专门的征稿启事："沉痛的'九一八'六周年纪念日快到了。我们知道，现在谁也在感觉着：今年的'九一八'周年纪念日是和从前不同了，所以我们打算在那一天多登载几篇关于这个问题的文章，各文友及读者如能惠赐以此类稿件，我们无限欢迎。"②编者所谓今年的"九一八"与从前不同，主要原因便是七七事变后，抗战救亡成了整个中华民族的统一目标，乃至当时仍远离战场、偏安一隅的香港，也自发响应起时代的号召。结果这次征稿收到了三十多篇纪念"九一八"的文

---

① 《征稿启事》，《工商日报》（香港）1937 年 8 月 26 日。

② 《征稿启事》，《工商日报》（香港）1937 年 9 月 13 日。

章,由于副刊篇幅有限,最终以"九一八专刊"的方式发表了矢若的《今年怎样纪念"九一八"》、一得的《六年来的教训》和张秉新的《纪念"九一八"六周年》等七篇文章,占据了整整一个版面。

诚然,"市声"侧重趣味,总体来说偏好轻松幽默、消闲娱乐性强的文章,但仍始终潜伏着一条关注民族国家命运、激发民众抗战热情的线索。"九一八"事变后,工商日报社旗下的日报和晚报便立刻反应过来,通过发表社论等方式呼吁全国精诚团结抗日①,每年的《工商日报》社论栏都会在 9 月 18 日前后刊出纪念九一八的时评,如 1932 年 9 月 17 日的《哀痛之□□》,1935 年 9 月 18 日的《秋风秋雨之"九一八"四周年祭!》,等等,副刊也曾紧随其上,"文库"在 1932 年的 9、10 月间发表批判汉奸行径、激发抗敌热情的短篇小说《为了国家》和《凄雨荒郊》,至于"市声"则先后发表过《为人民而战》《忠告日本智识阶层》《宝华寺中的战士》等讽刺政府抗敌不利或纪念在战争中牺牲士兵的杂文。随着战争局势的变化,"市声"上也不时可以看到与抗敌救国有关的言论,到了 1936—1937 年间更是调节了征稿要求,将抗战放在了优先的位置。1938 年 4 月《立报》在香港复刊时主编副刊"言林"的茅盾撰文写道:"今日我中华民族正在和侵略的恶魔作殊死战,'言林'虽小,不敢自处于战线之外;'言林'虽说不上是什么重兵器,然亦不甘自谓在文化战线上它的火力是无足轻重的。"②茅盾以武器来比喻"言林",表明了小小副刊在战时参与抗战的必然性以及在文化战线上发挥作用的必要性。而"市声"在版头和征稿启事上的变化也提醒我们,它虽不似后起的"言林""文艺"和"星座"那般可以汇聚众多南来的文化精英、拥有赫赫声名,但在塑造自身副刊形象的同时,它也在香港开辟一个可以供民族主义者发声的角落,培养和支持了一批具有进步思想的青年作者。

二、发声的一群:"市声"的编辑与作者

1938 年茅盾到了香港后对本地的报纸有过以下一番评价:"香港的报纸很多,大报近十种,小报有三四十,但没有一张是进步的……除了几份与香港当局有关系的大报外,其他都是纯粹的商业性报纸,其编辑人眼光既狭窄,思想也落后。"③《工商日报》正是茅盾所指的"纯粹的商业性报纸",至于他所谓的"其编辑人眼光既狭窄,思想也落后",是否也包含"市声"呢?

对于一份副刊来说,其主编/编辑必然是掌舵者和灵魂人物,1930 年代"市声"的主要编辑是龙实秀,他与茅盾、戴望舒、叶灵凤、萧乾、萨空了等副刊主编相比文名不显,且由于龙实秀没有留下他在《工商日报》工作经历的文字或回忆文章,很难考察他编辑"市声"的缘起与态度,仅能通过其相熟之人所透露的细枝末节,简单勾勒他与《工商日报》的因缘。龙实秀具体生卒不详,在 20 世纪 20 年代踏上香

---

① 周楠:《香港报界舆论对于九一八事变之反响——以香港〈工商晚报〉为中心的观察》,《"九一八"研究》2018 年,第 141—149 页。

② 茅盾:《献词》,《立报》(香港)1938 年 4 月 1 日。

③ 茅盾:《在香港编〈文艺阵地〉——回忆录(二十二)》,《新文学史料》1984 年第 1 期,第 1 页。

港文坛，一度积极投身新文学创作，作品散见于《大光报》副刊以及《墨花》杂志等，1928 年曾由香港受匡出版部出版唯一的小说集《深春的落叶》。1927—1931 年龙实秀还在黄天石创办的香港新闻学社负责《文学概论》和《采访术》两门课的教学，而同为黄天石的好友，《工商日报》副社长、主笔关楚璞亦在新闻学社教授《中国现代史》和《编辑学》①，这段经历或许与他后来进入《工商日报》有一定关联。据李育中回忆，龙实秀长期在《工商日报》编副刊，1931—1932 年的文艺副刊"文库"就是由他所编，曾到上海和北京组稿，质量很高。② 而陈君葆在 1934 年 9 月 16 日的日记中写道，"实秀已进了工商编副刊"③，由时间推测，这个副刊指的应该就是"市声"。龙实秀长期负责"市声"的各种编务工作，直到 1941 年 12 月 8 日香港之战爆发，他仍坚持编辑完最后一期"市声"。香港沦陷后，龙实秀与同事们结伴逃离香港④，进入韶关《大光报》服务，1945 年抗战胜利后重返香港，并一度担任《工商日报》总编辑。可以说，整个 20 世纪 30 年代《工商日报》副刊尤其是"市声"的种种演变，龙实秀或多或少都参与其中，他个人思想的发展与"市声"也有着密切的联系。

由《陈君葆日记全集》可知，1934 年前后龙实秀与陈君葆有过不少交集，他参与了由陈君葆、黄天石、谢晨光、莫冰子等报人作家结成的一个小团体，以救亡为目的开展两方面的工作：一是联络广西、广东、香港的有志之士，到内地考察垦殖区，并参与广西垦殖区的建设，希望通过发展农村经济来提升国力；二是筹谋在港岛办一个《九龙日报》："因为没有刊物，我们便像没有口舌一样，说不出话来。"⑤ 而在同年的 2 月，他与陈君葆还有过以下一番对话："目前只有两条可走，不是俄国的共产，便是意大利的法西斯蒂，然而法西斯蒂只不过是资本主义到了没落时期的一个回浪！我问说：然则你的意思也是以为社会主义者若要走的，只有向左边了。他说：是的。"⑥ 以上虽不能完全说明龙实秀的政治态度，但足以看出他的思想倾向，既有对社会主义的清楚认知，又有救亡的实际行动，这也可以从他所编的"市声"中寻到踪迹。1933 年"市声"相继刊出《多谈风月少发牢骚》和《"风月"的将来》这样积极关心国事、具有革命思想的文章，提出"国家民族，大概都是病入膏肓，不可救药！现在还有一辈子要大声疾呼，决不是无病呻吟！弱者底疾呼已经震动了寰宇，仿佛像狂风怒号，催枯折朽，这个腐败的社会基础，也要从根本推翻了！"⑦ 至于 1934 年 2 月 3 日刊登的《都市的呼声》一文直接为像牛马一样活着、在工厂里无声无息发出呼声的工人鸣不平。笔者以为像《都市的呼声》之类的稿件不仅仅是作者无梦发出的独奏，也是作为编辑的龙实秀与他思想上发生的共鸣。

---

① 杨国雄：《香港战前报业》，香港：香港三联书店 2013 年版，第 136 页。

② 参见李育中：《对〈香港新文学简史〉的正与补》，收入《南天走笔：李育中作品选》，广州：广州出版社 2009 年版，第 62 页。但也有一种看法，指出"文库"的主编是袁振英，如陈国球主编的《香港文学大系 一九一九——一九四九》评论卷一中收录的对袁振英的简介，香港：香港商务印书馆 2016 年版，第 514 页。

③ 陈君葆：《陈君葆日记全集》卷一，香港：香港商务印书馆 2004 年版，第 115 页。

④ 平可：《误闯文坛忆述》，《香港文学》1985 年第 7 期。

⑤ 陈君葆：《陈君葆日记全集》卷一，香港：香港商务印书馆 2004 年版，第 75 页。

⑥ 陈君葆：《陈君葆日记全集》卷一，香港：香港商务印书馆 2004 年版，第 80 页。

⑦ 无梦：《"风月"的将来》，《工商日报》（香港）1933 年 11 月 25 日。

遗憾的是,这种情况并没有持续多久,1934 年 4 月,"市声"以"趣味"的软性文章替代了原来"枯燥""严肃"的文风,私以为未必是副刊编辑主导的编辑方针的转变,推测大致原因有二:一方面是报社为了迎合一般读者的阅读趣味以增加发行量;另一方面很可能是此前副刊刊登的稿件触动和违背了工商日报的利益。自创刊开始,工商日报就代表了工商阶层的利益,其老板何东就是著名的商界人士,这显然会与副刊批判现实的一面产生矛盾,因为那些所谓"严肃"的文章,不少是针砭时弊、矛头直接对准资本社会的先声。正如刘火子所说的,那时香港的一些报纸正刊是反动的,但副刊经常登载些进步文章。[①] 但是副刊往往需依附报纸而生,编辑有时不得不在个人追求与报社利益间艰难地维持平衡,1930 年代初期也不乏一些副刊编辑因不愿与报纸的"生意经"或政治立场妥协而离职或结束副刊的。[②]

如前文所述,七七事变后"市声"在版头和征稿等方面呈现出了明显的抗战性,这与全中国正激荡的一致抗战的呼声是相符的,同时我们也不能忽略,其实在 1936 年抗战就已逐渐发展为"市声"的一条明线。核心原因自然是 1936 年前后时局的变化,华北事变、"一二九"学生运动、鲁迅逝世、西安事变等事件接连发生,即便是香港也同样感应到了共同抗日的呼声:1936 年 1 月 28 日上海各界救国联合会成立,不久中共党员石辟澜、周楠等在香港成立了香港救国会,越来越多的爱国人士受到激励,有所行动起来。[③] 龙实秀就是一个典型:"他近来对于国事似乎格外地感到兴趣,远不如前时的冷落,我心中觉得高兴起来。他提起上海的文化救国组织,说我们应该有同样的行动作响应,我十分同意。"[④]1936 年 8 月 24 日联合了上海和香港两地文艺界力量的香港文艺协会在九龙举行成立大会,宗旨为"翼望在文协之旗帜下,得作广大之集合,对于民族社会亦易有所贡献[⑤]。当天到会的有刘火子、张任涛、王少陵、谢晨光、李育中等 40 余人,龙实秀也是其中之一。可见,1936 年的龙实秀又重燃起对国事的关心与兴趣。再联系这一时期《工商日报》的副刊面貌,都可以证明编辑人思想并不落后:一是 1936 年后的"市声"以及"文艺周刊"开始有计划、有规模地发表反映抗战的时评与小说、散文,包括"文艺周刊"在 1936 年 10 月鲁迅去世后开设的"追悼鲁迅先生特刊","市声"1937 年 9 月 18 日的"九一八特刊";二是吸引和团结了一批来自省港两地的进步青年作家。

纵观 1930 年代为《工商日报》副刊写稿的作家,总体来说非常繁杂,包括豹翁、罗落花、黄言情和黄昆仑等旧式文人以及袁振英、黎学贤、鲁衡、侣伦、谢晨光等一批香港早期新文学家。加上"市声"发行时间长、面向读者来稿广泛,大部分

---

① 刘火子:《关于香港文艺界的活动(访谈录)》,《奋起者之歌——刘火子诗文选》,上海:上海东方出版中心 2011 年版,第 231 页。

② 参见霖临:《写在停刊前》,《南强日报》1933 年 8 月 9 日。另外,侣伦也在 1936 年辞去《南华日报》的编辑职务。

③ 参见李育中:《我与香港——说说三十年代一些情况》,收入黄维樑主编:《活泼纷繁的香港文学:一九九九年香港文学国际研讨会论文集》,香港:香港中文大学出版社 2000 年版,第 126—133 页,和方志钦、蒋祖缘主编:《广东通史 现代上册》,广州:广东高等教育出版社 2014 年版,第 825—826 页。

④ 陈君葆:《陈君葆日记全集》卷一,香港:香港商务印书馆 2004 年版,第 221 页。

⑤ 范泉主编:《中国现代文学社团流派辞典》,上海:上海书店出版社 1993 年版,第 401 页。

作者使用的是笔名,实难完整地一一考证,厘清各种线索。笔者经过粗略统计,发现仅 1933—1937 年间比较活跃的作者就有几十人,包括豹翁、令工、无梦、林庚白、半月、陈灵谷、张春风、端人、沈潜、李坚磨、侯曜、吴华胥、李游子、罗雁子、叶苗秀、林友兰等。这些作者籍贯、文化立场、政治主张都各有不同,既有来自外省的李坚磨、张春风,也有主要在省港两地从事文化活动的李育中、吴华胥等。其中有不少是踏上文坛不久的青年作者,这一群既是早期香港新文学的开拓者,也是 20 世纪 30 年代积极参与抗战救国活动的进步文人。以李育中、吴华胥、李游子、罗雁子为例,他们四人与龙实秀同属香港文艺协会,1936 年前后不仅为"市声"撰写了大量短小、富有战斗性的杂文,同时也在"文艺周刊"上发表了许多文艺评论和文学创作,如李育中的《最近一年来的中国文坛》、短篇小说《夕阳》,吴华胥的评介《国防文学与战争文学》《报告文学与讽刺文学》《作家当前的任务》以及小说《在秋风里》,罗雁子的《批评家的时代任务》《关于报告文学》和小说《年关》、戏剧《东北之夜》,游子的《论国防戏剧》等。

在此还要介绍两位较少为人所知、已成为历史"湮灭者"的青年作家苗秀和端人。苗秀是笔名,姓叶,生卒不详,据他的友人回忆,"苗秀是一个独特的人,他从不创作,却是翻译的能手,他懂英、日、俄三种文字,而以日、俄两种为最当行。他交稿最准期,从不延误,所以极受副刊编辑欢迎,他写稿自定限额,只要每月的稿酬足以应付生活费,他就认为限额已满,不再写了。"①苗秀确实如平可所说擅长翻译,他在"市声"和"文艺周刊"都发表了很多译文,比较重要的有刊登在"文艺周刊"上,如原胜所著的《隔壁的鲁迅先生》和高尔基的《伦敦》,"市声"上也有部分根据翻译内容写就的散文,不过数量较多的还是紧贴时事的杂文,如《民众的力量》《无从逃避》《不做小丑》等。虽然苗秀的资料非常少,但从他发表在"市声"上的文章来看,也是一位积极为抗战发声的进步青年。至于另一位作者端人,原名叶国彬,另有笔名默君,是 1937 年创办的中华艺术协进会常务理事,多年来在港从事编辑工作,从 1937 年 1 月开始在"市声"发表作品。端人善作杂文和战地通讯,曾率领香港西江七县同乡会回国服务团,前赴西江一带从事救亡工作,所以他从战地发回的通讯是"市声"与正面战场勾连的桥梁。1938 年端人在广东新兴县被不法军人杀害,年仅 29 岁。②

综合来看,"市声"较少收录在文坛耕耘已久、声名显赫的名家稿件,作者多是本地的报人、记者,或是爱好文学的香港青年。为了充实"市声"的来稿,提高副刊的稿件质量,龙实秀很重视培养和支持本地的青年作者,比如他曾鼓励岑卓云为"市声"撰写通俗小说,此后平可由纯文学领域转向,开始了通俗小说创作之路;也挖掘了擅长翻译的郑郁郎。而在"市声"的"代邮"栏目中,他经常以"实秀"或"编者"之名发布留言,与具有进步思想的作者加强沟通,如"望愉先生:大作因为篇幅,删去一段,请原谅,如赐访,请访人到宿舍通知便妥"③。望愉即吴华胥,是"市

---

① 平可:《误闯文坛忆述》,《香港文学》1985 年第 6 期。
② 《中华艺协会今日追悼叶端人》,《申报》(香港)1939 年 1 月 3 日。
③ 《代邮》,《工商日报》(香港)1936 年 2 月 17 日。

声"主要作者之一。不仅如此,有时刊登的进步文章"开了天窗",龙实秀也会郑重给作者留言说明:"一燕、雁子二君鉴:你两位的稿都被检去,特此通知。"①所以在李育中等青年作者眼中,龙实秀"很照顾进步稿件""好些现实性很强的稿件,他也敢于刊登"。② 无疑,"市声"所具有的进步性和抗战性与龙实秀以及李育中、吴华胥等作者的共同努力是分不开的。

三、"市声"的抗战"话术"

有资料显示,全面抗战爆发前香港的报纸审查制度已经非常严格,港英政府一方面不愿开罪日本,另一方面也是为了避免激烈的进步言论危及它对香港的管治,于是要求全港报纸的编辑,凡有碍于所谓英国与日本"友邦"感情的字眼,都用"×"或"□"来取代。③ "市声"既要应对报纸审查制度带来的政治压力,又要与《工商日报》商业化大众化的取向基本一致,因此它的"抗战救亡"言论时隐时现。但如果仔细研读 1936、1937 年"市声"刊登的众多文章,我们依然可以体认它的抗战"话术"。

首先是借"讲古"来刺今,激发读者的民族意识。"讲古"意为谈论古人、古事,在广东地区还有融合了方言、说书的曲艺形式"粤语讲古",在此借指"市声"上刊出的一系列以中国或外国历史上著名人物、事件为对象的文章,虽然本身并没有形成特定的栏目,也没有统一的作者群,但是文章数量众多,且大多关于民族英雄或反抗外来侵略的战争,在抗战这一历史语境中,具有一定的意义。虽说是"讲古",但并不严格限于时间,既有相隔不远的义和团和辛亥革命旧事,也有北宋、南明传奇,时间跨度非常大。最开始出现在"市声"上的这类文章是《徐桐与义和团》《刘永福故事》《吴禄贞殉难之前后》,后来逐渐形成有代表性的三类主题:第一类是介绍中国不同时期的民族英雄,歌颂其爱国精神,如《孤忠守土之陈亨伯》《南宋忠义军英雄故事》;第二类是揭露各种汉奸卖国的丑陋事迹和表彰拒当汉奸的忠义人士,如《宁死不为汉奸之谢枋得》;第三类则是介绍抵抗外来侵略、捍卫国家领土的战争,如《明末嘉定民兵抗清记》。不难看出,讲古类文章表面上和当时的抗战现实拉开距离,且多用文言写就,有些还带有浓厚的说书色彩,在艺术上难以与正兴起的抗战文艺、国防文学相媲美。但私以为,这是全面抗战爆发前在殖民地香港所能采取的一种安全而又能凝聚华人的民族向心力的方式,以那些耳熟能详的民族英雄不惧牺牲、力捍国家利益的事迹来激发民众的抗战热情和作为中国人的身份认知,而宣传抗倭、抗清等成功战役则能坚定民众对抗日抱有的必胜决心。另外,也可照顾《工商日报》传统守旧、并不那么亲近新文艺的一批读者的趣味。

七七事变后,"市声"正式公开征集关于民族解放战争的故事,在原来的基础

---

① 《代邮》,《工商日报》(香港)1936 年 9 月 18 日。
② 李育中:《我与香港——说说三十年代一些情况》,收入黄维梁主编的《活泼纷繁的香港文学:一九九九年香港文学国际研讨会论文集》,香港:香港中文大学出版社 2000 年版,第 126—133 页。
③ 参见张钊贻《萧乾〈坐船犯罪记〉与香港中文报章检查制度》,《中国现代文学研究丛刊》2011 年第 8 期,第 201 页。

上又增加了对其他国家的民族解放战争和民族英雄的介绍文章,如一得的《焦土抗战的前例:欧战中的比利时》端人的《朝鲜革命烈士安重根》矢若的《土耳其复兴之战》等。同时,还刊登了若沧的《东北抗日英雄李红光》这样直接表现抗日主题的文章,就是因为"在'九一八'六周年纪念日当中,在全面抗战正在展开当中,觉得把李红光烈士的功业和传略介绍出来,倒是一件有意义的事情"①。

与此同时,"市声"还开设"并非闲话"专栏,利用尖锐的杂文直刺民心,展现出与内地抗战舆论一致的进步性。"并非闲话"始于1936年4月21日,之前没有栏目名称。李育中曾回忆1930年代他在"市声"发表文章的经历,指出"它的头条专栏叫'并非闲话',那是千字的尖锐杂文,由我们四人(李游子、罗雁子、吴华胥和我)包办下来,成为那副刊一个特色"。② 事实上,"并非闲话"的作者并不只李育中所说的四人,但他却指出了专栏最大的特色,即与"趣味"大为不同的"尖锐性"。正因为此,"并非闲话"汇聚了一群进步的、擅长批评的作者,成了"市声"发出抗战呼声的前哨。

作为一方批评的园地,"并非闲话"所涉及的主题是多样的,既有紧跟时事、战事的评论,也有普遍意义的国民性讨论,但绝大部分文章是围绕"抗战救国"诸多方面的问题展开的。在此专栏发表的第一篇文章便是若沧的《武人不武》,他以"现代的'文武全才',自然是远古所不及的,不信,请看看对外则用武人之'文',对内则用武人之'武'"③来嘲讽某些军阀只在口头上喊着"收复失地",却没有实际的抵抗行动,反而不遗余力围剿共产党,本质是对国民党政府"攘外必先安内"政策的批驳。雁子在《"正动"与"反动"》一文中,则进一步提出:

> 凡是实行抗×,实行救亡的爱国行为,都是"正动"的行为;反过来说,凡是反对救亡,反对抗×的汉奸行为,都是"反动"的行为。一切真正实行抗×救国的人,都是"正动派";一切反对抗×救国的人,都是"反动派"。同时,我们还要进一步认识:民族危机到了这样严重的关头,我们不该再问什么党派,只须问是否能够实行抗×救国。④

雁子和若沧的观点显然是一致的,都是要求为了"救国"的唯一目标,联合各个党派共同抗日,这也是对正遭受国民党当局迫害的内地爱国学生运动和上海文化界救国协会的声援。无疑,"并非闲话"的作者们虽远居香港,但并没有置身战火以外,而是时刻"北望中原":《汉奸的末路》《谈气节》聚焦沦陷区的汉奸问题;《莫作"逃难"之想》《赴难与逃难》《往那里逃?》等文章针对华南等地形势紧张后出现的

---

① 若沧:《东北抗日英雄李红光》《工商日报》(香港)1937年9月23日。
② 李育中:《我与香港——说说三十年代一些情况》,收入黄维樑主编《活泼纷繁的香港文学:一九九九年香港文学国际研讨会论文集》,香港:香港中文大学出版社2000年版,第126—133页。
③ 若沧:《武人不武》《工商日报》(香港)1936年4月21日。
④ 雁子:《"正动"与"反动"》《工商日报》(香港)1936年5月12日。

逃难现象而发,呼吁应树立信心,不要逃避,"与国偕亡"①。同时,他们也很关心香港本地抗战工作的推进,尤其是当时香港蓬勃兴起的各种献金、赈灾、救助工作。端人的《救灾与杜弊》提出虽然香港已经积极发起救灾活动,但要进一步致力于杜绝香港乃至内地的舞弊;望愉的《救灾恤隣》则从香港物价腾飞、到此避难的难民生活困苦的现实出发,认为香港的救灾运动不能仅限于支援华北、西北、淞沪等"远地",还要考虑到近在咫尺的避难问题。

在七七事变前"并非闲话"也有一些关于情感、人性、道德等方面的文章,但之后几乎成了"市声"宣传抗战的专栏,每期内容都事关抗战。从"并非闲话"的杂文中我们能够体会到王剑丛所说的"香港作家与内地作家一样,都有鲜明的民族立场,积蓄着对日本侵略者的一股怒火,纸笔之间,无不洋溢着对敌人战而胜之的爱国激情"②。

为了争取读者对抗战的认同与关注,"市声"还从旅行文本入手,将游记与抗战联系了起来。自 19 世纪起香港就成为了沟通中西、南北的要塞,吸引了四方来客,外来移民的增加一方面充实了本地经济、文化的丰富性,同时缘于不同原因的人员流动也使得香港与更多地方建立了联系,尤其是 1930 年代的香港已经具有十分发达的交通网络,飞机、轮船、火车可以通向上海、青岛、桂林、福州、广州等城市。香港不仅是一段旅程的中转站或目的地,通过文化人的游记出现在《申报》《旅行杂志》等报刊上,而且本地报刊上也刊登了不少游览祖国各地山水名胜的文章。以"市声"为例,从 1934 年开始陆陆续续发表了《闽游片段》《桂林山水》《游金华及富春江》等为数不少的游记。其中一个重要原因就是"市声"1934 年 11 月的征稿启事直接将国内外游记列为文稿范围的第一条,而实际刊发的来稿以内地纪游为主,国外的不过少数几篇。不过到了 1936 年后"讲古"以及其他文章增多,单纯表现旅行中所见所闻的文章反而逐渐减少,但 1937 年 8 月后以回忆、记录的方式介绍北平、天津、上海等地的文章一下子涌现出来,如《从齐化门到天津》《故都的故宫》《南口,居庸关,和八达岭》《闲话北平》等,同时"市声"也主动征求"关于在敌人蹂躏下的平、津、淞沪等地的名胜,沿革,古迹,文化机关……的小品"③。因为加入了抗战因素,这类作品与之前的游记差异明显:一是强调"忆",以追溯过往、拉开时间距离的方式突出七七事变后故土沦丧、山河变色的国族危机,有时标题还鲜明地将战争与地方并置,如《烽火光中忆秦淮》《炮火声中忆紫金山》《庙行镇无名英雄墓——淞沪什忆》;二是以对比、联想的方式,勾起读者对深陷战火的北平、上海、南京等地的同情,激发对侵略者的仇恨与反抗之情。

以张春风的《北平的秋天》为例,作品一起头与郁达夫的《故都的秋》旨趣颇似:"南国的秋天,体味不出来季节的转换,更是各处的绿色植物,仍在繁茂,谁又

---

① 大孤:《往那里逃?》,《工商日报》(香港)1937 年 8 月 15 日。

② 王剑丛:《寻找历史的足迹——20 世纪 40 年代前香港散文试探》,《世界华文文学论坛》2007 年第 4 期,第 5 页。

③ 《征稿启事》,《工商日报》(香港)1937 年 8 月 26 日。

曾体味过北国秋天季节的风物呢?"①南北比较之下,以香港的秋天难以察觉来反衬北国秋天的独特风味,同时又隐晦透露出因为战争逃离北国的思念之情。但和郁文侧重表现北国之秋的"悲凉"不同,张春风从北海公园、吃酒蟹、涮羊肉、售卖秋虫等一一写起,笔下每一处北平秋天的美食美景都"动人乡思"。作者对北平的情感是内敛的,似乎只呈现了北平美好的一面,但结尾不期然的一句"今日古城的秋天,又该是怎样一番凄楚动人的姿态呢? 想望的古城呵!"②顿时将读者从回忆中唤醒,被迫面对现实:今时的古都正遭受侵略者的铁蹄践踏,也因此北平之秋是"凄楚"的。

而这种由战争导致的"今年"与"往年"的断裂还呈现在《话古都西山红叶》一文中,作者多处以"今年""往年""而今"等时间概念来强调沦陷前后西山的变化。同时,也借观赏红叶这一行为直接赋予其支持抗战的意义:

我私愿全国各地尚有闲情赏览红叶的人们,见红叶能联想到弟兄们所流的血,由血×联想到他们的身上,他们的身上,至今仍只是稀薄的夏季单衣,任雨×淋,随风飘拂。

亲爱的后方同胞们! 试闭目一想,可能不也心酸气愤? 捐输的责任,不能辞了! 我想请踊跃的荷起捐免疫,助军饷的责任来,共同努力,复兴我们伟大光荣的中华民族!③

该文从远在北平的香山红叶联想到"弟兄们"为抵抗侵略所流的血,再自然过渡到身处后方的人们,呼吁同胞们担负起民族重责,踊跃捐款,将"抗战"从口号落实到个体身上。事实上,工商日报社在 20 世纪 30 年代曾多次组织义捐,号召工商界人士和市民为国捐钱捐物,如七七事变后发起了筹赈华北兵灾和为作战的士兵募集雨衣等活动④,香港市民群起响应,陈君葆还在 1938 年 10 月 20 日的日记中记下"到《工商日报》馆捐了贰拾元与华北兵灾筹帐处"⑤。

可以说,1936 年后由于时局变化以及编辑的推动,抗战逐渐成为了"市声"最主要的作品主题。无论是端人的战地通讯、陈子多的讽刺漫画,还是吴华胥、罗雁子、李育中、西蒙等人的杂文,都表现出了很强的战斗性和批判性,最重要的是"市声"根据本地情形灵活运用不同的抗战话术,为香港初期的抗战宣传、局势分析、社会动员作出了贡献。

结语

近年来已有一些研究者指出,早在九一八事变后,香港就唤醒了民族意识,并

① 春风:《北平的秋天》,《工商日报》(香港)1937 年 10 月 21 日。
② 春风:《北平的秋天》,《工商日报》(香港)1937 年 10 月 21 日。
③ 伯飞:《话古都西山红叶》,《工商日报》(香港)1937 年 11 月 4 日。
④《工商日报》1938 年 3 月 15 日头版刊登了《本报筹赈华北兵灾》和《本报为百粤健儿募集雨衣启事》,其他不一一列举。
⑤ 陈君葆:《陈君葆日记全集》卷一,香港:香港商务印书馆 2004 年版,第 412 页。

积蓄了抗战的力量,如黄康显认为 1931—1937 年间香港的文学期刊呈现出了强烈的民族意识,是研究这个时期香港文坛民族觉醒的重要环节。① 相较之下,同时期的报纸副刊未受到足够重视,包括发行时间长、几乎覆盖了整个 1930 年代的"市声",多年来一直鲜有研究者关注。其实"市声"的编辑多为本地报人、作家,加上读者和作者面广,对它的考察可以更好地反映抗战在香港报纸副刊的发生与演变过程,并启发我们重新思考香港的抗战参与问题。我们也应看到,1930 年代在香港发行的本地报纸副刊虽各有风格和主张,但和"市声"一样,也在逐步调整自己的编辑方针,以融入全国的抗战大业。1937 年 11 月,拉特在《大众日报》副刊发表了《副刊编者一致起来》一文,呼吁香港各大副刊编辑应当秉持着"以民族整个的利益为前提,以救亡抗战的事业为归宿"②的信念来引导副刊的编辑方向,不仅得到了不少编辑的响应,在之后召开了副刊编者大会,同时也引发了有关大时代下的副刊作者和读者的责任的反思和讨论。③ 之后就连一向比较传统的《华字日报》也将多刊登通俗小说的副刊"说林"改版为"战火",因为"无论何国,无论何人,都不能不关心战火"④。可见,抗日战争时期的"市声"以及其他香港报纸副刊的文学及史料价值仍有待研究者的挖掘和重新评估。

---

① 黄康显:《九一八至七七期间香港文坛的民族觉醒》,收入郑亦琰、吴伦霓霞编:《两次世界大战期间在亚洲之海外华人》,香港:香港中文大学出版社 1989 年版,第 345—354 页。
② 拉特:《副刊编者一致起来》,《大众日报》1937 年 11 月 16 日。
③ 相关文章有横生《副刊作者也该一致起来》,《大众日报》1937 年 11 月 20 日;子东《副刊编者,作者与读者》,《大众日报》1937 年 11 月 21 日;拉特《副刊编者的共同信号》,《大众日报》1937 年 11 月 24 日等。
④ 烈炬:《战火》,《华字日报》1940 年 11 月 11 日。

北京体验如何重塑文学江南？

——以1980年代初期汪曾祺故里小说为中心的考察

吴亚丹①

摘　要："文化大革命"结束后，汪曾祺将书写空间从北方转至了故乡江南。其中寓京期间积淀为情感结构的记忆、体验及关于南北认同的矛盾，激发了汪曾祺对故乡的再发现和想象性重塑的动力。由于汪曾祺既无法躲避新时期北京主流文化规范的要求，也无法拒绝江南人悦纳现实困境之力的诱惑，于是在叙事采取边缘化立场和时间性记忆的策略，这使得"美化"与"容纳"的关系尤为紧张。为调和这些矛盾，汪曾祺借由江南人与中华民族文化心理的互通，在情感结构层面建立了主体关于"江南"和民族国家的情感连结。

关键词：汪曾祺；北京经验；故乡记忆；认同矛盾；打通

作为深度濡染了江南士文化传统的作家，散淡、平和、沉静、内敛是晚年汪曾祺的稳定气质。1979年流放归来后，汪曾祺创作了一系列以高邮旧生活为背景的叙事文本。② 对此，学界基于新时期"断裂—延续"的认识装置考察汪氏文体创造、语言探索、文化复兴、风俗描写及其与新时期文学的关联③，以"最后一个士大夫文人"④"京派最后一位作家"⑤"寻根文学的头雁"⑥等在错综历史谱系中安放作家的位置。但文学江南重塑是作家在现实和记忆感召下的整体行为，如汪氏自述："我

---

① 作者简介：吴亚丹，华东师范大学博士研究生。

② 写于1985年前的故里小说有16篇：《异秉》《受戒》《岁寒三友》（1980年），《大淖记事》《故里杂记》《徙》《故乡人》《晚饭花》（1981年），《鉴赏家》《王四海的黄昏》（1982年），《八千岁》《故里三陈》《昙花、鹤和鬼火》《金冬心》（1983年），《故人往事》《桥边小说三篇》（1985年）。1987年访美归国后汪曾祺的故里书写与拉美"魔幻现实主义文学"和"文化寻根"潮有关，暂不列入本文考察范围。

③ 杨红莉：《汪曾祺小说"改写"的意义》，《文学评论》2005年第6期，第64—73页；郜元宝：《上海令高邮疯狂——汪曾祺故里小说别解》，《文学评论》2017年第6期，第169—181页；孙郁：《汪曾祺与易代之际的北京文坛》，《新文学史料》2011年第2期，第60—69页；罗岗：《"1940"是如何通向"1980"的？——再论汪曾祺的意义》，《文学评论》2011年第3期，第113—122页；张高领：《民间文学、方言体验与阅读史重构——张家口如何滋养汪曾祺》，《中国现代文学研究丛刊》2020年第6期，第46—63页；李光荣：《汪曾祺的大学生活与西南联大书写》，《当代文坛》2018年第3期，第84—90页。

④ 1987年在北大召开的汪曾祺作品研讨会上，时为北大青年学者的陈平原、黄子平等如是说。

⑤ 严家炎：《中国现代小说流派史》，武汉：长江文艺出版社2009年版，第221页。

⑥ 李陀：《意象的激流》，《文艺研究》1986年第3期，第55页。

是一条整的活鱼,不要把我切零了。切零了也都能说得通,但都不够全面。"①综观汪曾祺的一生,从 20 世纪 40 年代的迷惘彷徨、自爱自怜,到 20 世纪 80 年代初期的自嘲自解、信心重建,中间是"五起五落"的人世浮沉和痛楚体验,这些生命经验不断深入到汪曾祺的生存内核,并最终发见于文学。故也有学者基于"断裂—弥合"的逻辑检视汪曾祺"十七年"时期与 20 世纪 80 年代文学行为的关联,尤其强调汪氏归来后文学创作对赵树理等解放区作家文学经验的汲取。但在这一视野中,北京时间里汪曾祺积淀为情感结构的体验、记忆及其中的矛盾却被遮蔽了。抛开上述自明的认识,重返原点考察汪曾祺北京体验与 20 世纪 80 年代初期故里重写的关联,包括作家与北京、故乡的现实关系经历了哪些矛盾?其中包含的认同与排斥机制如何运作?这段遭遇和心曲在汪曾祺对"江南"的理解和把握中扮演何种角色?它与 20 世纪 80 年代初文艺界关于中华民族前途的整体设想有何关联?这不仅有助于我们厘清汪曾祺对文学地方特质的理解,还将为我们把握流放归来者如何处理 1950 至 1970 年代的观念、感受与记忆打开一个窗口。

一、被拒与疏离:关于北京与故乡的认同矛盾

依据吉登斯关于自我认同机制的研究,个体在现代社会中的空间定位活动和人际关系变化与主体自我反思和认同形塑有密切关联。② 相较 20 世纪 40 年代末的返乡书写,20 世纪 80 年代初期汪曾祺对"江南"的重新发现、论述、演绎具有高度复杂性,这与他寓京期间的边缘化体验、关于南方和北方的认同矛盾不无关联。

从受教育经历看,汪曾祺接受的家庭教育和学校教育中既有江南士文化传统,也有"五四"新文化的成分,二者共同构筑了青年汪曾祺的精神世界,并规制着他对北京现代文化和文化北京城的认同。汪曾祺的出生地高邮位于泰州以北、兴化以西,明末出现了我国第一个思想启蒙学派——泰州学派,自由、平等是该派思想要义。受此乡学濡染,个性自由是明季之后江南文人的精神状态、思想风格。汪家是江南儒商,在乡风滋养下家风通达开明、蔼然宽和。较早感染新文化风潮,使汪家崇尚近代新式教育。如汪曾祺祖父汪嘉勋曾入选拔贡,会看眼科,既有诗人式的浪漫气质,也有现代维新思想③;父亲汪菊生精通金石书画,多才多艺。汪曾祺出生时"五四"新文化运动已进行三年,独立与自由是北京现代文化的内核,自由主义作家群"京派"以纯正文学趣味、平民意识和现实风格为文化理想。可见,自由与平等是江南文化与"五四"新文化的一个接榫点。在祖父、父亲和国文老师高北溟的引导下,汪曾祺自幼谙熟经史子集、诗词小说,精通书画、京戏、昆曲,不仅积累了深厚的传统文化修养,还形成了自由散漫的性情。作为"后五四"一代的知识分子,汪曾祺在求学阶段还完整接受了新式教育,深受"五四"新文化的熏陶。于是当他携江南士文化积习接受"五四"新思想洗礼时,便更易对后者产

---

① 汪朗、张英:《汪曾祺:你们都对我好点啊,我以后可是要进文学史的》,《作家》2022 年第 1 期,第 16 页。

② 安东尼·吉登斯著,赵旭东、方文等译:《现代性与自我认同:现代晚期的自我与社会》,北京:生活·读书·新知三联书店 1998 年版,第 172—173 页。

③ 曾订阅邹韬奋主编的《生活周刊》(内容多是讨论失学失业、封建礼教、包办婚姻等社会问题)。

生认同,尤其是"京派"的文学和美学观。如 1938 年在乡下避难时,汪曾祺首次读到《沈从文小说选》①便被其中的人性美、人情美、自然美吸引,在随后两年反复品读、爱不释手。此后无论为人还是为文,汪曾祺始终将京派文学作为获取审美滋养的重要源泉。② 如晚年回顾创作生涯时汪曾祺坦言该书对自己"后来的写作,影响极大"③,并将 1939 年西南联大中文系自编教科书《大一国文》视为指引自身走上文学道路的一本"启蒙的书"④。可见,自由精神作为汪氏成长意义空间的重要组成部分,点点滴滴渗透在其人格中。因此文艺界往往将汪氏文学经验与"京派"建立起关联。如九叶诗人唐湜早在 1948 年就已指出汪曾祺的"京味"气质:"样子、表情全是北京风的,朴质地纯熟,完全表里一致,没有客套的话与笑。"⑤对于 20 世纪 80 年代初期故里小说,费振钟指出汪曾祺是自觉"走到与废名他们一致的'复兴'晚明文人语言的道路上了"⑥。

由思而行。出于对自由精神和京派文学观念的认同,汪曾祺追随京派作家步履将凝聚着自由文化符号与记忆的北京城视作了个人精神归属与栖息之地。此后无论是跋涉南半中国投考西南联大中文系,还是失业困窘和沉落危机中沿运河逆流北上,北京认同无形构成了汪氏生存和创作空间移动的重要指引。1946 年 5 月西南联大结束后,沈从文、废名等京派作家纷纷回京,并在平津地区开展了一场"新写作"运动。彼时身在沪上的汪曾祺积极参与其中,成为最被看好的青年作家。与北方自由派作家的密切交往和文学互动,使汪曾祺对北京愈发神往。1947 年 7 月 16 日,汪曾祺致信沈从文倾诉着内心苦闷:"我仍是想'回家',到北方来,几年来活在那样的空气里,强为移植南方,终觉不入也。"⑦在这种"家园感"驱使下汪曾祺不断向北靠拢,并在 1948 年 3 月如愿入京。1950 年 10 月,汪曾祺致信巴金再次阐明了北京之于自身的特殊意义:"我说是'回',仿佛北京有我一个根似的,这也就是我回来的理由吧。"⑧从"家"到"根"的情感深化,喻示着"北京"不只是一个地理位置,更代表了汪曾祺向往的生活意义源头。换言之,在青年汪曾祺的思想意识中,故乡与北京是有连带关系的感觉结构:北京是念兹在兹的精神故乡,也是寻找文化身份定位的处所;故乡既是给予生命滋养之地,也是他投射、建构有关"江南"想象的时空坐标。从这个意义上看,汪曾祺的故乡生活经验与文化记忆、寓居体验与京味文化有着"人同此心"的想象、信念,这近乎段义孚所谓的人的存

---

① 上海一家不正规书店盗印版,原为少侯编、上海仿古书店 1936 年版,篇目有《渔》《春》《松子君》《三三》《七个野人与最后一个迎春节》《灯》《或人的家庭》《泥涂》《猎野猪的人》《八骏图》《刽子手》。
② 汪曾祺:《890817 致解志熙》,《汪曾祺全集》第 12 卷,北京:人民文学出版社 2021 年版,第 277 页。
③ 汪曾祺:《我的创作生涯》,《写作》1990 年第 7 期,第 1—4 页。
④ 汪曾祺:《西南联大中文系》,北大校刊编辑部:《精神的魅力》,北京:北京大学出版社 1988 年版,第 77 页。
⑤ 唐湜:《虔诚的纳蕤思——谈汪曾祺的小说》,《新意度集》,北京:生活·读书·新知三联书店 1990 年版,第 123 页。
⑥ 费振钟:《江南士风与江苏文学》,长沙:湖南教育出版社 1995 年版,第 166—167 页。
⑦ 汪曾祺:《470715/16 致沈从文》,《汪曾祺全集》第 12 卷,北京:人民文学出版社 2021 年版,第 33 页。
⑧ 汪曾祺:《501007 致巴金》,《汪曾祺全集》第 12 卷,北京:人民文学出版社 2021 年版,第 45 页。

在意义是在空间形式中体现出来的。① 此后半个世纪,汪曾祺始终未能摆脱这种情感牵制,不仅在接连经受批判后从未想要离开,还将之渗入了自身的美学观和文学创作中。

然而事与愿违。当踌躇满志的汪曾祺入京时,北京文艺界已发生巨变:解放区作家及其创作经验备受重视,沈从文、萧乾等自由派作家及其创作经验遭到了冷落。汪曾祺的江南才子气、自由派文化性格与新中国政治化、一体化文化氛围发生龃龉,不仅在历次政治运动中遭遇着文化理想挫折,更因个人历史问题频繁接受审查。1949 年 5 月和 1955 年 5 月,汪曾祺两次因"复兴社"问题接受政治审查,感情受到了严重伤害,一度想要自杀。② 在被边缘、受质疑的经历中,汪曾祺陷入了阴郁。在午门历史博物馆工作期间,汪曾祺致信上海致远中学任教的友人祖露心境:"身体被限制在伟大而空洞的建筑之中,也毫无'内心生活'可言。秋天多阴天,忽忽便已迟暮,觉得身体如一只搁在沙滩的废船似的。"③1957 年 7 月 16 日,汪曾祺致信北京文联创作员张明权再次感叹"受到的干涉、限制、约束过多,希望得到更多的'信任',更多的自由"是需改造的右倾思想,劝告张也"检查检查"。④ 正是在这种复杂的境遇中,汪曾祺对北京的认知逐渐从自由之乡向"人民的首都"调整。

1958 年夏,汪曾祺因短文《惶惑》被划为"一般右派",下放至张家口沙岭子农业科技研究所改造。自由文化理想挫折、政治环境压抑令汪曾祺深感绝望,他曾凄惨地对妻子说:"现在认识到我有很深的反党情绪,虽然不说话,但有时还是要暴露出来,我只有两条路了,一条过社会主义关,拥护党的领导;另一条就是自杀,没有第三条路。"⑤但在家人和恩师沈从文的劝慰下,汪曾祺选择接受现实,努力改造,争取新生。⑥ 为此,他在"摘帽"后坚持自我改造,按照主流文学模式要求创作了小说《羊舍一夕》(1961 年)。文本讲述了一个知识分子农艺师改造的故事,但叙事焦点对准的是在农场长大的四个孩子:吕志国、秦老九、留孩、丁甲贵,侧重表现他们在党光辉照拂下纯真、质朴的品格和结实、精壮的体格。在小说首尾汪曾祺两次提及一辆终点为北京的 216 次火车:"火车过来了。'216! 往北京的上行车。'"⑦"一天就这样的过去了。夜在进行着,夜和昼在渗入,交递,开往北京的 216 次列车也正在轨路上奔驰。"⑧火车的终点站北京,指向的是充满希望的"明天"或者未来。作为"戴罪立功"的右派,汪曾祺借由 216 次火车寄寓着自身情感指向:希望回家、回京,在文学工作中贡献才华、"扬眉吐气"⑨。但 1960 年 8 月"摘

---

① 段义孚著,志承、刘苏译:《恋地情结》,北京:商务印书馆 2018 年版,第 408 页。
② 陈徒手:《汪曾祺的文革十年》,《1949 年后中国文坛纪实》,北京:人民文学出版社 2010 年版,第 360 页。
③ 汪曾祺:《481018 致某兄》,《汪曾祺全集》第 12 卷,北京:人民文学出版社 2021 年版,第 41 页。
④ 汪曾祺:《570716 致张明权》,《汪曾祺全集》第 12 卷,北京:人民文学出版社 2021 年版,第 50 页。
⑤ 陈徒手:《汪曾祺的文革十年》,《1949 年后中国文坛纪实》,北京:人民文学出版社 2010 年版,第 356 页。
⑥ 沈从文:《19610122 复汪曾祺》,《沈从文全集》第 21 卷,太原:北岳文艺出版社 2002 年版,第 11 页。
⑦ 汪曾祺:《羊舍一夕》(又名《四个孩子和一个夜晚》),《人民文学》1962 年六月号,第 25 页。
⑧ 汪曾祺:《羊舍一夕》(又名《四个孩子和一个夜晚》),《人民文学》1962 年六月号,第 38 页。
⑨ 郭娟:《那些明亮的忧伤——汪曾祺在一九六〇年前后》,《书城》2018 年第 1 期,第 48 页。

帽"后,老东家中国民间文艺研究会却无接收之意,汪曾祺只能被放逐在沽源马铃薯研究站绘制《中国马铃薯图谱》。直到 1962 年 12 月,汪曾祺才在联大同学杨毓珉斡旋下回到北京,成了京剧团创作室的编剧。但北京文艺界并未给他充分信任,如"文化大革命"期间被江青"控制使用"、"文化大革命"后受到质疑和审查,皆是例证。汪氏京剧创作室同事梁清廉回忆说:"那几年他战战兢兢,不能犯错,就像一个大动物似的苦熬着,累了,时间长了也就麻木了。"①从希冀回京到被排挤的生命历程中,汪曾祺始终流露出一种自证忠贞的顽强,甚至发狠要把手剁下证明清白。②

　　20 世纪 80 年代初,文艺界依然飘荡着"左"的阴影,反对资产阶级自由化的气氛尤为紧张。作为"摘帽右派",汪曾祺的文艺动向时刻受到北京文艺界的监督,是少数徘徊在主流文学之外的作家,小说《受戒》即监督汇报的结果。③ 与此同时,"文化大革命"后文艺界迫切需要文学反映新时期生活和人的精神面貌,文艺的社会效果是文艺界关注的重心。身居北京的汪曾祺敏锐感到时代氛围的微妙变化。为了重返文坛,他选择控制情绪,自言十多年来中毒很深,要脱胎换骨很不容易,但不想自暴自弃,仍希望为党为人民做一些有益的事。具体在小说创作中,他以调控视角的方式恪守着主流文学规范,并从故乡记忆中寻找落实。

　　另一方面,在繁重劳动改造和严苛思想改造后,汪曾祺对故乡的认知和情感发生了变化。在与故乡的现实关系上,汪曾祺虽自诩高邮人,却始终游离在乡外。由于 20 世纪 40 年代末北上后未曾还乡,汪曾祺不仅缺乏对现实故乡的认识,亦不被故乡文坛接纳。如小说《异秉》(二)首次出现在《雨花》杂志编辑部时,仅得到了"好像我们没有小说可发了"④的低评。这种无名感极大激发了汪曾祺的身份意识,并集中体现在 1981 年首次回乡事件上。1979 年 3 月,中国民间文艺研究会复查小组给出右派改正结论,思乡情切的汪曾祺终于可以回乡了。但他直到 1981年 10 月才在高邮县政府邀请、北京京剧院支持下返乡,背后隐含着汪曾祺从故乡寻求身份正名的强烈愿望。返乡前给刘子平、汪海珊的信中,汪曾祺对自己将以何种身份回乡极为审慎,尤其看重北京和高邮官方的态度。陆建华称之为"知识分子的自尊与矜持"⑤。值得玩味的是,在 20 世纪 80 年代初期仍显紧张的语境中,高邮接纳汪曾祺的身份是"文化大革命"样板戏《沙家浜》(主要)执笔者"⑥,而非"写江苏事的江苏作家"。汪曾祺需要故乡来正名,故乡需要汪曾祺来扬名,可谓相互成就了。但汪曾祺并未接纳眼前的故乡。在返乡的公共汽车上他遇到了一个操着同乡之音的乞丐,对其猥琐、卑微的姿态甚为鄙夷,以至不吝恶语斥之:

① 陈徒手:《汪曾祺的文革十年》,《1949 年后中国文坛纪实》,北京:人民文学出版社 2010 年版,第 337 页。

② 陈徒手:《汪曾祺的文革十年》,《1949 年后中国文坛纪实》,北京:人民文学出版社 2010 年版,第 356 页。

③ 陈建功:《与〈北京文学〉同行三十七年:贺〈北京文学〉创刊 60 周年》,《北京文学》2010 年第 9 期,第 185—187 页。

④ 程绍国:《文坛双璧———林斤澜与汪曾祺》,《当代》2005 年第 1 期,第 156 页。

⑤ 陆建华:《私信中的汪曾祺》,上海:上海文艺出版社 2011 年版,第 25 页。

⑥ 陆建华:《草木人生·汪曾祺传》,南京:江苏凤凰文艺出版社 2019 年版,第 374 页。

"这个人给我的印象是:丑恶;而且,无耻!""我讨厌这个人,讨厌他的声音和他乞讨时的精神。他并不悲苦,只是死皮赖脸,而且有点玩世不恭。"这一见闻逆向激发了汪曾祺对故乡的疏离感:"再见,水车!"①现实与记忆的撕裂,从"同情"到"讨厌"、从"想回"到"再见"的情感变化,见证了汪曾祺对于现实故乡从重返到逃离的变化。

概言之,在辗转南北的四十年中,汪曾祺始终面临想"入京"却被排挤、想回乡却认同困难的困境。无论在京还是在乡,汪氏均是难以融入的他者。在这种夹缝中汪曾祺却"哀而不伤",这与其说是对政治环境的躲避,不如说走异路、逃异地、寻求别样人生的游历使他了解到生命多元和人性驳杂后,对灰暗现实有了更多担待和包容。关于故乡的童年经验和晚年体验作为一种意向性结构,某种意义上也制导着他的文化选择。寓京经验和故乡记忆的奇妙契合,使汪曾祺未沉陷舔舐创伤的自怜和悬浮惶惑的不安中,并将这段经历和心曲沉淀在意识深处,成为感受新时期初期社会现实的一个参照。在新时期初北京政治文化规约下,汪曾祺的北京认同矛盾和童年故乡经验被同时触发,关于"江南"的想象由此启动。"江南"于是被瞄定在了一个稳固的时空基点:旧时高邮。综观20世纪80年代初期故里小说,尽管汪曾祺寓京遭际和心曲未被充分辐射到文本中,但在他理解、阐释江南各种问题中仍发挥着潜在作用,表现为叙事中"净化"与"容纳"的紧张关系。

二、边缘与时间:重塑"江南"的内在机制

在新时期文学意识支配下,汪曾祺归来后创作的首篇故里小说《受戒》因适应主流文学规范,被视为理解文学"江南"与主体实践关系的主要文本,且作者阐释在一定程度上引导着学界的理解。结合汪氏自述,小说虚化苦楚和渲染真情被视作"美感教育",自由、乐天乡风成了抚慰"文化大革命"创伤的资源:"美丽的乡土、故乡人朴素而美丽的灵魂和时代的重压糅合在一起"的写作构成"抑郁的乐观主义"②。从"一个八十年代的中国人的各种感情的一个总和"③中,论者不仅读出了"文化大革命"期间知识分子的"憋屈和不平""逃遁""自卫""责任""乡愁""怀旧""内疚""快乐"等情感④,还"找到了真正的汪曾祺(的位置)"⑤。这些均言之成理,但未超出汪氏自我阐释范畴。依上文所述,归来后汪曾祺回溯记忆并非旨在还原一个真实江南,而是适应新时期初政治文化要求的结果。为此,汪曾祺调整了自

---

① 汪曾祺:《故乡水》,《汪曾祺全集》第4卷,北京:人民文学出版社2021年版,第269页。

② 程德培:《别是一番滋味在心头——读汪曾祺的短篇近作》,《上海文学》1982年第2期,第86—89页。

③ 汪曾祺:《关于〈受戒〉》,《晚翠文谈》,杭州:浙江文艺出版社1988年版,第3—4页。

④ 罗岗:《"1940"是如何通向"1980"的——再论汪曾祺的意义》,《文学评论》2011年第3期,第113—122页;马风:《汪曾祺与新时期小说——一次文学史视角的考察》,《文艺评论》1995年第4期,第68—73页;摩罗:《末世的温馨——汪曾祺创作论》,《当代作家评论》1996年第5期,第33—44页;黄子平:《汪曾祺的意义》,《北京文学》1989年第1期,第48—54页;陆建华:《汪曾祺的回乡之路》,《雨花》2020年第12期,第100—109页;王尧:《重读汪曾祺兼论当代文学相关问题》,《文艺争鸣》2017年第12期,第12—21页;陆建华:《草木人生·汪曾祺传》,南京:江苏文艺出版社2019年版。

⑤ 陈徒手:《汪曾祺的文革十年》,《1949年后中国文坛纪实》,北京:人民文学出版社2010年版,第359页。

己的世界观和文学观:"我三十年来是受党的教育的,包括受《讲话》的教育……拿我解放前的作品与解放后的作品比较,受教育的影响是明显的。虽然我写的是旧社会生活,但一个作家总要使人民感到生活是美好的,感到生活中有真实可贵的东西,要滋润人的心灵,提高人的信心。"①体现在小说中,汪曾祺以过滤沉痛的方式寻求理解、阐释故乡的新视角:明朗、希望。但他又无法回避江南人的现实生存困境,于是在叙事中对现实展开逆反观照、对悲剧予以谐谑,以此寻找自身的合法性位置。换言之,前者是修饰美化,后者是包容理解;前者是接受规范、表露忠贞的需要,后者是反思现实、显露个性的结果。其中,边缘化立场和时间性记忆是他化解这种矛盾的叙事策略。

一方面,汪曾祺并非有着自觉内省和强烈抗争意识的作家,当1980年代启蒙主义文学着力表现大变局中人心的抗争与颓灭、呐喊与悲凉时,他的眼睛外观多于内倾。江南作为我国历史上的经济和文化中心,宗教伦理、商人精神是与生产关系交织、互动的结果。在历史发展的关键时刻,智慧灵动、圆融机敏的江南人总能审时度势地做出精准判断。在个人气质、老庄思想、故乡记忆的潜在作用下,汪曾祺深谙人情世故、处世之道,善在时代浪潮中机敏保身。面对思想和劳动劳改,江南人的生存智慧为汪曾祺提供了处世指点:不即不离、随遇而安:"'遇',是环境的,生活的,尤其是政治环境的原因。""'遇',当然是不顺的境遇,'安',也是不得已。不'安',又怎么着呢? 既已如此,何不想开些。"②甚至归来后在京经历新一轮边缘境地时,江南人的生存智慧再次被激发和持续催化。加上对北京和故乡的认同矛盾和绞缠,汪曾祺自觉调整了回溯故乡记忆的视角:高邮流散在外的子孙。边缘,成了汪氏想象"江南"的姿态。边缘,意即主体既是整体一部分又游离在整体之外,这恰如江南传统士人理想精神"即世间而超世间"③。在边缘想象"江南",使汪曾祺获得了思考主体与地方关系的独立视角。表现在叙事中,叙述者站在"江南"之外洞察着内部隐秘,主体被置于公共领域边缘经历生存的诸般考验。

在汪曾祺笔下,"江南"市民社会是一个充满差异和矛盾的场域,各种制度力量和权力关系在其中缠裹。依照段义孚对人地关系的理解:"每个地方的人都倾向于认为他们自己的家乡是'中间的地方'或者世界的中心。"④在想象的"江南",高邮是主体活动的中心、宇宙的终点。为展示底层平民身上顽强、坚韧的生命元气,汪曾祺在每个人物身上或多或少分摊了一些习气。如药店学徒陈相公、王瘦吾(草绳厂主)、陶虎臣(炮仗店主)、八千岁(陆陈行主)、陈小手(男产婆),生活在城乡交叉带的贫民巧云、十一子、侉奶奶等,均处在地方权力等级关系的边缘。在修改后的《异秉》中,叙述者重新整理了保全堂内部权力等级关系,如淮城人陈相公虽进了高邮却被排挤在边缘,包括起居上"先生们都睡在后面的厢屋里,陈相公睡在店堂里";饮食上"从来没有正经吃过一顿饭,都是把大家吃剩的残汤剩水泡

---

① 汪曾祺:《重新学习〈在延安文艺座谈会上的讲话〉》,《北京文学》1982年第5期,第15—21页。

② 汪曾祺:《随遇而安》,《收获》1991年第2期,第128页。

③ 余英时:《中国知识人之史的考察》,《士与中国文化》,上海:上海人民出版社2003年版,第618页。

④ 段义孚著,王志标译:《空间与地方:经验的视角》,北京:中国人民大学出版社2017年版,第31页。

一点锅巴吃";工作中总挨打,原因多是"纸裁歪了,灯罩擦破了。这孩子也好像不大聪明,记性不好,做事迟钝"①。江南是个体生存的准则和标记,其阴性、柔美气决定了失意文人往往扮成弃妇孤女来自恋或呼唤母亲寻找抚慰,即"父权制建立了暴力压制与刚勇尚武的新规范以后,受到心灵创伤的文明人更容易回忆过去的美好,渴望回归温柔仁慈的母亲怀抱"②。在小说中,陈相公挨了打白天不敢哭,只是晚上偷偷向远在故乡的母亲哭诉:"妈妈,我又挨打了! 妈妈,不要紧的,再挨两年打,我就能养活你老人家了。"③巧云失贞后也是呼唤远在天边的母亲。并且失贞之难作为一种原始力量,激发了她的自我意识觉醒:"拿起镜子照照,她好像第一次看清自己的模样。"④巧云记不得母亲的样子,当看到了镜中的脸就像看到了母亲莲子——那个逃至大淖、又跟戏班小生跑了的苏州女人。从母亲那里巧云找到了生命的颜色——红:记忆中母亲给她点的眉心红、新娘子穿的粉红色绣花鞋,混着手指伤口渗的血,激发了她活着的勇气,菰蒲中这朵娇嫩的花蕾终于绽放为了热烈盛开的大红花。"妈妈"既是血缘母亲,也是生于斯长于斯的地方(江南),均指向一种生命的根性。"江南"之于巧云、陈相公等平民既是重获新生之地,也是获得容纳困境之力的场所。从想象的江南底层社会,汪曾祺看到了生命活着的规定和意义:担待和包容。从这个层面看,汪曾祺所谓的除净火气与感伤、林斤澜的"除净了'创伤'"⑤并非真正除净了,而是克制了自身对幽暗与哀苦的"呐喊"。以此为立足点,汪曾祺重新理解着自身历史。

汪曾祺站在理想世界此岸重构关于江南的"记忆"时,相较 20 世纪 40 年代末多沉浸于已消逝时代的怅惘:"戴车匠是一点,集聚许多东西,是一个中心,一个底子。这是我们生活中的一格,一区,一个本土和一个异国,我们的岁月的一个见证。"⑥归来初期受北京主流文学规范,汪曾祺倾向从衰微中发掘生机、通过净化悲剧寻觅希望,努力恢复被毁灭的民族精神,满足新时期文化团结的要求,即以光明内核"在党克服困难、鼓舞人心上起到自己的作用"⑦。"江南"则是这种光明与希望的空间赋形。表现在叙事中,汪曾祺将个体生命力激发与外力入侵建立了关联。作为个体生命的滋养,高邮的纵横巷道、林立商铺和市民生活,城外的大淖、月塘、庵赵庄和流民世界,均保持着理想世界的融洽与和谐、自由与真实。但在地方传统伦理规约、官绅共治和外力冲击下,内部满是冲突和震荡,个体被裹挟其中经受生存之苦。如王、陶、靳三人日子过得顺风顺水,但外力入侵使这一切发生了剧变:王瘦吾的草帽生意受流氓商人王伯韬市场操纵被击垮,陶虎臣的炮仗生意因禁令政策被迫停业关张,女儿也被宋保长强抢为妻,这均是个体生存的悲剧

---

① 汪曾祺:《异秉》,《雨花》1981 年第 1 期,第 25 页。

② 费振钟:《江南士风与江苏文学》,长沙:湖南教育出版社 1995 年版,第 222 页。

③ 汪曾祺:《异秉》,《雨花》1981 年第 1 期,第 26 页。

④ 汪曾祺:《大淖记事》,《北京文学》1981 年第 4 期,第 27 页。

⑤ 林斤澜著、陈武选编:《林斤澜谈汪曾祺》,扬州:广陵书社 2017 年版,第 208 页。

⑥ 汪曾祺:《戴车匠》,《文学杂志》1947 年第 2 卷第 5 期,第 83 页。

⑦ 刘锡诚:《在文坛边缘上:编辑手记》,开封:河南大学出版社 2002 年版,第 500 页。

（《岁寒三友》）。八千岁固守"常"之道：米不溢价和守财勤俭，这些却在无赖浪子八舅太爷敲竹杠后被打破了（《八千岁》）。为联军团长太太接生的陈小手在救人后，反被一枪打死。巧云被水上保安队刘号长奸污、十一子被打后重伤昏迷、巧云兀自喝下尿碱汤，均是个体生存悲剧。可见，外力入侵解构了江南理想世界的和谐与稳定。在汪曾祺看来，江南朴素的认识和伦理如同高邮城外川流不息的运河，有着极强的淘换力，能够冲刷残酷现实带给生命的创痛。为了"净化"这种悲哀，汪曾祺开出了人道主义的"药方"：靳彝甫卖田黄石救友、锡匠顶香请愿、大淖人扶持疾病的仁义、王淡人急公好义的慈悲、巧云受难后的坚定、王四海卖真药的信义，皆是如此。在新时期初追求融洽和谐的文化主潮中，汪曾祺借由悲剧激发出的人性真善美来满足主流文学规范的要求，但无可避免暴露了江南底层市民的生存困境，且悲苦的接纳是在江南。前者是规范，后者是个性。在修饰和真实、公开和暗藏的矛盾中，隐含着汪曾祺既无法逃离北方政治文化规约、又无法躲避南方真实生存困境的矛盾。这种拧巴一直延伸至 20 世纪 90 年代，成为汪曾祺理解人与物、人与世界关系的一种规定，郭洪雷称之为"衰年变法"①。

此外，时间性记忆是汪曾祺构成"净化"与"容纳"关系复杂的另一重因素。归来后汪曾祺对时间极为敏感，在文章中不止一次表达了对生命时间的惋惜。如在《六十岁生日散步玉渊潭》一诗后两句"行过玉渊潭畔路，去年残叶太分明"，汪曾祺流露出"文化大革命"后的衰瑟与颓唐感。1981 年哀悼裘盛戎时他喟叹道："十年动乱，折损了多少人才！有的是身体上受了摧残，更多的是死于精神上的压抑。"②在 20 世纪 90 年代他痛心"时间的浪费真是一件可怕的事"③。可见，"在他乡"的压抑、沉痛、凄苦的生命经验给汪曾祺留下了难以磨灭的心理印记，以至归来后念兹在兹均是时间。

受制 20 世纪 80 年代初期北京宽松又紧张的语境，时间既是汪曾祺接纳现实困境和内在创伤的方法，也是规划个体命运、构筑江南理想社会的契机。在创作中汪曾祺以时间为方法，一方面直面现实和舔舐创伤，对寓京时的创伤经历、感伤情绪进行整理，创作了《黄油烙饼》《寂寞与温暖》《天鹅之死》《虐猫》等小说；另一方面重溯自身的故乡记忆，并通过拉开故事时间与现实的距离、将承载记忆的空间"家园"置换成里下河流淌的历史，完成对记忆的整理和"净化"，从而获得了审视"江南"的超拔视角，主体由此变得立体而富有"景深"。屠毅力认为这种"反写实"的写作是汪曾祺"隐遁政治的避祸行为"④。这一看法不无道理，就此要补充的是，汪曾祺苦心经营"小说是回忆"的背后还凝结着潮流之外者的孤独与苦闷："对世事看淡了，看透了，对现实多多少少是疏离的。受过伤的心总是有瘢的。人的

---

① 郭洪雷：《汪曾祺小说的"衰年变法"考论》，《文学评论》2013 年第 6 期，第 78—87 页。

② 汪曾祺：《名优之死·纪念裘盛戎》，《汪曾祺全集》第 4 卷，北京：人民文学出版社 2021 年版，第 181 页。

③ 汪曾祺：《文集自序》，《汪曾祺文集·小说卷》，南京：江苏文艺出版社 1993 年版，第 1 页。

④ 屠毅力：《汪曾祺的"灰箱"——从"现实主义转换"看其在 1980 年代文学中的位置》，《中国现代文学研究丛刊》2012 年第 1 期，第 162—173 页。

心,是脆的。"①"我究竟算是哪一'档'的作家? 什么样的人在读我的作品? 这些全都心中无数。"②正是在"孤独"的摸索中,汪曾祺发现了"旧社会的悲哀和苦趣,以及旧社会也不是没有的欢乐"③,于是将自身关于江南的想象与地方的集体记忆紧密缠裹在了一起。

借时间带来的变动不居,汪曾祺在故里小说中解构着江南社会和个体生存的悖逆事实,并穿越荒谬的底蕴发掘出了江南底层平民的真面目和不变的气质。据《高邮县志》记载,1931 年运河扬州段特大水灾后,里下河地区灾民遍地、土匪猖獗。为了挽救被破坏的社会秩序、增进人民自卫能力,江苏商绅创办了民间武装——商组保卫团。④ 由于缺乏约束,保卫团与民众冲突不断。汪曾祺的故里小说便集中展现了保卫团入侵给江南平民生存带来的各种"变"。如相较汪曾祺1946 年创作的文本《最响的炮仗》,1980 年重写的小说《岁寒三友》讲述了王瘦吾、陶虎臣、靳彝甫的时运变化:三年前交了好运,绳厂赚了钱、烟火生意红火、捉到一只青蟹壳青蟋蟀;三年后遭了厄运,从小康人家坠入困顿。《榆树》中住后街外的侉奶奶过着纳鞋底、守榆树的平淡生活,但代养老牛后均起了变化,牛死后侉奶奶也死了,她守护一生的榆树也被杨老板卖了。《王四海的黄昏》中大力士王四海原是走南闯北、居无定所的江湖艺人,但到五湖居后过起了安定生活。《八千岁》中八千岁日复一日过着守财奴的单调生活,直到被八舅太爷敲竹杠后才脱下老蓝布二马裾长袍、放下草炉烧饼。《大淖记事》中更遍布着主体对时间流逝的记忆痕迹:

> 巧云三岁那年,她的妈莲子,终于和一个过路戏班子的一个唱小生的跑了。
> 巧云十五岁,长成了一朵花。身材、脸盘都像妈。
> 巧云十六了,该张罗着自己的事了。
> 巧云十七岁,命运发生了一个急转直下的变化。⑤

被强奸、爹半瘫、十一子重伤,巧云在绝望中承担起了生活:烧饭、结网、织席、上街,化身为独当一面、挑担养家的小媳妇。可见时间之于江南具有一种巨大能量,"变"激发出了巧云生命的韧、靳彝甫卖石救友的仁、王四海去伪求真的义。借由时间的流动,汪曾祺将过去的记忆美化成了主流文学向往的目标,构造出了一个"融洽和谐"的理想世界。为此,汪曾祺一再强调记忆的准确无误:"让我(凭空)编出个人物、编出个故事来,我没这个本事⋯⋯从大淖河边往上走,还有当年的痕迹,没弄清楚具体哪儿像,感觉那儿的空气跟过去像,呼吸带着原来的味。"⑥但反

---

① 汪曾祺:《随遇而安》,《收获》1991 年第 2 期,第 125—129 页。

② 汪曾祺:《我是一个中国人——散步随想》,《北京师院学报(社会科学版)》1983 年第 3 期,第 7 页。

③ 汪曾祺:《关于〈受戒〉》,《晚翠文谈》,杭州:浙江文艺出版社 1988 年版,第 3 页。

④ 冯筱才:《政治变局中的江浙商人》,上海:上海社会科学院出版社 2004 年版,第 160 页。

⑤ 汪曾祺:《大淖记事》,《北京文学》1981 年第 4 期,第 24—30 页。

⑥ 陈永平:《汪曾祺访谈录》,汪曾祺:《故里杂记》,杭州:浙江文艺出版社 2020 年版,第 15 页。

复强调主观感受的绝对正确,本身就值得怀疑。20世纪90年代在一次采访中,汪曾祺承认在小说中"或多或少都说了谎,农村不像我写得那么美好,孩子也没那么活泼……"①在故事的最后,汪曾祺将理想定位在了未来:"十一子的伤会好么?""会。""当然会!"②定位在未来,意味着汪曾祺对江南理想社会的不甚确信,即在梦里对梦也表示怀疑。故事时间和叙事事件对未来的开放,解构了作为小说主干的和谐与完美。于是在真实与荒谬、矛盾与和谐的强烈对比中,汪曾祺发出了寻找民族精神的呼喊。

概言之,20世纪80年代初当学界普遍聚焦十一届三中全会精神感召下作家如何补阙世风时,汪曾祺的故里小说却症候性地映射出了主体的地方认同矛盾,对故里记忆的摘选、修补乃是这种现实的隐射。由于汪曾祺既不能脱离北方政治文化规约,又无法偏离南方真实生活困境,这使得他在叙事中处理"美化"与"容纳"时常常陷入两歧。

三、"打通":从"江南"到民族国家的情感连结

在压抑、苦闷、孤独中,借由重塑文学"江南"适应新时期初期的政治文化规范,既是汪曾祺创作故里小说的初衷,也是"文化大革命"后知识分子对待20世纪50至70年代的观念、感受与记忆的问题。尽管汪曾祺一再强调文学要摆脱与社会互相激动、彼此唱和的互动关系,李陀、雷达、季红真等认为《大淖记事》《受戒》也是如此实践的③,但重返原点考察归来者重新写作的语境可知,汪曾祺自有一份洞悉历史真相的"狡黠"和审时度势善作出精准判断的机敏。他虽躲避了文学与社会的互动关系(沉默的抵抗),却无法脱离文学与新时期政治文化的关联:"社会主义国家的作家写作,还得考虑社会效果""我有一个朴素的、古典的想法:总得有益于世道人心。"④在阐释故里小说时,汪曾祺有意构造了一个民族共同体意识得以产生的空间感知方式,并将"江南"作为文化符码嵌入主体感觉结构,从而建构了主体关于"江南"和民族国家的情感连结,并以此协调主体的南北认同矛盾和叙事中"净化"与"容纳"的紧张关系。汪曾祺反复强调的"打通",正是实践这一策略的"钥匙"。

综观1980年代初故里小说和谈艺文,汪曾祺改造后的文学观、民族观、语言观规制着他对江南与民族国家关系的认识。依照汪氏理解,鲁迅所谓的"越是民族的,就越是世界的"⑤命题具有强烈排他性,在逻辑上不通。文学是否有世界意义,在于人类共通的精神价值上,即通约性,而非某种民族的"独特性"。因此,他

---

① 郭娟:《那些明亮的忧伤——汪曾祺在一九六〇年前后》,《书城》2018年第1期,第51页。

② 汪曾祺:《大淖记事》,《北京文学》1981年第4期,第29页。

③ 李陀:《意象的激流》,《文艺研究》1986年第3期,第52—55页;雷达:《论汪曾祺的小说》,《钟山》1983年第4期,第85—93页;季红真:《汪曾祺文学风俗画中市井风情的初始场景》,《文艺争鸣》,2017年第12期,第7—12页。

④ 汪曾祺:《要有益于世道人心》,《汪曾祺全集》第9卷,北京:人民文学出版社2021年版,第189—190页。

⑤ 1934年鲁迅在致陈烟桥的信中提出:"现在的文学也一样,有地方色彩的,倒容易成为世界的,即为别国所注意。"(《鲁迅全集》12卷,第391页)

主张新时期文学要"回到现实主义,回到民族传统",并且现实主义是容纳各种流派的现实主义,民族传统是对外来文化精华兼收并蓄的民族传统①,由此强调古今、中西、不同地方文化资源的"打通"。对此汪曾祺早注意到:"从高邮出来,到昆明,再到北京、张家口转了一圈,尽管南北各省间差异大,但无论从学养、口味,乃至方言运用上,汪老都能做到恰当的拿来主义。"②以文化"打通"为立足点,汪曾祺在关于故里小说的阐释中重新放置了主体关于南北、江南与民族国家认同的关系,即通过找寻江南人与中华民族整体文化心理的互通,来建立起主体关于江南和民族国家的情感连结。其中《大淖记事》的创作过程及其自我阐释,便是一个生动例证。

在汪曾祺的语言观中,语言既是凝聚独特文化符号、逻辑与记忆的载体,也是构造个体身份认同的媒介:"一个民族文化的最基本的东西是语言"③,"爱护祖国的语言"就是要"着力运用中国味儿的语言"写作④。于是重塑文学江南时,汪曾祺首先尝试从语言上寻找主体关于"江南"与民族国家的情感连结。以《大淖记事》为例,高邮人一般将泥沼称为"nào"(音,非吴方言),"大 nào"指高邮城外一片较大的水域,也是汪曾祺"向往"和"惊奇"⑤之地。在创作谈中,汪氏坦言很久以前就想写大淖的事,但苦于找不到既符合自身情感结构、又符合中华民族文化心理的命名:"我们小时候做作文、写日记,常常要提到这个地方,而苦于不知道该怎么写。一般都写作'大脑',我怀疑之久矣。"⑥为了躲开写"脑"字,1947 年写《鸡鸭名家》时汪曾祺有意将"nào"意译为"大溏",但并不满意。直到 1981 年回溯寓京记忆时,他在蒙古语中找到了合适的词"淖"。正如"淖儿"为蒙语"湖泊"的音译,汪曾祺借用"淖"音译高邮人口中的"nào":"这地方的地名很奇怪,叫做大淖。全县没有几个人认得这个淖字。县境之内,也再没有别的叫做什么淖的地方。"⑦"大脑""大溏""大淖"的命名变化,内藏着寓京期间汪曾祺的边缘化处境和寻找身份认同的努力。以汉语和蒙语结合的方式为"江南"命名,既包含汪曾祺从乡音中寻找地方认同的欲求,又蕴含着弱化江南地方性,进而从江南集结民族情感、指认民族国家中心的意志。就前者而言,他坦言若将"nào"写作"大脑"会在感情上不舒服。⑧ 当从北方生活经验中找到"nào"的汉语写法"淖"后,他得意又自信:"在知道淖字应该怎么写的时候,心里觉得很高兴""我敢说,这个地方是由我给它正了名的。"⑨"高兴",是故乡认同终于有了着落的欣喜;与此相对的"不舒服",与其说是

① 汪曾祺:《捡石子儿——〈汪曾祺选集〉代序》,《汪曾祺全集》第 10 卷,北京:人民文学出版社 2021 年版,第 168 页。
② 林斤澜著,陈武选编:《林斤澜谈汪曾祺》,扬州:广陵书社 2017 年版,第 230 页。
③ 汪曾祺:《认识到的和没有认识的自己》,《北京文学》1989 年第 1 期,第 42 页。
④ 汪曾祺:《我是一个中国人——散步随想》,《北京师院学报(社会科学版)》1983 年第 3 期,第 9 页。
⑤ 汪曾祺:《〈大淖记事〉是怎样写出来的》,《读书》1982 年第 8 期,第 56—57 页。
⑥ 汪曾祺:《〈大淖记事〉是怎样写出来的》,《读书》1982 年第 8 期,第 54 页。
⑦ 汪曾祺:《大淖记事》,《北京文学》1981 年第 4 期,第 20 页。
⑧ 汪曾祺:《〈大淖记事〉是怎样写出来的》,《读书》1982 年第 8 期,第 54 页。
⑨ 汪曾祺:《〈大淖记事〉是怎样写出来的》,《读书》1982 年第 8 期,第 54 页。

他"1940 年代的创作挫败感"①,莫若说是寻找对故乡身份认同的涩滞。就后者而言,汪曾祺以吴方言之外汉蒙两种语言结合的方式为江南之地"正名"、将北方体验到的地方感与自我身份认同建立起关联,是跳出了地方(江南)而直接切入了中华民族共同的文化观念,找寻中华民族文学的共同语言,这意味着他削弱了对江南独特性的强调。在这种找寻中江南人文精神、伦理观念被纳入中华民族整体价值中,包裹江南人生活习惯、认知方式、伦理形式的范畴得以从地方性转化为中华民族的整体性。在随后的创作阐释中,汪曾祺有意延续《大淖记事》中对江南市民世界进行日常化处理和弱化地方特殊性的模式。

此外,当汪曾祺带着改造后的世界观和文学观重返文坛时,对他者齿痛有了更多感同身受的连带感,自言"对人的关心,对人的尊重和欣赏"②是认识和理解世界的方法。但是"'文化大革命'是我们这个民族的扭曲的文化心理的一次大暴露。盲从、自私、残忍、野蛮。"③因此在"文化大革命"后价值重建的背景下,汪曾祺基于人道主义的同情,尝试在故里小说中描画江南人的独特品性,以期达成"提高民族伦理道德素质"的目标。其中江南人的个性化特征中具有民族普遍性、通约性的道德与伦理被视为了"八十年代的中国人的各种感情的一个总和"④。在这种总体性的叙述中,汪曾祺将民族共通精神分散到了"江南"每个平凡小人物身上,尤其是未被外部环境扭曲和压抑的健康身心。如《受戒》中小英子分担了归来者从高压中解放出来的喜悦和对民族光明前景的信心。因此在 1980 年 12 月 18 日《文艺报》组织的小说座谈会上,《受戒》被评价为一部"较好的小说"⑤,也获得了《北京文学》1980 年度优秀短篇小说奖。此外,《大淖记事》中巧云作为汪曾祺自我与现实格斗的肉身代替,在把尿碱汤灌进十一子喉咙后自己也尝了一口,这分摊的是主体在改造期间内心的沉痛和接纳痛苦时"出奇的韧性"⑥。《岁寒三友》中三人"涸辙之鲋,相濡以沫",分担的是深陷阶级斗争漩涡者感受的人情冷暖。童话与现实、温情与沉痛的结合中,主体关于"江南"与民族国家的想象、信念实现了同一。限度在于汪曾祺过分聚焦人性阴暗面的清理和净化,江南内部的矛盾与紧张却被刻意美化乃至遮蔽了,如同"大淖的东边有许多粪缸"⑦被擦拭过后干净得"像一面明净的玻璃窗"⑧,不见岁月留痕。甚至将个体不同境遇的主导力量归于不可抗拒的命运,江南人平凡而庄严的生活节奏只有在保卫团等外来力量的侵扰下才被打破。

① 张高领:《民间文学、方言体验与阅读史重构——张家口如何滋养汪曾祺》,《中国现代文学研究丛刊》2020 年第 6 期,第 46—63 页。

② 汪曾祺:《我是一个中国人——散步随想》,《北京师院学报(社会科学版)》1983 年第 3 期,第 8 页。

③ 汪曾祺:《当代野人系列三篇》,《汪曾祺全集》第 12 卷,北京:人民文学出版社 2021 年版,第 316 页。

④ 汪曾祺:《关于〈受戒〉》,《晚翠文谈》,杭州:浙江文艺出版社 1988 年版,第 3 页。

⑤ 刘锡诚:《在文坛边缘上:编辑手记》,开封:河南大学出版社 2002 年版,第 498 页。

⑥ 汪曾祺:《我是一个中国人——我的创作生涯》,《汪曾祺全集》第 9 卷,北京:人民文学出版社 2021 年版,第 427 页。

⑦ 汪曾祺:《〈大淖记事〉是怎样写出来的》,《读书》1982 年第 8 期,第 56 页。

⑧ 林斤澜著,陈武选编:《林斤澜谈汪曾祺》,扬州:广陵书社 2017 年版,第 220 页。

同时,汪曾祺将江南人健康的心理素质、伦理道德素质、文化素质与承载它们的地理空间紧密编织在了一起,日常生活被视为养成江南人纯美品性的沃土。如大淖人的生活、风俗、道德观念和别处不同,因为"只有在这样的环境里,才有可能出现这样的人和事"①。不可忽视的是,归来后汪曾祺仍身处北京并经历新一轮的边缘体验,以"高邮流散在外子孙",即曼海姆所谓"都市化了的农民的儿子"②身份建构地方认同,意味着他对"江南"是一种他者化的处理方式。由此出发,汪曾祺在重塑文学江南时便始终怀有一种"有益世道人心"的救世之情。为了构造民族共同体意识得以产生的感知空间和强化读者对江南地方性特质的注意,汪曾祺在叙事中还大量展示了里下河地区独特的景观、风俗、风情。及至20世纪90年代,汪曾祺对江南的"向往和惊奇"变成了"猎奇",创作了诸多搜奇寻异之作,如《鹿井丹泉》(1995年)、《礼俗大全》(1996年)等。因此,学界在观照汪曾祺的故里小说时往往将作为故事风景的江南风俗作为"超地域性""超经验化"的能指,甚至追认为寻找民族精神之根、建构民族形式的典范,从而与20世纪80年代中期的文化寻根思潮建立起了深度共鸣。如程德培、季红真等考察故里小说时便是聚焦里下河独特风情民俗,并提出了"风俗画"写作的命名。此外,汪曾祺关于"风俗是一个民族集体创作的生活抒情诗"③的阐释又引导学界对"风俗"与"民族"关联性的理解。至于汪曾祺关于江南风俗的想象是如何被升华至"民族"的,贺桂梅从社会学层面认为是"乡愁"引发的"怀旧",这个想象过程是特定历史语境中不同因素关联的结果,即20世纪70年代末至80年代初中国以农村改革为主导内容的现代化变革引起的社会剧变及由此引发的沈从文式乡愁与隐忧。④ 这一思路有一定合理性,只是忽略了创作主体的能动性以及新时期初期归来者言说的空间与张力。结合主体的南北认同矛盾及其1980年代初故里小说创作,这一关联过程并未在文本内完成,而是汪氏借由自我阐释逐渐建构起来的。在故里小说中,汪曾祺并不追求对"江南"地图般的精确认知,而是聚焦江南人抽象的精神气质,地方习俗只是地方群体生活习惯、人情世故、伦理观念等内容的赋形。对精神性内容的提炼,使得江南人具体生存状态构成了中华民族传统习俗的一个组成部分,江南人的品性被升格为中华民族的独特性,即有着中华民族通约性的精神价值,这就意味着汪曾祺是跳出了不同地方个体在价值观与气质秉性的差异或对立,从而使中华民族文化的多元和复杂具有了可能性。"江南"成了新时期初期文化界关于中华民族未来前途整体设想之一,主体关于江南与民族国家的理想、信念得以连结。换言之,在新时期政治高压尚未完全解除时,汪曾祺从文化层面将关于江南风俗的想象升至"民族",某种意义上正是中华民族经历了"文化大革命"带来的痛楚后,希望在传统文明废墟上重建一个充满文化意味的市民社会的可能。而强调"地方"退隐、"民族"赋形的图式,实质上并未脱离20世纪40年代批评家经由论争形成的"民族

① 汪曾祺:《〈大淖记事〉是怎样写出来的》,《读书》1982年第8期,第59页。
② 卡尔·曼海姆著,黎鸣、李书崇译:《意识形态与乌托邦》,北京:商务印书馆2000年版,第286—287页。
③ 汪曾祺:《〈大淖记事〉是怎样写出来的》,《读书》1982年第8期,第58页。
④ 贺桂梅:《"新启蒙"知识档案:80年代中国文化研究》,北京:北京大学出版社2021年版,第214页。

形式"的期待视野。将关于江南的想象编织其中,可见汪氏与新时期文学"去政治化"实践路径的偏离。

四、结语

当拨开历史迷惘重返起点察看归来者重新写作时众声喧哗的境遇,发现汪曾祺并未从现实中挣脱出来,而始终是一位"局中人"。如果不是寓京四十多年的边缘体验及关于南北的认同矛盾,如果不是新时期初期政治文化的强有力规约和自身强烈的压抑、苦闷、孤独感,20 世纪 80 年代初期汪曾祺关于"江南"的想象不会如此复杂。在重返"江南"的旅途中,汪氏借由找寻江南人与中华民族文化心理的互通,建立起了主体关于"江南"和民族国家的情感连结,从而避免了在不同生活区域之间划分出泾渭分明的文化边界可能导致的认同矛盾。在汪曾祺对"江南"的再发现和阐述后,陆文夫、高晓声、艾煊等流放归来的同人与林斤澜、李杭育等江南籍作家,一同以新的集群方式重返文坛,在激活文化记忆、重塑文学"江南"中引领着 20 世纪 80 年代文学的新风尚。在这个意义上,突破"吴文化"对"汪曾祺意义"的局限,对于重返原点理解返乡书写者与 20 世纪 50 至 70 年代观念、感受的关联问题尤为重要。

裂隙之间:"晚清叙述"的建构及其面向

——王德威《被压抑的现代性》及其文学史谱系

胡晓敏①

摘　要:王德威《被压抑的现代性》在 20 世纪 90 年代已有的文学史背景下重新提出"晚清"的概念,一方面是对以"五四/启蒙"为话语的文学想象的重构,但另一方面,文本以"现代性"为切入点,介入晚清文学生态的尝试并非如其所述的是一种谱系式的历史性叙述,而具有潜在的理论依托与对话对象。通过对这一著作的文学史再发现,"现代性"理论先验的建构性及其存在的问题得以暴露,而唯有解构现代性的赋义,晚清小说的复杂面向才有进一步厘清与释放的可能。

关键词:《被压抑的现代性》;文学史;晚清叙述

引言　对王德威文学史书写的文学史发现

作为一名学者,王德威意图"重写文学史"以重新发现晚清时期不同小说面向的尝试本身似乎并非什么稀奇之事,然而当我们将其重置于其自身的写作语境中时,这一书写的历史叙事及其身份的观照性却会开放出成镜的隐喻意义,从而变得耐人寻味起来。

《被压抑的现代性》的英文原刊本于 1997 年在斯坦福大学出版社出版。王德威选择在 20 世纪即将终结时,来书写 19 世纪末——20 世纪终结时的文学生态,他并不追寻在时间与文化普遍意义上的某种开端,而是经由"晚清"——一种恰如其实的世纪之终结、传统之终结的形式表达,以一种终焉向另一种终焉的回望,形成对历史的重新"清算",并将其视为一种弥新的、"被压抑"的缘起与通路。这种通路不仅仅被赋予了传统如何通往现代的非借由"革命"之断裂的再解释,也暗含着"此刻"如何走向更新的 21 世纪的新的现代性焦虑。因而文本历史既是其所书写的对象历史,亦是书写本身的环境历史,并在双向上透露出"终结/新生""压抑/被压抑"的内在紧张感。《被压抑的现代性》中的"晚清叙述"所呈现出的对晚清时期小说"众声喧哗"的复现,表现出迫切地想要向"五四/革命"主流叙述传统之外寻找文化资源的历史意识。或言之,其中包含着意图摆脱与克服以"五四"话语所建立起的一套范式性现代文学秩序的可能尝试。

缘此,回到历史现场尤为重要。经由"回到",我们会发现王德威的重写之"新

---

① 作者简介:胡晓敏,华东师范大学思勉人文高等研究院中国现当代文学专业博士生。

论"并非偶然的个人行为。同一时期的"大陆外"①——传统中国文明的辐射区域，原本作为地理与文化双重意义上的边缘地带，此时却迸发出了惊人的文化向心力，并对应着大陆从1980年代以来社会性的自我失落。其中最为广泛的面向恰与历史书写的特征相似并相应——那就是"怀旧"②。李欧梵于1999年出版的《上海摩登》亦是在回应这样一种由感觉生发的历史意识，一种反身自我的"奇怪的文化景观"。③集体性的怀旧所蕴藉的对失落之历史的怀恋，在另一方面也表现出对既有历史叙述的不满。或者说，随着"公众"的崛起，人们开始重新思考，是经由了怎样的道路，才确实地生成了如今的大众思想与文化，而这种思想文化又该向何处发展的诸多问题。因而对中国现代文学起源的考析，以"晚清"形成对"五四"的反对，并非单纯历史观点上的分歧，也蕴含着文学史重新建构自身主体性身份的重要面向。正如周蕾在论述"香港"时所指出的："香港要自我建构身份、要书写本身的历史，除了必须要摆脱英国外，也要摆脱中国历史观的成规……"④它代表了一种时代地域的特定面向，也反映在王德威的"晚清叙述"之中。在非空间性的纵向的历史脉络下，对"五四"的向前超越，亦是对某种既定的"家国"概念之超越。

　　本文无意在此对《被压抑的现代性》之外的共时性问题作更多对于20世纪末基于边缘与中心关系的文化政治研究上的发散，只是希望借此指出，王德威在《被压抑的现代性》中所构建的"晚清叙述"，并非如其所示的还原，其中既有其历史的文化性，也具有颇为复杂的镜像式结构。因而，在我们一定程度上理解了对王德威在《被压抑的现代性》中所进行的晚清文学史书写的20世纪末文学史再发现，借此可以重新将其对象化，以再"清算"他的历史重构中、在看似清晰的谱系中梳理内部所隐含的异质存在——他的时代自我之"幽灵"。

一、何以"晚清"

　　"最后，关于本书英文原标题'华丽的世纪末'（Fin-de-siècle Splendor），我仍有如下感想。前文的论述已然指出，'世纪末'一词并非仅指消沉颓废的文学时代……世纪末现象除了现示19世纪价值观念的解体、典律的倾颓、体系的坍塌之外，同样也遥指20世纪诸种可能性的滋生。而我借镜此一欧洲术语所力图吁求的，绝非欧洲19世纪末与晚清文化文学景观肤浅的平行对应。我更希图证明，如果中国对现代性的追求受到欧洲模式的激发（尽管从不受制于这些模式），那么，重新理解一个世纪以来那些曾被压抑的多重现代性，与我们对中国诸种后现代性

---

① 此处使用"大陆外"这一指称，意图仅以地理上的区别代指海外与港台地区。主要考虑到在20世纪90年代的政治文化环境下，港台与大陆之间身份的相对隔离性，及其与非中国疆域地区的华人世界在文化上的趋同性。同时也避免使用"海外"这一带有政治区别色彩的用词所可能引起的误解。

② 除了学者对历史的重新关注外，更多的是以通俗文化的小说、电影、画报等为代表的大众性"怀旧"表现。

③ 李欧梵著，毛尖译：《上海摩登：一种新都市文化在中国（1930—1945）》，杭州：浙江大学出版社2017年版，第401页。

④ 周蕾著，米家路、罗贵祥、辛宇等译：《写在家国以外：当代文化研究的干涉策略》，牛津：牛津大学出版社1995年版，第98—99页。

的思索,息息相关。"①

　　相较于英文原版,王德威在中文版《被压抑的现代性》"导论"部分的最后,额外附上了这样一段解释。在这段话中,他的"言与不言"结合标题的"变与不变"颇为值得考究。由之引发的问题是,王德威何以要改动标题,且对此添加这段额外的解释与说明? 在解释时,为何仅指出了原标题所表达的意涵,却并没有说明缘何删去?

　　对此的追问使我们不得不返还于英文版的原标题"华丽的世纪末"(Fin-de-siècle Splendor)。一如上述所指出的,《被压抑的现代性》的书写具有 20 世纪末背景,因而原标题的取意实际上形成了对同时代的中国台湾女作家朱天文于 1990 年写作的《世纪末的华丽》一文在提法与意象上的回应与借用。王德威曾为她出版的同名结集写了一篇短文,题目也相当具有文学史的意味:《从〈狂人日记〉到〈荒人手记〉》。"她的荒人在钻营同志情欲的过程中,已以最不可能的形式,又一次质诘了鲁迅狂人当年的国家欲望。从革命同志的情写到爱人同志的情,现代中国文学走了一大圈,志气变小了,但也更好看了。"②从鲁迅走向朱天文,是发展的、向后看的文学史顺序;而从"五四"回到"晚清",却是追溯的、向前看的文学史逆序。然而无论顺逆,王德威似乎都在以"五四"文学为对照,试图在文学大叙述之外寻找到某种与之相对的个体写作的历史寓言。20 世纪末的朱天文与 19 世纪末的"晚清"在王德威那里都分有着作为一种"世纪末"文学的意涵,即从宏大的"感时忧国"的民族国家话语中退还,回到个人"自顾自"的狭小天地。从朱天文反观"晚清",从二者互成的镜像中我们会发现王德威对晚清文学理解的面向,他既使得文学从其所处的时代中解放出来并重新释义,但又不可避免地形成一套新的话语系统。因而这毋宁是一种读法,则又与对于作为特定命名的"世纪末"的理解与化用息息相关。

　　英文版标题中所用的"世纪末"——"fin-de-siècle"——并非一个标准的英语词汇,而是引自法语的舶来词。作为特定的"欧洲术语",它并非一个简单的、中性的指代某种泛性历史时段的词语,而是"(尤指艺术、文化、道德等)具有 19 世纪末特征"③的特定称谓。以"世纪末"为表征的文学最早即起源于法兰西"恶魔诗人"波德莱尔的诗中"颓废",而它的思想来源则可以上溯至德国浪漫派,一直延续到标志着现代之否定与虚无的尼采哲学之诞生。在"世纪末"的意涵中,表现出强烈的"现代"与"历史"之间的紧张,同时又期待着某种"断裂"之超越。正如卡尔·休斯克在《世纪末的维也纳》中论述的:"藉着将现代性、片段的未来展望以及渐望的

---

① 王德威著,宋伟杰译:《被压抑的现代性——晚清小说新论》,北京:北京大学出版社 2005 年版,第 16 页。本文引文若无特殊注明皆引自此版本,下略。

② 王德威:《从〈狂人日记〉到〈荒人手记〉——论朱天文,兼及胡兰成与张爱玲》,引自朱天文:《世纪末的华丽》,成都:四川文艺出版社 1999 年版,第 217 页。

③ "世纪末" 英文 翻译: https://dictionary. cambridge. org/dictionary/english-chinese-simplified/fin-de-siecle? q = fin-de-si％C3％A8cle.

过去残像予以拼凑成的图像,来满足追随者的社会以及精神需要。"①在《被压抑的现代性》中,尽管王德威声称"晚清"与欧洲"世纪末"趋异,但其表达却具有相似的成分。文本中关于"晚清"的诸多论述与休斯克等对欧洲"世纪末"的论述存在着内生的一致性:

"如果晚清小说的确带来启蒙……它其实是由严及梁所贬抑的'颓废'气质中迂回而生的……19世纪下半叶的中国文明被看做逐渐卷入一个解体的无尽涡旋中,每个范畴都声称要自整体中独立出来,而每一个部分又再分裂成更小的部分。"②

"碎裂(fragmentation)似乎无所不在——尼采和马克思均将之称为'颓废'(decadence)——欧洲上层文化进入到一个无限创新的漩涡中来,每个领域都宣称自己独立于整体之外,而这些独立出来的部分反过来又分裂成新的、更小的部分。"③

我们会发现,王德威对"19世纪下半叶的中国文明"的理解与卡尔·休斯克对尼采之后的"欧洲上层文化"的阐释几乎完全一致。实际上这种论述的对应性在相当程度上表征在了文本的"晚清叙述"之中。因而《被压抑的现代性》理论的"借镜",并非"肤浅的平行对应",背后仍然隐含着"世纪末"的概念及其对时代论述的话语体系的化用与嵌套。在王德威看来,"'被压抑的现代性'还指对文学史的反思",其似乎是在"重写文学史"的背景下,经由一种新的"历史叙述"介入到已然"历史化"的谱系之中,对其进行知识的"考古"。然而尽管他始终强调晚清文学的"自发性",但其论证却依托于一种外部的既定经验,从而使得这种回应形成了某种"斜目而视",并没有真正地回到与进入晚清文学自为性的发生场域之中。"重新思考"的向度使我们需要去追问"晚清叙述"本身的建构问题,理论在多大程度上改写或重构了历史话语("晚清"本身同样是一种命名)。因而,以"晚清"所代指的文学实践是以怎样的面貌,又应该以怎样的面貌"浮出历史地表"? 在19世纪末,作为欧洲经验(尤其指西欧)的以自我化、个体颓废为特质的"世纪末"表征是植根于西方传统中源远而复杂的宗教沿革与社会流变之中,则以此为对象所总结并发展而来的对"时代精神"的注解是否对中国晚清时期的文学面貌具有足够的观照与解释力。如果无法首先回应这一问题,而直接进入论述,则王德威的"晚清叙述"不可避免地存在着某种先验性。《被压抑的现代性》对晚清小说的四种分类——狎邪、侠义公案、丑怪谴责与科幻奇谭——既是发现,又是以自我为对象的再赋义。

需要进一步指出的是,我们对王德威"晚清叙述"的批判性理解并不是意图斩

---

① 休斯克著,李锋译:《世纪末的维也纳》,南京:江苏人民出版社2007年版,第123页。此书英文原题"Fin-de-siècle Vienna"。

② 王德威:《被压抑的现代性——晚清小说新论》,第32页。

③ 休斯克著,李锋译:《世纪末的维也纳》,南京:江苏人民出版社2007年版,第3页。

钉截铁地否定晚清时期的文学生态与"世纪末"现象之间存在联系,而是说它应然存疑。因为并不存在二者之间先验假定的"天然成立"得以被直接化用与借喻,需要在进一步的且相当细致的比照中去辨析以形成对历史的还原。《被压抑的现代性》文本中显然缺少了这一环节,则造成了叙述本身的遮蔽,使得如何理解晚清时期的文学面貌变得确定而"真实"起来。对"真实"的不断怀疑与诘问,却正是福柯式谱系学的要旨——"我将并不涉及今日的科学最终在其中得以确认的向客观性迈进的那 些 被 描 述 的 认 识;我 设 法 阐 明 的 是 认 识 论 领 域,是 知 识 型(l'épistémè)……在此叙事中,应该显现的是在知识空间(l'espace du savoir)内那些产生了经验认识之各种形式的构型(les configurations)……是一种'考古学'(une archéologie)。"①尽管王德威也试图以谱系学的研究方式力求通过"晚清叙述"以"打破文学史单一性和不可逆性的论述",但在一种彻底的谱系学立场之上,应然是追寻历史发生的谱系,就实际发生的事情进行考察,而不诉诸任何超验内容的"重新发现"。缘此,《被压抑的现代性》在深层文本中所囊括的"世纪末"结构使其并非真正意义上的历史梳理,以谱系学的方式考察一定距离内的历史。文本中"晚清"的主体性是通过对"五四"传统的重构,同时借"非革命"的个体意涵建立起"晚清"的概念界定以完成的,因而首先是一种被锚定的主体性。作为"世纪末"的"晚清",对"晚清/五四"的历史解构亦存在着这一潜在建构。

"世纪末的华丽",我们或许可以认为王德威在阅读朱天文作品时重新发现了"晚清"。或者说,他在整理晚清时期的文学作品时嗅到了一丝 20 世纪末同样具有的意味,并由此重新返还了 19 世纪末的"人类发现"。但这种勾连无论是字面上的偶然抑或是确有其事,其实并不重要,缘于我们希望从中指出的是,"晚清叙述"的书写暗含着将"晚清"纳入共时性世界话语的深层目的。王德威在看见"晚清"时,内心则始终存在着他的现代意义的、非民族国家化的世界文学之概念。不过也正鉴于此,使得这种叙述本身成为了另一种"理论先行"——在范式话语的建构下,"晚清"的"世纪末"意涵似乎天然成立,而被赋予了由"断裂"通向"现代新生"的时代想象。

二、何以"现代"

在理解文本潜在的理论意识之后,通过对文本中"世纪末"的发现与重新对象化,我们或许得以借此进一步反思"晚清叙述"中"没有晚清,何来'五四'"的重要发问,以重新理解文本所关涉的现代及现代性问题——面对现代性的迷局,"被压抑的现代性"如何成为隐匿的通路,又何以"现代"。

"'现代'一义,众说纷纭。如果我们追根究底,以现代为一种自觉的求新求变意识,一种贵今薄古的创造策略,则晚清小说家的种种试验,已经可以当之。"②

---

① 福柯著,莫伟民译:《词与物:人文科学的考古学》,上海:上海三联书店 2016 年版,第 8 页。
② 王德威:《被压抑的现代性:晚清小说新论》,第 5 页。

对于"现代"概念的解释，王德威以"自觉的求新求变意识"与"贵今薄古的创造策略"为指向。不过如果悬置叙述本身的含义，先来追溯其来源，我们会发现王德威在此添加了一处注释，而其所引征的即是美国学者马泰·卡林内斯库对"现代"的理解及其对现代性的观点。[①] 卡林内斯库在稍早之前的 20 世纪 80 年代出版了他解释现代性的著作《现代性的五副面孔》，并为 20 世纪 90 年代的诸多学者理解现代性的意指提供了一种新的理论框架。[②] 李欧梵在《上海摩登》中亦曾提及此书的影响："书中所提出的'先锋'、'颓废'及'媚俗'等观念，似乎与我所了解的中国现代诗和小说不尽相合。然而书中对所谓'现代性'的解释，却令我大开眼界，卡氏认为文学和艺术上的现代性，其实是和历史上的现代性分道而驰的，前者甚至可以看作是对后者的市侩与庸俗的一种反抗。"[③]李欧梵的论述为我们提供了两点可以值得引鉴的地方。其一是理解卡氏"现代性"的概念及其与中国文学的应和程度；其二则是对两种"现代性"的区分。后者也清晰地体现在《被压抑的现代性》的诠释逻辑之中：

> "文学的'现代性'有可能因应政治、技术的'现代化'而起，但并无形成一种前因后果的必然性。"[④]

可以看出，王德威与卡林内斯库分有"现代性"的观念，而他的推论在"逆反""反抗"的基础上更进一步，指出二者的"无必然性"。对现代性的区分是文本借鉴卡氏尤为关键的一点。"把现代性、先锋派、颓废和媚俗艺术放在一起的最终原因是美学上的。"[⑤]卡林内斯库在书中的论述是紧紧围绕其所指称的"美学现代性"所展开的，因而也是以此划分了两种"现代性"的概念。首先是随着社会发展而起的反映在科学技术、工业革命、资本主义等经济社会变化中的作为文明史阶段的现代性，其次则是应对这种现代社会经验感受而生的作为美学概念的现代性。同样是以波德莱尔的美学面向为显著标志，二者之间并非某种彼此协调的"和平共处"，源于美学现代性激进的反对态度，双方反而具有互相企图"杀死"对方的冲动。经由这一系列的"藉外论之"，使我们得以重新回看"没有晚清，何来'五四'"的命题。何以推崇"晚清"而消解"五四"，其中并非简单的文学史分野问题，而反映出"现代性"内在价值标准的转向，即从国家/社会现代化到文学现代化，这也是

---

① 原注是"Calinescu, pp. 13 - 94."。第 18 页。

② 这里需要指出的是，本文无意夸大卡林内斯库的"现代性"理论对广泛意义上的 1990 年代文学史书写造成了多么大的影响，也并不意图在此讨论其观点本身的正误。仅是指出，王德威在《被压抑的现代性》中引述的现代性观点体现了卡林内斯库对其的重要影响。也是在这个层面上，我们借他的"理论之源"来重新拆解文本"晚清叙述"中的现代性分析。

③ 李欧梵著，毛尖译：《上海摩登：一种新都市文化在中国（1930—1945）》，杭州：浙江大学出版社 2017 年版，中文版序第 3 页。

④ 王德威：《被压抑的现代性：晚清小说新论》，第 6 页。

⑤ 周宪主编，卡林内斯库著，顾爱彬、李瑞华译：《现代性的五副面孔：现代主义、先锋派、颓废、媚俗艺术、后现代主义》，北京：商务印书馆 2002 年版，第 15 页。

《被压抑的现代性》重要的基本立场。王德威同时列举芥川龙之介、乔伊斯、卡夫卡等作家为例进行对照,指出:"这些作者从事创作时,他们国家现代化的程度,未必与他们对现代性的深切感受,形成正比或对应关系。"①缘此,王德威之所以要"重现"晚清时期的文学,亦是基于这样的一种理解,即认为"五四"时期的主流文学,以"新小说"感时忧国叙述为代表的文学取向,其文学现代化的程度相较于"被压抑"的晚清小说(狎邪、公案、谴责、科幻)而言,呈现出了某种倒退的"紧缩"——在文学表现上反逆的滞后。尽管时代在发展,但文学的视界却从晚清的"多重的现代性"复还回了"五四"的"单一的现代性"。"五四"文学被视为对西方写实主义传统的回应,而"晚清"文学则是自发的"求新求变"的"众声喧哗",这即是王德威以其所分辨的文学现代性而论的。

然而现代性的问题,并非恰如其是。对其的言说方式还是需要建立在文本的生成场域——文本所体现的一些思考与文本所依持的其他互文,以此来审视时代文学所谓现代性表征的方面。对于"五四"新小说而言,以梁启超《论小说与群治之关系》、胡适"文学革命"等为先声的书写实践是期冀以文学为切口,进而实现覆及社会的思想、文化、政治之变革——经由文学之现代化,从而实现国家之现代化。因而所谓"五四"主流文学从来不是自在自为的文学产物,是文学现代性与社会现代性高度紧密的结合。那么与之相对地,"晚清小说"则被反向地解释为一种文学现代性对社会现代性的反叛。然而从这样一个角度去介入二者的比较,以此来言说"晚清"的现代意识,却是颇为值得"再问"的。借以《被压抑的现代性》文本之说,如果其间不一定存在"正比或对应关系",那么"晚清"在何种向度上能被言称是"现代"?

"晚清之得称现代,毕竟由于作者读者对'新'及'变'的追求与了解,不再能于单一的、本土的文化传承中解决。……我们仍须体认清末文人的文学观,已渐脱离前此的中土本位架构。面对外来冲击,是舍是得,均使文学生产进入一个'现代的'、国际的(却未必是平等的)对话情景。'国家'兴起,'天下'失去,'文学'也从此不再是放诸四海的艺文表征,而成为一时一地一'国'的政教资产了。"②

且不论这种现代之义是否真的妥帖,仅从其历史化论述本身而言,此处所体现的对"现代"的理解无疑是文人意识的自为性与"冲击回应"说的结合。然而这种历史化叙述的问题仍在于缺乏实证——王德威对"新"与"变"的阐释仅仅是某种"描述",而《被压抑的现代性》中仅从对晚清文学文本的内部阐释是否真的能够做到回到"历史现场"以自证。在文本看来,"五四"主流文学与晚清小说之间更像是两种自治的共同体,从而形成了在现代性之间的对抗,并展现为"压抑"与"被压抑"的互为关系。

然而如何能从晚清的文学作品中确然地得出当时的作家有"现代"意识,或者

---

① 王德威:《被压抑的现代性:晚清小说新论》,第 9 页。

② 王德威:《被压抑的现代性:晚清小说新论》,第 6 页。

说，如果说晚清小说中有属新的成分，而这种成分符合所谓的现代标准，那它就是具有"现代性"意识的小说——但也正基于此，既然能够从小说中区分出"新"的意识，那么必然同时会生成"旧"的一面。此时，如何理解小说中的"旧"，那些"杂音"如何纳入到"现代性"论述之中，小说文本中的"新与旧"如何实现以"现代性"为指归的统一？这毋宁会对理解小说的整体面向形成以"新"的意识为导向的遮蔽性。缘此对晚清小说的"求新求变"进行反思，如果并不能够恰如其实地证明其中实存这种"现代"意识，那么在这一框架下生成的"被压抑的现代性"命题就必须打上一个问号。

三、晚清/"五四"之间：文本一窥

上文中对《被压抑的现代性》文本的命名与对王德威思想来源的追溯似乎皆是以问题为导向的，而缺少了些正面的回应。因而在最后这一部分中，就上述所遗留的问题，或许能够以王德威对"狎邪"——晚清小说的分类之一中的重要作品《海上花列传》为切入点，来形成与王德威"晚清叙述"的某种直接对话。

首先，文本对《海上花列传》作出了如下分析：

"尤其值得注意的是韩邦庆对传统风月小说这一体裁的人物、情节、修辞、道德前提以及真实性原则，所做的彻底改造。伪才子佳人式的俗套在《海上花列传》一书中已经烟消云散……《海上花列传》为晚清读者至少引介了三种事物：一种特别的'欲望'类型学，一种有'现代'意义的现实主义修辞学，还有一种新的文类——即都市小说。"①

王德威对韩邦庆《海上花列传》写作的理解，侧重于其对"传统"的改造与颠覆，并缘此将其理解为一种现代意识。然而这种具有现代感的表征是否真的指向韩邦庆的现代意识，却是存疑的。尽管韩邦庆生前几乎没有留下什么对自己作品的直接诠释，不过我们仍可以借他当时的好友孙家振晚年的回忆来一窥：

"余（孙家振——笔者注）则谓此书通体皆操吴语，恐阅者不甚了了，且吴语中有音无字之字甚多，下笔时殊费研考，不如改易通俗白话为佳。乃韩（韩邦庆——笔者注）言曹雪芹撰《石头记》皆操京语，我书安见不可以操吴语，并指稿中有音无字之勚勚诸字，谓虽出自臆造，然当日仓颉造字度亦以意为之，文人游戏三昧，更何妨自我作古，得以生面别开。"②

通过孙家振的回述能够发现，韩邦庆的吴语写作实践对标的是曹雪芹《红楼梦》，并将其视为是一种"生面别开"的文人游戏。因而他的方言用语"修辞学"与白话文运动所提倡的书写面向并不相同，并非自觉的现代革新，而具有对文人传

---

① 王德威：《被压抑的现代性——晚清小说新论》，第103—111页。
② 孙家振：《退醒庐笔记》，上海：上海书店出版社1997年版，第65页。

统之外的民间评话传统的借用。在内容上,王德威认为《海上花列传》创造性地生成了都市小说的新文类,但实际上,尽管小说中出现过码头(第二十一回)、洋行(第六回、第十三回)、徐家汇(第四十三回)等现代上海场景,但有效的叙事空间却几乎都是在"室内"所展开的,是在不显见之中压缩且封闭的。被内化的上海更多的是作为一种故事发生的虚化的文本背景所存在,由此文本本身的都市感觉是相当有限的,并没有真正现代意义上的都市时间与空间之概念。与此同时,我们也不能认为《海上花列传》在话语层面"不自觉"地构建了现代性。缘于韩邦庆"自觉"地在全书的半途引入了"一笠园"——它同样是妓女和恩客交汇的场所,却展现了与妓院截然不同的向度。《海上花列传》的伊始,自花也怜侬(即隐含作者)的退场,人物赵朴斋引出了妓院场所中的诸多隐秘活动,也决定了妓院所带来的面向。同样地,作为传统园林的"一笠园"及一同出现的齐韵叟——一位风雅老者——则代表着传统旧习的重新流露。值得注意的是,"五四"以后张爱玲所翻译的《国语海上花列传》,比之韩邦庆的原文,或删或合,共少了四回。她在《译者识》中解释道:"亚东本刘半农序指出此书缺点在后半部大段平铺直叙写名园名士……借此把作者'自己以为得意'的一些诗词与文言小说插入书中。"①刘半农、张爱玲等皆认为在"一笠园"中发生的集句、酒令等既不能达到《红楼梦》表现人物个性而又预示人物命运的高度,又不适宜现代读者理解阅读,故而所涉之处皆尽删去了。缘此,实际上此后对于《海上花列传》的理解,大多存在着一定的"都市误读",但这并非是从韩邦庆的晚清时期写作中即原先包含着的,而与"五四"之后对它的重新认识有关。

　　《海上花列传》一定程度上反映出了"晚清"与"五四"之间承续性的"暧昧",也指向了在王德威的"晚清叙述"之外,"五四"对晚清小说所存在的重新发现与关注。缘此,我们也需要看到晚清文学"被压抑"的另一面。晚清时期的小说众多,据阿英《晚清小说史》中的估计,"至少在一千种上"②。然而这一时期的大多数作者依然遵循着古典小说家的传统,使用笔名,隐而不彰,不知道具体是谁创作的,而小说一经写成,即往往已然处在逐渐流失的过程之中了。是以所谓的"压抑"可能并不直接来自"五四"新文学主张所带来的压力。与此同时,在正好相反的向度上,不少"五四"新文学的倡导者,对晚清时期的文学样态抱有着极大的个人兴趣。例如阿英的《晚清小说史》《晚清文艺报刊述略》,刘半农对《何典》的发现、对作者张南庄的不断考察(鲁迅还为《何典》写过"广告")③,胡适之于《海上花列传》的发掘作用④,不一而足。缘此,"五四"时期对晚清小说的搜集与整理出版,客观上保存了大量的原始文本,使得晚清小说才有得以被"重新发现"的可能。在这一层面上,由"没有晚清,何来'五四'"发展而来的"没有'五四',何来晚清"的反题值得被进一步延伸。

---

① 韩子云著,张爱玲注译:《国语海上花列传》,上海:上海古籍出版社1995年版,第3页。
② 阿英:《晚清小说史》,北京:东方出版社1996年版,第1页。
③ 张南庄:《何典》,天津:天津古籍出版社1994年版,第6—14页。
④ 胡适著,朱正编选:《胡适文集　第2卷》,广州:花城出版社2013年版,第280—281页。

　　王德威的"晚清叙述",是横立在 19 世纪末与 20 世纪末之间的。《被压抑的现代性》在当时已有的文学史背景下重新提出"晚清"的概念,一方面是对以"五四/启蒙"为话语的文学想象的重构。但在另一方面,文本以"现代性"为切入点,介入晚清文学生态的尝试并非如其所述的,是一种谱系的历史性叙述,而具有潜在的理论依托与对话对象。

　　对"晚清叙述"的反思,亦是对"现代性"作为中国现代文学普遍概念的消解尝试。对于晚清文学而言,似乎唯有解构现代性的赋义,晚清小说的复杂面向才有进一步厘清与释放的可能。

论唐弢与林毓生阐释鲁迅的思想进路

潘文博①

摘　要:唐弢和林毓生在鲁迅研究方面卓有成就,特色鲜明。唐弢和林毓生对鲁迅的阐释方法不同,虽然也不乏共性认识,但是认知差异突出。从对《狂人日记》《阿 Q 正传》《在酒楼上》等小说的分析中可以看到,唐弢采用文学社会学方法,对鲁迅笔下人物的社会心理和社会意识予以剖析。林毓生从文化复合性和思想多元性视角入手,深入揭示鲁迅小说的结构张力。从思想进路来看,唐弢的阐释具有马克思主义的精神旨趣,林毓生的分析打上了文化保守主义的价值烙印。

关键词:唐弢;林毓生;马克思主义;文化保守主义

在中国现当代文学研究领域中,鲁迅研究不仅取得了丰硕的成果,而且已经成为一门"显学"。学界同仁对鲁迅作品予以丰富多元的阐释,任何主体的不慎介入就可能有重复研究之嫌。新解不易,而"接着说"面临"创新困境"。回溯鲁迅研究史,涌现出包括王瑶、唐弢、严家炎、钱理群等诸多研究大家,在国外也同样出现了一大批鲁迅研究的精英学者,不胜枚举,兹不赘。爬剔有关鲁迅的学术研究史,笔者发现唐弢和林毓生阐释鲁迅的风格不同,理论差异非常明显。即便面对鲁迅同篇小说,两位研究者也能从不同理论立场道其精微,予以精彩分析。查看学术成果,将唐弢和林毓生的鲁迅研究作为个案予以比较的研究尚付阙如,笔者不揣浅陋,试图探讨两位前辈学者研究鲁迅的学理根据和阐释路径,以下详述之。

一

唐弢是鲁迅研究界知名学者,无论是《中国现代文学史》《鲁迅论集》等著述,还是曾参加编撰过《鲁迅全集》等活动,皆推动了"鲁迅学"研究和中国现代文学研究迈上新台阶。作为先行者,其开启山林之功泽被后学。学者张梦阳认为唐弢的《鲁迅的美学思想》《鲁迅杂文的艺术特征》《论鲁迅小说的现实主义》等著述,提出卓见,为其赢得很高声誉:"重温他的鲁迅研究论著,深深感到其中所包含的独特、隽永的学术个性,至今依然闪烁着耀眼的光彩,对之进行细腻的体悟和揣摩,不仅对鲁迅学的进展有着重要的推动作用,而且对后人的学术研究也有着巨大裨益。"②诚哉斯言,后之学者皆需要汲取前辈的研究精华,才可能获得些许进步。唐弢在大陆学界备受关注的同时,在海外的林毓生学术造诣通达渊邃,其思想史研

① 作者简介:潘文博,北京师范大学文学院本科生。
② 张梦阳:《唐弢鲁迅研究论著的学术个性》,《现代中文学刊》2012 年第 1 期,第 10 页。

究也着实获得较高声誉。林毓生在大陆公开出版的《中国思想的创造性转化》《中国意识的危机》等著述,一时洛阳纸贵,引起国内学界同仁的高度关注。林毓生不仅擅长政治思想史研究,而且学问精博,在鲁迅研究方面提出自己的卓见。笔者翻阅唐弢和林毓生相关鲁迅论著,特别是关于《狂人日记》《阿Q正传》《在酒楼上》的分析,感觉运思理路存在较大差异。因此探讨他们二者的论述立场就成为撰文的问题驱动。我们先看唐弢的相关解读,然后寻绎其思想进路。

唐弢在对鲁迅笔下人物进行分析时,重在聚焦鲁迅如何站在革命民主主义立场上,揭示农村社会存在阶级对立和斗争。比如在对鲁迅童年生活描述时,他如此写道:"从十三岁到十七岁这几年,他经常出入于当铺和药店。在被侮辱、受歧视的环境里,鲁迅感到社会的冷酷和势利,通过切身的经历留下了深刻的印象。"①在《旗手鲁迅》的文章中,唐弢不仅概述了鲁迅不凡的一生,而且从信奉进化论、革命斗争的视角分析其创作缘由。他进而指出:"鲁迅的小说集中地揭露了封建主义的罪恶,反映处于经济剥削和精神奴役双重压力下的农村生活的面貌,描写在激烈的社会矛盾中挣扎着的知识分子的命运。"②我们看唐弢对鲁迅笔下人物的描述:"农民问题是鲁迅早期作品重要的主题,他以革命民主主义者的深厚感情关注他们的命运,和当时许多所谓'乡土文学'里仅仅对农民表示同情不同,鲁迅写出了农民对革命的要求和不得不革命的境遇,在揭露封建主义的同时,也批判了农民本身的弱点(如阿Q和闰土),他们的不切实际的幻想(如爱姑),在形象创造中蕴藏着为同类小说所没有的向历史控诉的深度。"③在分析阿Q这一艺术形象时,唐弢指出其"精神胜利法"不过是其血泪和耻辱的奴隶生活的记录,是半封建半殖民地社会这种典型环境里的典型性格:"作为一种比较普遍的精神现象,'精神胜利法'主要是半封建半殖民地社会的产物,烙上了民族耻辱的湛深印记。在帝国主义扩张浪潮不断冲击下,封建统治阶级日趋没落,现实环境使他们产生一种无可奈何的心情,'精神胜利法'正是这种病态心理的表现。马克思和恩格斯说过:'统治阶级的思想在每一时代都是占统治地位的思想。'这是因为支配着物质生产资料的阶级,同时也支配着精神生产的资料,而那些没有精神生产资料的人的思想,一般来说只能受支配于统治阶级的思想。在这种情况下,农民受到统治阶级思想影响是十分自然的。还由于不同阶级生活在同一个时代环境和同一个民族环境里,它们接触到的物质条件有一部分是相同的或者类似的,因而也就为这种病态心理的传播制造了机会,与此同时,农民本身的阶级弱点,小生产者在私有制社会里长期以来形成的经济地位,同样是孕育'精神胜利法'的温床。"④唐弢作为思想家,尤为熟稔马克思主义强调人是社会关系的总和的观念,而社会关系中的个人都会受到特定历史阶段生产和生活方式的制约。特别是任何个人总是处于一定的社会经济关系之中,也只有从个人和群体身处的社会关系入手,才

---

① 唐弢:《中国现代文学史》,北京:人民文学出版社1988年版,第96页。

② 唐弢:《鲁迅论集》,北京:文化艺术出版社1991年版,第16—17页。

③ 唐弢:《中国现代文学史》,北京:人民文学出版社1988年版,第104页。

④ 唐弢:《鲁迅论集》,北京:文化艺术出版社1991年版,第33页。

能切实理解其阶级关切与思想取向。

换言之:唯物史观不仅在诠释历史的理论,而且也是改造世界的理论。一切社会结构既是特定历史条件之下人类活动的产物,也是主体历史创造性改造的结果。历史决定论和文艺社会学考量文艺创作与社会环境的互动关系,不仅注重外部环境的研究,而且马克思主义唯物史观有一个基本预设,即历史演进之中的进步趋势。马克思主义文艺理论家普列汉诺夫提出艺术分析的"中间环级",重在把握经济关系、政治制度、社会心理等诸要素对于人物精神的影响。所谓社会心理则是一定阶级的意向和趣味,是该阶层自发产生的感觉、情绪和心理定势。社会心理决定意识形态,折射出特定的社会经济和政治制度。作为一种文艺分析的方法论,普列汉诺夫的文学社会学分析影响深远,唐弢对鲁迅作品的分析无疑具有这种批评特色。文学社会学倡导艺术想象作为一种媒介,必然反映某社会阶级或集团的思想取向。马克思主义理论主张经济基础决定上层建筑,作为人物精神和意识结构必然与特定的经济形态相联系。因此文艺作品彰显社会经济对人物心理的制约,从经济要素分析政治斗争以及阶级斗争的必要性,进而从社会进化观念来描述分析作品的内在动因。唐弢对鲁迅小说人物的分析重在推敲其政治经济结构对行为主体的制约,也就是说阿 Q 的"精神胜利法"吻合于他的阶级地位、生活经历和个性习惯,包括其革命要求也同样反映其阶级特点。唐弢认为和鲁迅其他农民题材小说相比,《阿 Q 正传》无疑在更广阔的社会历史语境上,写出了中国农村的社会矛盾和阶级关系,特别是关涉到农民群众要求解放的问题:"如果说鲁迅笔下流露着对阿 Q 的同情,那么,这同情正是从他对辛亥革命的更大的不满而来的;他同情阿 Q 的经济地位,却憎恨阿 Q 的性格,尤其憎恨那个造成阿 Q 性格而又杀害了阿 Q 的吃人的制度——它的思想体系和伦理观念,因此,维持这个体系和观念的换汤不换药的革命,也必然是爱国主义者鲁迅所不能容忍的。鲁迅接受了章太炎、陶成章们的战斗精神,却抛弃了他们对革命的肤浅的理解,以及狭隘的民族主义的思想。在半殖民地半封建社会的中国,鲁迅负起民主革命和民族革命的双重任务,尤其是思想方面的任务,并且从两者的交互关系中去摸索中国革命的本质,追踪中国革命的前途。"[1]在半殖民地半封建社会中,最重要的社会关系则是阶级关系。从阶级视角分析社会个体的结构性制约,比如伦理规范、财产关系、权力体系,等等,特别是从物质生产和生活出发来理解社会历史的本质,则是马克思主义唯物史观重要的构成部分。

正是从这样的理论视角出发,唐弢指出《狂人日记》中的"吃人"是对封建社会的历史现象作出的惊心动魄的概括:"鲁迅通过狂人的诞言痴语、胡思乱想所作的暗示,动摇了几千年来陈陈相因的封建礼教和伦理制度,促使人们蔑视它,抵制它,揭开它的吃人的本质,作品的目的已经达到。"[2]《孔乙己》则点出封建制度怎样扭曲一个人的性格,《药》则揭示了封建统治阶级长期以来麻痹人民使他们陷入愚昧无知。《祝福》中的祥林嫂脖子上套着政权、神权、族权、夫权四条绳索,一步步

---

[1] 唐弢:《鲁迅论集》,北京:文化艺术出版社 1991 年版,第 134 页。
[2] 唐弢:《鲁迅论集》,北京:文化艺术出版社 1991 年版,第 354 页。

地将其逼到绝境。《离婚》里着重描写爱姑会见七大人的场面,刻画了这个矫揉造作的地主阶级的代表:"《离婚》绘声绘色地写出了土豪劣绅的丑态,同时也批判了小生产者认识上的限制。浓重的黑暗势力要求农民觉醒起来作更坚决的斗争,这是鲁迅在这些小说里反复强调的思想。他的小说善于以片断生活展示整个农村以至整个社会复杂的阶级关系。发掘出农民悲惨生活的根源,不仅写他们由于经济剥削而受到的肉体上的痛苦,还以更多的笔墨描绘他们长期以来在封建制度思想毒害下的精神状态,揭示农民不能不革命的生活地位和他们主观上还缺乏民主主义革命觉悟的两者之间的矛盾。"① 唐弢认为:"鲁迅是作为马克思主义思想的一个追求者、阐扬者、实行者而现身于中国文坛的,他的思想特点是马克思主义和中国文化革命——特别是文学事业的实践之结合,努力使马克思主义文艺理论创造性地成为文学创作的指导力量,这是鲁迅的建设性的贡献,也是被称为'伟大的思想家'的一个重要条件。"②

当然,针对唐弢的鲁迅研究,不少学者提出了批评看法,比如:"清理唐弢在该阶段的鲁迅生产活动,有一个重要的话语前提,那就是在当时'改造'的时代话语下如何将鲁迅的思想与其有着精神血脉关联的其他人的思想剥离开来。这种剥离不容忽视,它扫清了鲁迅及其思想与新中国政治文化可能无法兼容的障碍,从而体现了两方面的意义:一是可以证明鲁迅与无产阶级革命、与毛泽东新民主主义革命思想的紧密性,甚至一致性;二是在当时知识分子改造的话语环境下体现鲁迅作为思想改造对象的标本意义。当然,后者在新中国除旧立新的第一个十年作为个体改造标本所体现的示范意义更是深远。"③ 学者对唐弢鲁迅研究的批评,客观而论也比较符合特定阶段下学术与政治一体化的书写困境。对此也不该求全责备,而应该抱有同情理解的态度。比如看到唐弢对鲁迅杂文的分析以及对鲁迅小说创作方法的发现,皆有创辟之功。整体来看,唐弢的鲁迅研究,从其思想建构和演绎逻辑来看,具有文学社会学和马克思主义阶级分析法特质。唐弢如斯进路,那么林毓生在对鲁迅小说解读中又持有何种见解,我们接下来论析之。

二

如果说唐弢对于鲁迅反封建立场采取了完全认同的态度,那么林毓生注意到了鲁迅对待传统的复杂态度。比如鲁迅如下思考:"明哲之士,必洞达世界之大势,权衡校量,去其偏颇,得其神明,施之国中,翕合无间,外之不后于世界之思潮,内之仍弗失固有之学脉。——《文化偏至论》"鲁迅赞颂有骨气的古人,极力保存传统版画艺术,赞许《金瓶梅》《儒林外史》的思想价值,鼓励青年艺术家向传统学习。他提出的拿来主义,不仅注重外国文学和思想,而且注重从传统挑选与拿来。鲁迅指出:"文明无不根旧迹而演来,亦以矫往事而生偏至。"正是对 19 世纪以降兴起于欧洲的众庶统治和物质进步已经过时,林毓生认为这种观点同样带给鲁迅

① 唐弢:《鲁迅论集》,北京:文化艺术出版社 1991 年版,第 22—23 页。
② 唐弢:《鲁迅论集》,北京:文化艺术出版社 1991 年版,第 155 页。
③ 刘绪才:《1950 年代唐弢的鲁迅话语生产及文化心态》,《文艺争鸣》2015 年第 3 期,第 46 页。

未曾察觉的逻辑困难:"鲁迅认为'新观念论思想'的兴起乃是物质进步和众庶统治已经过时的明证。而且,他怀疑中国循西方潮流是否有益,因为它是西方内部社会和文化演化的结果。对于一个因其自身演进过程而发生自己的问题的国家来说,这种潮流则是无关紧要的,因而武断地借用外国的处方是无济于事的。他主张改革者要对西方的因素加以改造利用,使中国在各国彼此来往密切的时代,不致因世界文明之演进而瞠乎其后。他同时要求保存本国文明的某些因素,使中国'弗失固有之血脉。'总之,他认为中国同胞应在彻底了解自己国民性的基础上,创造性地将本国某些因素与西方的相结合,以便寻求一个解决中国问题的可行的办法。"①林毓生认为鲁迅对传统艺术以及俗文学、民间戏剧的兴趣,源于它们是特殊的中国品质,也正好说明了鲁迅意识的复杂性。这种复杂性暗含有某种"反主题"的元素。林毓生认为:"鲁迅意识中的冲突,并不在于情感和思想这两个范畴之间,而在于思想和道德的同一范畴之内。换言之,因为鲁迅处于理性上的考虑和道德上的关切,在完全拒绝中国传统的同时,又发现中国传统文化和道德中的某些成分是有意义的,所以这种冲突的发生便不可避免了。然而,他对某些传统成分的积极态度,并没有导致他去寻找创造性地转化中国传统的可能性。确切地说,在他所主张的全盘性反传统思想面前,这种态度使他十分苦恼——甚至有一种内疚的罪恶感。"②林毓生聚焦鲁迅意识中的显意识和隐意识,分析其小说呈现的内在张力。

　　林毓生认为鲁迅第一篇现代白话小说《狂人日记》,虽然是为全盘否定过去而写成的,但是鲁迅并不能肯定反传统思想就能彻底根除过去的祸害,而且这种悲观的论调,不仅体现在这篇小说中,而且几乎渗透在他写的全部小说作品之中。林毓生聚焦鲁迅反传统思想背后的"恋旧"情感以及传统美德的有意无意间的流露:"善良的祥林嫂的存在,揭示出一个明显的矛盾。如果中国传统全然是邪恶的,那么,为什么会出现,又怎能出现那些善良的人们——不仅有祥林嫂,而且还有《明天》中的单四嫂子和《故乡》中的闰土? 他们都是传统的中国人,他们的人格体现了中国式的特定的素质。"③在分析鲁迅的《阿 Q 正传》时,重在指出阿 Q 的滞后性。林毓生认为:"观察中国人的阴暗和悲观的一面,是《阿 Q 正传》的主题。尽管如此,阿 Q 尚有无辜和天真的某些方面,不能看作是截然可悲的。同小说中其他显赫人物,如赵氏家族、假洋鬼子和举人等相比起来,因为阿 Q 有一点天真所以显得可爱些。例如,在赌博中输钱以后,他只好出来站在人群背后观看,'替别人着急',当一般闲人寻根究底的探问他时,他傲然说出了他在城里行窃的经历,毫不掩饰。他在大堂上画押,尽量要把圈画圆些。如果在第二个例子中不仅反映出他的质朴,而且也显示出好表现的愿望,那么在第一个和第三个例子中便的确揭示出了他的天真本性。"④林毓生不仅深切指出阿 Q 的精神本质,而且还分析鲁迅

① 林毓生著,穆善培译:《中国意识的危机》,贵州:贵州人民出版社 1986 年版,第 175—176 页。
② 林毓生著,穆善培译:《中国意识的危机》,贵州:贵州人民出版社 1986 年版,第 165—166 页。
③ 林毓生著,穆善培译:《中国意识的危机》,贵阳:贵州人民出版社 1986 年版,第 187 页。
④ 林毓生著,穆善培译:《中国意识的危机》,贵阳:贵州人民出版社 1986 年版,第 207 页。

彻底反传统思想意识是辩证的:一方面彻底抨击中国的传统,另一方面则信奉中国传统的某些价值。虽然鲁迅这种观念在阿Q性格中不能推断出来。因为阿Q虽然不乏天真本性,但是归根结底缺乏自我意识,几乎靠本能生活。阿Q所表现出的天真因素,不是觉醒人格的自我呈现。质言之:缺少内在自我的生活,则是阿Q精神的本质。林毓生不仅没有考量其阶级属性,而且还指出阿Q身上尚有传统的"天真""质朴"等素质,可谓深思密考,眼光独到。

笔者上文指出:唐弢分析《在酒楼上》《孤独者》后认为,鲁迅写的是辛亥革命以后知识分子彷徨、颠簸以至没落的过程:"两篇小说写出了理想和现实的冲突,革新力量和习惯势力之间的冲突,笼罩着辛亥革命失败后令人窒息的历史气氛,同时也批判了吕纬甫和魏连殳性格的弱点。"①由于知识分子没有和革命群众打成一片,唐弢认为"空虚"和"动摇"则是当时知识分子的共同特点。林毓生认为鲁迅意识具有复杂性,表现为献身传统的某些价值与全盘性反传统主张的内在冲突。虽然这种强烈的紧张不是形式上或者逻辑上的矛盾,但是通过一些小说可以看到这种"隐意识"和"显意识"的对抗。《在酒楼上》虽然是以个人回忆的形式写成的,但是可以看成是鲁迅"心中的交谈"。作品的主要人物吕纬甫只有一件事是反传统行为:他到城隍庙去拔掉神像的胡子。但是小说写其恪守孝道遵从母命给小弟迁坟和送雪绒花则是两件事。林毓生认为:"正如小说中的两件事所表明的那样,吕纬甫是与中国传统有积极联系的。这种联系并不构成一种心理上的抗衡,使得由信奉西方价值而产生的思想自卑感有所缓和。它是隐示的,但却是自觉的接受中国传统文化规范的反映,是在理性和道德上献身于中国传统价值的反映,因而在思想上就存在一种真正的紧张。"②林毓生认为列文森所提出的近代知识分子理智拥抱西学与情感眷恋传统的二分法,实际上不顾具体历史根源的复杂性,是一种僵死的解释范畴。吕纬甫在感情上体现出了对中国传统道德价值"念旧"的反映。

质言之,林毓生认为正是由于"念旧"道德价值联结着崇高精神,并从逻辑义理层面予以深度分析:"吕纬甫的'念旧'是受了文化上的影响,是逻辑上的推断,而不是受心理上的责罪,因而它是一种未明言而坚守的传统价值。所谓逻辑上推断的'念旧'是指,虽然这种传统价值在社会政治和文化道德秩序崩溃以后已与它的传统构架脱离,但对吕纬甫这样的中国人仍然保持着明显的同一性和力量,以它自己的标准来影响像他这样的人,以便向他提供思想和道德上具有深刻意义的表现渠道。由此可以推论,吕纬甫仍然认为这种道德原则是一种价值。"③林毓生上述分析独辟蹊径,观点新颖。他之所以如此分析,源于其对哈耶克、波兰尼、史华兹等学术巨擘相关观点的融摄。史华兹认为传统文化并非像"铁板"一般具有单一整体性,而是具有复合性和多面性。史华兹曾指出儒家思想深处有一个矛盾的精神心理表征,也即惯性"内"与关心"外"的犹豫不决;"内在的"关涉心理、道德以及形上层面;"外在的"有关政治经济社会层面。也即"修身"与"平天下"的共生

---

① 唐弢:《中国现代文学史》,北京:人民文学出版社1988年版,第122页。

② 林毓生著,穆善培译:《中国意识的危机》,贵阳:贵州人民出版社1986年版,第207页。

③ 林毓生著,穆善培译:《中国意识的危机》,贵阳:贵州人民出版社1986年版,第231页。

与"冲突"问题。史华兹的好友列文森研究中国问题时提出著名观点:中国近代知识分子在情感上依恋传统,但是在理智上批判传统。针对列文森较为确然的"历史"与"价值"的两分法,史华兹认为并不能解除切身困惑而具有无所不在的适用性,并提出了如下思考:"我们可能会接受这种悲哀的现实,即我们自己的观念与过去时代的人们——尽管他们还没有受到认为一切观念都只是具有某种'历史'的和'文化'的功能这一类认识的影响——所持有的观念一样,是易错的、片面的、有缺陷的。如果不是深入事物的内部,我也不会接受这样一种观点,即绝对历史主义的唯一替代物就是列文森称之为'柏拉图式的反历史主义'。当然,我也很难相信列文森本人完全接受了这种两分法。"①史华兹并没有把文化看成是固定不变的结构模式,而是将文化看成是一种"复杂的化合物",内部结构的各个成分之间并非处于恒定的和谐状态,而是充满了种种深刻的历时性和共时性的矛盾。波兰尼认为群体语言与文化遗产、默会同意与求知热情融入共同体,而这些则是塑造人们掌握事物性质看法的推动力。他认为无论智力如何批判或者进行创造,是不能够脱离文化传统的信托框架来独立进行的。波兰尼提出"后批判哲学",也正是源于传统文化被祛魅后面临的"道德悬置"以及虚无主义境遇。他认为信念是一切知识的源泉。林毓生分析吕玮甫时用了"隐意识"和"显意识"这样的概念,而这种认识论也源于格式塔心理学提出的焦点觉知和附带觉知。林毓生推重波兰尼的思想,这位英国思想家尤为推崇这种格式塔认知体系:就某个问题或者试图理解综合体而言,我们隐秘的记忆、预感之中的点滴在无形之中决定人们的认知行为和道德践履。也就是说:我们意识的焦点,明言的觉知总是植根于某些非明言的东西。正是这些非明言的东西将我们自身与世界有力地连接起来。波兰尼的认识论预示了这样的过程:在思想层级中,真正起决定性作用的是思想的意会力量,而非言传的逻辑运作。认知者并非是一个白板式的心灵,文化传统中的某些规则以无法言喻的力量被遵从、信任和领会。哈耶克同样认为文化是逐步进化而来的,一切进步都必定以传统为基础:"文化乃是一种由习得的行为规则构成的传统,因此,这些规则绝不是'发明出来的',而且它们的作用也往往是那些作为行动者的个人所不理解的。"②由此足见,林毓生所推崇的波兰尼、史华兹、哈耶克等思想家,秉持稳健的文化立场。林毓生受到启发,正是从文化演进的观点出发,认为文化不可能是静止的封闭系统,而历史和文化之间存在延续性。文化是松散的,内容很多,内部还存在诸多张力。正是出于文化保守主义的研究视角,使得林毓生的鲁迅阐释畅发其理,议论骏发,成为一种创见而受到学界重视。

三

综上所述,唐弢和林毓生对于鲁迅的阐释各具特色,反映了两位学者深湛的

---

① 约瑟夫·列文森著,郑大华、任菁译:《儒教中国及其现代命运》,桂林:广西师范大学出版社 2009 年版,第16 页。

② 弗里德里希·哈耶克著,邓正来译:《哈耶克论文集》,北京:首都经济贸易大学出版社 2001 年版,第602 页。

理论功底。他们均推重"知人论世"的传统研究方法。唐弢提出要熟悉鲁迅作品里的生活,就需要熟悉鲁迅六十年人生背后的中国社会生活,至少熟悉鲁迅正在写作的整整三十年的中国社会生活。他认为欲研究鲁迅,"就应当了解他反映在作品里的生活,抱着和他共同的情怀和感受,即使你不同意他,有相反的意见,也需要经历一个这样的过程,一个设身处地的熟悉对象的过程,这样才能作出赞成或者反对的判断,否则的话,浮光掠影,人云亦云,那就不会有什么新意或创见了。"①无疑是肯綮之论。两位前辈对鲁迅的研究进路不同,除了在对思想与社会的共生关系问题上存在明显理论差异之外,可能还有一个深层原因在于他们对"五四"的解读也截然不同。唐弢认为"五四"运动杰出的历史意义在于文化革新运动,这种彻底不妥协的反封建主义思想则是鲁迅思想最深刻的体现。林毓生认为"五四思想""五四精神""五四目标"则是需要细分的价值序列,自有其不同的思维理路,需要学界同仁深入推敲。当然,关于"五四"的探讨,学界成果丰硕,由于非本文主旨所能涵括,就不再赘述,以此为结语。

---

① 唐弢:《鲁迅论集》,北京:文化艺术出版社 1991 年版,第 5 页。

2022 年度茅盾研究综述

刘　妍　陈雅如①

内容摘要:茅盾研究是中国现代文学研究的重要组成部分,有多元的研究空间。本文梳理 2022 年度学界有关茅盾研究的专著、论文等重要学术成果,从思想研究、经典作品的再阐释、翻译研究、期刊研究、史料的发掘与整理、文学批评研究、女性思想研究、空间与地域研究八个方面考察茅盾研究的动向,以期为研究者了解茅盾研究现状、推进研究进展提供参考。

关键词:茅盾;思想;作品;翻译;期刊;史料;文学批评

21 世纪初出版的《二十世纪茅盾研究目录汇编》将当时学界对茅盾的研究分为家世和生平研究、思想研究、创作研究、翻译研究、编辑研究、笔名研究、书信研究和书法研究八个主要门类。② 21 世纪以来的茅盾研究,在以往研究的基础上,有了很大的延伸和突破。正如王卫平在《新世纪 20 年茅盾研究论文的突进及反思》③中所言,茅盾研究是中国现代文学研究的重要组成部分,研究者不断拓宽领域、创新格局、解放思想、更新观念,完成了多维探索、深耕细作和旧论翻新,21 世纪 20 年的茅盾研究,在宏观、微观、史料三大方面均有突进,从中可见研究范式之变迁、学术潮流之走势以及茅盾研究之回暖。杨扬也认为,21 世纪以来的茅盾研究"体现了学术研究的常态""拥有多方面的发展潜能""孕育着发展生机,这不仅表现为研究者的研究热情有所回升,由一个时期的怀疑、茫然、不知所措,到目前重新捡拾起问题,专注于研究;而且,研究领域的确有新的发展"。④ 本文对 2022 年度学界有关茅盾研究的成果作简要梳理。

一、茅盾思想研究

这类研究或宏观着眼,或聚焦于茅盾一时期、一地域的活动,展开对茅盾文学思想、社会思想的讨论,对于准确、系统地把握茅盾的思想演变,挖掘茅盾的思想价值有重要的意义。

---

① 作者简介:刘妍,西藏民族大学文学院讲师,华东师范大学博士生;陈雅如,华东师范大学博士生。

② 龚景兴:《二十世纪茅盾研究目录汇编》,北京:中国文联出版社 2001 年版。

③ 王卫平:《新世纪 20 年茅盾研究论文的突进及反思》,《南通大学学报:社会科学版》2022 年第 38 卷第 2 期。

④ 杨扬:《茅盾研究点滴谈》,《当代文坛》,2018 年第 4 期。

妥佳宁、罗维斯等编著的《牯岭的矛盾：茅盾研究新论》①，聚焦茅盾人生的重要节点"牯岭时刻"，从茅盾的"牯岭情节"出发，讨论了国民革命、革命文学、左翼文学、情欲叙事、商民运动等问题，对茅盾革命、文学思想的理解有重要的价值。

叶青《茅盾：行走于文艺与政治之间》②一文，梳理茅盾一生的文艺与政治活动。文章认为茅盾坚守革命理想，积极思考马克思主义文艺理论与中国社会现实、革命实践的结合路径，提出了一系列独特的观点，指导、帮助中国文艺的发展与建设。王柯雅《革命精神：茅盾文学生涯的重要向度》③以茅盾的革命精神为关注点，梳理了茅盾坚持以发荣滋长为先导、爱国爱党为主线、躬行实践为准则的生长历程，以及理论建设、文化抗日、文艺队伍建设的实践。两篇文章均强调茅盾作为马克思主义文艺理论家和革命文艺家，在传播马克思主义、促进我国文学事业发展方面的价值。

邹赞《茅盾在新疆的文艺活动及其对当代民族文艺评论的启示》④一文，关注抗战期间茅盾在新疆文艺活动的价值。作者认为，茅盾通过撰写文艺评论、发表演讲、组织文艺活动开展对文艺问题的思考和实践，对新疆现当代文化建设产生了重要的影响。茅盾等早期共产党人和进步人士重视民族文艺的发展，以开放的眼界和心态系统地观照俄苏文学与文论对新疆现代文学的影响，触及了民族文艺批评的"民族性"与"世界性"关系问题，为民族文学、民族文艺的当代发展留下了宝贵的精神资源。邱域埕《作为"人民文艺"方向标的〈清明前后〉及其讨论》⑤一文关注 1945 年茅盾对《清明前后》改写的缘由。文章认为，茅盾立足于"应该怎样写"的叙事伦理改写工业家林永清的形象，是茅盾关注新时代背景下工业家阶级和社会地位调整，并将他们纳入到民主政治斗争阵营的实践。这次"硬写"，重塑了民族资产阶级的文学形象，是茅盾探索人民文艺新方向的一次有益尝试。丁伟等撰写的《一部具有深刻思想意义的现实主义杰作——茅盾〈子夜〉》⑥一文认为《子夜》写出了 20 世纪 30 年代初期活跃于上海的各种社会政治力量间的博弈，是中国人民迎取革命胜利度过的"子夜"，小说展现了上海的社会众生相，具有丰富且深刻的现实主义色彩。

茅盾的创作、文学和社会活动，参与了时代的思考和价值的建构，具有时代性、社会性、政治性和史诗性等多元且丰富的阐释空间，相关研究对茅盾文学思想、社会思想的再阐释，对于现实主义文学研究和理论建构有重要的价值。

二、经典作品的再阐释

茅盾的经典作品始终是学界关注的热点。2022 年，一些研究以对经典作品的

---

① 妥佳宁、罗维斯：《牯岭的矛盾：茅盾研究新论》，成都：巴蜀出版社 2022 年版。

② 叶青：《茅盾：行走于文艺与政治之间》，《传记文学》2022 年第 11 期。

③ 王柯雅：《革命精神：茅盾文学生涯的重要向度》，《濮阳职业技术学院学报》2022 年第 4 期。

④ 邹赞：《茅盾在新疆的文艺活动及其对当代民族文艺评论的启示》，《中国文艺评论》2022 年第 9 期。

⑤ 邱域埕：《作为"人民文艺"方向标的〈清明前后〉及其讨论》，《文艺理论与批评》2022 年第 2 期。

⑥ 丁伟、李天赐、尹焕晴：《一部具有深刻思想意义的现实主义杰作——茅盾〈子夜〉》，《新阅读》2022 年第 8 期。

再解读展开,从文学语言、阅读史、写作史等角度切入,或借助叙事学等理论方法,深入挖掘茅盾经典作品的价值和文学史意义。

文贵良在《"如火如荼之美":论〈子夜〉的汉语诗学》①一文中认为,《子夜》汇集了都市物语、金融行业话语、青年知识分子的"俏皮话"、工人群体的"大众语"等话语方式,是上海现代都市肌理集中而立体的展现。《子夜》创作之时,正是汉语从"五四"白话向"大众语"过渡的阶段,《子夜》的汉语诗学是茅盾向"文学的国语"探索和迈进的重要实践。刘容天《茅盾阅读史与〈子夜〉式"新写实派文学"的生成》②,通过对茅盾阅读史和写作史的互文性考察,认为《子夜》形式上的特色多生成于茅盾对新写实方法的探索。《子夜》取精用宏、推陈出新,茅盾将大规模反映社会的主题追求落实成嵌套式的总分结构,使文本保持了再现多元整体现实的巨大潜力。张霞《论〈子夜〉的都市日常生活书写》③认为茅盾以《子夜》"大规模地描写中国社会现象的企图",被其后来所强调的资产阶级无出路的主题阐释所遮蔽,未得到足够的重视。《子夜》都市日常生活书写的展开形式与结构性意义,及其在表现 1930 年代中国社会生活方面的具体展开形式与文本功能,值得被关注。都市日常生活书写的研究,为《子夜》美学价值与文学史的定位提供了一个新的维度。北塔《〈太上感应篇〉:从神效到失效——贾府二小姐和吴家四小姐人物性格命运比较谈》④一文认为,同为沉迷于《太上感应篇》的贾府二小姐迎春与吴家四小姐蕙芳,因曹雪芹和茅盾对封建文化的不同态度,而收获不同的命运。茅盾受近现代文明观念的影响,搬掉了压在《子夜》中蕙芳头上的《太上感应篇》让其得到拯救,走向新生。刘世浩《论〈子夜〉中的"媒介"因素》⑤一文,关注《子夜》中大量出现的报纸、电报、电话、钟表、广告等现代"媒介"因素,它们不仅构成了故事发生的背景,还参与到小说的叙事之中,成为推动故事情节发展的基本动力之一。通过对"媒介"叙事功能的强调,茅盾得以窥探 1930 年代在资本主义力量控制之下的上海所呈现出的畸形繁荣的背后,潜伏着更大的危机,构成了《子夜》的深层政治隐喻,传达了他对 1930 年代社会现实的深刻思索。李俊杰《作为新书:〈子夜〉出版前后的舆论研究》⑥关注 1933 年《子夜》出版前后的媒介舆论,从发生学的角度,重构《子夜》产生的媒介空间文化,明确《子夜》的阅读、推广、介绍和评价等问题,是《子夜》"经典化"研究的重要文献。

宋丽烨《茅盾〈腐蚀〉叙事艺术探析》⑦借叙事学理论分析小说《腐蚀》的叙事艺术。作者认为《腐蚀》在整体结构和内部线条的延伸中呈现出独特的叙事艺术,展

---

① 文贵良《"如火如荼之美":论〈子夜〉的汉语诗学》,《社会科学》2022 年第 9 期。
② 刘容天:《茅盾阅读史与〈子夜〉式"新写实派文学"的生成》,《中国现代文学研究丛刊》2022 年第 11 期。
③ 张霞:《论〈子夜〉的都市日常生活书写》,《西华师范大学学报》(哲学社会科学版)2022 年第 3 期。
④ 北塔:《〈太上感应篇〉:从神效到失效——贾府二小姐和吴家四小姐人物性格命运比较谈》,《名作欣赏》2022 年第 10 期。
⑤ 刘世浩:《论〈子夜〉中的"媒介"因素》,《齐鲁师范学院学报》2022 年第 3 期。
⑥ 李俊杰:《作为新书:〈子夜〉出版前后的舆论研究》,《中国现代文学研究丛刊》2022 年第 9 期。
⑦ 宋丽烨:《茅盾〈腐蚀〉叙事艺术探析》,《文学教育》(上)2022 年第 10 期。

现了茅盾杰出的叙事能力。鲁学冬《论茅盾〈林家铺子〉的底层书写》①一文指出《林家铺子》是茅盾"描写乡村生活的第一次尝试",小说书写难民、市民、小商人等底层群体艰苦的生存处境,反思底层群体的前途与命运,凸显了茅盾对底层群体的关怀。耿盈章、耿传明《茅盾小说中的他者书写与现代性的反思视野——以〈野蔷薇〉为例》②一文认为,自我与他者功能性、本体论共存的关系,让茅盾成功地走出了现代性的第一人称叙事,告别了沉溺于自我的浪漫主义,走向对他者的聆听、发现、注意与对话,开拓了新文学的精神疆域。贺仲明、蔡杨淇《文化的过渡与文学的新生——论〈霜叶红似二月花〉的复杂意义》③,通过对新旧文化过渡、文学形式新生与回归等问题的分析,挖掘茅盾在《霜叶红似二月花》创作过程中,尝试突破原有创作模式,回归小说艺术、自身成长经历和传统文化价值观的探索;也对茅盾面临艺术自我的回归与时代创作要求之间的冲突时处理个人与社会关系、新旧文化过渡等方面的艺术缺憾,表示遗憾。

华东师范大学出版社出版李国华的《黄金和诗意——茅盾长篇小说研究四题》④,围绕"旧小说"因素、时间意识、诗学结构和上海城市想象四个议题,论证茅盾长篇小说的经典意义和文学史地位,强调茅盾在融合新旧、建构长篇小说的总体性等方面的突出成就,并认为茅盾的长篇小说提供了具有典范性意义的文学图景,在文学理论和实践层面都值得持续深入的挖掘。

学界引入新的理论、方法,以新的切入点展开对茅盾经典作品的再解读,不仅丰富了《子夜》等经典作品的阐释空间,其背后的汉语诗学建构、中国现代长篇小说的发生学问题等重大理论探讨也值得被关注。

三、翻译研究

茅盾的翻译理论和实践研究在 2022 年度取得了诸多进展,研究成果结合具体翻译实践,探讨茅盾的复译观、直译主张、儿童文学翻译等翻译思想。

邝明艳《"不过我没有这本领"——以〈最后的一张叶子〉论茅盾的复译观》⑤一文指出,茅盾复译欧·亨利 The last leaf,是对其 1921 年提出的"(一)单字的翻译正确";"(二)句调的精神相仿"翻译主张的坚持与更新。茅盾在 30 年代与鲁迅一致,主张复译以提高翻译的质量;建国后,则站在全国文艺事业统筹发展的高度,提倡统一规划的翻译主张;晚年茅盾重申重译以提高翻译质量的主张。茅盾重译观的演变,折射出时代激流与个人理念之间的共振与回响。魏薇《茅盾"直译"翻

① 鲁学冬:《论茅盾〈林家铺子〉的底层书写》,《广东农工商职业技术学院学报》2022 年第 1 期。

② 耿盈章、耿传明:《茅盾小说中的他者书写与现代性的反思视野——以〈野蔷薇〉为例》,《文艺争鸣》2022 年第 4 期。

③ 贺仲明、蔡杨淇:《文化的过渡与文学的新生——论〈霜叶红似二月花〉的复杂意义》,《人文杂志》2022 年第 6 期。

④ 李国华:《黄金和诗意:茅盾长篇小说研究四题》,上海:华东师范大学出版社 2022 年版。

⑤ 邝明艳:《"不过我没有这本领"——以〈最后的一张叶子〉论茅盾的复译观》,《文艺理论与批评》2022 年第 2 期。

译思想刍论》①一文认为,茅盾主张的"直译"强调忠于原文,在此基础上追求"达"和"雅"。但出于改良中国语言文字和句法的考虑,茅盾的"直译"又带有语体文欧化的特点,以改革腐朽的旧式文体,满足新文学建设的文法需求。徐德荣、向海涛在《茅盾的儿童文学翻译思想探究》②中指出,茅盾注重儿童文学的翻译,在翻译选材上兼顾民族性与世界性、切要与系统并举,提出了浅、趣、美的翻译文体要求。这与茅盾的新文学观念是一脉相承的,强调儿童文学引导儿童认识人生、解剖社会的功能。

陈思研的硕士学位论文《茅盾与〈小说月报〉作家群对匈牙利文学的译介和传播》③,梳理茅盾和《小说月报》作家群翻译的匈牙利文学作品。茅盾以敏锐的视角关注弱势民族匈牙利的文学,揭示其民族特性和作为被压迫民族文学的启蒙性,推动了匈牙利文学在中国的译介和传播,在中国翻译文学史上有重要的意义。翟月琴《从表象到神秘:重论茅盾对梅特林克戏剧的评介》④一文,介绍茅盾对被誉为"比利时的莎士比亚"的莫里斯·梅特林克(1862—1949)《丁泰琪的死》《室内》等戏剧和《我寻过……了》等诗歌作品的译介和评点。茅盾本着"为人生"的文学观念肯定梅特林克相对实际的新浪漫主义戏剧,并重新定义了"神秘剧",对于重审梅特林克在中国的接受尤其是理解"五四"时期的"神秘剧"不无价值。

学界有关茅盾翻译观和翻译实践的系统梳理和研究,对当下的翻译活动具有重要的借鉴意义;茅盾翻译观及语体文欧化的梳理与研究,对于探索中国现代作家作品对于新文学语言的建设有重要的价值。

四、期刊研究

茅盾还是一位出色的出版家,2022 年度一些研究对茅盾创办、主编的刊物展开了细致的整理和探讨。

李直飞、何晓雯《"问题小说"如何形成潮流? ——论〈小说月报〉对"问题小说"的推动作用》⑤关注中国现代文学最早形成的创作潮流"问题小说"的发展与《新潮》《小说月报》等期刊的关联。茅盾将"为人生"的艺术观念贯穿于其编辑的《小说月报》始终,重视小说与人生的关系,尤其是"问题"与"小说"的关系,其担任《小说月报》编辑期间,采取的一系列革新理念对于"问题小说"潮流的形成与发展有重要的推动作用。他建设性地给出了许多理论和方法上的指导,有意识地提升相关创作的数量和质量,有意地凸显冰心、叶圣陶、王统照、许地山等重点作家,引导读者参与讨论,扩大了"问题小说"影响的公共空间,为"问题小说"潮流的形成

① 魏薇:《茅盾"直译"翻译思想刍论》,《英语广场》2022 年第 20 期。

② 徐德荣、向海涛:《茅盾的儿童文学翻译思想探究》,《北方工业大学学报》2022 年第 3 期。

③ 陈思研:《茅盾与〈小说月报〉作家群对匈牙利文学的译介和传播》,长春理工大学硕士学位论文,比较文学与世界文学专业,2022 年 6 月。

④ 翟月琴:《从表象到神秘:重论茅盾对梅特林克戏剧的评介》,《首都师范大学学报(社会科学版)》2022 年第 5 期。

⑤ 李直飞、何晓雯:《"问题小说"如何形成潮流? ——论〈小说月报〉对"问题小说"的推动作用》,《成都大学学报(社会科学版)》2022 年第 4 期。

建构了有力的现代传媒保障,成为期刊推动文学潮流形成的典型。

蔡雯凯《抗日战争时期茅盾在〈文艺阵地〉的编辑工作——以讽刺文学为例》①关注 1937 年全面抗战爆发后茅盾在广州创办的《文艺阵地》在团结抗战文艺力量方面的贡献。蔡雯凯认为,茅盾的一系列编辑政策促进了讽刺文学的发展,引发了暴露与讽刺文学创作的论争,为文艺创作融入大众、服务抗战作出了贡献。

范美娟的硕士学位论文《茅盾主编刊物〈笔谈〉研究》②对茅盾于 1941 年 9 月 1 日至 12 月 1 日在香港创办的文学半月刊《笔谈》进行梳理研究。《笔谈》刊载了多位名人的回忆性文章,刊载内容具有时代性和历史感,茅盾刊发其上的杂文和诗歌,具有强烈的思想性和战斗性。这些材料为党史研究,尤其是"皖南事变"后中共面临的严峻局势和开展文化工作的研究提供了重要的史料。

对茅盾主编期刊的梳理和研究,是对茅盾编辑生涯和文学活动的充实。这类研究有意识地与文学文体研究、文学与历史、文学思潮等中国现当代文学重大问题研究建立关联,拓宽了期刊研究的视野。

五、史料的发掘与整理

有关茅盾著述、评点、观影等相关文学活动和个人经历、交往史料的发掘与整理,在 2022 年度取得了比较丰硕的成果。

刘运峰《读茅小札二则》③通过考证,明确"咸肉庄"和"梦婵"的准确所指。两则考据对于《茅盾全集》《鲁迅全集》中相关注释的更正和明确,有重要的价值。阎浩岗、连正《茅盾〈水藻行〉翻译与发表史实考辨》④一文明确《水藻行》最早于 1937 年 5 月以日文发表于东京《改造》月刊"创作"头条,是茅盾唯一一篇首先在国外发表的小说,其日文译者为山上正义。张元珂《论乌兰巴干〈草原烽火〉的茅盾眉批本及面世价值》⑤发现,《草原烽火》茅盾眉批本,完整保留了茅盾阅读内蒙古作家乌兰巴干《草原烽火》时,或勾画或评点的眉批印迹共八十四处。其评点包括在《代序》中与叶圣陶"读者接受"观点的交锋,展现了茅盾从"文学性"出发对小说中人物塑造存在的概念化、拔高性的批判。陈蓉《文本内外:茅盾的〈腐蚀〉与香港》⑥从作者、作品、读者、编辑的关系出发发现,《腐蚀》虽未直接地表现香港,但在文体、语言和故事情节上有明显地向在港读者阅读偏好的倾斜。《腐蚀》凭借本地读者的阅读和反馈、拒绝和接受,实现了其香港在地关怀,这也是茅盾等南来作家努力进入香港市井生活的尝试和努力。

李琴《中国"少数民族文学"概念溯源》⑦认为茅盾 1949 年 9 月提出"少数民族

---

① 蔡雯凯:《抗日战争时期茅盾在〈文艺阵地〉的编辑工作——以讽刺文学为例》,《新纪实》2022 年第 16 期。

② 范美娟:《茅盾主编刊物〈笔谈〉研究》,浙江师范大学硕士学位论文,现当代文学专业,2022 年 6 月。

③ 刘运峰:《读茅小札二则》,《文学自由谈》2022 年第 2 期。

④ 阎浩岗、连正:《茅盾〈水藻行〉翻译与发表史实考辨》,《新文学史料》2022 年第 2 期。

⑤ 张元珂:《论乌兰巴干〈草原烽火〉的茅盾眉批本及面世价值》,《海峡人文学刊》2022 年第 2 期。

⑥ 陈蓉:《文本内外:茅盾的〈腐蚀〉与香港》,《华文文学》2022 年第 1 期。

⑦ 李琴:《中国"少数民族文学"概念溯源》,《民族文学研究》2022 年第 3 期。

文学"的概念,受到了 1949 年 7 月第一次文代会通过的《中华全国文学艺术界联合会章程》中"开展国内少数民族的文学艺术运动"这一规定的影响。中国"兄弟民族文学""少数民族文学"等概念的提出,与高尔基的"少数民族文学"概念和 1934年 8 月召开的苏联作家第一次代表大会通过的《苏联作家协会章程》要求"促进各兄弟民族的文学之发展"有密切的关联。

刘澍《从名人日记看苏联"二战"题材电影在中国的接受(1941—1965)》①以日记为切入点,在政治、外交大背景下解读名人对苏联"二战"电影的态度。茅盾观看《第聂伯河你好》《小英雄》《伊凡的童年》《烽火的岁月》《一个士兵的颂歌》《生者与死者》等电影,并在日记中记录了对《伊凡的童年》《生者与死者》等电影的观影感受和评点。刘澍认为,茅盾在中苏大论战中对"苏修"电影《伊万的童年》的抨击,促使了崔嵬导演了《小兵张嘎》。

刘燕《茅盾与西安的两次结缘》②梳理抗战期间,茅盾从新疆至延安、延安至重庆途中两次在西安中转的相关史实。两次短暂的停留,使西安成为茅盾革命人生的重要历史衔接地,见证了茅盾为中国新文艺闯出广阔而深邃的现实主义道路的历程。刘铁群、宋扬《茅盾与宋云彬之友情嬗变考》③梳理茅盾与现代文化名家宋云彬从亲密到冷漠终至隔膜的交往经历。秦正《茅盾:中共第一位专职交通联络员》一文梳理茅盾在商务印书馆任编辑时,担任中共第一位专职交通员的经历。施虹羽《嘉兴籍文化名人秘书工作经历研究》④也关注茅盾的中共任职的经历。1926 年茅盾接受组织安排到国民党中央宣传部工作,担任时为中央宣传部代理部长毛泽东同志的秘书。

姚明《茅盾藏书研究:形成轨迹、痕迹留存、概念界定》⑤一文则关注茅盾从私藏到公藏的藏书轨迹。文章将茅盾藏书痕迹划分为出版流通痕迹、作者阅读痕迹和机构收藏痕迹三种;并从藏品业务实践语境、图书出版语境和阅读痕迹语境三个方面对藏书概念进行辨析,重新界定了"茅盾藏书"的概念。

论文之外,蔺春华《百年茅盾研究成果史料索引(1920—2020)》、十卷本《钟桂松文集》的出版,也为学界提供了系统丰富的茅盾研究史料。蔺春华的《百年茅盾研究成果史料索引(1920—2020)》⑥以编年的方式全面汇集整理了 1920—2020 年间,有关茅盾研究的论文、论著和部分硕博士论文要目,并对互联网尚未普及的1990 年代以前的重要论文论著做内容摘要。十卷本《钟桂松文集》⑦包括《茅盾传》《二十世纪茅盾研究史》《起步的十年——茅盾在商务印书馆》等七部有关茅盾的著述。该著作不仅关注茅盾的文学作品、回忆录、书信和日记,还援引了《文坛

---

① 刘澍:《从名人日记看苏联"二战"题材电影在中国的接受(1941—1965)》,《北京电影学院学报》2022 年第 7 期。

② 刘燕:《茅盾与西安的两次结缘》,《红岩春秋》2022 年第 12 期。

③ 刘铁群、宋扬:《茅盾与宋云彬之友情嬗变考》,《南方文坛》2022 年第 5 期。

④ 施虹羽:《嘉兴籍文化名人秘书工作经历研究》,《秘书之友》2022 年第 11 期。

⑤ 姚明:《茅盾藏书研究:形成轨迹、痕迹留存、概念界定》,《文献与数据学报》2022 年第 2 期。

⑥ 蔺春华:《百年茅盾研究成果史料索引(1920—2020)》,杭州:浙江大学出版社 2022 年版。

⑦ 钟桂松:《钟桂松文集》,杭州:浙江教育出版社 2022 年版。

史料》《新文学史料》等刊物中有关茅盾的研究文章，并收录了桐乡市博物馆收藏的茅盾小学时的作文手稿，以及茅盾后人韦韬提供的一些细节材料，为后续的茅盾研究提供了大量珍贵的第一手资料。

此外，还有董卉川、张宇《诗性的追寻——茅盾现代散文诗论》①一文关注茅盾1920—1930 年代的散文诗创作，文章认为，茅盾 1930 年代的散文诗创作，是茅盾理想幻灭、动摇和追求的表征，呈现出独特的审美价值。因 1930 年代茅盾将目光投注社会的研究与分析后创作的散文诗较少受到关注，故将此文置于史料研究部分。

相关史料、文献的发掘和整理，为客观、全面地了解茅盾，提供了系统、翔实的研究资料，也为我们还原中国现当代文学发生、发展的文学语境，考察茅盾与中国共产党的关系、重评文学与社会、政治的关系提供了参考。

六、文学批评研究

茅盾的文学生涯起于文学批评。茅盾的文学批评类型多样，既有作家论、作品论，也有综合性评论等文艺批评，以及文学理论的建构。2022 年度，有 4 篇论文从不同角度关注茅盾的文学批评实践。

肖进《从"夜读"到"札记"——茅盾晚期批评文体的生成》②发现茅盾于1956—1957 年间陆续记下的笔记和 20 世纪 50—60 年代大量的阅读札记和眉批等，共同构成了《夜读偶记》生成的"前文本"。肖进进一步指出，以札记和眉批为代表的批评写作，建构了茅盾晚期文学批评的文体与风格。茅盾写作方式与文体新变的背后，是其对官员、批评家、作家等多重身份的平衡。

陈夫龙《论茅盾的武侠小说批评》③一文，关注 20 世纪 30 年代，茅盾自觉担当社会责任、历史使命，以"为人生"的出发点和革命者的价值立场，直接批评武侠小说，并创作带有"反武侠"性质的小说含蓄地指责、揭露侠文化的虚妄和狭义主义的破产。程伟《茅盾对 20 世纪 30、40 年代美国输华电影的批评》④一文关注茅盾对 20 世纪 30、40 年代美国输华电影"玉腿酥胸"类型中的欲望叙事损害中国民众的意志进行严肃批评。茅盾的美国电影批评体现了"影以载道"的电影观，批判美国输华电影中过度的欲望叙事，但并未从整体上否定美国电影和美国文化，体现了茅盾作为批评家的公允和严谨。王欣《试论茅盾的文学批评特色》⑤着眼茅盾的整个文学批评，文章以《中国新文学大系·小说一集·导言》为中心，分析茅盾文学批评在内容分析、题材分析、阶级分析等方面的特点。

茅盾的文学批评在中国新文学的发展中发挥了重要的引领作用，他看重文学批评对文学创作的理论引导，坚持评论的真实、客观和公允，评论风格朴实。学界

---

① 董卉川、张宇：《诗性的追寻——茅盾现代散文诗论》，《写作》2022 年第 2 期。
② 肖进：《从"夜读"到"札记"——茅盾晚期批评文体的生成》，《文学评论》2022 年第 6 期。
③ 陈夫龙：《论茅盾的武侠小说批评》，《广东社会科学》2022 年第 6 期。
④ 程伟：《茅盾对 20 世纪 30、40 年代美国输华电影的批评》，《北京电影学院学报》2022 年第 4 期。
⑤ 王欣：《试论茅盾的文学批评特色》，《文学教育》（下）2022 年第 11 期。

对茅盾文学评论的持续关注,不仅能够深入地挖掘茅盾的评论风格,对当下的文学批评也有重要的参考价值。

七、女性思想研究

茅盾是最早一批参与到女性问题讨论的现代作家之一。1921 年 8 月左右,章锡琛担任《妇女杂志》主编,发起成立妇女问题研究会,成员中就包括沈雁冰(茅盾)、吴觉农、周作人、周建人、胡愈之、夏丏尊、陈德征、杨贤江、蒋凤子等共计 17 人。2022 年有两篇专门研究茅盾女性观念的文章。

周文晓《从"女性"到"小资产阶级"——五四之后现代性方案中的性别与阶级》[1]一文关注女性问题在中国的传播和讨论,分析茅盾女性观念的思想资源。文章认为,茅盾的女性思想深受萧伯纳的影响。早在 1919 年,沈雁冰便曾详细介绍过萧伯纳,并将其思想概括为求平等之经济主义,破坏旧道德、创造超人的伦理主义,以及乐观的人生观三项,尊之为"一万能哲学家也"。《人及超人》中令沈雁冰兴奋不已的"地狱中的谈话",呈现的是萧伯纳思想的核心,即关于"进步""进化"和"生命力"的论辩。1933 年的《关于萧伯纳》一文中,其又进一步点明了《人及超人》的哲学,即"恋爱呢,则为大自然达到目的(到超人)的一种手段罢了。恋爱是一种伟大的'宇宙力(cosmic force)'"。

"五四"之后,根植于达尔文进化论的进步论女性主义,以现代性学的形式与泛社会主义、无政府主义思潮一起,构成经济——性双轴并驱的现代性方案,为中国现代知识分子所接纳,建构出一种因自由性择而获得主体性与公民身份的女性性别主体。随着马克思主义现代性方案对于双轴方案的替代,以生产关系定义的阶级概念逐步重塑了有性的主体;而从复调马克思主义向列宁主义的发展过程中,知识分子的小资产阶级自我改造论,为囿于性别主体困境的女性提供救赎的同时,亦开启了女性知识分子思想改造书写的源头。左翼思潮从泛社会主义到马克思主义的进一步纯粹化,促成了茅盾观念上的转折,文章还结合《野蔷薇》《虹》《创造》等作品分析茅盾女性思想的演变。

曹露丹、荣光启《茅盾的女作家论与五四女作家的文学史塑形》[2]关注茅盾的女性作家论。茅盾开创了作家论这一文学批评体式,他于 1927—1934 年间,写下的八篇作家论中,包括三篇女作家论,《庐隐论》《女作家丁玲》和《冰心论》。这三篇女作家论总结了三位"五四"女作家的历史意义和文学史价值,形成了一种价值评判的导向,对后来的文学史写作产生了深远的影响。

茅盾遵从时代精神反映论和历史进步趋向论的观点,从意识形态和时代需求出发,对庐隐、丁玲、冰心三位女作家及其作品作权威性的评价,强调文学反映社会历史潮流的功能,推崇现实主义的创作手法。这一评价体系突出了女作家作为

---

① 周文晓:《从"女性"到"小资产阶级"——五四之后现代性方案中的性别与阶级》,《广州大学学报(社会科学版)》2022 年第 5 期。
② 曹露丹、荣光启:《茅盾的女作家论与五四女作家的文学史塑形》,《哈尔滨工业大学学报(社会科学版)》2022 年第 3 期。

新文学作家的群体性特征,但遮蔽了她们作为在"人的觉醒"之外,独特的女性生命体验,造成了"五四"女作家在中国新文学史中单一化和固定化的形象,这是值得反思和修正的。

八、空间与地域研究

近年来,"空间叙事"已成为学界的一个研究热点。小说中的空间既是叙事必备的介质,也是情节得以展开的基点。在茅盾的作品中,空间的选择与书写蕴含了茅盾的美学追求与创作宗旨。同时,茅盾所身处的空间或生活的地域,也对茅盾的创作产生了重要影响。2022 年,一些中国现代文学空间叙事的研究关注到了茅盾笔下的空间要素。

刘美君硕士论文《中国现代都市文学中的旅馆空间书写》①,关注旅馆这一空间意象在中国现代作家笔下的反映。20 世纪上半叶,以上海、香港等都市为代表的旅馆由传统的商业空间发展成以声光化电包装起来的综合性消费娱乐空间,其作为工业文明成果的展示和现代文明的集中表达。穆时英、刘纳欧、施蛰存等作家笔下,旅馆作为错综复杂的现代空间存在,展示现代文明冲击下都市人价值观念的错乱,而茅盾笔下的旅馆则是作为生产批判话语的现实空间,展现茅盾对民族矛盾、阶级矛盾等多元社会现实的关注。

邓昆、古周洋《论中国现代小说的"场所"空间——以巴金为中心兼及鲁迅、茅盾等的考察》②关注中国现代作家作品中大量关于酒楼、旅馆等场所的书写,论及茅盾偏重对城市空间的刻画。茅盾书写艳丽光鲜的霓虹灯下城市商品化特征对人们生活的影响,丰富了当时作为生活革新、个性解放空间的城市的形态。

同时,一些文章承续以往的乡土研究,从茅盾的乡土情结出发,选取茅盾笔下的乡绅形象展开论述。卢月风《民族国家视野下的三种中国现代乡土文学观念的范畴迁延》③认为,集革命家与文学家于一身的茅盾多从"集体""大众"等宏大视角阐释乡土,关注农民日渐贫穷的物质生活与不合理的社会经济制度,捕捉可以折射历史转型期乡土社会变迁的题材,生成了政治伦理话语下民族国家想象的"革命乡土文学观念"。祝志满《论茅盾"农村三部曲"中的蚕桑情节》④一文指出,茅盾在"农村三部曲"中人物形象的塑造、蚕桑情节的置入,是茅盾对童年生活的无尽追忆,也寄寓了他浓厚且深沉的故土眷恋。

袁红涛《论茅盾小说中的绅界变迁》⑤和巫冰宇《鲁迅、茅盾小说叙事中的乡绅形象及其嬗变》⑥则着力于茅盾对乡绅形象的刻画。袁文认为,茅盾塑造的胡国

① 刘美君:《中国现代都市文学中的旅馆空间书写》,广西师范大学硕士学位论文,现当代文学专业,2022 年6 月。

② 邓昆、古周洋:《论中国现代小说的"场所"空间——以巴金为中心兼及鲁迅、茅盾等的考察》,《宁夏大学学报(人文社会科学版)》2022 年第 4 期。

③ 卢月风:《民族国家视野下的三种中国现代乡土文学观念的范畴迁延》,《长沙大学学报》2022 年第 4 期。

④ 祝志满:《论茅盾"农村三部曲"中的蚕桑情节》,《黑龙江工业学院学报(综合版)》2022 年第 4 期。

⑤ 袁红涛:《论茅盾小说中的绅界变迁》,《北京社会科学》2022 年第 5 期。

⑥ 巫冰宇:《鲁迅、茅盾小说叙事中的乡绅形象及其嬗变》,《新纪实》2022 年第 7 期。

光、曾沧海、赵守义、王伯申、钱良材等系列乡绅形象,是其对地方社会空间的深入体验和记忆。通过乡绅阶层的分化、蜕变,可以窥见近代以来国家与地方、城市与乡村关系的调整与转型。巫文指出,鲁迅和茅盾笔下的乡绅形象有明显的差异,这源于二人不同的思想文化立场。鲁迅笔下的乡绅是封建文化的象征,愚昧落后,抱残守缺,而茅盾小说叙事中的乡绅形象则更具复杂性,既有保守传统的旧士绅,也有鱼肉百姓、盘剥村民的土豪劣绅,还有受到新思想影响的开明乡绅以及从城镇进入都市、经济没落的乡绅。

这部分研究,或是注意茅盾作品中的空间因素,或是关注空间与人物的共生关系。文本中的文学空间,既是小说人物日常生活的空间场域,也与文学内外人们的精神空间紧密相连,其间更是渗透着中国现代作家对地域空间文化的思考。通过对小说文本中空间及地域相关书写的研究,可以窥见中国现代社会从传统向现代演变的真实样态。

结语

2022 年,茅盾研究成果颇丰。在期刊论文与专著之外,中国茅盾研究会编辑出版《茅盾研究》第 18 辑《茅盾的文学世界再认识》[①],开辟了包括茅盾作品与思想研究、史料考证、域外传播研究、同时代人研究在内的多个专栏,并特设"青年论坛",刊载海内外优秀研究生相关论文。中国茅盾研究会拟通过这种方式,搭建起青年学者与资深专家的交流平台,凸显对茅盾研究的重视,同时也注重凝聚学术研究人才,促进茅盾研究队伍的壮大和有序发展。此外,学界还举办了多场以茅盾研究为主题的学术会议及学术讲座。3 月,中国鲁迅研究会、郭沫若研究会、茅盾研究会以及杭州师范大学文艺批评研究院联合主办了全国第四届"鲁迅、郭沫若、茅盾"研究高端会议;11 月,由中国茅盾研究会主办的"中国茅盾研究会第 13届年会暨中国茅盾研究会 2022 年理事会"在四川师范大学召开。到会专家讨论热烈,会议论文选题新颖、涉及面广,有力地拓展了当下的茅盾研究格局。《茅盾研究》会刊持续稳定的编辑出版、学界召开的高规格学术研讨以及高校研究所举办的学术讲座,为茅盾研究创设了良好的学术交流平台,提升了研究者的研究兴趣和研究能力,有利于茅盾研究的持续深入开展。

吴晓东在《黄金和诗意:茅盾长篇小说研究四题》一书的序言《远景问题的历史光影》中,回忆了 20 年前一次与薛毅关于茅盾及其作品的对谈。薛毅认为《子夜》包含很多种文学的方式,茅盾是用文学的方式参与了关于中国社会性质的大讨论,也是以文学的方式构筑了一个 20 世纪 30 年代的图景,获取了一个大视野。吴晓东指出,"黄金和诗意"是茅盾对上海混杂和悖谬的都市图景既反讽又严肃的概括,将现代商业都会的审美诗意与金融上海的"黄金"特质联系在一起,透露出茅盾《子夜》书写的诗学方法——即如何将外部社会的总体性,转化为长篇小说内在的肌理与细部的微观结构。吴晓东认为茅盾的《子夜》"大规模地描写中国社会

---

① 《茅盾的文学世界再认识》(《茅盾研究》第 18 辑),中国茅盾研究会编,华东师范大学出版社,2022 年 11月。

现象"，与生活世界具有高度的共同性，但茅盾在《子夜》中对上海图景描述的丰富性、远景性、杂糅性乃至含混性，溢出了茅盾创作的初衷和设想。

不只是《子夜》，也不仅是吴晓东。2022年度，茅盾研究在研究主题的丰富、研究人员的壮大等多个方面都取得了比较显著的成果。茅盾思想、经典作品阐释、翻译、期刊编辑、史料、文学批评等传统研究领域得到了持续的关注，女性研究、空间与地域研究等新的研究思路，个人成长史与阅读史、创作史结合的研究也取得了一定的研究成果，呈现出令人期待的研究潜质和学术视野。研究人员既包括茅盾研究的资深学者，也有青年教师、研究生的加盟，形成了老、中、青学者汇集的研究队伍；既有科研教学院所研究人员的关注，也有基础教育工作者的探讨，显示出比较强盛的研究潜力。

以上是2022年度茅盾研究成果的简要梳理，因资源获取等问题，本综述未将海外的研究成果涵盖其中，未免遗憾；因个人视野所限，也难免疏漏。期待以后的茅盾研究涌现学术交锋、争鸣、质疑与商榷。